PRESAGI E STRANEZZE

SERIE DI SOPHIE FEEGLE – LIBRO 2

GWEN DEMARCO

CAPITOLO 1

«Sta bene?»

«Cos'è successo?»

«Penso sia stato un attacco di panico.»

Ignorando i sussurri, Sophie cercò di respirare lentamente e con regolarità, concentrandosi sui piccoli dettagli insignificanti intorno a lei. Questo la aiutava ad alleviare la stretta nei suoi polmoni brucianti. Stava per guardare il tavolo autoptico, ma distolse subito lo sguardo.

Non pensarci, si impose.

Sophie notò il freddo del pavimento sotto il sedere. Cercò di individuare delle venature grigie nelle piastrelle di linoleum bianco cerato sotto di lei. Fece respiri profondi, assaporando l'odore pungente dell'antisettico con un retrogusto di dolcezza stucchevole. Abbracciandosi la vita, Sophie appoggiò la testa sulle ginocchia. Sentiva che stava per andare in pezzi da un momento all'altro.

In una parte distaccata del cervello, Sophie osservò quello che stava accadendo intorno a lei come se stesse assistendo a un film.

«Wow. Non l'ho mai vista andare fuori di testa così. La visione della morte di quel tizio dev'essere stata terribile.»

«Ecco cos'è strano. Sophie non ha nemmeno toccato il tipo. L'ha appena guardato in faccia e ha avuto un attacco di panico.»

Accasciata contro il muro, Sophie sentiva i suoi colleghi parlare – non così piano come credevano. Lasciando vagare gli occhi per la sala autoptica, notò che le ruote delle barelle avevano scavato un solco sul pavimento, lasciando segni permanenti dalle migliaia di volte che i cadaveri erano stati trasportati lungo lo stesso percorso. Solo dalla sua posizione sul pavimento, con le luci accecanti che brillavano dall'alto, avrebbe potuto notare quei segni.

«Conosce questo tizio? È un amico o qualcosa del genere?»

«Non sono sicuro. Penso abbia detto che era un boscaiolo.»

Sophie notò distrattamente che un tacco dei suoi stivali neri preferiti aveva iniziato a staccarsi dal resto dello stivale. Poi spostò l'attenzione sul sacchetto di carta marrone sgualcito che Ace le aveva cacciato tra le mani ordinandole di respirarci dentro, cercando di aiutare a scongiurare il suo precedente attacco di panico. Era di quel nuovo ristorante specializzato in panini preparati con i waffle invece del pane normale. Era da tempo che voleva provarlo.

«Beh, ha decisamente l'aspetto di un boscaiolo», notò Amira.

Reggie, il suo capo e amico, si inginocchiò davanti a lei, abbassandosi fino ad incontrare il suo sguardo. Il suo dolce viso tondo era pieno di preoccupazione mentre sfregava delicatamente una delle mani fredde e sudate di Sophie tra le sue.

«Sto bene», disse una voce distaccata. Sophie impiegò un momento per rendersi conto che quella voce piatta era la sua.

«Te la senti di dirci cos'è successo?» chiese con voce dolce e rassicurante.

Sophie aprì la bocca per rispondere quando un «Sophie!» urlato risuonò nel corridoio fuori dalle porte dell'autopsia. Ace aprì la porta e fece cenno a un Mac dall'aria frenetica di entrare. Mac si precipitò nella stanza, raccogliendo Sophie sulle ginocchia e sedendosi sul pavimento con la schiena contro il muro. Si aggrappò a lui come una patella, sentendosi solo leggermente imbarazzata dalla sua dimostrazione di debolezza. Con la coda dell'occhio, Sophie notò Reggie e Amira scambiarsi sguardi sorpresi.

«Cos'è successo?» chiese alla stanza, passando una mano gentile sulla schiena di Sophie. Con un tocco leggermente clinico, iniziò a esaminarla per verificare se fosse ferita.

«Stavamo per iniziare un'autopsia priorità uno, ma appena Sophie ha visto la vittima, ha avuto un attacco di panico», spiegò Reggie, torcendosi le mani, le guance solcate dalla preoccupazione.

«È il boscaiolo», sussurrò Sophie, facendo un cenno verso il corpo sulla barella dall'altra parte della stanza.

«Boscaiolo? Cosa intendi? Aspetta... dall'incubo che hai avuto la scorsa notte?» chiese Mac, alzando le sopracciglia sorpreso.

«Sì, è lo stesso tizio dell'incubo. Quello che ho sognato di aver accoltellato alla gola», spiegò Sophie, giocherellando con un filo penzolante sul ginocchio dei suoi camici. Mac le massaggiò la schiena mentre lei rabbrividiva al ricordo. Se avesse girato la testa, avrebbe potuto vedere appena il bordo del sacco nero che conteneva il cadavere dall'altra parte della stanza. Sophie tenne accuratamente lo sguardo distolto.

«Stai dicendo che il tizio che hai sognato di aver ucciso è reale? Sei certa che sia lui e non solo qualcuno che magari gli assomiglia?»

«È lui», disse Sophie, con la voce roca.

«Che sogno?» chiese Ace, guardando tutti gli altri nella stanza come se avessero un indizio.

«La scorsa notte, stavo dormendo sul divano di Sophie quando mi sono svegliato perché stava urlando nel sonno. Quando l'ho svegliata, ha detto che in un sogno aveva accoltellato un boscaiolo al collo», spiegò Mac a Reggie, Ace e Amira.

Reggie si inginocchiò su un ginocchio accanto a Sophie, la

voce bassa e gli occhi sofferenti. «Puoi dirci di più su quello che è successo nel sogno?»

«Sì, posso provare», disse Sophie, cercando di divincolarsi dalle braccia di Mac, ma lui la tirò saldamente indietro contro il petto. Sophie si lasciò andare di nuovo in grembo a Mac con un sospiro esagerato di resa, ma in segreto era contenta. «Nel sogno, ero in un pub di quelli vecchio stile – non super elegante ma nemmeno proprio un buco. Indossavo una parrucca bionda e un vestito nero. Stavo bevendo acqua tonica ma facendo sembrare che contenesse alcol e fingendo di ubriacarmi. Ero lì per il Boscaiolo – come se l'avessi seguito lì e stessi cercando di attirarlo a me. Dopo essere stata lì per un paio d'ore, ho lasciato il bar, e lui mi ha seguita nel vicolo accanto. Ho tentato di iniettargli qualcosa – non so cosa fosse – ma ho accidentalmente fatto cadere la siringa. Il Boscaiolo ha iniziato ad andare fuori di testa quando ha visto l'ago, così ho tirato fuori dalla tasca un coltello appuntito e l'ho pugnalato. L'ho pugnalato al collo... è stato così disgustoso. Una volta che era a terra, l'ho lasciato nel vicolo a dissanguarsi.»

«Riesci a ricordare altri dettagli? Hai sentito il nome del bar?» chiese Mac.

«Pensi che questo possa essere reale?» sussurrò lei. «Voglio dire... forse mi sbaglio, e non è lo stesso tizio.»

«Con te, tutto è possibile. L'unica cosa che so è che non hai ucciso nessuno la scorsa notte. Ero nel tuo appartamento tutta la notte. Me ne sarei accorto se fossi uscita», disse Mac con un occhiolino. Sophie era solo contenta che Mac non avesse menzionato il fatto che era nel suo letto davanti alla squadra. Non c'era bisogno di lavare i panni sporchi in pubblico. «Prenditi un momento e vedi se riesci a ricordare altri dettagli.»

«A che ora hai avuto il sogno?» chiese Reggie.

«Mi sono svegliato tra mezzanotte e l'una, ma non ho guardato l'orologio, quindi non posso esserne certo», rispose Mac quando Sophie alzò le spalle incerta.

Sophie sospirò, sentendosi fragile e logora, come un vecchio tessuto. Doveva rimettersi in sesto; stava spaventando i suoi amici. La stanchezza si posò sulle sue spalle, la sua energia mentale privata della solita forza – esaurimento causato dall'attacco di panico. Vedere il volto dell'uomo che aveva ucciso in un incubo la notte prima aveva creato una reazione viscerale immediata, come essere immersa in un pozzo di orrore e panico. Mentre guardava le sue mani immacolate, poteva quasi sentire il sangue caldo dell'uomo su di esse, sentendo gli echi di quella sensazione appiccicosa tra le dita.

«Non ho mai visto il nome del bar. Un barista era bruno, forse sui vent'anni, corporatura media. L'altra barista era un po' più grande, probabilmente sui trent'anni passati. Aveva i capelli biondi corti e spettinati, corporatura più robusta», disse Sophie, corrugando la faccia per la concentrazione. «Aspetta! Mi ricordo qualcos'altro. Nel sogno, mentre il Boscaiolo stava morendo, mi ha chiesto perché l'avevo pugnalato. Ho detto: 'Lo sai perché, Troy.' Pensi che il nome di quel tizio sia davvero Troy?»

«Lo scoprirò», promise Mac.

«Forse se lo toccassi e avessi la sua visione della morte, potresti vedere il vero assassino, e questo ti aiuterebbe a sentirti meglio», suggerì Amira.

Annuendo, Sophie iniziò ad alzarsi. Girò la testa e fissò Mac incredula quando lui l'aiutò a mettersi in piedi con una mano sul sedere. Il volto di Mac era uno studio di innocenza, facendo sì che Sophie gli lanciasse uno sguardo ad occhi stretti e scuotesse la testa.

«Sto bene», assicurò Sophie al gruppo di chiocce premurose che la circondavano. Il suo unico sollievo era che Fitz non fosse lì ad aggiungere alla folla che la covava. Reggie si aggirava intorno a Sophie come un colibrì nervoso. Lei gli diede una pacca rassicurante sulla spalla.

Con uno sforzo gigantesco, Sophie zittì il chiacchiericcio maniacale nel cervello e si girò verso il corpo. Osservò i suoi piedi percorrere un sentiero riluttante verso il tavolo autoptico.

Poteva sentire gli occhi di tutti su di lei. Era così silenzioso che Sophie riusciva a sentire il cigolio dei suoi stivali contro il linoleum lucido. Le luci fluorescenti sopra mettevano in risalto in modo inquietante i lineamenti insanguinati dell'uomo morto. Sophie notò dal colorito cereo e slavato dell'uomo che il pallore mortis si era instaurato, facendo risaltare ancora di più gli schizzi di sangue color ruggine contro il suo volto pallido. C'erano lacerazioni profonde sul lato sinistro della gola del Boscaiolo, nello stesso punto del sogno. Sophie flesse la mano destra, sentendo il fantasma dell'arma in essa.

Sophie sussurrò il suo ringraziamento quando Ace le porse guanti di nitrile freschi ma faticò a infilare i sottili guanti blu sulle mani umide di terrore.

Quando finalmente si mise i guanti, Sophie allungò la mano per posarla sul braccio del boscaiolo, dove la sua camicia a quadri rossa e nera era arrotolata. Si bloccò, la mano sospesa a un centimetro dalla sua pelle. Sophie guardò Reggie prendere il telefono per registrare la sua visione. Sophie flesse le dita ma non riusciva a colmare il divario tra il palmo e l'avambraccio della vittima.

«Andiamo, spiritata. Pensavo fossi più tosta», la provocò Mac. Sophie si raddrizzò indignata.

«Dio, sei proprio un deficiente», si lamentò Sophie, ma la sua provocazione ebbe l'effetto desiderato.

Digrignando i denti, Sophie si mise la faccia da stronza e posò una mano sul braccio dell'uomo morto, mormorando deboli imprecazioni sottovoce. Inspirando bruscamente attraverso il naso, Sophie chiuse gli occhi mentre l'ultima notte del Boscaiolo sulla terra si dipanò davanti a lei.

«Okay. Ce l'ho. Vedo il Boscaiolo camminare per una strada. È il tramonto, e i lampioni si stanno accendendo. Si dirige verso un bar. L'insegna sopra l'entrata dice 8th Avenue Pub – non un nome molto originale», sbuffò Sophie. «Sì, questo è lo stesso posto del mio sogno. È piuttosto buio e tetro dentro. C'è un caminetto di lato, ma non è acceso. Ordina una Guinness dal barista maschio, che chiama Rob. Evita l'altra barista. Sembra a disagio con lei. È estroversa e brusca. Si siede al bar per un po' mentre il posto si riempie per la serata. Osserva la porta d'ingresso nello specchio sopra il bar, osservando ogni persona che entra nel pub. Quando vede il bagliore di lunghi capelli biondi, si raddrizza sul sedile, cercando di vedere meglio la donna all'ingresso.»

Sophie sollevò la mano dal braccio freddo e umido del Boscaiolo e la scosse. Serrando i denti, Sophie si costrinse a rimettere la mano sul braccio dell'uomo.

«Dannazione, sembra proprio me. Io ho i capelli biondi, ma quella è la mia faccia», affermò Sophie, deglutendo a fatica. «Perché mi vedo? Pensavo che avrei visto l'assassino.»

«Sei sicura che sia tu?» chiese Reggie, ma sembrò mortificato quando Sophie socchiuse un occhio e gli lanciò uno sguardo.

«Conosco la mia faccia, Reg.»

«Giusto, scusa.» Reggie alzò le spalle, i suoi occhi da cagnolino facendo pentire Sophie del tono tagliente.

«Il Boscaiolo osserva me – beh, la donna che mi assomiglia – bere per diverse ore. Si allontana dal bar e osserva la donna da un angolo buio. Penso stia cercando di evitare la sua attenzione. Non si avvicina a lei – la osserva solo. Normalmente non caccerebbe mai nel suo bar locale, pensa, ma era impossibile resisterle. Proprio il suo tipo. Bionda, magra, piccola, con grandi occhi dolci e innocenti. Quando la sente dire al barista che è in un viaggio attraverso il paese da sola per il prossimo mese, sa che non riuscirà a resistere. È destinata a essere sua. Di solito sceglie donne che sono sotto l'attenzione della società – prostitute, fuggiaschi, senzatetto. Le chiama le sue Dimenticate. Ma lui non le ha dimenticate. Le porta sempre, ogni ragazza speciale, nel cuore e nella memoria. Decide di infrangere la sua regola cardinale di non cacciare mai a casa. Rischia volentieri. Inoltre, nessuno la cercherà per un mese intero.

«Mentre il bar continua a riempirsi, gli dà abbastanza copertura per osservarla di nascosto senza essere scoperto. Quando si avvicina la mezzanotte, la ragazza appare visibilmente ubriaca. Sta oscillando leggermente sul sedile. Glielo stava rendendo facilissimo. Lasciando alcune banconote sul tavolo, la donna si alza e esce dal bar, sbattendo ubriaca contro lo stipite della porta mentre esce. Il Boscaiolo la insegue di corsa, volendo assicurarsi di tenerla sotto controllo. Mentre esce dal bar, vede la donna che gira l'angolo ed entra nel vicolo con una mano premuta sulla bocca come se stesse per vomitare. Quando gira l'angolo, lei si raddrizza da dove era appoggiata al muro. Le chiede se sta bene. Vuole vedere se i suoi capelli sono setosi come sembrano, così inizia ad allungare la mano, ma urta accidentalmente la sua mano quando lei gli tende la mano nello stesso momento. Lei fa cadere una siringa che si crepa e versa il contenuto sul pavimento del vicolo. Inizia a piangere per l'insulina, ma il Boscaiolo ha visto l'espressione sul suo volto. Riconosce gli occhi di un predatore. Li vede nello specchio ogni giorno. Qualunque cosa ci fosse in quella siringa era destinata a lui. Il Boscaiolo si rende conto che questa stronza stava cercando di attaccarlo. Lui! La farà soffrire per questo insulto. Inizia ad allungare la mano verso la ragazza, aspettandosi che scappi. Invece, lei si getta verso di lui e gli pesta il collo del piede. Poi lo colpisce alla gola. Per un momento, pensa che gli abbia dato un pugno finché non registra un dolore lacerante acuto. Lei lo pugnala diverse altre volte prima che abbia la possibilità di reagire. Si afferra la gola e sente sangue sotto le dita. Cerca di applicare pressione per fermare il flusso di sangue ma ce n'è troppo. La stronza lo spinge forte nel petto, facendolo cadere sul sedere, disteso a terra. Sta parlando, ma non riesce a concentrarsi sulle sue parole. Quando le chiede perché, lei si china su di lui, avvicinando il viso, dandogli un dolce sorriso... il tipo di sorriso a cui è impossibile resistere – il tipo di sorriso che ama rovinare. 'Lo sai perché, Troy' dice, poi piroetta fuori dal vicolo canticchiando una melodia allegra. L'ultima cosa che vede sono i suoi tacchi animalier che si allontanano.»

Togliendo la mano dal braccio del Boscaiolo, Sophie si allontanò dal suo corpo, flettendo le dita fredde.

«Beh, sappiamo che non eri tu», annunciò Amira, facendo un sorriso birichino a Sophie. «Tacchi animalier? Possiedi anche solo un paio di scarpe che non siano anfibi?»

«Ah ah.» Sophie guardò storto Amira ma rovinò il cipiglio quando una risatina le salì in gola.

«Sembra che il tuo sogno e la visione della morte del Boscaiolo coincidano. C'era qualcosa di diverso dal tuo sogno?» chiese Reggie.

«Tutto coincideva. Il sogno era dalla prospettiva dell'assassino, è l'unica differenza dalla visione del Boscaiolo.»

«La mia domanda è: perché hai visto la tua faccia? C'è qualche tipo di incantesimo o un potere psichico che rende questo possibile? Dev'essere una specie di Mitico», disse Reggie. «Forse una strega o un Fae potente.»

«Se dovessi indovinare, direi che l'assassino ha un modo per impedire a chiunque di vederla. Chiunque cerchi questa persona vede solo un riflesso di se stesso; ecco perché Sophie ha visto solo la sua faccia sia nel sogno che nella visione. Tuttavia, non ho mai sentito parlare di tipi di esseri Mitici con la capacità di bloccare le visioni. Devo chiamare il Capo della Polizia. Dovrà essere informato di questa situazione. E chiederò se ha mai sentito parlare di un potere o incantesimo che nasconde l'identità di una persona agli psichici», disse Mac.

«Ho letto una volta che ogni persona vivente ha sei sosia nel mondo. Non escluderei la possibilità che assomigli molto a Sophie», suggerì Ace.

«Non assomigliava. Era come guardarsi in uno specchio. Quali sono le probabilità che la persona di cui sto avendo una visione assomigli esattamente a me?»

«Sto solo dicendo, potrebbe essere improbabile, ma non dovresti escludere la possibilità che sia solo una strana coincidenza. Sono successe cose più strane», argomentò Ace.

Reggie prese la cartella della vittima e lanciò a Sophie uno sguardo interrogativo. «Avevi ragione, tra l'altro, il nome della vittima era Troy Weatherby. Ed è stato trovato nel vicolo accanto all'8th Avenue Pub.»

«Beh, immaginavo di aver avuto ragione su tutte quelle cose», disse Sophie, cercando di fare spallucce con nonchalance. Si tolse i guanti e li gettò nel cestino.

«Hai mai avuto altri sogni in cui hai assistito a un omicidio? Specialmente dalla prospettiva dell'assassino?» chiese Reggie.

Il cuore di Sophie sembrava che stesse per uscirle dal petto. «Merda. Sì, penso di averne avuti un paio.»

Quando le orecchie di Sophie iniziarono a fischiare, Mac la tirò in un abbraccio, massaggiandole delicatamente la schiena. «Risolveremo tutto questo. Non stressarti. Farò alcune telefonate. Sarò proprio in fondo al corridoio se hai bisogno di me, okay?» sussurrò Mac.

«Sembra che il Boscaiolo, alias Troy, sia una specie di serial killer o uno stupratore. Il tizio sembrava davvero inquietante», disse Amira.

«Sono d'accordo. Proverò a vedere se ha precedenti», disse Mac, sfiorando con un bacio leggero le labbra di Sophie. Mentre si girava per andarsene, prese una delle mani di Sophie, dandole una stretta rassicurante. La sua mano sembrava calda contro quella fredda e sudata di Sophie. L'aspro sfregamento dei suoi calli mandò un brivido piacevole su per la spina dorsale.

Dopo aver guardato la porta oscillare dietro Mac, Sophie si girò di nuovo a guardare Troy. Era sembrato minaccioso nelle visioni, ma la morte l'aveva ridotto a nient'altro che un guscio freddo e vuoto.

La mente di Sophie turbinava con troppe domande e possibilità. Sperava che Mac trovasse qualche risposta.

«Starai bene?» chiese Ace, la cui voce, normalmente brusca, era ora dolce e preoccupata. Senza alzare lo sguardo dal volto cinereo di Troy, Sophie cercò di rassicurare il suo amico, affermando che stava bene. Poteva sentire le voci di Ace e Amira, che mormoravano dolcemente, svanire mentre uscivano dalla sala autoptica.

«Perché non te ne stai fuori da questa? Posso far assistere Amira all'autopsia», suggerì Reggie una volta che furono di nuovo soli.

«Come diavolo permetterò ad Amira di fare il mio lavoro. Posso farcela. Non trattarmi come se fossi una debole, Reggie. È stato solo lo shock di scoprire che il tizio del mio sogno era reale. Mi ha solo presa alla sprovvista, tutto qui. Sto bene. Sul serio», argomentò Sophie. Raddrizzandosi a tutta la sua altezza – anche se non particolarmente alta – Sophie sfidò Reggie a cercare di impedirle di fare il suo lavoro.

«Non penso che tu sia debole. Ma sei stata sottoposta a molto ultimamente. Tutti hanno un punto di rottura, quindi non lasciare che il tuo bisogno di essere forte ti spinga oltre il limite. Nessuno penserà meno di te se tutto diventa troppo.»

«Reg, sto bene. Davvero. Se tutto diventa troppo, te lo farò sapere, prometto», rispose Sophie, dandogli una spallata amichevole.

Dopo un'ultima rassicurazione, si misero al lavoro.

CAPITOLO 2

Quando finirono l'autopsia di Troy, Mac non era ancora tornato. Sophie dovette sforzarsi di non continuare a guardare verso la porta, sperando di vederlo entrare. Chiuse la sacca per cadaveri, nascondendo Troy alla sua vista, e lo rimise nella cella frigorifera con un sospiro di sollievo.

«Che tipo di creatura mitica era Troy, comunque? Di solito riesco a capirlo dalla visione che ho della loro morte, ma non ho notato nulla» chiese Sophie a Reggie mentre faceva rotolare una barella con la prossima autopsia programmata.

Reggie prese la cartella clinica, scorrendo le informazioni limitate che aveva su Troy. «Era un Berretto Rosso».

«Un che cosa?»

«Berretto Rosso. Sono simili ai goblin; la maggior parte delle loro storie proviene dalla Scozia e dall'Inghilterra, credo. La leggenda dice che si chiamavano così perché tingevano i loro cappelli di rosso con il sangue delle loro vittime. Di solito vivevano intorno alle rovine dei castelli e uccidevano i viaggiatori che si avventuravano troppo vicino al loro covo. Si dice che in realtà siano tipi solitari, che preferiscono starsene per conto proprio» spiegò Reggie. «Non portano nemmeno necessariamente cappelli».

«Un Berretto Rosso assomiglia a un umano, o è come Burg, che ha una forma alternativa?»

Burg, il proprietario del pub accanto al suo appartamento, era un Mitico che di solito assomigliava a un forzuto da circo d'altri tempi. La sua vera forma era un orco alto tre metri con la pelle verde oliva e zanne. Burg aveva un tatuaggio sigillo che gli permetteva di trasformarsi tra la sua forma naturale da orco e quella umana con solo poche parole magiche.

«Nelle leggende, i Berretti Rossi assomigliano a vecchi uomini bassi con lunghi denti affilati, dita magre con artigli e grandi occhi rossi. Pensa a uno spaventoso nano da giardino. Non sono sicuro se Troy avesse una forma separata da Berretto Rosso o se quello che abbiamo visto era il suo vero aspetto» spiegò Reggie, facendo alzare le sopracciglia di Sophie per l'interesse. Sophie aveva notato un tatuaggio sul braccio di Troy durante l'autopsia. «Tuttavia, aveva un tatuaggio magico, un sigillo, quindi possiamo presumere che probabilmente avesse una seconda forma. Ma non è una garanzia, dato che quasi tutti i Mitici hanno almeno un tatuaggio sigillo».

«Quindi quel tatuaggio sul suo braccio con il cappello rosso e la lancia era probabilmente un sigillo di trasformazione, giusto? Esistono altri tipi di tatuaggi magici?» chiese Sophie mentre faceva rotolare una nuova barella con un cadavere fresco sulla bilancia. «E come fai a distinguere un tatuaggio magico da uno normale?» Ogni giorno Sophie scopriva qualcosa di nuovo su questo mondo strano dove le creature dei miti e delle leggende esistevano davvero. A volte si sentiva come se annaspasse in un mare d'informazioni che la travolgevano. C'era così tanto da imparare.

«Ce ne sono di tutti i tipi, da semplici a complessi. Non c'è un modo unico per distinguere un tatuaggio sigillo da uno non magico. La maggior parte dei tatuaggi sono intrisi di un incantesimo per far apparire umani i Mitici, e tipicamente hanno gli stessi disegni di base per ogni specie. Quindi, se vedi un tatuaggio Berretto Rosso su quello che sembra essere un umano, molto probabilmente stai parlando con un Berretto Rosso. La maggior parte di loro ha un'incantazione tatuata intorno. Quelle parole devono essere recitate per attivare o disattivare il glamour».

«Quindi, se conoscessi le parole dell'incantesimo sul tatuaggio di qualcuno, potrei attivare il loro incantesimo?» chiese Sophie incuriosita.

«No» disse Reggie, scuotendo la testa verso Sophie. «L'unica persona che può attivare il proprio tatuaggio è la persona su cui si trova il tatuaggio. Inoltre, gli incantesimi non devono essere scritti in una lingua standard, quindi potrebbero essere in centinaia di lingue diverse. Anche quelle morte. Il mio tatuaggio è in greco, e le uniche parole greche che conosco sono per il mio tatuaggio».

«Aspetta, hai un tatuaggio? Non ti avrei mai immaginato come il tipo da tatuaggio» chiese Sophie, con gli occhi brillanti di curiosità repressa.

«Solo uno. È per correggere la mia vista» disse Reggie, tirandosi su la manica e mostrando a Sophie un piccolo tatuaggio di un occhio anatomico con una scrittura indecifrabile sotto.

«I dettagli sono incredibili. È davvero accurato» disse Sophie l'unica cosa positiva che riuscì a pensare, mordendosi il labbro per non fare una smorfia.

Reggie sbuffò divertito. «È più facile, e più economico, per il tatuatore realizzare un tatuaggio magico con una rappresentazione accurata di ciò che deve essere corretto o cambiato piuttosto che creare un'immagine astratta e artistica. Non è bello, ma funziona».

«Pensi che ne farai altri? Ho scoperto che, una volta fatto il primo, non riesci più a smettere di fartene altri».

«No. Sono piuttosto costosi, quindi la maggior parte dei Mitici di solito ha tatuaggi solo per problemi importanti o occultamento richiesto, come quello di Burg. Non può vivere nel regno umano nella sua vera forma da orco, quindi aveva bisogno di un tatuaggio per fargli assumere un aspetto umano. Potrebbe avere altri tatuaggi sigillo – dovresti chiedergli – ma ne sarei sorpreso» spiegò Reggie.

«Davvero? Pensavo che la gente usasse tatuaggi sigillo per sembrare più bella o più magra o qualcosa del genere».

«Sarebbe molto più economico farsi la chirurgia plastica che farsi un tatuaggio sigillo. Mi ci sono voluti anni per risparmiare per il mio. L'unico motivo per cui ho deciso di farmelo è stato perché la mia miopia stava causando problemi al mio lavoro».

«Se un tatuaggio sigillo è così costoso, perché non farti semplicemente la Lasik o qualcosa del genere?»

«Beh, ho avuto lenti correttive finché non ho potuto risparmiare per il tatuaggio. Vale il prezzo e l'attesa perché non solo mi dà una vista perfetta garantita, ma mi dà anche la visione notturna. Ho fatto aggiungere un paio di altre caratteristiche come l'ingrandimento e la visione a infrarossi».

«Infrarossi! Sembra fantastico. Come se ne fa uno? C'è un posto speciale dove bisogna andare?»

«Ci sono alcuni negozi di tatuaggi di proprietà dei Fae in giro per la città che si specializzano in tatuaggi sigillo» spiegò Reggie, ritirandosi giù la manica.

«Sono proprio ingenua. Naturalmente ci sono».

«Sei pronta per iniziare?» chiese Reggie, preparando il telefono per registrare la nuova autopsia.

* * *

Poco meno di un'ora dopo, mentre Sophie stava portando il mutaforma lupo che avevano appena finito nel frigorifero, Amira uscì dal suo ufficio con un'espressione gioiosa sul volto.

«Che succede?» chiese Sophie con cautela, mentre il suo allarme per le stramberie suonò nella sua testa.

«Allora... Tu e Mac. Sembravate molto intimi» disse Amira, sbattendo teatralmente le sue ciglia ridicolmente lunghe.

«Ero nel mezzo di un attacco di panico. Mi stava solo consolando».

«Ah, 'consolare', eh? È così che lo chiamano adesso? Ti ha guardata come Fitz guarda la focaccia» disse Amira con un sorrisetto cospiratorio. «Ti ho vista baciarti. Cos'è successo esattamente dopo che siamo andati via da casa tua ieri sera?»

«Ugh. Mi fai impazzire» disse Sophie. «Sì, è successo qualcosa ieri sera. Beh, più come stamattina, ma comunque. Dopo che mi ha svegliato dal mio incubo, gli ho chiesto di dormire con me. Solo dormire!» ripeté Sophie quando vide la gioia iniziare a formarsi sul viso di Amira. «Qualcosa del sogno mi ha spaventato, e non volevo essere sola. Al mattino, ci siamo baciati un po'. Niente di più!»

«È tutto? Noiosissimo!» cantò Amira. «Voglio dettagli succosi. Non questa roba da film romantico per adolescenti».

«Mi dispiace davvero deluderti».

«Non c'è bisogno di sarcasmo» disse Amira, ma Sophie non era d'accordo; c'era ogni bisogno di sarcasmo. «Quindi, cosa succede dopo con voi due?»

«Non lo so ancora. È così nuovo. Speravo di tenerlo nascosto per un po'».

«Che scema che sei. Lo sanno tutti. Siete entrambi fin troppo evidenti. Seriamente, ci sono scintille che volano. Quindi... pensi che sia una cosa seria?»

«Penso che un giorno potrebbe diventare serio. C'è del potenziale. Doveva portarmi a colazione dopo il lavoro stasera, ma ora non so cosa succederà» rispose Sophie.

«Beh, quando avrai dei dettagli succosi, li voglio» annunciò Amira gioiosamente, mimando con le mani il gesto del 'dammi, dammi'.

«Certo» placò Sophie, spingendo la barella lontano dalla sua amica decisamente fuori di testa, senza assolutamente nessuna intenzione di condividere dettagli personali 'succosi' con nessuno.

Portando la barella nella sala autopsia principale, Sophie vide Mac che parlava con Reggie. Al rumore del suo ingresso, Mac girò la testa e incrociò il suo sguardo con quello di Sophie.

«Tutto a posto?» chiese Sophie, senza riuscire a decifrare l'espressione sul volto di Mac.

«Reggie mi stava dicendo che l'orario stimato della morte coincide con quando ti ho svegliato dal tuo incubo. Questa è una buona notizia perché significa che hai un alibi. Tuttavia, ho parlato con il capo, e vuole che porti la tua foto al pub per vedere se qualcuno ti riconosce, solo per non tralasciare nulla. Insiste anche che, considerando le tue visioni sull'omicidio di Weatherby e il tuo precedente aiuto nello svelare il piano di Edwyn, vuole incontrarti di persona. Ha detto che deve assicurarsi che tu sia 'a posto' – che gli ho educatamente detto che sono sciocchezze. Tuttavia, ha il potere di impedirti di aiutare. Se il capo pensa che tu sia pericolosa o che causerai problemi, può farti licenziare. Verrà qui alle cinque. Vuole parlare con tutta la squadra, ma soprattutto con te, Sophie».

«Oh, dai! Se fossi l'assassina, pensi che avrei confessato il sogno? Avrei potuto mentire o fingere di non aver mai visto il Boscaiolo prima, e nessuno se ne sarebbe accorto. Se fossi l'assassina, nessuno dei miei comportamenti di stasera avrebbe senso» disse Sophie, alzando gli occhi.

«Non penso che il Capo Dunham creda che tu sia l'assassina. Vuole solo osservare la situazione qui dato che sta ripponendo molta fiducia nelle tue visioni» assicurò Mac a Sophie. «Insiste nel assistere a una delle tue autopsie, solo per avvertirti».

Sophie sbuffò infastidita, sentendosi come un fenomeno da baraccone per l'intrattenimento altrui. Poteva capire intellettualmente che il Capo della Polizia dovesse vedere la sua abilità di persona, ma faceva sentire Sophie a disagio e non fidata.

Scuotendo via le sue emozioni poco utili, Sophie finì di far rotolare la barella verso la stazione a raggi X. Quando Mac si schiarì la gola, Sophie guardò e lo vide tenere in alto il telefono con aria imbarazzata.

«Che cosa?»

«Devo farti una foto da mostrare ai baristi».

«No», protestò Sophie, guardando i suoi camici logori e gli stivali rovinati.

«Rilassati. Ho solo bisogno di una foto».

Quando Mac alzò il telefono per fare la foto, Sophie tirò fuori la lingua e gli mostrò il dito medio. Mac scattò una foto veloce di Sophie prima che smettesse di fare quella faccia.

«Questa la metto subito come sfondo. Ora smetti di fare le smorfie e lasciami fare la benedetta foto».

Dopo che Mac ebbe fatto la foto, promise di tornare prima che arrivasse il Capo Dunham in poche ore.

«E una volta che avremo finito con Dunham, ti porto sicuramente a colazione», giurò Mac.

CAPITOLO 3

«Ho una domanda» disse Sophie, pulendo e disinfettando gli strumenti chirurgici e gli attrezzi elettrici prima di iniziare la loro prossima autopsia. «Quell'ultima autopsia – era un umano ucciso da un vampiro, giusto? Quindi cosa succede ora al vampiro?»

«Cosa intendi dire?» chiese Reggie, alzando lo sguardo dalla cartella dove stava facendo i suoi appunti finali.

«Beh, intendo dire, lo arresteranno? Un vampiro non può esattamente passare attraverso il normale sistema giudiziario, giusto? Non riesco a immaginare che possano mettere un vampiro in una prigione normale. Esiste, tipo, una prigione per vampiri?»

«Qualsiasi crimine commesso dai Mitici ricade sotto la giurisdizione del Conclave. Sentiranno i dettagli del crimine e decideranno cosa succede al colpevole. A seconda della natura del crimine, tipicamente lasceranno la punizione alla Domus del vampiro. A volte, il Conclave ordinerà un'esecuzione per qualcosa di particolarmente atroce. La giustizia tende ad essere rapida e conclusiva nel mondo Mitico rispetto a quello umano,» spiegò Reggie. «Il Conclave ha un posto dove tengono quelli in attesa del giudizio, ma non gestiscono una prigione per i Mitici. Hanno anche alcune celle alla stazione di polizia per ospitare temporaneamente i Mitici. Le sbarre delle celle sono state rinforzate per evitare che i mutaforma possano scardinare la porta ed evadere.»

«Ah» disse Sophie. «Sembra un sistema migliore.»

«Suppongo, ma solo se ti fidi implicitamente del giudizio e delle intenzioni dei tuoi leader. Avere potere sulla vita di qualcuno è una cosa seria. Se ricevono informazioni sbagliate, se sono di parte, o sono compromessi o corrotti – tutte queste cose possono portare a un sistema dove le persone innocenti vengono maltrattate. La giustizia rapida suona bene solo in un mondo perfetto. Il mondo reale è disordinato e complicato. Ecco perché quello che facciamo qui è così importante. Non possiamo permettere che i crimini commessi dai Mitici restino impuniti e non possiamo permettere che vengano scoperti da umani ignari. Ma dobbiamo anche assicurarci che il Conclave riceva le informazioni più accurate possibili così che possano giudicare in modo equo.»

«Beh, niente pressione allora,» disse Sophie facendo una smorfia. «Non avevo pensato che, se interpreto male le mie visioni, rischio di fare del male a qualcuno.»

«Non pensarla così. Le tue visioni devono essere confermate da fatti e prove fornite dalla polizia. Le tue visioni potrebbero aiutare a indirizzare la polizia nella direzione giusta, ma non possono essere usate per condannare nessuno. Spetta alla polizia raccogliere prove inconfutabili.»

Prima che Sophie potesse rispondere, delle voci dall'esterno della stanza attirarono la sua attenzione. Riconobbe immediatamente il tono brusco di Mac, ma l'altra voce profonda le era sconosciuta. Appena ebbe finito di disinfettare l'ultimo strumento e lo posò sul vassoio, la porta della sala autopsia si aprì, e

Mac entrò accompagnato da uno sconosciuto. L'uomo, forse sulla fine dei cinquanta con baffi folti e spioventi, era proprio dietro Mac. Occhiali spessi incorniciavano occhi segnati da profonde borse, che lanciavano uno sguardo rapido e scettico alla stanza. Pochi capelli sottili ricoprivano la sommità del capo, circondato da una corona di capelli più grigi che castani. L'uomo era grande in ogni senso della parola: corpo grande, sopracciglia grandi, pancia grande, presenza grande.

Sophie fissò quegli occhi penetranti color ocra con borse così profonde sotto che sembravano balze di tessuto. Ebbe immediatamente la sensazione che non fosse impressionato da quello che vedeva davanti a sé. Non sembrava il tipo disposto a tollerare le stronzate, e Sophie era piena di stronzate.

«È lei?» chiese, voltandosi verso Mac.

«Sì, signore, questa è Sophie Feegle» rispose Mac. «Sophie, questo è il Capo della Polizia Wilford Dunham.»

«Piacere di conoscerla» disse Sophie, reprimendo la strana, improvvisa voglia di salutare militarmente.

«Le darei la mano, ma...» disse Dunham, facendo un cenno del capo verso le mani guantate di Sophie. Sophie sbuffò.

Forse non andrà così male, pensò Sophie, iniziando a credere che la sua impressione iniziale di Dunham fosse sbagliata. Forse aveva un senso dell'umorismo dopotutto.

«Vorrei osservare una delle sue visioni di morte e poi farle alcune domande. Qualche obiezione?»

Sophie scosse la testa e fece sapere a Dunham che sarebbe tornata tra un momento con la prossima autopsia. Quando portò dentro la nuova barella, lei e Reggie passarono rapidamente attraverso i passaggi preparatori di pesare e radiografare il corpo. Reggie bloccò le ruote della barella e posizionò la lampada articolata sopra la donna, illuminandola.

«Sei pronta, Soph?» chiese Reggie, con il dito che aleggiava sul pulsante di registrazione del suo telefono.

Sophie si schiarì la gola un paio di volte e desiderò per un momento di essersi fermata al distributore dell'acqua prima di annuire e avvicinarsi al lato della barella di metallo freddo. Erano visibili lividi sulle braccia pallide della donna. Sophie posò la mano su una sezione senza macchie sul dorso della mano della donna.

Con un lento espiro, Sophie iniziò a riferire la visione che si stava dipanando nella sua mente.

«Sta dormendo, e un rumore la sveglia. Guarda suo marito, che sta russando, ma nota che il telefono di lui è illuminato da un messaggio. Pensa che sia strano che stia ricevendo un messaggio così tardi la notte. Forse c'è un'emergenza. Prende il suo telefono. Quando guarda lo schermo, vede un messaggio da qualcuna chiamata Giselle. Sa che c'è una donna nell'ufficio di Victor chiamata Giselle. Lui le aveva detto che Giselle era invadente e pettegola. Aveva detto che era infastidito di dover partecipare a quella conferenza con lei qualche settimana fa, e non vedeva l'ora di tornare a casa e stare lontano dal suo chiacchiericcio costante. Il messaggio dice: 'Mi manchi stasera. Non mi piace più dormire senza di te.' Sveglia Victor, chiedendogli di sapere perché Giselle gli sta scrivendo nel mezzo della notte. Victor cerca di dirle che il messaggio è uno scherzo che i suoi colleghi si stanno facendo a vicenda. Poi dice: 'Renee, non ti sto tradendo. Giselle è ossessionata da me. Le ho detto di lasciarmi in pace, ma continua a scrivermi. Non te l'ho detto perché non volevo che ti preoccupassi. Penso che Giselle possa essere squilibrata.'

«Stufa delle sue bugie ovvie e deboli, inizia a digitare una risposta a Giselle. Quando Victor vede quello che sta facendo, salta giù dal letto e cerca di strappare il telefono dalle mani di Renee. Realizzando quello che sta cercando di fare, lei velocemente indietreggia e si chiude nel bagno padronale. Mentre Victor picchia sulla porta, lei scorre tra i vecchi messaggi sul suo telefono. Renee urla in una rabbia senza parole quando vede tutti i messaggi e le foto nude che i due si sono scambiati. Apre la porta del bagno, dà del bastardo a Victor e gli lancia il telefono. Urla che vuole il divorzio. Il telefono lo colpisce proprio nell'occhio. Accidenti, l'ha proprio centrato. Questo fa infuriare Victor; le dà della fottuta stronza e la spinge. Lei inciampa e batte la testa cadendo sul water o forse sulla vasca; non riesco a capire quale. È stordita dall'aver battuto la testa, e tutto va dentro e fuori fuoco. Inginocchiandosi su di lei, inizia a picchiare Renee, e poi comincia a strangolarla quando lei cerca di difendersi. Lei cerca di pronunciare un incantesimo difensivo per respingerlo, ma non riesce a dire le parole perché lui le sta stringendo il collo così forte. L'ultima cosa che vede è lui che giura che non lo lascerà mai – che l'ammazzerà prima.»

Sophie aprì gli occhi e si allontanò dalla barella. Fissò per un momento il viso di Renee. Dovette fare diversi respiri profondi per reprimere la rabbia che provava per Victor. Sophie voleva andare a rintracciarlo e picchiarlo a sangue per conto di Renee, per vedere se gli sarebbe piaciuto. Inoltre, avrebbe avuto bisogno di candeggina per gli occhi dopo aver visto quelle foto del pisello di Victor.

«È così che va normalmente?» chiese Dunham, scuotendo Sophie dai suoi pensieri omicidi.

«In genere» rispose Sophie. «A volte, la visione è come guardare attraverso gli occhi di qualcun altro, e a volte è più vivida, come se fossi lì di persona. Quando ho iniziato a ricevere le letture, era tutto più indistinto e onirico. Una volta che ho realizzato che era tutto reale, ho iniziato a tentare di concentrarmi sui dettagli. Adesso, a volte, riesco persino a cogliere i pensieri della vittima. Di solito, sono consapevole di dove sono e che sto guardando una visione svolgersi. Molto raramente, vengo completamente risucchiata nella visione, perdendo la consapevolezza.»

«Abbiamo teorizzato che più Sophie tocca la vittima vicino al momento della morte, più vivida è la visione. Un'altra teoria è che la persona che è morta possieda un tipo di magia a cui quella di Sophie reagisce più intensamente» spiegò Reggie.

«Capisco» disse Dunham. «Cosa succede di solito dopo?»

«Conduciamo un'autopsia sulla vittima. Poi invio il file audio della visione di Sophie, insieme al rapporto dell'autopsia, a Mac per assicurarmi che il detective sul caso riceva tutte le informazioni rilevanti» spiegò Reggie. «Vuole assistere anche all'autopsia?»

CAPITOLO 4

Con grande delusione di Sophie, il capo Dunham decise di restare per un'altra autopsia. Per fortuna, era l'ultima autopsia programmata per la notte, quindi doveva solo sopportarne un'altra, ingoiando qualsiasi lamentela riguardo al fatto di essere trattata come un fenomeno da baraccone.

Quando finirono, Sophie era irritata e sconvolta. Non era che il capo della polizia fosse invadente o scortese in alcun modo; semplicemente non le piaceva averlo lì.

«Per favore, mi inoltri sia le registrazioni audio che i suoi rapporti autoptici di stasera. Vorrei confrontarli con i rapporti ufficiali della polizia appena sarò tornato nel mio ufficio», disse Dunham a Reggie.

«Non credi nell'autenticità delle visioni di Sophie? Come puoi metterle in dubbio dopo aver visto come le autopsie corrispondevano ai dettagli delle sue visioni? Quella prima donna aveva una contusione sulla nuca ed era morta per strangolamento, proprio come aveva affermato Sophie», argomentò Reggie.

Dunham alzò una mano pacificatrice per fermare lo sfogo di Reggie. «Non sto mettendo in dubbio l'autenticità delle visioni di Sophie. Sto solo facendo il mio dovere. Non posso autorizzare l'uso delle sue visioni nei casi a meno che non abbia prove concrete della loro accuratezza. Devo riferire questo al Conclave, e ho bisogno di essere in grado di giustificare questa decisione con i miei superiori.»

«Nessun problema, ha perfettamente senso anche per noi», intervenne Sophie, scivolando tra Reggie e Dunham, per assicurarsi che Reggie non dicesse altro che potesse infastidire il capo della polizia.

«Sophie, ho bisogno che tu venga nel mio ufficio alle 9 di stamattina. Avrò qualche altra domanda dopo aver finito di rivedere i rapporti di polizia di entrambe le autopsie», informò Dunham a Sophie.

«Chiedo il permesso di partecipare a quell'incontro», intervenne Mac, che fino a quel momento aveva osservato in silenzio.

«Lo concederò. Ci vediamo alle 9. Anzi, sai che c'è? Ho bisogno di fare colazione. È stata una lunga notte. Incontriamoci invece alle 8 al Mission Bean.»

Dunham si girò per ringraziare Reggie per aver aperto la sua sala autoptica per l'osservazione prima che Mac o Sophie potessero rispondere, uscendo dalla stanza con aria preoccupata.

«Non proprio un tipo caloroso e coccoloso, eh?» mormorò Sophie, facendo ridacchiare Mac.

«Non proprio», concordò. «Dannazione. Volevo portarti a fare colazione.»

Sophie fece spallucce in un gesto che diceva 'cosa ci vuoi fare?'.

«Me la farò perdonare», promise Mac.

«Hey.» Sophie diede una gomitata a Mac e, nel caso Dunham fosse ancora nei paraggi, sussurrò: «Che tipo di Mitico è Dunham? È un mutaforma bulldog?»

«Cosa? No. Perché dovresti pensarlo?»

«Non trovi che assomigli un po' a un bulldog in forma umana? Ha proprio quelle guance da bulldog», disse Sophie, facendo ridacchiare Reggie e Mac.

«Sai che non è così che funziona essere un mutaforma, vero? Pensi che io assomigli a un opossum? Non rispondere. Non voglio saperlo», disse Reggie, scherzando.

«Allora, cos'è Dunham?»

«È un mutaforma orso. Un grizzly, credo», disse Mac, ridendo dell'espressione scioccata di Sophie. «Riconosco quello sguardo nei tuoi occhi: quello è il mio capo. Anzi, il capo del mio capo, quindi non fare domande inappropriate nel nostro incontro di oggi», disse Mac, ignorando il broncio di Sophie.

«Cosa hanno detto i baristi quando hai mostrato loro la foto di Sophie?» chiese Reggie, cambiando argomento.

«Non erano sicuri. Entrambi i baristi si ricordavano di una donna bionda, ma era stata una serata movimentata, e non le avevano prestato molta attenzione. Uno di loro pensava che tu potessi sembrare familiare ma non poteva dirlo con certezza. Sei mai stata in quel pub?» chiese Mac.

Sophie scosse la testa. «Quindi, cosa significa per me?»

«Niente. Hai già un alibi. Ho un contatto al Conclave che è un esperto di magia, quindi gli ho mandato un'email per vedere se ha mai sentito di qualcuno in grado di bloccare la propria identità dai sensitivi», disse Mac.

«Non sono una medium», esclamò Sophie, pensando allo stereotipo di una donna con una lunga gonna che fissa una sfera di cristallo.

«Hai visioni degli ultimi momenti delle persone... Come pensi che si chiami?» ringhiò Mac, addolcendo le parole con un sorriso.

«Nessuno ama i saccenti», ringhiò per scherzo Sophie, facendo il broncio a Mac.

Un ronzio dal telefono nella mano di Mac interruppe la sua replica. Mentre leggeva quello che c'era sullo schermo, Sophie vide alzarsi le sopracciglia di Mac.

«Cosa?» chiese.

«Il detective capo del caso ha trovato un mucchio di prove

nell'appartamento di Troy Weatherby che dimostrano che era un serial killer. C'erano dozzine di foto e trofei delle sue vittime dappertutto nel suo posto. Ora stanno teorizzando che l'omicidio di Troy fosse possibilmente o legittima difesa o un atto di vendetta.»

«Questo è in linea con le mie visioni. L'assassino stava specificamente prendendo di mira Troy. Questo mi fa sentire meglio. È strano? Voglio dire, so di non averlo ucciso. È solo che il sogno era così realistico che sembrava di aver assassinato Troy. Scoprire che era un serial killer mi fa sentire meno colpevole.»

«Non penso sia strano. Non dovresti sentirti colpevole in ogni caso. Ero lì quando ti sei svegliata, ricordi? Eri inorridita», disse Mac. «Non hai niente a che fare con questo se non essere una testimone involontaria.»

«Secondo il mio sogno, l'omicidio di Troy non era legittima difesa. Questo lascia la vendetta come possibile movente. Tuttavia, non sembrava personale. Se Troy l'avesse ferita o avesse ferito qualcuno a cui teneva, non sarebbe stata piena di rabbia? Era... non so esattamente. Ma era come se si stesse divertendo. Sembrava più giustizia da vigilante che vendetta personale», spiegò Sophie, cercando di mettere in parole i sentimenti che aveva captato dalla visione dell'assassino.

«I detective che indagano si concentreranno su Troy e su qualsiasi possibile collegamento che l'assassino potrebbe avere con lui. Si concentreranno su famiglia, amici e vittime. Penso che dovremmo concentrarci sulle tue visioni», affermò Mac. «Ripassiamo quello che riesci a ricordare di qualsiasi sogno precedente, così possiamo avere quell'informazione se il capo chiede.»

«Ragazzi, potete usare il mio ufficio o l'ufficio principale, ma il turno del mattino probabilmente inizierà ad arrivare presto. E sono quasi tutti umani», disse Reggie.

«Perché non andiamo alla sede della polizia? L'ultimo piano è riservato all'uso esclusivo della divisione Mitica della SFPD, quindi saremmo al sicuro per discutere le questioni lì. Inoltre, è solo a pochi isolati dal Mission Bean, quindi potremmo andarci a piedi dopo.»

«Fantastico! Voglio vedere dove lavori. Dove risolvi i crimini in un bagliore di gloria intellettuale», disse Sophie, facendo alzare gli occhi al cielo a Mac come se stesse cercando pazienza divina.

Reggie declinò l'invito a unirsi a loro, affermando che non sarebbe stato di molto aiuto ma di farglielo sapere se avevano bisogno della sua expertise medica.

«Ci vogliono solo dieci minuti in auto», offrì Mac.

«Perfetto. Fammi cambiare i camici. Ci vediamo nella hall tra un paio di minuti», disse Sophie.

Tornata nei suoi vestiti normali, Sophie si diresse verso la hall.

«Arrivederci, signorina Zhao. Buona giornata», chiamò Sophie alla receptionist impeccabilmente vestita mentre uscivano dall'ufficio del medico legale pochi minuti dopo.

«Arrivederci, Sophie. Buona giornata, cara», chiamò la signorina Zhao dal suo regno dietro la scrivania della reception.

«Quanti anni pensi abbia la signorina Zhao?» disse Sophie sottovoce, irragionevolmente preoccupata che la signorina Zhao la sentisse, nonostante fossero fuori dall'edificio nel parcheggio. Qualcosa riguardo alla signorina Zhao faceva sì che Sophie usasse cautela quando così poche altre cose lo facevano. «Sembra che potrebbe avere sui trent'anni, ma non ne sono sicura. Ha questa saggezza senza età: come se avesse visto tutto e non sopportasse gli stupidi.»

Mac guardò indietro in direzione della hall dell'ufficio del ME, dove la signorina Zhao era al sicuro dietro le porte di vetro riflettente.

«È difficile da dire. Non si sanno molte informazioni sui dilong. I draghi cinesi sono un gruppo riservato. Potrebbe avere un secolo per quello che so. O potrebbe essere esattamente quello che sembra: una donna sui trent'anni in un tailleur blu», disse Mac, facendo spallucce.

Mac guidò Sophie verso la sua berlina a quattro porte immacolatamente pulita e immensamente noiosa. Mac iniziò a sbloccare la porta ma si fermò, girandosi e appoggiandosi al lato della sua macchina grigia lucida.

«Mi dispiace per tutto questo», rispose.

«Ti dispiace per cosa?»

«Questa NON è la colazione che avevo immaginato per noi», brontolò, spostando una ciocca di capelli di Sophie dietro l'orecchio. Il respiro di Sophie si bloccò mentre lui si avvicinava, ma invece di baciarla, sblocò la porta e fece accomodare Sophie dentro.

Il viaggio durò meno di dieci minuti. La sede della polizia di San Francisco era appena a nord dell'ufficio del ME, dall'altra parte di Dogpatch, a un isolato dal bordo della baia.

Proprio come l'ufficio del ME, l'edificio che ospitava la sede della polizia era una grande scatola quadrata lucida: tutto design moderno dagli spigoli vivi. Accanto, in contrasto, c'era una stazione dei pompieri di mattoni rossi, il cui fascino d'altri tempi faceva risaltare ancora di più l'estetica austera della stazione di polizia. La stazione dei pompieri sembrava quasi annidata nell'edificio della sede della polizia. Come se la SFPD stesse avvolgendo il dipartimento dei vigili del fuoco tra le sue braccia fredde e indifferenti.

Sophie ammirò la dicotomia del paesaggio di San Francisco: architettura antica e grandiosa incastonata tra sviluppi moderni svettanti e magazzini fatiscenti. I nuovi progressi lucidi schiacciavano i vecchi sotto il loro piede tecnologico in altre città, ma i vecchi resistevano con una presa tenace e feroce qui.

Se la sede della polizia non avesse brillato così tanto, sarebbe sembrata esattamente come una prigione. Sophie sorrise all'ironia che la polizia stesse lavorando diligentemente per mettere i criminali in un posto che assomigliava così tanto a dove passavano volontariamente le loro giornate.

Sophie seguì Mac attraverso una hall grande ed echeggiante piena di cemento, legno naturale e pareti di vetro. Era austera e poco accogliente, con solo un divano rotondo color grigio nuvola per spezzare il motivo ripetuto di rettangoli. Mac passò davanti a una grande finestra della reception dirigendosi verso una batteria di ascensori. Usando una tessera magnetica, entrarono nell'ascensore e si diressero al quinto piano.

«Bel posto», disse Sophie, cercando di soffocare il sarcasmo che voleva ribollire.

«Certo che lo è. Ha tutto il calore e l'accoglienza di una cella frigorifera», disse Mac con tono piatto. Sophie rise, la tensione che si era lentamente avvitata sulla sua spina dorsale allentò la presa sui suoi muscoli.

Mac continuava a tirare il colletto della sua camicia e si agitava sotto la giacca del completo.

«Hai le pulci o cosa?» chiese sorridendo.

Mac guardò Sophie, sorpreso. «Cosa? No, perché me lo chiedi?»

Sophie sogghignò, imitando il modo in cui Mac continuava a tirare la camicia.

«Questo completo mi sta irritando», spiegò. «Non tutti possono indossare quello che vogliono al lavoro. Devo essere professionale.»

«Mmh, mi piacciono i completi», lo prese in giro Sophie, lasciando che i suoi occhi indugiassero sulla forma di Mac coperta dal completo.

«Soph», ringhiò. Mac aveva un modo di dire il suo nome come se fosse un avvertimento. Mac iniziò a raggiungere Sophie, ma il ding dell'ascensore in arrivo fece ballonzolare via Sophie con una risata maliziosa.

Uscendo dall'ascensore, Sophie seguì Mac attraverso un piano aperto e ampio pieno di un mare di cubicoli beige.

«Questo è l'open space», disse Mac, agitando la mano verso le file ordinate di scrivanie. «Questo intero piano è dedicato alla divisione Mitica della SFPD. Copriamo qualsiasi crimine di mutaforma o Mitico da Sonoma fino a San Mateo. La mia scrivania è qui.»

Mac entrò in uno dei cubicoli rivestiti di tessuto nella seconda fila della fattoria di cubicoli. Afferrando una sedia da ufficio dal cubicolo di fronte al suo, Mac fece rotolare la sedia accanto alla sua. Accettando il posto, Sophie si sedette e si guardò intorno allo spazio di lavoro immacolato di Mac. Sorridendo come un folletto, fece scorrere lentamente un dito sul proteggi-scrivania di pelle, spingendo fuori allineamento le cinque penne perfettamente posizionate accanto a un blocco note. Mac afferrò via le penne con un soffio e aprì il cassetto della scrivania per nasconderle da lei.

«Aspetta», urlò Sophie, fermando Mac dal chiudere il cassetto. Sophie osservò le piccole scatole di immagazzinamento piene di un assortimento di forniture per ufficio, facendo scorrere le dita sul paesaggio di contenitori pieni di graffette e penne e punti metallici, tutti perfettamente allineati e ordinati. «Hai il DOC?»

«No! Sono organizzato. Qualcosa di cui tu non sapresti niente», disse sarcasticamente Mac.

«Per favore. Sono organizzata», argomentò Sophie, guadagnandosi un alzata d'occhi da Mac.

«Smettila di dire sciocchezze. Sono stato nel tuo appartamento, quindi so che è una bugia. Ogni cosa dovrebbe avere un posto. Significa che non devo perdere tempo a cercare qualcosa. So sempre esattamente dove si trova tutto. Sai quante volte ti ho visto smarrire il telefono solo in questa settimana?»

«Il disordine è normale. Questo non è normale», lo prese in giro Sophie. «È praticamente meccanico.»

Mentre litigavano, il piano per lo più vuoto iniziò a vedere un lento rivolo di detective in arrivo. Mac tirò fuori un piccolo blocco note di pelle dalla tasca interna della giacca.

«Prima di incontrare il capo Dunham stamattina, voglio ripassare qualsiasi sogno precedente che hai avuto che potrebbe essere collegato all'assassino di Troy», spiegò Mac.

«Non sono sicura di riuscire a ricordare molto. Non pensavo che potessero essere reali, quindi non ci ho prestato molta attenzione. Pensavo solo che fossero incubi vividi.»

«Va bene. Vediamo solo quello che riesci a ricordare.»

Un uomo dai capelli castani che indossava un fedora di tweed all'antica con una cravatta a righe leggermente storta si fermò e appoggiò i gomiti sul mezzo muro del cubicolo di Mac. Sophie guardò tra questo intruso e Mac, aspettando che Mac riconoscesse la presenza dell'uomo.

«Ehi Volpes, chi è la tua amica?» chiese finalmente l'uomo.

«Levati dai piedi, Turner», rispose Mac senza alzare lo sguardo dal suo blocco note.

«Affascinante, come al solito», disse l'uomo. Sophie lo guardò mentre faceva spallucce con nonchalance, poi le fece l'occhiolino prima di allontanarsi, apparentemente imperturbato dall'atteggiamento di Mac.

«Ti ha rovinato la giornata?» chiese Sophie, usando una delle frasi preferite di Ace.

«Cosa? Chi?» chiese Mac distrattamente.

«Quel tizio, Turner. È uno stronzo? O uno strano o qualcosa del genere?»

«Turner? No, va bene», rispose Mac, afferrando rapidamente una penna da un vassoio pieno dei suoi fratelli. «Se glielo permettessimo, resterebbe qui tutta la mattina a chiacchierare fino a farci cadere le orecchie. Meglio tagliarlo fuori prima che inizi.»

Sophie sogghignò, riflettendo sulla prima volta che aveva incontrato Mac diverse settimane fa e che stronzo era stato con lei. Probabilmente non avrebbe dovuto apprezzare il fatto che fosse un tale stronzo, ma le piaceva. Mac era uno stronzo burbero, ma era il suo stronzo burbero.

«Vorrei lavorare all'indietro dai tuoi sogni più recenti ai più vecchi. Ti va bene?» chiese Mac. Quando Sophie annuì il suo accordo, aspettò silenziosamente con aria aspettante.

Sospirando, Sophie chiuse gli occhi, rivolgendo la sua attenzione verso l'interno, cercando di tirare fuori l'ultimo sogno dai suoi ricordi nebbiosi.

«Ho sognato di aver attirato un uomo in un hotel. Era una camera d'albergo abbastanza bella, suppongo, ma non di alto livello. Era abbastanza generica da poter essere ovunque. Ho preparato da bere per me e per l'uomo, ma ho drogato il suo cocktail. L'uomo era calvo e grassottello, forse sui cinquant'anni. Indossava un completo marrone e una brutta cravatta blu. Non sono sicura della sua altezza; era seduto su un divano durante il sogno. Gli ho dato la bevanda drogata e l'ho guardato buttare giù tutto praticamente in un sorso. Ricordo di aver menzionato che ero nervosa perché non avevo mai fatto una cosa del genere prima. L'uomo - il suo nome iniziava con la D, come Doug o Dan, forse - mi ha chiesto se era la mia prima volta a rispondere a un annuncio di escort. Quando mi ha chiesto il mio nome, gli ho detto di chiamarmi Biancaneve», disse Sophie. «Mi sono svegliata a quel punto, quindi non so cosa sia successo dopo, ma sono abbastanza sicura di avergli dato una dose letale di fentanil.»

«Hai menzionato Biancaneve prima. Hai detto che occasionalmente sognavi di lavorare come Biancaneve alla Disney, giusto? Non sembra una coincidenza», chiese Mac, scarabocchiando le sue note in uno stile compatto e serrato che gli si addiceva perfettamente.

«Non ho avuto sogni di essere una principessa Disney da un po'. Ma sì, quello era un sogno ricorrente che facevo. Incontrare bambini vestiti come Biancaneve, fare foto con loro e firmare autografi. E esibirmi in una specie di spettacolo teatrale, credo. È tutto un po' confuso ora.»

«Era a Disneyland o Disney World?»

«Non ne ho idea. Non sono mai stata in nessuno dei due. Come faccio a sapere la differenza?»

«Uno è ad Anaheim, e l'altro è in Florida», rispose Mac.

«Ancora non lo so. Non ricordo troppi dettagli. Ricordo di aver visto il castello, però.»

«Entrambi hanno castelli. Aiuterebbe sapere quale location, ma questo aiuta comunque. Bene, continuiamo con i sogni», suggerì Mac.

Sophie raccontò tutti i sogni che riusciva a ricordare. Disse a Mac dell'uomo che aveva assassinato dietro un club di danza in un sogno, quello dove aveva fatto sembrare che un uomo si fosse suicidato in un parco giochi. In un altro, aveva ucciso un uomo dopo aver finto di essere una prostituta in un hotel squallido, un quarto ucciso proprio fuori da un sentiero per jogging, e un ultimo nel suo camion nel parcheggio vuoto dietro un parco industriale.

«Pensi che questi sogni fossero visioni dello stesso assassino?» chiese Mac.

«Forse? Voglio dire, in ogni sogno, suppongo di essermi sentita allo stesso modo: risoluta, ma con questo strano senso di realizzazione. Quello era ciò che rendeva i sogni così terribili. Ero sempre così allegra in essi. Ricordo quando ho fatto sembrare che il tipo sul sentiero per jogging fosse morto di overdose, stavo fischiettando tutto il tempo, come se stessi allegramente completando una faccenda, non assassinando un uomo.»

«Se assumiamo che tutti i sogni fossero visioni dello stesso assassino, quella persona ha ucciso almeno sette uomini. Storicamente, le donne sono raramente serial killer, quindi tutta la faccenda è molto inusuale. I moventi delle serial killer femminili sono tipicamente diversi dagli uomini. Statisticamente, uccidono per profitto o vendetta, anche se ci sono certamente eccezioni. E le serial killer femminili tendono ad uccidere persone a cui sono vicine, più spesso membri della famiglia. Il modo dell'omicidio è l'unica cosa che si allinea con una tipica assassina femminile. Usare il veleno è comune. Almeno non era arsenico nel loro vino di sambuco», disse Mac con una risatina.

«Vino di sambuco? Di che stai parlando?»

«È dal film *Arsenico e Vecchi m=Merletti*. È un film con Cary Grant. Penso che ti piacerebbe; è una commedia nera. Queste due sorelle assassinano i loro corteggiatori avvelenando il loro vino di sambuco.»

«Sì, sembra esilarante», disse sarcasticamente Sophie. «Tu e quei vecchi film. Sei nato nell'era sbagliata?»

«No, mi piace adesso, spiritata. Mi piacciono solo i bei film. Sto aggiungendo *Arsenico e Vecchi Merletti* alla nostra lista di film da guardare insieme», disse Mac, aprendo il suo blocco note a una pagina posteriore e scrivendo il titolo del film. Sophie sbuffò quando vide quanti film Mac aveva scritto.

«Bene, ripassiamo le somiglianze e differenze che la nostra assassina ha con una tipica serial killer femminile», suggerì Mac. «Questo potrebbe aiutarci a puntare nella direzione giusta.»

«Okay, ha senso. Nessuno di quei tipi sembrava conoscere Biancaneve, e lei non li conosceva. Almeno non personalmente. Li ha sicuramente cercati specificamente, ma non la riconoscevano. Nei sogni, inoltre, non sembrava che uccidesse per profitto. Direi vendetta, ma non era arrabbiata. Inoltre non sembrava che ucciderli fosse sessuale. Ricordo che il Boscaiolo le disgustava», spiegò Sophie.

«Dobbiamo separare la tua identità da quella dell'assassina. Sappiamo che non sei tu l'assassina, quindi devi smettere di dire cose come 'non ho ucciso per profitto.' Dobbiamo assicurarci che nessuno ti associ all'assassino», fece lezione Mac. «Chiamiamola Biancaneve d'ora in poi.»

Sophie annuì e guardò Mac mentre rileggeva le sue note. Aveva l'impulso di lisciare la ruga preoccupata tra le sue sopracciglia con il pollice. Quando era diventata una tale sciocca romantica?

Non volendo interrompere il processo di pensiero di Mac, Sophie si guardò intorno nell'open space agli altri detective mattinieri sparsi per lo spazio. Giocò a un gioco mentale dove cercava di indovinare che tipo di Mitico potesse essere ogni persona. C'era un uomo eccezionalmente alto che si versava un caffè da una macchina del caffè dall'aspetto antico che Sophie sperava disperatamente fosse un mutaforma giraffa. La voce di Mac la tirò fuori dalle sue riflessioni.

«In quasi ogni caso, Biancaneve ha usato se stessa come esca per isolare questi uomini. Inoltre sembra preferire le droghe, tipicamente usando fentanil, per incapacitare le sue vittime. Se dovessi indovinare, fa sembrare le morti come overdose», mormora Mac, rileggendo le sue note. «È buono. Abbiamo un modus operandi di base. A parte il fatto che tutte le sue vittime erano maschi, questi uomini avevano qualcos'altro in comune? Come età, etnia, aspetto, comportamento?»

«Non fisicamente. Sembravano tutti molto diversi, e le età erano tutte diverse. Nessuno di loro sembrava particolarmente bravo, questo è sicuro. Almeno due di loro hanno assunto Biancaneve come prostituta o escort. Quel tipo l'ha seguita in un parco buio e chiuso, che suona come qualcosa che qualcuno che sta tramando qualcosa di losco farebbe. E ho avuto la sensazione che quello sul sentiero per jogging potesse essere stato in agguato, ma non posso dirlo con certezza. Voglio dire, forse era fuori dal sentiero a pisciare nei boschi, ma quando è entrato nel sentiero davanti a Biancaneve, lei si aspettava che lo facesse.»

«Troy era certamente un predatore», disse Mac. «Le circostanze nei tuoi sogni mi fanno pensare che anche le altre vittime potrebbero esserlo state. Potrebbe essere inusuale, ma propendo per la giustizia da vigilante come possibile movente. Ma ho bisogno di prove concrete. Mi chiedo come Biancaneve abbia preso di mira questi tipi. Hai avuto qualche sensazione di come li abbia scelti dai tuoi sogni?» Quando Sophie scosse la testa, Mac si girò verso il suo computer. «Vedrò se riesco a trovare qualcuna di queste altre sei vittime», disse Mac, accedendo al computer ingombrante seduto nell'angolo della sua scrivania.

«Cosa?» chiese Sophie quando Mac improvvisamente ringhiò irritato.

«Dannazione. Abbiamo finito il tempo. Sono quasi le 8. Dobbiamo andare a incontrare il capo. Vedrò se riesco a trovare qualcuna delle vittime più tardi. Andiamo, dobbiamo andare se vogliamo arrivare in tempo», disse Mac, infilando il suo blocco note nella tasca e alzandosi.

Mentre Mac si allontanava verso gli ascensori, Sophie fu lasciata indietro a rincorrerlo.

«Aspetta, Detective Deficiente», urlò dietro la sua schiena che si allontanava. Sophie sentì diverse risatine da alcuni dei cubicoli intorno a lei. Mac si fermò e la guardò indietro con un sopracciglio alzato.

«Muovi il culo, spiritata. Voglio arrivare lì prima di Dunham.»

«Sei proprio un maleducato», si lamentò Sophie con Mac mentre aspettavano l'ascensore. Mac diede a Sophie un sorriso impenitente ma lo temperò afferrando gentilmente una delle sue mani nella sua.

Fuori dalla sede della polizia, il marciapiede scintillava al sole del mattino dopo una breve pioggia fuori stagione. Deve aver piovigginato mentre erano dentro a lavorare. La città manteneva ancora un bagliore di umidità. Gli odori del paesaggio urbano - un rivestimento metallico di fumi, un accenno di aglio e cipolle da un ristorante vicino, catrame vecchio e asfalto sporco intrappolati nell'aria stagnante e umida - si aggrappavano alle sue narici. Tuttavia, sotto gli odori della città, rimaneva il suggerimento di terra umida e fertile, e cose verdi che crescevano.

Mano nella mano, Sophie e Mac camminarono i pochi isolati fino al Mission Bean. Prima ancora di girare l'ultimo angolo verso la loro destinazione, Sophie riusciva a sentire l'odore della bontà tostata e sontuosa del caffè forte.

Il Mission Bean era incastrato tra un salone e una pizzeria cooperativa. Il profumo del caffè appena tostato tirò Sophie nell'interno buio e accogliente del negozio. A sinistra c'era una lunga panchina di legno inframmezzata da piccoli tavoli traballanti. Incastrato nel retro del negozio, quasi perso nell'atmosfera poco illuminata, c'era un piccolo bancone e una vetrina che mostrava vari prodotti da forno. Ma quello che aveva tutta l'attenzione di Sophie era l'enorme macchina tostacaffè a destra. Nera opaca con manopole e leve di rame lucido, il macchinario ben usato dava l'impressione di un'era passata. La tramoggia conica in cima al tostatore faceva sembrare tutto il congegno come una locomotiva a vapore dell'inizio del secolo. Un giovane uomo con una lunga paletta di legno appoggiata sulla spalla supervisionava il lento movimento dei chicchi in tostatura. Avvicinandosi, Sophie guardò ipnotizzata mentre le lame rotanti mescolavano i chicchi di caffè ancora bollenti in un ampio bacino poco profondo. Il colore cioccolato bruciato dei chicchi e il loro profumo ricco e inebriante rinfrescarono la mente di Sophie, rinvigorendo i suoi sensi.

Mac e Sophie ammirarono il movimento ipnotizzante delle palette che mescolavano i chicchi per un momento in più prima di farsi strada attraverso il negozio stretto fino alla donna dall'aria annoiata con un berretto arancione al registratore di cassa.

«Buongiorno, Detective Volpes», disse la dipendente, visibilmente rinvigorendosi quando notò Mac. «Il solito?»

«Grazie, sarebbe fantastico, Becky. Cosa vuoi?» Mac si girò verso Sophie mentre lei guardava il menu sulla lavagna.

Dopo che Sophie aveva scelto un panino bagel e Mac aveva scelto un muffin sano e pieno di cereali, presero uno dei tavoli vuoti vicino all'ingresso del negozio, ognuno con in mano una tazza di caffè fumante. Sophie scivolò nel booth con Mac che prese il posto di fronte a lei. Quando un cliente entrò e chiese di prendere la sedia vuota in più dal loro tavolo, Mac ringhiò che stavano aspettando compagnia, spaventando la persona.

Ignorando la maleducazione di Mac, Sophie si mise le mani intorno al calore della sua tazza di caffè, guardandosi intorno nel caffè con uno sguardo di ammirazione. «Mi piace questo posto.»

«Sì, anche a me. Vengo qui diverse volte a settimana.»

Sophie guardò mentre Mac spezzava un pezzo del suo muffin e se lo metteva in bocca con gusto.

«Cosa?» chiese al suo sguardo di disgusto.

«Un muffin di crusca? Davvero? È solo un pasto così triste. Vivi un po'», lo prese in giro Sophie, tirando fuori un pezzo di pancetta dal suo panino e agitandolo sotto il naso di Mac prima di prendere un morso croccante. Sophie canticchiò felicemente al gusto della bontà salata, grassa e unta.

«Fanno un muffin delizioso qui. Fanno bene, e sono molto... umidi», disse Mac con un sorriso malvagio.

«Non iniziare.» Sophie puntò un dito accusatorio a Mac.

«Non ti piacciono i muffin umidi, Soph?»

«Ti giuro che ti lascio qui da solo a spiegare al Capo della Polizia come mi hai fatto scappare con le tue sciocchezze», minacciò Sophie, facendo sghignazzare Mac nel suo caffè.

Sophie si guardò intorno il caffè con ammirazione. Amava la sensazione di un caffè di quartiere vecchio stile, dalla lavagna sul muro posteriore con i piatti del giorno fino al pavimento di cemento macchiato scuro e graffiato. La sterilizzazione aziendale, dove l'uniformità era valutata sopra l'unicità e l'originalità, non aveva ancora derubato il Mission Bean del suo carattere originale.

«Vorrei ci fosse un caffè così vicino a casa mia. Oh, guarda», disse Sophie, indicando un'esposizione accanto al registratore di cassa. «Vendono pacchetti dei loro chicchi appena tostati. Ricordami di prenderne un paio per il lavoro prima di andare via. Il caffè all'obitorio sa di piedi sudati. È disgustoso.»

«Come fai a sapere che gusto hanno i piedi sudati?» scherzò Mac mentre Sophie sbuffava e alzava gli occhi al cielo. «Andiamo, spiffera tutti i tuoi segreti. Voglio sapere tutto sui tuoi feticci.»

«Tutti i miei feticci?» chiarì Sophie. «Come i piedi sudati?»

«Voglio solo assicurarmi che tutti i tuoi bisogni siano soddisfatti», disse Mac, muovendo le sopracciglia.

«Bene. Farò una lista di controllo di tutti i miei feticci. Solo per assicurarmi che tu sia all'altezza del compito a portata di mano», ribatté Sophie, facendo ridacchiare Mac.

Mac iniziò a rispondere ma chiuse bruscamente la bocca e fece cenno con la testa verso l'ingresso.

Sophie guardò mentre il Capo Dunham si faceva strada attraverso la porta, accigliatosi come se pensasse di dover intimidire l'ingresso per farlo sottomettere.

Notando Mac e Sophie, Dunham indicò che si sarebbe unito a loro dopo aver fatto un ordine. Sophie guardò divertita mentre Dunham ordinava tè e poi spremeva così tanto miele nella sua tazza che schiacciò la pancia dell'orsetto del miele rendendola concava.

Sophie si girò verso Mac scoppiando di gioia. Mentre aprì la bocca per fare una battuta sull'orso con il miele, Mac le mise una mano sulla bocca e scosse la testa no.

«I mutaforma hanno un udito eccellente», le ricordò. Sophie sbuffò un respiro deluso nella mano di Mac ancora sulla sua bocca, poi tirò via la sua mano dal suo viso.

Il Capo Dunham prese il posto accanto a Mac, diagonalmente dall'altra parte del tavolo rispetto a Sophie.

Prendendo un lungo sorso del suo tè, Dunham fissò Sophie con lo sguardo implacabile di un cane da guardia. Aveva un viso largo con una grande mascella quadrata e occhi marrone investigatori sotto sopracciglia pesanti. Con le sue guance rubiconde e l'inizio di guance rotonde, tutto quello di cui avrebbe avuto bisogno sarebbe stata una barba bianca per fare un eccellente Babbo Natale tra qualche anno - se in qualche modo fosse diventato allegro nel lasso di tempo che seguiva. Sophie dubitava che essere il Capo della Polizia si prestasse a molto di uno stato mentale allegro.

La donna con il berretto portò la colazione del capo prima che Sophie potesse iniziare a fare domande investigative sui piani di Dunham dopo il pensionamento.

«Allora, cosa avete scoperto finora?» chiese Dunham intorno a un boccone di panino.

Mac spiegò la sua teoria che Sophie stava avendo visioni dello stesso assassino. Disse a Dunham come pianificava di vedere se riusciva a trovare qualcuna delle precedenti vittime di Biancaneve. La speranza era che localizzare altre vittime avrebbe rivelato prove aggiuntive e possibilmente aiutato a tracciare i suoi movimenti.

«A parte Troy Weatherby, qualcuna delle altre vittime di Biancaneve erano Mitici? Pensi che potesse prendere di mira i Mitici specificamente o era solo una coincidenza?» chiese Dunham.

«Propendo per la coincidenza. Penso che stia prendendo di mira uomini predatori. I sogni non hanno rivelato dettagli se le vittime fossero umane o Mitiche», rispose Mac.

«Basandosi sulle prove preliminari trovate nel suo appartamento, sembra che Troy viaggiasse per tutto il paese per il suo lavoro come meccanico industriale. Usava la copertura dei suoi viaggi di lavoro per cacciare vittime lontano da casa. Dal momento che gli piaceva tenere trofei, speriamo di riuscire a rintracciare tutte le sue vittime, ma potrebbe richiedere settimane, se non mesi», disse Dunham, pizzicandosi il ponte del naso. «Sembra che prendesse di mira donne che non sarebbero mancate, come prostitute e fuggitive, ma ognuna era bionda, e la maggior parte erano minute.»

«Scommetto cinquanta dollari che sua madre era bionda e minuta», rispose Sophie con uno sbuffo.

Dunham aspirò aria attraverso il naso con un fischio irritato. Mac guardò Sophie con sopracciglia alzate che dicevano 'Vedi, non sono solo io che infastidisci.' Quando il capo guardò il suo orologio, Sophie strinse gli occhi e tirò fuori la lingua a Mac.

«Cos'è un meccanico industriale?» chiese Sophie, cambiando argomento.

«Un meccanico industriale è qualcuno che ripara e mantiene macchinari su larga scala. Weatherby si specializzava nella riparazione di certi tipi di attrezzature di fabbrica», spiegò Dunham. «Viaggiava molto.»

«Questo potrebbe spiegare tutto lo sporco e la polvere che abbiamo trovato sotto le sue unghie durante l'autopsia», mormorò Sophie.

«Basandoti sulle tue visioni, non pensi che l'omicidio di Troy Weatherby fosse personale? Che fosse giustizia da vigilante? I detective capo di questo caso credono che l'omicidio di Weatherby fosse o una questione di legittima difesa da una potenziale vittima o più probabilmente un omicidio per vendetta da parte di un parente di una vittima.»

«Non me ne frega niente di quello che pensano quei detective. Non è problema mio. Non mi preoccuperò del loro caso. Sono solo interessato a seguire gli altri omicidi dalle visioni di Sophie di Biancaneve. Non interferirò in alcun modo nella loro indagine», assicurò Mac a Dunham.

«Se trovi qualcosa di rilevante per i loro casi, me lo inoltrerai. Mi occuperò io di analizzare le informazioni ai detective capo sui loro casi. Non pestare altri piedi nel dipartimento, Mac. Puoi lavorare su questo angolo finché non interferisce con l'indagine di Chan e Novack.»

Mac alzò le mani in agitazione, mormorando «Bene.»

«D'ora in poi, voglio che tutte le copie delle visioni autoptiche di Sophie vengano inoltrate a me invece che a te, Volpes. Non devi più fare da intermediario tra Sophie e i detective assegnati ai casi per cui ha visioni. Inoltre, signorina Feegle, ho bisogno che tu inizi a tenere un diario di tutti i tuoi sogni. Non me ne frega se è una registrazione o un resoconto scritto, ma vorrei che mi fosse mandato settimanalmente. A meno che tu non abbia un sogno rilevante, che voglio immediatamente», stabilì Dunham.

«Cosa! Non puoi tagliarmi fuori da questo», argomentò Mac. Guardandolo, Sophie non riusciva a scacciare l'immagine mentale di un cane con il pelo del collo ritto, che mostra i denti e ringhia basso dalla gola.

«Devi capire il mio problema qui», disse Dunham, allargando le mani. «Confrontando le registrazioni delle tue visioni con i rapporti di polizia e le autopsie, non vedo errori nelle tue visioni. Questo sarebbe tipicamente abbastanza per dare il via libera al tuo lavoro, ma ora abbiamo qualcuno che sembra essere in grado di aggirare la tua magia. Come posso fidarmi delle tue visioni ora?»

Dunham prese con calma un grande morso del suo panino mentre Mac visibilmente cercava di ingoiare la sua rabbia. Sophie guardò mentre un piccolo blob di insalata di uova si impigliò nei baffi spessi di Dunham.

«Ho trovato Sophie. Sono io quello che ha capito il suo dono. È una risorsa importante per il dipartimento. Ma ancora più importante, sono suo amico e farò tutto il necessario per proteggerla. Più persone sanno quello che può fare, più pericolo rappresenta per lei. Non tagliarmi fuori», disse Mac, il suo pugno batté sul tavolo, facendo tremare i piatti mezzo vuoti. «Qualcuno deve vegliare su di lei.»

«Questo è un altro problema. Credo che tu sia emotivamente compromesso», disse Dunham, puntando un dito spesso a Mac. «È chiaro, basandomi solo sul tuo linguaggio corporeo, che sei eccessivamente coinvolto con Sophie. Sono preoccupato che tu sia di parte.»

Sophie spinse via il suo piatto nonostante avesse mangiato solo metà del suo bagel, non più affamata.

«Di parte?» disse Mac attraverso i denti serrati. «Non sono compromesso. Ci tengo a Sophie, sì. Ma tutto quello che faccio è inoltrare le sue visioni a ogni detective rilevante esattamente come le detta lei. Non altero quello che dice, e non dico ai detective cosa fare con quell'informazione. Le visioni di Sophie non sono prove. Sono una guida. Qualsiasi detective che non capisce questo non vale il suo peso in sale», argomentò Mac. «Questa è una sciocchezza. Non sono di parte. Sono un ottimo detective. E il mio record riflette la mia capacità, giudizio e impegno.»

A Sophie piaceva che Mac fosse così sicuro e certo nelle sue capacità.

La rabbia rotolò attraverso gli occhi blu di Mac, rivelando il lato predatorio della sua natura di mutaforma volpe. Occasionalmente, Sophie si dimenticava che Mac non era interamente umano, e poi la sua aggressione ben nascosta alzava la testa. Era solo qualche giorno prima che Mac, in una forma di volpe parzialmente trasformata, avesse spedito diversi mutaforma lupo con solo i suoi artigli e zanne proprio davanti agli occhi di Sophie? Gli eventi nella vita di Sophie si stavano muovendo a velocità iperluce. La battaglia in cima alla Coit Tower sembrava che fosse successa settimane fa piuttosto che solo qualche giorno.

«Ho rivisto il tuo file. Puoi spiegare la tua storia lavorativa a macchie?» chiese Dunham a Sophie, cambiando marcia.

Sophie sentì la sua espressione indurirsi al messaggio implicito nel tono di Dunham.

«Questo è un colloquio di lavoro?» scattò Sophie.

«Sì, in realtà. Rispondi alla domanda», disse Dunham con tono piatto.

«Ho solo preso il mio diploma associato. Senza una laurea, la maggior parte dei lavori che riuscivo a trovare erano nel retail. Si scopre che il servizio clienti non è il mio forte. Non è nella mia natura sopportare le stronzate. Mi piace lavorare all'obitorio perché i clienti non si lamentano del mio atteggiamento», disse Sophie. La battuta atterrò tra di loro con la grazia di un'anatra morta che cade dal cielo.

«E come hai fatto a non sapere del tuo dono fino a di recente?»

«Non è che stavo andando in giro a toccare cadaveri, no? Non avevo mai toccato un corpo morto prima di iniziare a lavorare nell'ufficio del ME», ribatté Sophie.

«Trovo peculiare come hai ottenuto il lavoro. Non hai zero esperienza precedente nel campo medico. È solo capitato che hai salvato il mutaforma opossum che dirige la divisione Mitica dell'Ufficio del Medico Legale, e ti ha offerto il lavoro. Non trovi inusuale questo?»

«Ad essere onesta, trovo tutta la cosa inusuale. Il fatto che i Mitici esistano è inusuale. Ma sai, hai ragione. Mi hai beccata. Ho pianificato tutta la dannata cosa così potevo eseguire autopsie nel mezzo della notte. Era il mio piano maestro.

«Sai una cosa? Non devo sopportare queste stronzate. Pensi che mi diverta rivivere gli ultimi momenti orribili delle persone? Pensi che mi sto divertendo?» chiese Sophie, iniziando rabbiosamente a spingere fuori dal suo posto per andarsene. Mac si allungò attraverso il tavolo e appoggiò una mano calmante sul braccio di Sophie. La rassicurazione incorporata nel suo tocco calmò Sophie come nient'altro poteva.

Prendendo un respiro profondo e purificatore, Sophie si sedette di nuovo, si voltò verso Dunham e lo guardò. «Perché dovrei mentire? Cosa potrei possibilmente ricavarne? Cosa ho da guadagnare? Francamente, fa abbastanza schifo. Non fraintendermi, amo il mio lavoro, ma le visioni sono spesso orribili, e mi fanno pagare un prezzo.»

«Hai ragione», disse Dunham, facendo sgonfiare la rabbia di Sophie quasi velocemente come era iniziata. «Avevo bisogno di conoscerti. Vedere le tue reazioni da solo prima di poter approvare l'uso delle tue visioni nella divisione Mitica. Avevo bisogno di vedere da me stesso che eri quella vera e non solo qualche furbo truffatore o una cacciatrice di gloria.»

«Cacciatrice di gloria? Questo era un test?» disse Sophie attraverso i denti serrati.

Dunham le fece una scrollata di spalle senza scuse.

«Sei sicura di non essere Fae?» chiese il Capo Dunham, dando a Sophie un colpo di frusta mentale con quanto rapidamente continuava a cambiare marcia.

«Sono umana. Alcuni degli altri all'obitorio pensano che potrei avere un antenato Fae o qualcosa per spiegare la mia capacità», disse Sophie. «Ma per quanto ne so, tutta la mia famiglia era umana.»

Il capo prese un annusata ovvia di Sophie. Rassodò ogni muscolo nel suo corpo per evitare di rannicchiarsi via da Dunham. Essere così ovviamente annusata la rese paranoica che il suo deodorante non stesse funzionando. Tuttavia, rifiutò di avere un singolo segno del suo disagio registrato sulla sua faccia. Concentrò tutta la sua attenzione sul residuo di uovo ancora appiccicato ai baffi di Dunham mentre tremolava ad ogni soffio profondo.

«Non odori di Fae. Odori come un normale vecchio umano per me. Strano, ma non saresti il primo umano con capacità magiche», disse Dunham con una scrollata di spalle. «Ho rivisto tutti i casi dove hai avuto visioni. È stato buon lavoro. Sono rimasto impressionato dai dettagli che sei riuscita a scoprire. Un paio di volte, hai anche aiutato a risolvere casi bloccati.»

«Ehm... prego?»

«Capo, sto richiedendo di continuare a ricevere copie delle visioni di Sophie. Solo per ribadire, non interferirò con nessuna indagine. Voglio solo essere aggiornato», intervenne Mac, girandosi nella sua sedia per affrontare completamente Dunham.

Sophie guardò come Mac serrò la mascella, realizzando che stava per piantare i talloni.

«La tua richiesta è stata notata. E respinta. Scusa Mac, le visioni autoptiche della signorina Feegle verranno trasmesse tramite me d'ora in poi. Non sarai più il suo principale punto di contatto. Non discutere, Volpes. È una cosa fatta», Dunham tenne un dito severo alzato quando Mac aprì la bocca, il suo viso rosso di rabbia.

Con la coda dell'occhio, Sophie notò che la ragazza-berretto aveva iniziato a venire intorno al bancone, uno sguardo preoccupato sul suo viso.

«Voglio che Mac sia il mio punto di contatto con le mie visioni dei sogni», disse Sophie rapidamente, tagliando fuori Mac dall'escalation dell'argomento con Dunham. «È l'unica persona a cui affiderò i miei sogni.»

«Va bene», concluse Dunham. «Mi aspetto un rapporto settimanale di tutti i sogni di Sophie, Mac, anche quelli banali. I riassunti saranno sufficienti, non ho bisogno dei dettagli a meno che non siano rilevanti. I sogni ad alta priorità devono essere inoltrati a me immediatamente. A meno che tu non abbia qualcos'altro da discutere, potete andare. Vorrei finire la mia colazione in pace. Mi rovinate la digestione.»

Senza aggiungere altro, Mac si alzò bruscamente e invitò Sophie a seguirlo. Si diresse verso l'uscita su un'onda di rabbia. Sophie decise di comprare i chicchi di caffè un'altra volta. Voleva solo scappare.

Mentre iniziava a seguire Mac all'uscita, Sophie si fermò e si girò indietro verso Dunham, «A proposito, hai dell'uovo nei baffi.»

Sophie guardò attraverso la grande finestra davanti mentre Mac si girò e si rese conto di aver lasciato Sophie indietro, così tornò e tenne la porta perché Sophie lo raggiungesse fuori. Senza un'altra parola, Sophie si allontanò da Dunham, seguendo Mac nel crescente flusso del traffico pedonale mattutino.

Mac camminò a grandi passi lungo il marciapiede, mormorando espletivi arrabbiati sotto il respiro. Una volta che girarono l'angolo lontano dal caffè, si fermò nel mezzo del passaggio pedonale. Rimase lì, spalle tese e respirando respiri aggravati come un cavallo senza fiato.

«Davvero antipatico», affermò Sophie, convinta che fossero ormai abbastanza lontani dal Mission Bean da non poter essere sentiti dal mutaforma. Mac prese un lungo respiro e poi ruotò il collo prima di rispondere.

«È il Capo della Polizia e responsabile di tutti i crimini Mitici per il NorCal», disse Mac come se quello spiegasse tutto. «Inoltre, deve rispondere al Conclave. Un bravo ragazzo verrebbe masticato e sputato entro i primi due giorni di lavoro. È duro e astuto, ma è giusto. Più importante, mi fido di lui. Sono solo incazzato che mi stia tagliando fuori.»

«Ti fidi di lui?»

«Sì, mi fido di lui per fare il suo lavoro. Utilizzerà il tuo dono, e ti proteggerà perché conosce il valore delle tue capacità. Tuttavia, non mi fido di nessuno tranne me stesso e il resto degli Strani a mettere la tua sicurezza sopra il lavoro. Puoi fidarti di Dunham per mettere sempre il lavoro al primo posto», promise Mac. «Noi siamo i tuoi amici. Lui è soltanto il tuo superiore.»

«Potrei ancora inoltrare le visioni autoptiche a te. Non ha bisogno di saperlo», offrì Sophie.

«No, non hai bisogno di farlo. Ho solo confrontato le tue visioni con i rapporti dei casi e le ho inoltrate ai detective assegnati, quindi non ho bisogno di essere coinvolto. Ha ragione che ho fatto incazzare alcuni dei ragazzi nel dipartimento. Ora che mi sto calmando, realizzo che probabilmente ha ragione. I detective devono prendere le tue visioni seriamente se vengono dal Capo della Polizia.»

«Non significa che mi piaccia. Non ha senso dell'umorismo», si lamentò Sophie. «Non mi fido di nessuno che non ride alle mie battute.»

«Ehm, Soph... Odio essere il portatore di cattive notizie, ma nessuno ride alle tue battute», scherzò Mac, facendo spingere Sophie con la spalla.

«Sei proprio pieno di frottole», brontolò Sophie, ridacchiando quando Mac annuì d'accordo.

«Andiamo, spiritata. Lascia che ti porti a casa», disse Mac. Prendendo la sua mano nella sua, Sophie sentì la preoccupazione e lo stress dalla conversazione con Dunham sciogliersi via.

CAPITOLO 5

Mentre Mac si fermava lungo il marciapiede davanti al palazzo di Sophie, lei ammirò come il sole scintillante del mattino facesse sembrare l'edificio – che aveva affettuosamente soprannominato Castagnaccia – quasi regale. La pioggia si aggrappava ancora alle decorazioni lignee ricurve lungo i ripidi frontoni, riflettendo il brillante sole cristallino del mattino, camuffando temporaneamente la sporcizia e il lento e insidioso decadimento.

Con un'ultima occhiata a Castagnaccia che scintillava sotto il sole del mattino, Sophie si voltò verso Mac mentre l'auto era ferma al minimo. Lo spazio si fece improvvisamente molto più piccolo. L'intensità dello sguardo di Mac fece sentire Sophie sospesa fra il sentirsi preda e tentatrice. Non era una sensazione a cui Sophie fosse abituata, ma la stava apprezzando.

Lo scatto della cintura di sicurezza di Mac che si sganciava suonò eccessivamente forte nel silenzio del veicolo. Mentre si piegava oltre la consolle, tutto quello che Sophie riusciva a vedere era il blu ghiaccio dei suoi occhi. Lo sguardo nei suoi occhi era intenso ed elettrizzante – come quello di un predatore. Era completamente concentrato, come pronto a balzare. Sophie sentì improvvisa affinità con una gazzella nella savana. Facendo scorrere la mano lungo la sua spalla, stringendo la nuca, Mac tenne Sophie ferma mentre le sfiorava con il pollice il punto dove batte il polso. La sua presa in qualche modo contribuiva alla sensazione di essere una preda consenziente. Un brivido di piacere corse lungo la spina dorsale di Sophie. Mac rimase immobile, a un soffio di distanza da lei, aspettando che Sophie colmasse quell'ultimo millimetro. Lasciò tutto a lei. Sophie aspettò quasi un battito di troppo, assaporando il momento di anticipazione, quello spazio dove calore e desiderio crescevano.

Inclinando la testa, Sophie premette lentamente le labbra contro le sue. Posando una delle sue mani sul petto di Mac, Sophie sentì sotto le dita il brontolio sommesso di un ringhio quasi impercettibile. Mac trasformò il bacio dolce in qualcosa di feroce, pieno di possesso e calore, privando Sophie del pensiero superiore. Facendo scorrere le braccia intorno al suo collo, Sophie lo tirò più vicino, volendo toccare ogni centimetro di Mac. Mac trascinò la bocca via dalle labbra di Sophie, baciandole il collo. Un sentiero bruciante di calore seguì nella scia delle sue labbra. Quando i denti di Mac pizzicarono la spalla di Sophie, il nome di Mac le uscì dalle labbra in un sussurro.

Con un ringhio, Mac con uno scatto si ritrasse, quasi catapultandosi contro la portiera opposta. Per un momento, Sophie fu confusa e pronta a riafferrarlo, ma il rumore del traffico e dei pedoni che passavano irruppe nella sua consapevolezza.

Passandosi le mani tra i capelli, facendo drizzare le ciocche biondo caramello in grovigli selvaggi, Mac disse: «Dovresti andare prima che perda il controllo e Birdie si godrebbe lo spettacolo».

«Birdie?» ripeté Sophie confusa, cercando ancora di raccogliere i suoi pensieri dispersi. Il bacio di Mac le aveva tolto completamente il senno. Mac annuì con il mento verso la facciata di Castagnaccia.

Sophie si voltò nel suo sedile per guardare il suo palazzo.

Guardando verso la finestra della sua vicina, Sophie sbuffò quando notò Birdie appiccicata alla sua finestra con un sorriso da orecchio a orecchio spalmato sul viso.

Sophie guardò di nuovo Mac, cercando di nascondere che era senza fiato e si dimenava nel sedile. Lo sguardo negli occhi di Mac disse a Sophie che non lo stava ingannando.

«Dato che il nostro appuntamento per colazione stamattina è andato a monte, vorresti cenare e guardare un film a casa mia stasera prima che tu vada al lavoro? Potrei ordinare indiano da questo posto in fondo alla strada che fa il miglior pollo vindaloo», propose Mac.

«Sì, mi piacerebbe», rispose Sophie, infastidita dal tono senza fiato della sua voce.

«Ti vengo a prendere qui alle 6. Posso portarti al lavoro dopo, così non dovrai prendere l'autobus», suggerì Mac. «C'è qualcosa di specifico che vuoi che ordini?»

«Va bene tutto».

«Allora ci vediamo stasera», disse Mac, piegandosi di nuovo attraverso l'auto.

Incontrandolo a metà strada, Mac diede a Sophie un bacio breve, quasi casto.

«Ci vediamo stasera», disse Sophie, uscendo a malincuore dall'auto. «Sembra che Birdie voglia salutare».

Sophie indicò l'ottuagenaria che sventolava entusiasticamente appiccicata alla finestra.

«Ciao, signorina Birdie!» urlò Mac, ricambiando il saluto.

Birdie gli mandò un bacio esagerato. Mac finse di catturare il bacio e riporlo nella tasca interna della giacca.

«L'hai appena messo in tasca?»

«Sì, me lo tengo per dopo», rispose Mac. La battuta tagliente strappò una risata a Sophie.

Ugh, sto diventando una ridacchiona. Bleah. Riprenditi, Sophie. Dovresti essere una dura, non una scemotta, si rimproverò mentalmente Sophie, raddrizzando le spalle.

Con un ultimo saluto, Sophie si voltò e salì i gradini leggermente cadenti di Castagnaccia che portavano al piccolo atrio.

Dopo aver finito gli ultimi gradini fino al terzo piano, Sophie non fu sorpresa di vedere Birdie che l'aspettava nella porta aperta del suo appartamento. Senza una parola, Birdie fece cenno a Sophie di entrare. Sophie si sentiva un'amica di merda perché erano passati diversi giorni da quando erano riuscite a condividere una tazza di tè e guardare un po' di TV trash. Sophie fece il proposito silenzioso di non lasciare che la pazzia della sua vita interferisse con il trascorrere del tempo con la sua piccola collezione di amici.

Sophie si diresse al suo posto abituale sul divano a due posti mentre Birdie si trascinò nella sua piccola cucina.

«Vuoi il tè?» gridò Birdie.

«Sì, per favore». Sophie diede l'unica risposta appropriata.

Ginsberg, il gatto tartarugato di Birdie, uscì con passo disinvolto dalla camera da letto e diede a Sophie una lunga occhiata penetrante piena di disdegno felino. Ginsberg puntò il naso delicato in aria e iniziò ad attraversare il soggiorno. Era chiaro che Sophie era stata giudicata e trovata inadeguata. Sophie fece penzolare la mano in offerta e fece rumori di baci per cercare di attirare Ginsberg, ma lui le diede una sniffata altezzosa e corse invece in cucina a vedere cosa stesse combinando la sua padrona.

Qualche minuto dopo, Birdie uscì portando due delicati piattini con tazze abbinate. Sottili spirali di vapore si arricciavano dalla superficie del liquido. Ginsberg seguì Birdie mentre consegnava a Sophie la sua bevanda. Sophie soffiò sulla superficie della tazza prima di prendere un piccolo sorso. Canticchiando felicemente al sentire l'accenno di arancia aspra nel tè scuro e affumicato, Sophie prese un altro sorso.

Sophie ridacchiò mentre Ginsberg si fermò davanti a lei e fece un mrow esigente. Girò in tre cerchi precisi, poi si buttò sui piedi di Sophie, facendo le fusa come il motore di un motoscafo.

«Oh, capisco. Ora vuoi attenzioni. Felino volubile. Cos'è

cambiato da tre minuti fa?» chiese Sophie mentre si chinò e iniziò compiacente a grattare Ginsberg sotto il mento setoso. Ginsberg permise i grattini sotto il mento per un minuto prima di girarsi e strofinare la guancia contro le dita di Sophie. Girò il corpo, facendo scivolare la mano di Sophie dal collo alla spalla, e si appoggiò sulle sue dita. Sophie seguì il movimento, facendogli scorrere la mano lungo la schiena più volte, finché Ginsberg non si voltò all'improvviso con un miagolio indignato, diede una zampata alla sua mano e corse via nella camera da letto di Birdie, lanciandole un'ultima occhiata di rimprovero.

«Gatto pazzo. Almeno aveva gli artigli retratti», commentò Sophie, guardando mentre Ginsberg faceva capolino dietro l'angolo. Le lanciò un'occhiataccia e poi scomparve di nuovo con un ultimo colpo di coda.

Birdie tornò in cucina e ne uscì con una scatola malconcia di wafer alla vaniglia. Birdie raggiunse Sophie sul divano a due posti, abbassandosi sul cuscino fiorito con un gemito. Mettendo i biscotti tra di loro, prese il telecomando della TV e mise un talk show mattutino. Mangiarono biscotti inzuppati nel tè mentre guardavano una donna bionda magra come un uccello e un uomo dai capelli scuri con un sorriso tanto brillante da sembrare finto parlare con varie celebrità.

Sophie nascose il sorriso dietro la mano mentre ascoltava Birdie lamentarsi della mancanza di un uomo che conduceva il programma prima che il giovane eccessivamente levigato si unisse al cast.

«Come va con te e Mac?» chiese Birdie, appoggiando il tè su un tavolino e voltandosi verso Sophie durante una pausa pubblicitaria.

«Va bene. Abbiamo un appuntamento stasera», rispose Sophie. Sophie non riusciva a capire se il bagliore caldo nel ventre fosse il tè caldo o la realizzazione di avere un appuntamento.

«Bene, sono contenta. Sono felice per entrambi. Anche se

ammetto di essere stata sorpresa che tu sia andata con un mutaforma», rispose Birdie. «Non che non capisca. È un bell'uomo. Ci avrei fatto un giro ai miei tempi».

Sophie sputacchiò nella bevanda, versando liquido caldo sulla mano.

«Ugh, ehi, attenta al mio divano!» la rimproverò Birdie, alzandosi e portando a Sophie dei tovaglioli di carta per asciugare i vestiti e il mento. Birdie ripulì accuratamente il tè versato dalla tappezzeria floreale arancione.

«Co-come hai fatto a saperlo?»

«Cosa? È ovvio che quel ragazzo è un mutaforma. Se sai cosa cercare, la maggior parte di loro non è molto brava a nascondere la loro vera natura».

«Cosa intendi? Come hai fatto a capirlo?» chiese Sophie, chiedendosi: *Se è così ovvio, perché più umani non sanno dei Mitici?*

«Beh, tanto per cominciare, ti ringhia contro ogni volta che lo fai arrabbiare – cioè praticamente sempre. Se la luce colpisce i suoi occhi nel modo giusto, a volte puoi vedere la lucentezza dorata nell'iride. L'ho visto solo con i mutaforma. Ha anche l'aggressività repressa che si trova nella maggior parte dei mutaforma predatori», spiegò Birdie, elencando i punti sulle dita nodose dell'età. «Con i Mitici, molto della loro natura si mostra nel modo in cui si comportano o a volte anche si vestono. Per esempio, se mai incontri un uomo o una donna che porta sempre una moneta d'oro, potrebbe essere un leprechaun. Ma un modo sicuro per sapere che hai a che fare con un leprechaun è che toccheranno costantemente la moneta – è un bisogno compulsivo per la maggior parte di loro».

«Mh, strano. Come fai a sapere dei Mitici in primo luogo? L'ho scoperto solo di recente per caso», chiese Sophie.

«Tesoro, per favore. Ho vissuto tutta la mia vita in questa città. San Francisco pullula di non umani. Inoltre, ho avuto una storia con un mutaforma tigre quando avevo vent'anni. Oh, quell'uomo era fantastico a letto. Così bravo con le mani», disse

Birdie, con un'espressione sognante sul viso. Cachinò quando vide che Sophie si era tappata le orecchie e stava canticchiando «la la la» sottovoce. «Bacchettona», dichiarò Birdie, poi zittì la replica sulle labbra di Sophie perché la pausa pubblicitaria era finita.

Guardarono il resto del programma in silenzio amichevole, e poi Sophie tornò a casa per dormire un po' dopo una notte molto lunga.

Prima che Sophie si infilasse a letto, prese il blocchetto che usava per la lista della spesa e una penna. Li mise sul tavolino traballante accanto al letto, tenendoli facilmente a portata di mano nel caso avesse avuto un'altra visione nel sonno.

CAPITOLO 6

Seduta sul gradino più alto del portico, aspettando Mac, Sophie volse il viso verso il cielo grigio che incombeva sopra di lei. La temperatura era scesa negli ultimi giorni, con l'autunno che iniziava la sua marcia verso l'inverno. Le prime piogge della stagione sembravano insinuarsi sulla città. Chiudendo gli occhi, la pioggerellina leggera, poco più di una foschia, le sembrava come piccoli aghi di ghiaccio sulle guance. Pescando il berretto di lana spessa dalla tasca del cappotto, se lo calcò stretto sui capelli, assicurandosi di coprire le orecchie.

Tutto era silenzioso eccetto il suono soffice della pioggerella che colpiva gli edifici intorno a lei.

«Ehi, Soph!» gridò una voce profonda, interrompendo i pensieri vaganti di Sophie. Guardando a destra, Sophie individuò Burg in piedi in una calda chiazza di luce che si versava dal suo pub. «Che ci fai fuori sotto la pioggia?»

«Ho un bell'appuntamento stasera, Burg! Sto aspettando il mio passaggio.»

«Saluta Mac da parte mia.» Burg fece a Sophie un piccolo sorriso e un cenno prima di aprire la porta per rientrare nel suo bar. Indossava un dolcevita a trecce verde oliva teso stretto sul suo torace a forma di tamburo. Si fermò sulla soglia, le luci all'interno del pub che illuminavano momentaneamente d'oro le costole della maglia spessa. «Come stai? Non ho avuto modo di controllarti dalla nostra piccola avventura.»

«*Piccola* avventura?» ripeté Sophie alzando un sopracciglio.

La piccola avventura a cui si riferiva Burg era di pochi giorni fa: lui che si trasformava nella sua forma da orco, uccideva due poliziotti corrotti che stavano per mettere una pallottola nella testa di Sophie, poi si arrampicava all'esterno della Coit Tower con Sophie aggrappata alla sua schiena come una zecca. In cima alla Coit Tower, Sophie guardò l'orco-Burg falciare una folla di Mitici che stavano cercando di chiudere permanentemente il portale per il regno delle Fate. Certo, «piccola avventura» davvero.

«Ok allora, come stai dalla nostra grande avventura?»

«Sto bene, Burg. Non c'è bisogno che ti preoccupi.» L'ultima cosa che Sophie voleva era un altro ansioso che le ronzasse intorno. A questo punto ne aveva un gruppetto.

Con un congedo che offriva di condividere presto un po' di whiskey e compagnia, Burg tornò nel caldo bagliore del suo pub, Pollicino.

Pochi minuti dopo, proprio quando Sophie sentiva che stava diventando un blocco di ghiaccio seduta lì, Mac si fermò dolcemente al marciapiede direttamente davanti a Castagnaccia. Controllando l'orologio, Sophie ridacchiò quando si rese conto che erano esattamente le sei. Ovviamente.

Mac abbassò il finestrino del passeggero e fece a Sophie un sorriso diabolico.

«Sono nel posto giusto per l'incontro bisettimanale degli Anonimi dei Culti e della Stregoneria?»

«Ci sei, ma è solo su invito. Scusa, non prendiamo qualunque stramba dalla strada», scherzò Sophie, alzandosi da dove stava sdraiata sui gradini del portico di Castagnaccia. Saltellando giù per i pochi gradini, Sophie salì sulla berlina di Mac.

Scivolando nel sedile del passeggero, Sophie tenne le dita alle bocchette, sospirando beata mentre il calore mandava formicolii caldi alle punte delle dita.

«Sei pronta a guardare *Il Falco Maltese*?» chiese Mac, con un sorriso impaziente sul viso.

«Non vedo l'ora», rispose Sophie, sapendo quanto Mac fosse eccitato di condividere con lei uno dei suoi film preferiti. Sophie si sporse, dando a Mac un piccolo bacio di saluto.

«Argh! Il tuo naso è come ghiaccio!» strillò Mac, il che fece solo sì che Sophie gli spingesse la faccia contro il collo. Quando lui cercò di tirarsi indietro, Sophie gli si aggrappò come una scimmia ragno, ridacchiando maniacalmente. Finalmente, Mac solleticò le dita in una delle ascelle di Sophie, facendola sussultare via dalle sue dita inquisitive.

«Ehi, smettila!» si lamentò Sophie ridendo.

«Io? Tu sei cattiva», protestò Mac, scuotendo la testa.

«Come sta la tua spalla?» chiese Sophie, pensando alla ferita da arma da fuoco che Mac aveva subito pochi giorni prima.

«Come nuova.»

«È pazzesco. È fantastico, ma pazzesco», disse Sophie, scuotendo la testa.

«I vantaggi dell'essere un mutaforma.»

«Notizie su Boscaiolo o Biancaneve?» chiese Sophie mentre Mac si immetteva nel traffico scarso davanti a Castagnaccia.

«Sì, penso di aver rintracciato una delle vittime di Biancaneve. Un tizio chiamato Daniel Charles Blummer III. È stato trovato morto in un hotel a Burbank poco più di un mese fa. Era morto per overdose di fentanil e alcol e corrisponde alla descrizione fisica che mi hai dato. Ecco dove diventa interessante: quando sua nipote stava svuotando la sua casa, ha trovato foto polaroid di quelle che sembravano essere donne morte. Sembra che Blummer potrebbe essere un serial killer – proprio come Weatherby. Ho contattato la divisione Mitica a LA e gli ho parlato di Biancaneve e del suo possibile collegamento con Blummer. Mi hanno inoltrato i suoi fascicoli. Sono nella mia borsa», disse Mac, indicando con il pollice dietro la spalla, indicando una borsa a tracolla sul sedile dietro di lui.

«Questo la rende una serial killer che uccide altri serial killer. È super strano.»

«È tutto molto alla Dexter», concordò Mac.

Sophie afferrò la borsa dal sedile posteriore e se la tirò in grembo.

«È tutto nella cartella verde.»

Sophie tirò fuori la cartella e la posò sulla borsa in grembo, esitando. «E Boscaiolo?»

«Non ho sentito notizie su Weatherby. Stanno ancora processando tutte le prove che hanno prelevato dalla scena del crimine, anche se non c'era molto. Biancaneve ha fatto un buon lavoro a non lasciare nulla dietro.»

Facendo un respiro profondo, Sophie si costrinse ad aprire la cartella. La prima cosa che Sophie vide fu il rapporto di polizia, che sfogliò rapidamente prima di voltare alla pagina successiva. A fissarla c'era una foto segnaletica di un uomo di mezza età con capelli castani che si diradavano. Il respiro che Sophie stava trattenendo uscì da polmoni improvvisamente tesi.

«Soph?»

«È lui. È quello di cui ho sognato.»

«Sicura?»

«Sono sicura. Sembra più giovane e più magro in questa foto, ma è lui. Non dimenticherei la sua faccia», rispose Sophie con voce legnosa.

«Ha senso. Quella foto segnaletica è di sei anni fa. Fu arrestato per adescamento di una prostituta», disse Mac, guardando la foto che Sophie teneva nelle mani.

Girando la foto, Sophie sfogliò rapidamente il resto dei documenti nella cartella. Si fermò a un'immagine della scena del crimine. Daniel Blummer era accasciato su un divano di peluche beige.

«Penso che questo sia l'hotel che c'era nel mio sogno anche. Il divano e il dipinto della montagna mi sembrano familiari. Anche se sono entrambi abbastanza generici, potrei sbagliarmi», disse Sophie dopo aver esaminato la foto, girandola di lato, cercando di dare un'occhiata migliore alla cravatta di Blummer. Ricordava che nel sogno, indossava una cravatta blu con un disegno paisley orrendo. Era del colore giusto, ma Sophie non era sicura se fosse la stessa del suo sogno.

Il resto dei documenti erano scansioni delle polaroid trovate in casa di Blummer. Dopo le prime due foto, Sophie chiuse gli occhi e fece un paio di respiri calmanti. Le foto non erano cruente o grafiche; se non fosse stato per i segni intorno ai colli, sarebbero sembrate foto di donne che dormivano. Ma sapere che erano tutte probabilmente morte rendeva Sophie nauseata. Aprendo gli occhi, Sophie sfogliò rapidamente le ultime due foto, ma nessuna delle immagini scatenò ricordi.

Tornando al primo documento, Sophie diede un'altra occhiata al rapporto di polizia completo.

«L'hanno classificata come overdose accidentale. O possibile suicidio», mormorò Sophie.

«Sì, fino a quando non ho chiamato stamattina, non avevano ragione di credere altrimenti. Non c'erano prove lasciate sulla scena che indicassero il contrario. Avresti dovuto sentire il mio contatto alla divisione omicidi di LA impazzire quando ha scoperto che un serial killer operava nel suo territorio, e lui non lo sapeva.»

«Daniel era un Mitico?»

«No, era completamente umano.»

«Beh, questo fa saltare la teoria che Biancaneve prenda di mira solo i Mitici. Hai trovato qualcuno degli altri ragazzi dei miei sogni?»

«Non ancora. Penso che se restringessi i parametri della mia ricerca solo alla California, potrei avere più fortuna. Non crederesti al numero puro di uomini che sono morti per overdose nei parchi e nei parcheggi dei bar quest'anno. Biancaneve sembra essere molto brava a nascondere le sue tracce. L'unico motivo per cui ho trovato Daniel è stato perché sapevi che il suo nome iniziava con la D e perché il suo caso è stato segnalato dopo che hanno trovato le polaroid a casa sua. Non avremmo mai capito cosa stava succedendo se non avessi sognato gli omicidi di Biancaneve», spiegò Mac.

Dopo una breve corsa, Mac parcheggiò la sua berlina nel piccolo vialetto davanti alla sua casa in stile Mission a Potrero Hill. Mentre Mac apriva la porta d'ingresso di legno scuro, Sophie ammirò lo stucco color crema e il tetto di tegole rosse della casetta. Le fece pensare a come fino alla metà del 1800, la Spagna usasse le missioni per occupare gran parte della California. L'impronta dell'architettura, dell'arte e della cultura di quel tempo si poteva ancora trovare in tutta San Francisco e nelle aree circostanti ben oltre un secolo dopo. Strati di storia si erano depositati in tutta San Francisco come sedimentazione - non sapevi mai quando dietro l'angolo successivo avresti visto qualche omaggio a un'era passata nell'architettura o anche inciso nel paesaggio stesso.

Togliendosi gli stivali logori e lasciandoli accanto alle scarpe oxford scamosciate beige di Mac vicino alla porta d'ingresso, Sophie seguì Mac nel suo soggiorno a piedi calzati.

«Vuoi una birra?» gridò Mac dal passaggio tra la sua cucina e il soggiorno.

«Certo. Ne posso bere solo una o due, però, dato che devo lavorare tra poche ore.»

Un momento dopo, Mac tornò nel soggiorno con il collo di due bottiglie ambrate che pendevano dalle sue dita. Porgendo una a Sophie, la tirò su da dove era sdraiata nell'angolo del suo divano ridicolmente comodo, scivolando dietro di lei. Appoggiando la testa sul petto di Mac, Sophie affondò così profondamente nei cuscini che sembrava che solo una squadra di soccorso avrebbe potuto recuperarla. Con un leggero scatto, Mac stappò la sua birra e le porse la bottiglia. Facendo tintinnare le bottiglie, entrambi presero lunghi sorsi dalle bottiglie gelide, canticchiando di soddisfazione.

«Dio, è così buona», disse Sophie con un soffio di respiro.

«Il birrificio è solo a poche strade da qui. Puoi fare un tour della struttura.»

«E presumo che tu abbia fatto il tour», scherzò Sophie.

«Certo che l'ho fatto. Anchor Steam è riuscita a sopravvivere a due terremoti e al Proibizionismo. Dovevo controllare.»

Sophie si accoccolò felicemente sul petto di Mac, godendosi la sua birra e l'entusiasmo di Mac per la storia.

«Hai fame? Ho fatto un ordine prima. Dovrebbe arrivare presto. Ho preso un po' di tutto», spiegò Mac.

«Suona perfetto. Sto morendo di fame.»

«Ehi, hai avuto sogni oggi?» chiese Mac all'improvviso, posando la sua bottiglia di birra ora vuota sul tavolino.

«Sì, ma non erano niente di speciale. L'unico che ricordo è che ho sognato di aver comprato un sacco di caramelle da un Safeway, incluse tipo sei scatole di Tabù. Le caramelle più disgustose del mondo. La liquirizia nera è disgustosa», rispose Sophie con un brivido esagerato. «Presumo che fosse un sogno di Biancaneve. È abbastanza cattiva da piacere la liquirizia nera.» Spostandosi sul divano, infilò le dita nella tasca anteriore e tirò fuori un foglio di carta sgualcito, porgendolo a Mac.

«Quindi, hai avuto un incubo», mormorò Mac, prendendo il foglio dalla mano di Sophie e stirandolo. «Cos'è questo?»

«Ho scritto il sogno come avete chiesto tu e Dunham.»

«Ti aspetti che dia al mio capo un rapporto settimanale dei tuoi sogni scritto su appunti sgualciti, a malapena leggibili? Guarda! La tua lista della spesa è scritta sull'altro lato», ringhiò Mac, agitando il foglio offensivo davanti a Sophie.

«Ehi! Non avevo niente di meglio nel mio appartamento», protestò Sophie. «Sei fortunato che non fosse su un tovagliolo. Comprerò un diario o qualcosa domani.»

«Non serve. Ho qualcosa per te. Aspetta qui», rispose Mac, aiutando Sophie a sedersi così poteva scivolare fuori da dietro di lei.

Sophie guardò mentre Mac trotterellava dietro l'angolo verso il corridoio che sapeva portava alla sua camera da letto. Riapparve solo un momento dopo, tenendo due oggetti. Mac porse a Sophie uno dei pacchi, una semplice busta di carta marrone. Il peso alquanto pesante e mobile all'interno della busta sorprese Sophie. Sbirciando nell'apertura della busta, ansimò di sorpresa. Diversi sacchetti di caffè da The Mission Bean stavano seduti dentro la busta. Tirando fuori un sacchetto, Sophie fece un lungo respiro del ricco profumo di caffè che emanava dal sacchetto sigillato nella sua mano.

«Hmmm, nocciola», sospirò Sophie in estasi. «Te ne sei ricordato. Grazie.»

«Niente di che. L'ho preso durante la pausa pranzo. Ecco, ti ho preso qualcos'altro», disse Mac, porgendo il secondo pacco a Sophie.

«Un regalo?»

Immediatamente, Sophie capì che stava tenendo un diario per i suoi sogni. Strappando la carta con entusiasmo, un momento dopo, Sophie rimase a bocca aperta inorridita. Un libro rosa shocking, coperto di glitter, stava seduto nelle mani di Sophie, con l'immagine di un cartone animato di un unicorno bianco con ali arcobaleno che si impennava drammaticamente, una nuvola soffice sotto i suoi zoccoli. Sophie alzò lo sguardo dall'unicorno al viso di Mac, i suoi occhi che brillavano di divertimento.

«Che diavolo?» chiese Sophie, guardando di nuovo l'orrore rosa stretto nelle sue mani.

«Avevi bisogno di un diario dei sogni. Ho visto questo, e sapevo che l'avresti adorato. Guarda, viene con la sua penna personalissima.»

Quando seguì il dito puntato di Mac, Sophie rise della penna a strisce arcobaleno con una piccola palla soffice sopra legata alla spina dorsale del diario.

«Ti piace?» chiese Mac con una gioia a malapena repressa.

«Beh, certamente non lo perderò nel mio appartamento», rispose Sophie, pensando alla sua predilezione per mobili e tappezzeria scuri. Il diario sarebbe spiccato moltissimo in mezzo ai suoi mobili scuri. Mac iniziò a ridacchiare come un maniaco scatenato. «Pensi di essere divertente, vero?» si lamentò Sophie.

Mac annuì esageratamente con la testa, chiaramente compiaciuto di sé.

«Beh, la battuta è su di te. Lo adoro davvero. Lo userò davvero come diario dei sogni.»

Qualunque fosse stata la risposta di Mac fu interrotta dal suono del suo campanello. Mac alzò il naso in aria e fece un respiro profondo. Voltandosi verso Sophie, annunciò: «È arrivato il cibo!»

Prima che Sophie potesse strisciare fuori dalla prigione che lui chiamava divano, Mac passò di nuovo con una borsa di plastica voluminosa che pendeva da ciascuna mano.

Correndo dietro a Mac mentre entrava nella sua piccola cucina, Sophie iniziò ad aprire cassetti e armadietti per localizzare piatti e posate.

«Non hai esagerato? È davvero un sacco di cibo», scherzò Sophie, guardando la moltitudine di scatole da asporto sparse sui suoi banconi della cucina.

«Metabolismo da mutaforma», disse Mac con una spallata.

«Mangi la carne cruda?» chiese Sophie all'improvviso.

«Cosa! No. Perché penseresti questo?»

«Sei parte volpe—»

«No», disse Mac seccamente.

«Quando sei una volpe, mangi piccoli animali soffici?»

«No. Solo no. Anche nella mia forma di volpe, sono sempre io. Perché mangerei carne cruda quando posso avere un burrito? Inoltre, come volpe, mangerei pelliccia e ossa e roba. Schifoso.»

«Non mi ero resa conto di stare frequentando una volpe mannara con sensibilità così delicate.»

«Volpe mannara! Sono un mutaforma volpe!» ringhiò Mac per finta, iniziando verso Sophie.

«Scherzavo! Sto solo scherzando!» strillò Sophie, sgattaiolando fuori dalla cucina, stringendo il suo piatto traboccante protettivamente.

Una volta che Mac finì di riempire il suo piatto, optarono per mangiare sul divano piuttosto che al tavolo da pranzo. Prendendo il telecomando, iniziò il film mentre scavavano nel loro cibo.

«Ehi! Quello è il Bay Bridge! *Il Falco Maltese* è ambientato a San Francisco?» esclamò Sophie mentre i titoli di testa scorrevano sullo schermo della televisione.

«Il tizio che ha scritto il libro era un vero investigatore privato alla Pinkerton Detective Agency qui in città negli anni '30.»

Mentre guardavano il film, Sophie non riusciva a credere alla quantità di cibo che Mac riusciva a spazzolare. Metabolismo da mutaforma, davvero.

«Aspetta un minuto. Qualcuno ha appena ucciso il suo partner. Penseresti che Sam sarebbe un po' più distrutto per questo», commentò Sophie, guardando mentre Sam Spade esaminava la scena del crimine dove il corpo del suo partner era ancora disteso sul fianco di una collina.

Sophie si assorbì rapidamente nel mistero e nell'intrigo del vecchio film in bianco e nero.

«Ha dormito con la moglie del suo partner! Come ha potuto Sam fare questo ad Archer? Quel mascalzone! E io che pensavo che tu fossi il detective deficiente.»

«Sam Spade è un investigatore privato, non un detective della polizia», ringhiò Mac, facendo rotolare gli occhi a Sophie con un sorriso. «Inoltre, se continui a parlare durante questo film, ti metterò il bavaglio.» Sophie mimò il gesto di chiudersi la bocca con la cerniera, chiudere a chiave le labbra, e poi gettare via la chiave.

Una volta finiti i pasti, Mac aprì le braccia perché Sophie si accoccolasse con lui. Sophie si sistemò al suo fianco con un sospiro soddisfatto, pronta a finire di guardare mentre Sam Spade capiva chi aveva ucciso Miles Archer e Floyd Thursby.

Cullata tra le braccia di Mac, Sophie continuava a sbirciare sguardi verso di lui mentre guardava il film. Amava quanto fosse assorbito nel film. Quando silenziosamente articolò le parole dello Spade stanco del mondo – «Quando ti daranno uno schiaffo, lo prenderai e ti piacerà.» – Sophie dovette soffocare l'impulso di ridacchiare.

Sophie poteva non avere molta esperienza di relazioni 'serie' – sgattaiolare via dopo un incontro casuale essendo la sua norma – ma sapeva che le cose sembravano giuste con Mac. Poteva sempre contare su di lui. Poteva parlargli di tutto. Poteva diventare sarcastico – francamente, anche lei poteva; erano fatti l'uno per l'altro in quel modo – ma prendeva sempre le sue preoccupazioni sul serio. E ascoltava. Le piaceva semplicemente, tutto di lui.

Non aveva mai creduto in nessun tipo di amanti predestinati, segnati dalle stelle prima, ma forse doveva avere un po' più di fede.

Tutto quello che sapeva era che voleva vedere dove andavano le cose con Mac.

Volere – e pianificare – per un futuro più lontano della prossima settimana si sentiva strano. Creava una sensazione nervosa nel suo stomaco. Presumere che avrebbe avuto un lieto fine sembrava corteggiare il disastro. Le cose raramente avevano funzionato per Sophie in passato. Si preoccupava che tutto stesse andando così bene ora, l'universo era destinato a notare la sua felicità e prendere le misure necessarie per rimediare alla situazione. A volte, Sophie sentiva che forse non meritava la felicità. Aveva perso i suoi genitori in un incidente d'auto quando aveva diciannove anni; era riuscita a superare il college comunitario per il rotto della cuffia. Era sopravvissuta per diversi anni, non prendendo in mano il suo destino. Da quando aveva ottenuto la sua laurea, era stata alla deriva da lavoro a lavoro, cercando solo di sbarcare il lunario. Non guardava mai oltre il suo prossimo stipendio. Ogni opportunità l'aveva sprecata o rovinata, di solito per via del suo modo di parlare. E un mese fa, stava affrontando la reale possibilità di diventare senzatetto. Sapere che era principalmente colpa sua era la ciliegina fastidiosa sulla torta di merda.

La direzione della sua vita si era capovolta così rapidamente che Sophie sentiva quasi che avrebbe dovuto avere il colpo di frusta. Aveva ottenuto un lavoro che amava, trovato più amici oltre alla vecchietta della porta accanto e al suo barista preferito, scoperto un talento magico nascosto, e trovato qualcuno che voleva frequentare. Tutto sembrava troppo bello per durare. Ed era una persona generalmente decente nonostante a volte agisse come un'antipatica sarcastica. Non infieriva mai su chi era già a terra. Era gentile con gli animali, i bambini e gli anziani, pagava le sue tasse - per lo più. Forse era una persona terribile nella sua vita precedente, ed è da lì che originava questa sensazione di non meritare la felicità. Non era logico, ma non riusciva a scrollarsi di dosso la sensazione di sventura imminente, tuttavia. Ma voleva disperatamente un lieto fine, e lo voleva con Mac. Non avrebbe permesso a se stessa di rovinare tutto, questa volta.

Se chiudeva gli occhi, poteva immaginare un futuro pieno di giorni come questo, accoccolati insieme sul divano esageratamente comodo di Mac, condividendo pasti e vecchi film in bianco e nero. Forse doveva solo togliersi di mezzo e non pensare troppo alle cose.

CAPITOLO 7

«Forse Biancaneve ha smesso di uccidere. O forse si è trasferita fuori città ed è fuori dalla tua portata psichica», suggerì Fitz a bocca piena di spinaci. «Pensi che ci sia un limite alla tua capacità?»

Sophie alzò le spalle con indifferenza mentre staccava la crosta dal suo panino e la riduceva in pezzettini.

Erano passati diversi giorni da quando Mac aveva dato a Sophie il diario dei sogni, che era quasi vuoto. Quello che c'era erano principalmente brevi frammenti di ciò che riusciva a ricordare dei suoi sogni. Nonostante tenesse il diario sempre a portata di mano, ogni mattina, mentre Sophie cercava di annotare velocemente i suoi ricordi, questi svanivano come fili impalpabili nel vento, impossibili da trattenere. L'unico sogno che era rimasto impresso a Sophie era uno con Troy, che era di nuovo sul tavolo dell'autopsia. Nell'incubo, lui apriva gli occhi e accusava Sophie di non essersi impegnata abbastanza per salvarlo. I suoi occhi erano bianchi e profondi, e dalla bocca fuoriusciva sangue talmente scuro da sembrare quasi nero. Sophie spinse via ciò che restava del suo panino, l'appetito svanito già solo a ricordare.

«Sono passati solo quattro giorni. Mi è capitato di passare

settimane, persino mesi, senza fare sogni su un omicidio. Non è il caso di essere pessimisti adesso», ricordò Sophie ai colleghi riuniti attorno al tavolo della sala mensa per un pranzo condiviso prima di tornare al lavoro.

«Spero non sia così. Ti servono più sogni così possiamo prendere l'assassino presto», disse Reggie. Si coprì la bocca con la mano, gli occhi sgranati, quando Sophie gli lanciò uno sguardo ironico. «Cioè, non voglio che muoia nessuno! E non augurerei mai quei sogni a nessuno, ma il killer va fermato, e tu hai la capacità di farlo», aggiunse piano.

«Va bene. So cosa intendevi. E hai ragione: Biancaneve va fermata. Mi sento in colpa per non essermi accorta prima che i sogni erano reali. Forse avrei potuto evitare alcune morti.»

«Come potevi saperlo? Nessuno si sveglia da un incubo strano e pensa: 'Ehi, forse sto avendo una visione!' Non hai di che sentirti in colpa», ribatté Amira, agitandole contro un dito materno.

«Inoltre, sembra che Biancaneve stesse solo ripulendo la feccia. Se quei tizi erano tutti serial killer come pensiamo, allora forse stava salvando delle vite eliminandoli», argomentò Ace.

«Cosa! Nessuno dovrebbe avere il permesso di uccidere indiscriminatamente. Non sappiamo quali siano le motivazioni di Biancaneve. E poi, sai come la penso sulla pena di morte! E se dovesse sbagliare e uccidere un innocente? E come si prova la colpevolezza?» ribatté Amira, sporgendosi verso Ace, con un'espressione da gatta infastidita.

Mentre Ace e Amira iniziavano a litigare, Sophie lanciò un'occhiata significativa a Reggie e fece cenno verso l'uscita. Nascondendo un sorriso dietro la mano, Reggie si alzò silenziosamente dalla sedia e lasciò i colleghi litigiosi con Sophie alle calcagna.

«Dio mio, quei due! Giuro che sono peggio di due fratelli che litigano», sussurrò Sophie una volta raggiunto il corridoio, scuotendo la testa con aria stupita.

«Da quando ti sei unita al team è molto migliorato», rispose

Reggie, ridendo mentre Sophie fingeva di scandalizzarsi. «Vai a prendere il prossimo cadavere, spiritata, e ci vediamo in sala autopsie. Oh, a proposito, la prossima autopsia è una di Mac. Ha scritto che voleva esserci, quindi gli mando un messaggio. Ha detto che sarebbe stato in centrale, quindi dovrebbe arrivare in pochi minuti.»

Sophie ignorò il battito ansioso del suo cuore e si diresse verso la cella frigorifera per recuperare il prossimo corpo.

Quando ebbero finito di lavarsi, Sophie e Reggie dovettero aspettare solo pochi minuti prima che Mac arrivasse. Il cigolio della porta della sala autopsie fece voltare Sophie dagli strumenti medici con un sorriso pieno di aspettativa sul volto. Facendo capolino dalla porta, Mac ricambiò il suo sorriso.

«Mac! Buonasera», esclamò Reggie entusiasta, apparentemente quasi felice di vedere Mac quanto lei.

«Ehi, Reg», disse Mac, alzando una mano in segno di saluto.

Si affrettò verso Mac, lo spinse fuori dalla porta e nel corridoio per un po' di privacy.

«Ehi, piantagrane», sussurrò Mac all'orecchio di Sophie con voce carezzevole mentre la stringeva in un abbraccio.

«Ehi, stronzo», rispose Sophie, rannicchiandosi contro il suo petto. La mano di Sophie scivolò su per il collo e si insinuò tra i capelli di Mac, graffiando il cuoio capelluto. Mac spinse la testa nella sua mano, come un gatto. «Dato che abbiamo ufficialmente avuto il nostro primo appuntamento, sei pronto a lasciarmi già?»

«Hmmm, non sono ancora convinto. Forse dovremmo avere un altro appuntamento, giusto per sicurezza. Magari puoi convincermi?» chiese Mac, sollevando le sopracciglia in modo allusivo.

«Magari!», sbuffò Sophie, tirandogli un colpetto nel fianco. «Sei qui per una lettura?»

«Sì, questa è pesante, solo per avvertirti.» I muscoli della mascella di Mac si irrigidirono improvvisamente.

«Che bello. Deve essere qualcosa di davvero tremendo per

farti quella faccia», sospirò Sophie. «A proposito, che fai tra due sabati? La sera del 19. Ho preso i biglietti per il tour notturno ad Alcatraz.»

Dopo aver controllato il telefono, Mac le fece sapere che era libero.

«Allora è un appuntamento.»

«Andiamo a farci paura, piccola.»

«Sei proprio un tipo strano.» Sophie scosse la testa e sorrise alle buffonate di Mac. Era un tale bastardo brontolone con gli altri; Sophie si sentiva la sola a vedere il buffone sotto il cipiglio.

«Non lasciamo Reggie ad aspettare. Prima faccio la lettura, prima finisce», suggerì Sophie, trascinando Mac di nuovo in sala autopsie.

Mac si staccò dal suo fianco e prese il suo solito posto contro il muro. Avvicinandosi alla barella, Sophie inspirò profondamente e trattenne il fiato prima di afferrare la cerniera del sacco e scoprirne il contenuto.

«Non scherzavi», esalò Sophie. Un uomo di mezza età con barba curata e capelli grigi giaceva nel sacco nero. Sembrava fosse stato usato come la corda in una spietata partita a tiro alla fune. Sophie si trattenne dal rabbrividire quando notò che uno dei suoi arti era stato quasi strappato e pendeva solo per pochi lembi di carne e tendini. Vedere il braccio poggiato accanto al corpo e non attaccato, la costrinse a deglutire più volte prima di calmarsi.

«Pronta?» chiese Reggie, col dito sospeso sul tasto di registrazione del telefono.

Con un cenno, Sophie posò una mano sul braccio mozzato dell'uomo.

«Stava tornando a casa dal lavoro quando un gruppo di persone l'ha afferrato. Non riesco a vedere molto, ma sembra che avesse appena parcheggiato in una zona residenziale. Non è riuscito a vedere bene chi l'ha preso. Gli hanno coperto il volto troppo in fretta, ma sente diverse mani che lo afferrano. Almeno tre persone, forse di più. Cerca di reagire, ma lo scaraventano facilmente in un veicolo. Viaggiano per un po'. Non so quanto: forse un'ora? Ogni volta che cerca di parlare o reagire, lo colpiscono. È seduto tra due di loro, quindi immagino sia sul sedile posteriore di una macchina. Credo siano uomini, ma non posso garantirlo. Nessuno dice una parola.

«L'auto finalmente si ferma e lo tirano fuori. Sente un'altra auto arrivare. Forse più di una. Inizia a gridare aiuto, ma qualcuno lo colpisce allo stomaco. Quasi cade in ginocchio dal dolore, ma lo rimettono in piedi. Lo trascinano a forza per diversi minuti. Sente risate e conversazioni sussurrate dietro di lui. Sotto i piedi avverte il crocchiare di foglie e rami. Pensa di essere in una specie di foresta perché non ci sono suoni della città. Poveretto: è terrorizzato. Inizia a supplicare per la vita. Improvvisamente viene spinto e cade pesantemente a terra, sulle mani e sulle ginocchia. Arretrando nel panico, si strappa il sacco dalla testa. Fuori è quasi completamente buio, riesce a malapena a distinguere gli alberi intorno ma vede le ombre e le sagome di un gruppo di persone a circa tre metri di distanza. Devono essere almeno sei persone. Ma forse di più, forse una dozzina. C'è un po' di luce lunare tra gli alberi che gli permette di vedere le sagome. È difficile: si muovono e si spostano.

«Chiede cosa vogliono da lui. Chiede perché l'hanno preso. Offre soldi per lasciarlo andare. Qualcuno ride ancora nella folla, poi una voce profonda gli abbaia di correre. Chiede 'Cosa?' confuso, e la voce gli urla ancora di correre. Quel ruggito si trasforma in un lungo ululato. Tutta la folla comincia a ringhiare. Non sembrano umani: sembrano bestie selvatiche. In preda al terrore, scappa alla cieca.

«Corre alla cieca nel buio. Li sente inseguirlo, praticamente alle calcagna. Le scarpe eleganti scivolano sul terreno bagnato e perde spesso l'equilibrio. Rami e radici lo fanno inciampare; i rami lo colpiscono in faccia. Gli ululati risuonano intorno. Qualcosa di pesante lo fa cadere. Urla mentre denti affilati afferrano il suo braccio e lo girano, lacerandogli la spalla. Sopra di lui un enorme lupo nero ringhia. Ha occhi ambrati e brillanti. Un altro lupo arriva di lato e gli morde la gamba, cercando di tirarlo via dal lupo nero. Inizia un tremendo tiro alla fune tra vari lupi che lo sbranano. Il lupo nero ringhia agli altri e li mette in fuga. Il lupo torna verso l'uomo, ringhiando minaccioso, rimettendosi sopra di lui. Il suo braccio non funziona bene, ma tenta di strisciare via. Si sente morire: troppe ferite e tagli, qualcosa si è rotto dentro. Il lupo lo assale di nuovo, lo strattona. Lo dilania per diversi minuti, artigliandolo sull'addome e mordendolo ovunque, strappando la carne. Infine il lupo nero si allontana, il resto dei lupi si raduna, ululando e ringhiando. Lui vede sempre meno, la vista si oscura, ma ne sente i ringhi. Appena prima di svanire, crede di sentire sirene in lontananza, che si avvicinano.»

Sophie tolse la mano dal braccio dell'uomo, aprendo gli occhi e guardando il suo volto. Era sorprendente vederlo così sereno dopo una fine tanto orribile; in qualche modo il suo volto era rimasto intatto. A parte macchie di terra, sembrava quasi che dormisse. Sopra l'odore del sangue, Sophie sentiva il pungente aroma della resina di pino sui suoi vestiti.

«Non conosco nemmeno il suo nome», sussurrò Sophie, fissando il volto dell'uomo. «L'hanno solo braccato. Malato. E inutile. Il tipo non avrebbe mai potuto scappare o combattere. Non era alla loro altezza. Quegli stronzi l'hanno solo preso in giro, lo hanno terrorizzato fino a farlo pisciare addosso, poi lo hanno fatto a pezzi.»

«Si chiamava Derek Gibson», disse Mac da qualche metro dietro di lei. «Farò il possibile per trovare i bastardi che hanno ucciso Derek, e quando il Conclave avrà finito con loro, sarà come se non fossero mai esistiti.»

«La mia visione è stata utile?»

«Ha confermato ciò che sospettavamo. Avrei solo voluto che avesse visto almeno una delle facce di quegli stronzi.»

«Soph, perché non ti prendi una pausa pranzo anticipata?

Farò aiutare Amira a finire questa autopsia», suggerì Reggie. «Mac, se trovo qualcosa che può aiutarti a capire chi sono, ti mando un messaggio.»

«Sei sicuro?» chiese Sophie. Reggie annuì prima di voltarsi nuovamente verso il corpo.

«Perfetto. Se trovi fluidi che non sono suoi, fai mettere ad Ace il test del DNA con urgenza», gridò Mac mentre Reggie li salutava fuori.

Quindici minuti dopo, Mac e Sophie erano seduti su una panchina fuori dall'ufficio del Medico Legale mangiando gyros e parlando di Derek Gibson.

«Se i primi poliziotti sulla scena fossero arrivati anche solo un po' prima, avrebbero potuto salvarlo. Il primo rapporto dice che era morto solo da pochi minuti quando l'hanno trovato. E la tua visione lo conferma», disse Mac, togliendo le cipolle dal gyros.

«Hanno preso qualcuno degli assassini? Erano lì quando è morto», chiese Sophie, strappando le cipolle dalle dita di Mac e infilandole nella sua pita.

«No, devono aver sentito le sirene e sono fuggiti. Abbiamo un paio di mutaforma che provano a seguire le tracce olfattive nel bosco, ma ho poche speranze. I mutaforma sono bravi a nascondersi. E poi erano troppi.»

«Come hanno fatto i poliziotti ad arrivare così in fretta? Sono stata a Muir Woods. Non c'è molto intorno.»

Mac spiegò che un buon samaritano aveva chiamato la polizia dopo aver visto un gruppo di uomini trascinare un altro con un sacco sulla testa in una macchina. La persona li aveva seguiti a Muir Woods e aveva chiamato la polizia dal centro visitatori.

«La persona ha dovuto forzare il centro visitatori chiuso per chiamare. Ha detto di non avere un telefono.»

«Ti immagini che razza di strano va in giro senza cellulare oggi?» scherzò Sophie, facendo roteare gli occhi a Mac.

«Abbiamo trovato due auto abbandonate al centro visitatori, ma entrambe erano rubate, quindi nessuna pista», disse Mac. Il viso teso, così Sophie lo colpì con la spalla. «Le stanno analizzando, magari salta fuori qualcosa.»

«Ce la farai a scoprire chi sono. Voglio dire, un branco di mutaforma lupo ha rapito un uomo in mezzo alla strada. Di certo attirerà attenzione, no?»

«Appunto. Siamo quasi certi che non sia la prima volta. Abbiamo sentito voci di altri umani scomparsi. Questa è la prima volta che si tratta di qualcuno importante. Derek Gibson era un membro della Commissione Urbanistica. Tutti gli altri omicidi erano senzatetto o sfollati. Sono quasi impossibili da tracciare a causa della loro natura transitoria. Nell'ultimo anno abbiamo trovato altre due vittime: entrambe in fosse poco profonde in zone boschive. Una trovata vicino al Monte Diablo e l'altra a Muir Woods. Sospetto ci sia un gruppo di mutaforma che caccia umani per sport. Probabilmente lupi, ma non escludo ancora coyote o cani selvatici. Trovo strano abbiano preso di mira qualcuno di rilievo. Attirerà attenzioni.»

«Pensi che caccino umani per sport?» chiarì Sophie, il volto segnato dall'orrore. Sophie sentiva ancora le urla di Derek nella testa, lamenti disumani pieni di dolore e terrore. Deglutendo a fatica, posò il gyros mentre lo stomaco le si rivoltava e la bile saliva in gola. Lo stomaco minacciava di svuotarsi. Se chiudeva gli occhi, Sophie vedeva ancora il lupo nero scuotere la testa, spruzzando sangue scuro dal muso, e ululare trionfante sopra la vittima. Scacciò i ricordi dalla mente e tornò a fissare Mac.

«Pensavamo fosse un lupo solitario o due, ma dalla tua visione dobbiamo guardare meglio ai branchi locali.»

«Quanti branchi di lupi ci sono?»

«Quattro branchi principali in città. Altri tre nella contea di Marin e dintorni. Verso sud, cinque branchi tra qui e Los Angeles. E forse anche branchi solitari o vaganti abbastanza numerosi da rientrare nei nostri criteri.»

«Sembra un sacco di lavoro.»

«Lo è. Ma non importa: li troverò e li farò pagare.» Un lampo giallo attraversò gli occhi di Mac così in fretta che, se Sophie non li avesse guardati proprio in quel momento, non se ne sarebbe nemmeno accorta. Un brivido cercò di salire lungo la schiena, ma Sophie lo soffocò. Avrebbe quasi avuto pietà per quei mutaforma se non fosse stata d'accordo sul fatto che dovessero pagare.

CAPITOLO 8

Mentre pedinava la sua preda rimanendo mezzo isolato dietro di lui, si domandava il motivo del cambiamento improvviso nella sua routine. Era pura fortuna che avesse deciso di dirigersi al caffè di fronte a casa sua per aspettarlo qualche ora prima del solito. Tipicamente, dopo che l'uomo tornava dal lavoro, non riemergeva fino a ore dopo che il sole era scomparso oltre l'orizzonte. Fino a oggi, di solito poteva regolare l'orologio su di lui.

Ogni notte, camminava – più che altro si muoveva furtivamente – per il quartiere, fermandosi a parlare con negozianti e residenti. La maggior parte delle notti, lo seguiva, cercando di coglierlo da solo. Sembrava che avesse quasi sempre uno o due leccapiedi con sé. Lo aveva soprannominato Dick lo Viscido perché era così astuto da seguire. Poteva intrufolarsi e fluire attraverso sciami di persone come un fiume attorno alle rocce. Le folle si aprivano magicamente davanti a lui come una nave tra i banchi di ghiaccio, richiudendosi subito dietro di lui con la stessa facilità, rendendo difficile mantenere il ritmo dietro di lui. Aveva perso le sue tracce più di una volta, non volendo correre dietro di lui e rivelare la sua presenza. Si sentiva come una pallina in un flipper, rimbalzando da persona a persona sui marciapiedi affollati.

Era seduta al lungo tavolo di legno nella finestra del caffè di fronte alla casa dell'uomo, godendosi la pioggia leggera che tamburellava contro la grande vetrina del negozio, quando notò un uomo vagamente familiare avvicinarsi alla casa e suonare il campanello. Aveva visto quest'uomo con Dick lo Viscido diverse volte. Lo Viscido uscì di casa pochi minuti dopo, e i due uomini ebbero una conversazione dall'aspetto intenso sul suo portico anteriore. Socchiudendo gli occhi, era sicura di riconoscere il nuovo tipo da alcune delle passeggiate notturne di lo Viscido. Aveva dovuto abbandonare la sua bevanda per assicurarsi di non perderli mentre risolvevano la questione e si avviavano con decisione lungo la strada, apparentemente indifferenti al grigiore della giornata.

Si infilò nell'ingresso di un negozio e osservò lo Viscido mentre la pioggia incollava la sua camicia al suo corpo, il tessuto aderendo amorevolmente a ciascuno dei suoi muscoli rigonfi. Dick lo Viscido camminava sempre con una spavalderia aggressiva. Aveva quel tipo di forza fisica grezza che derivava da lavoro manuale prolungato – o un intenso amore per la palestra con una possibile aggiunta di steroidi. Sembrava a malapena umano. Il ghigno permanente sul suo viso non aiutava. Era il tipo di uomo che guardava il mondo attraverso un filtro di arroganza e disprezzo. Ogni sua mossa e azione dichiarava chiaramente: 'Sono meglio di te.'

Avrà altre idee, pensò ghignando, sorridendo. Beh, se riesco a prenderlo da solo, cioè.

L'altro uomo era più magro, ma le sue spalle comunque si tendevano contro la sua t-shirt inzuppata di pioggia. L'uomo appariva intimorito, quasi deferente, come tutti quelli che avevano mai avuto a che fare con lo Viscido.

Quando gli uomini scesero alla stazione della metropolitana, quasi si girò indietro dato che sarebbe stato troppo rischioso farsi beccare. Essere all'aperto permetteva più anonimato e la capacità di scappare rapidamente se le cose fossero diventate troppo pericolose, ma non poteva perdere l'opportunità di vedere cosa stava combinando lo Viscido. Raramente si aggirava così lontano dai suoi soliti ritrovi in tutte le altre volte che lo aveva pedinato.

Per fortuna la banchina era affollata, così riuscì a salire sulla metropolitana senza che i due la notassero. All'estremità opposta della carrozza, li osservò mentre portavano avanti una conversazione silenziosa. Erano così immersi che non la notarono mai. Li osservò con la coda dell'occhio, fingendo di essere assorbita nel suo telefono, cappuccio tirato basso sul viso. A ogni fermata, mentre ogni persona entrava nella carrozza, gli uomini davano a tutti uno sguardo valutativo rapido prima di liquidarli tutti. Proprio dove le piaceva essere con persone come loro – ignorata finché non è troppo tardi.

Quando gli uomini uscirono dalla carrozza della metropolitana, aspettò fino all'ultimo momento mentre le porte della carrozza della metropolitana iniziavano a chiudersi prima di scivolare fuori sulla piattaforma affollata della stazione, volendo mettere più distanza tra sé e il suo obiettivo.

Correndo su per i gradini per uscire dalla stazione della metropolitana sulla strada principale, era grata che la moltitudine di ristoranti e negozi su questa avenue creasse un brulicare di attività che nascondeva la sua presenza dal suo bersaglio, anche in questo tempo triste.

Dopo qualche isolato, i due uomini si separarono dopo una breve discussione sul marciapiede. Uno girò in un negozio, e l'altro continuò a camminare, continuando sulla stessa strada della loro direzione originale. Una volta arrivata all'altezza del negozio, sbirciò nella vetrina anteriore e sospirò sconfitta perché la panetteria era piccola e praticamente vuota. Nessun posto dove nascondersi. Lo Viscido era al lungo bancone di vetro, discutendo animatamente con l'impiegato dietro il banco. Non c'era modo che la sua presenza non sarebbe stata notata se fosse entrata nel negozio. Non voleva che lo Viscido la vedesse finché non fosse stata sicura che sarebbe stata l'ultima cosa che avrebbe mai visto. Rallentando i suoi passi, lo osservò per un minuto ma si affrettò mentre iniziava a girarsi nella sua direzione.

Distogliendo lo sguardo da lo Viscido, vide l'altro uomo proprio mentre scompariva dietro l'angolo della panetteria. Fermandosi per un momento, ricontrollò la sua borsa e il kit di attrezzi, poi sbirciò la testa dietro l'angolo, sorridendo a se stessa quando vide che era un vicolo buio.

Che succede con tutti questi vicoli ultimamente? pensò con un sorrisetto.

* * *

Si risvegliò di colpo, si sollevò dal cuscino con un rantolo soffocato e balzò fuori dal letto, cercando di afferrare il telefono dalla sua cassettiera. Il suo piumone si attorcigliò attorno alle sue gambe, facendo cadere Sophie sul pavimento con un tonfo. Sophie si trascinò fuori dalla biancheria da letto, maledicendo sottovoce.

«Cazzo! *Cazzo, cazzo, cazzo.*»

Afferrando il telefono, chiamò Mac mentre correva alla sua porta d'ingresso. Mentre infilava i piedi negli stivali slacciati, Sophie si ricordò del taser che Mac le aveva dato la notte dell'incidente della Coit Tower.

«Ehi, Soph. Ti sei svegliata prest—»

«Ho appena sognato Biancaneve», disse Sophie, interrompendo Mac. «Sta seguendo un uomo, tipo proprio ora – in realtà, due uomini. Ho riconosciuto la panetteria dove si trovava. È solo a pochi isolati di distanza. Si stava dirigendo nel vicolo dietro la Panetteria dei Tre Porcellini su Market Street. Devo fermarla.»

Scivolando in cucina, Sophie aprì di scatto il cassetto delle cianfrusaglie e afferrò il taser.

«Non osare andarle dietro! È troppo pericoloso», urlò Mac. «Sto prendendo le chiavi e mi sto dirigendo lì ora. Non cercare di intercettarla. Rimani a casa. Ci penso io.»

«Devo farlo. Non sto andando ad affrontarla. La seguirò solo. Devo assicurarmi che non ferisca nessun altro. Sono l'unica che sa come sembrano gli uomini che sta inseguendo. Starò attenta, lo giuro.»

Correndo fuori dalla porta del suo appartamento e giù per la stretta scala, Sophie dovette allontanare il telefono dall'orecchio mentre Mac imprecava forte nel suo orecchio.

Lanciandosi fuori dalla porta anteriore della pasticceria Castagnaccia, Sophie nascose la mano che stringeva il taser sotto la sua canottiera. I suoi piedi scivolarono sul marciapiede reso scivoloso dalla pioggia mentre Sophie girò e corse in direzione della Panetteria dei Tre Porcellini, correndo più veloce che poteva nei suoi stivali slacciati. Sopra il suo respiro affannoso, poteva sentire Mac dal suo lato della chiamata che abbaiava comandi ai suoi colleghi.

Finalmente, con una fitta che si allargava con gli artigli lungo il suo fianco destro, Sophie individuò l'incrocio per Market Street davanti. Guardando in entrambe le direzioni mentre attraversava la strada, Sophie individuò l'insegna della panetteria in lontananza.

«Sono quasi a Market Street», disse Sophie a Mac, rallentando i suoi passi mentre arrivava all'angolo.

«Sophie, ho diverse auto che convergono su quella posizione. E sto arrivando. Tirati indietro e aspettami», cercò di comandare Mac, disperazione e frustrazione che intridevano il suo tono. Sophie poteva sentire il traffico al telefono, quindi sapeva che era in macchina, diretto verso di lei.

«Starò attenta. Sto solo andando a dare un'occhiata. Sto solo andando a vedere se riesco a localizzare Dick lo Viscido o il suo amico. Non mi vedranno mai.»

«Dick lo Viscido? Di che diavolo stai parlando?»

«È così che lei chiama l'uomo che sta seguendo. Stava seguendo Dick lo Viscido e un suo amico. Si sono separati. Dick lo Viscido è andato nella panetteria, quindi lei ha seguito l'altro tipo dietro l'angolo del negozio in un vicolo. Dì agli altri poliziotti di spegnere le sirene e di venire in silenzio. Non voglio che voi ragazzi li avvertiate della nostra presenza. Ho bisogno di trovarli per capire chi è Biancaneve, ma non voglio che lei sappia che siamo sulle sue tracce.»

«Non è il mio primo giorno di fottuto lavoro, Soph. Tutti sono in auto non contrassegnate e in borghese. Dammi una descrizione di entrambi gli uomini così la mia squadra sa cosa cercare.»

Sophie camminò lungo Market, sbirciando attentamente in ogni negozio mentre li superava, descrivendo lo Viscido e la sua spalla. Rallentò i suoi passi mentre raggiunse la Panetteria dei Tre Porcellini. Usando il telefono e la sua mano per nascondere la maggior parte del suo viso, Sophie diede un'occhiata nel negozio, cercando di localizzare lo Viscido. Anche se c'erano diversi clienti dentro il negozio, nessuno di loro erano teste di muscoli dai capelli neri sovradimensionate.

«Lo Viscido non è nella panetteria», sussurrò Sophie nel telefono. «Sto andando a camminare oltre il vicolo e vedere se c'è qualcuno lì.»

«Dannazione, Soph. Sono quasi lì.»

Passeggiando oltre l'angolo della panetteria, Sophie scese dal marciapiede e finse di dare casualmente un'occhiata nel vicolo buio. La luce acquosa pallida evidenziava un cassonetto sudicio, alcune casse, e un mucchio di sacchi neri della spazzatura tesi al massimo con l'immondizia. I veicoli passavano oltre l'estremità lontana del vicolo, attutiti dalla distanza, dove il passaggio stretto si versava su Mission Street.

«Merda. È vuoto. Non c'è nessuno qui», sussurrò furiosamente Sophie a Mac.

Un suono soffice, tremolante, come il gemito di una vecchia casa che si assesta, catturò la sua attenzione. «Aspetta. Ho sentito qualcosa.»

Qualcosa di quel rumore silenzioso fece rizzare tutti i peli sul corpo di Sophie. Il suono della voce di Mac svanì mentre concentrava tutta la sua attenzione sullo spazio cupo che incombeva davanti a lei. Passo dopo lento passo, Sophie si fece strada più in profondità nel vicolo. Stringendo il suo taser come un'ancora di salvezza, si insinuò oltre il mucchio di spazzatura e si avvicinò al cassonetto.

Un altro suono basso seguito da un fruscio. Sophie si abbassò e sbirciò un occhio attorno al cassonetto. Si trovò faccia a faccia con la suola di gomma spessa di uno stivale. I suoi occhi risalirono la scarpa fino a un paio di gambe vestite di jeans scuri, poi un petto coperto di sangue. Sophie si stava muovendo prima ancora che la sua mente registrasse che stava guardando l'amico di lo Viscido. Accasciato contro un muro di cemento sudicio, l'uomo si stringeva il collo devastato mentre il sangue si versava sopra le sue dita, fissando Sophie con terrore. I suoi occhi nocciola roteavano di terrore come un cavallo spaventato, il bianco dei suoi occhi che brillava verso Sophie fuori dall'oscurità.

Arrampicandosi sopra vecchie confezioni di cibo e spazzatura sbavata, Sophie coprì le mani dell'uomo con le proprie in un tentativo futile di fermare il sangue che filtrava sopra le sue dita. Sophie poteva sentirsi urlare a Mac di mandare un'ambulanza in una parte distaccata del suo cervello. La voce di Mac arrivava da dove aveva lasciato cadere il telefono ma non riusciva a capire cosa stesse dicendo.

«Stai bene», disse Sophie, mentendo all'uomo morente davanti a lei. «Starai bene. Ti porteremo in ospedale, e ti sistemeranno subito. Rimani qui con me, okay?»

Mentre Sophie continuava a mormorare parole rassicuranti all'uomo, vide le sue palpebre abbassarsi e il sangue che scorreva sopra le sue dita iniziare a rallentare.

«No, no, no!» urlò Sophie mentre l'uomo si piegò di lato tra le sue braccia. «Mac! Sta morendo!»

Mentre l'uomo si accasciò di lato, Sophie tentò disperatamente di tenerlo, ma era un peso solido tra le sue braccia, trascinandoli entrambi a terra.

Un ruggito rotolante, assordante dall'estremità lontana del vicolo fece scattare la testa di Sophie. Il rumore si abbatté lungo il passaggio verso di lei mentre lo Viscido arrivò caricando da dietro la panetteria e dritto verso Sophie.

«Non è come sembra», cercò di gridare Sophie, sollevando le mani insanguinate, ma il ruggito dell'uomo travolse la sua voce. Sophie si arrampicò in piedi, riuscendo ad afferrare il taser che si trovava accanto ai piedi dell'uomo ormai morto.

«Stronza! Ti ucciderò», urlò lo Viscido, la sua voce ruggente che finiva in un ululato.

Muggendo, denti scoperti in un rictus di rabbia, lo Viscido galoppò verso di lei. Il tempo rallentò per Sophie mentre guardava, congelata dallo shock, mentre i suoi denti crescevano e si affilavano nella sua bocca – troppi denti in una bocca che si allargava sempre di più. Un sapore acido riempì la bocca di Sophie, e il suo respiro si bloccò nei polmoni.

La morte stava correndo verso di lei e il misero taser nella sua mano tesa non l'avrebbe fermata. Arrampicandosi più indietro, Sophie inciampò sulle gambe dell'uomo morto, afferrandosi al lato del cassonetto viscido e arrugginito.

Un lampo di movimento dall'angolo del suo occhio fu tutto l'avvertimento che Sophie ebbe prima che un corpo balzasse tra lei e la morte imminente. Sophie voleva afflosciarsi di sollievo quando riconobbe i capelli castani spettinati di Mac, ma irrigidì la spina dorsale, si rimise in piedi, e tenne pronta la mano sul taser.

Un ringhio feroce e prolungato eruttò dalle labbra di Mac mentre puntava la sua pistola contro lo Viscido. Per un momento, Sophie pensò che lo Viscido avrebbe continuato a caricarli nonostante l'arma, ma vide il momento in cui i suoi processi di pensiero superiori scattarono di nuovo nei suoi occhi.

Lo Viscido frenò bruscamente, a pollici da Mac, quasi piombandogli addosso. Con solo un respiro di spazio tra loro, lo Viscido ringhiò proprio in faccia a Mac, poi scattò la testa di lato per fissare Sophie sopra la spalla di Mac. Aveva lo sguardo di un predatore affamato che avvista la sua preda. Poteva vedere la promessa di morte nei suoi occhi impazziti.

«Spostati, volpe. Questa stronza ha assassinato Roger. Come alfa, richiedo giustizia.»

«No, Alphonse, Sophie non ha assassinato il tuo membro del branco. Lavora con me. Mi ha chiamato, cercando di impedire che questo accadesse. Stava cercando di aiutare.»

«Ci stava seguendo. So quando qualche umano mi sta seguendo.» Le sopracciglia di Sophie si unirono sopra il modo in cui sputò la parola umano. «Roger e io ci siamo separati così potevamo intrappolarla, e io arrivo dietro l'angolo per assistere mentre lei assassina Roger», muggì Alphonse, puntando al corpo di Roger accasciato accanto al cassonetto.

Entrambi gli uomini si affrontarono, ringhiando l'uno in faccia all'altro, aggressività in ogni linea dei loro corpi tesi. Sophie guardò, in orrore affascinato, mentre i loro visi lentamente si spostarono, le loro bocche iniziando ad allungarsi, denti affilati scoperti in ringhi.

Stavano diventando più alti? E più grossi?

«Ehm, ragazzi—» iniziò a dire Sophie, preoccupata che entrambi gli uomini stessero per diventare pelosi nel mezzo del giorno. Almeno erano parzialmente nascosti dal traffico stradale dalla loro posizione nel vicolo.

«Hai visto lei assassinare effettivamente Roger? O l'hai trovata inginocchiata sopra di lui, cercando di fermare il sanguinamento? Dov'è l'arma del delitto, eh? Inoltre, hai visto il volto della donna che vi seguiva? Non è possibile, altrimenti avresti saputo che non era Sophie. Una donna potrebbe avervi seguiti, e quella donna ha ucciso Roger, ma non era Sophie», ringhiò Mac, facendo un passo più vicino all'altro uomo, mettendosi proprio in faccia a lui. «Annusa l'aria. Ci sono due odori distinti.»

«Riesco a malapena a sentire qualcosa sopra tutta questa spazzatura.»

Ma Alphonse alzò il naso in aria, prendendo diversi respiri

lenti. Facendo un passo indietro da Mac e più vicino al corpo di Roger, Alphonse si chinò sul suo amico morto, la sua testa che ondeggiava avanti e indietro, narici che svolazzavano. I suoi movimenti erano terrificanti. Sophie tentò inutilmente di annusare l'aria anche lei, ma tutto quello che riusciva a rilevare erano gli odori di prodotti da forno lievitati e gnocchi al vapore dal posto dall'altra parte della strada mescolati con il puzzo marcio che saliva dal cassonetto.

«Polizia! Fermi! Mani in alto!» un coro di voci abbaiò da dietro Sophie.

Facendo scattare le mani sopra la testa, Sophie guardò oltre la spalla per vedere mezza dozzina di ufficiali di polizia in uniforme, con le pistole sguainate, che puntavano le loro armi contro di loro.

«In ginocchio», muggì un poliziotto particolarmente robusto mentre il gruppo si precipitò verso di loro. Sophie cadde in ginocchio come se qualcuno avesse tagliato le sue corde da marionetta.

Inginocchiandosi in quella che pregava fosse una macchia d'olio e non qualcosa di disgustoso, Sophie fece una smorfia mentre il liquido freddo e bagnato si inzuppò nelle ginocchia dei suoi pantaloni del pigiama preferiti. Non sicura se dovesse rimanere ferma o no, Sophie guardò dalla sua posizione inginocchiata mentre Mac mostrava ai suoi colleghi ufficiali il suo distintivo e iniziò a spiegare la situazione.

«Signora, può alzarsi dalle ginocchia ora. Facciamo che la controlliamo», disse il poliziotto robusto in un tono molto più amichevole, avvicinandosi a Sophie e tendendole una mano d'aiuto.

«No, lasciatela lì», abbaiò improvvisamente Mac da dove stava parlando con alcuni altri ufficiali di polizia. «Chissà che tipo di guai combinerà altrimenti.»

«Ahah, sei così divertente, Detective Deficiente. Non ascoltatelo. Cerca sempre di farmi mettere in ginocchio!», consigliò

Sophie, sorridendo maliziosamente all'ufficiale improvvisamente arrossito. Muovendo il gomito piegato verso l'uomo, Sophie fece sì che l'ufficiale le afferrasse il braccio e la tirasse in piedi dato che entrambe le mani erano coperte di sangue.

Il caos regnò attorno a Sophie. Le luci lampeggianti di un'ambulanza riempirono il vicolo buio, stroboscopando brillanti e sgargianti. Diversi paramedici stavano lavorando su Roger in un tentativo futile di rianimarlo. Alphonse stava parlando con due ufficiali da parte, onde di aggressività che irradiavano da lui. I due ufficiali stavano tenendo duro, ma la gobba nelle loro spalle mostrava cosa li stava costando. Gli occhi di Alphonse scattarono su quelli di Sophie e la catturarono nel loro raggio arrabbiato. Quando il suo labbro si alzò in un ringhio parziale, Sophie gli voltò le spalle, non volendo dargli la soddisfazione di vederla accovacciarsi.

«Signorina, è ferita?»

Una mano gentile sul suo braccio fece sobbalzare Sophie. Strappando il gomito dalla presa morbida, Sophie si girò per dire la sua a chi l'aveva spaventata. Ma uno sguardo al paramedico dal viso gentile, e le parole morirono sulla sua lingua.

«Sto bene. Grazie», disse Sophie. Alzando le sue braccia coperte di sangue, spiegò: «Niente di questo è mio.»

Un altro ufficiale si avvicinò e usò un tampone per prendere un campione del sangue dalle sue mani. Una volta che fu soddisfatto dei suoi campioni di prova, il paramedico diede a Sophie delle salviettine umidificate per togliere il sangue secco dalle sue mani. Sophie fece una smorfia al sangue incrostato sotto le sue unghie che solo una bella strofinata avrebbe rimosso.

«Detective Volpes, Miss Feegle.»

Girandosi di nuovo, sentendosi un po' come una trottola, Sophie individuò il Capo Dunham che si dirigeva nell'area. La sua bocca era rivolta verso il basso per l'irritazione sotto i suoi baffi cespugliosi.

«Babbo Natale sembra incazzato. Dannazione, ora avrò di

certo il carbone quest'anno», sussurrò Sophie a se stessa e poi scoppiò in una risata inappropriata.

«Di cosa stai ridendo, stronza? Pensi che questo sia divertente?» le ringhiò Alphonse dall'altra parte del vicolo.

«Senti qua, testa di cazzo, sono stressata. È stata una giornata abbastanza di merda. Dov'eri tu quando—» Le parole di Sophie furono interrotte quando Mac mise la sua mano sulla sua bocca, attutendo il resto di quello che stava cercando di dire.

«Faresti meglio a guardarti le spalle», minacciò Alphonse a Sophie.

«Non mi tentare, stronzo», disse Sophie, spingendo la mano di Mac dalla sua bocca, alzando gli occhi al ridicolo dell'intera situazione.

«Lasciala in pace, Alphonse. Non minacciarla. Stava cercando di salvarlo. Le devi qualcosa.»

«È un'umana. Non le devo niente.» Alphonse puntò un dito verso di lei, i muscoli nella sua mascella serrata che ondeggiavano. Gli occhi di Sophie si allargarono quando notò che il suo dito era dotato di un lungo artiglio invece di un'unghia normale. Alphonse si girò sui tacchi senza un'altra parola, dirigendosi dietro un ufficiale di polizia in una volante in attesa.

«Che stronzo!» si lamentò Sophie ad alta voce.

«Oh mio Dio! Puoi proprio evitare?» disse un Mac esasperato, gettando le mani in aria. «Non hai visto che a stento riusciva a mantenere la forma umana? Giuro che stuzzicheresti un leone con un bastone solo per vedere cosa succederebbe.»

«Io?! Ha iniziato lui.»

«Sei una bambina di sei anni? Non devi antagonizzare l'alfa del branco di lupi più grande e pericoloso della città. Mi farai venire i capelli bianchi.»

«Saresti proprio una bella volpe argentata», disse Sophie, spaventandosi per la battuta. Cercò di soffocare una risatina soffocata ma perse quella battaglia. «Capito? Sei una volpe.»

Mac diede un sospiro sconfitto e si pizzicò il ponte del naso. Lasciando andare il naso, Mac diede a Sophie uno sguardo piatto.

«Ora non è il momento per le tue battute. Sono così incazzato con te adesso che non riesco a pensare chiaramente. Cosa stavi pensando? Ti avevo detto di non interferire.»

«Cosa avresti voluto che facessi, eh? Rimanere a casa e lasciare morire quel tipo?»

«Sì! È esattamente quello che avresti dovuto fare. Dovevi rimanertene fuori.»

«Rimanermene fuori!» urlò Sophie. «Beh, non posso farlo! Non posso stare seduta sul mio culo mentre la gente continua a morire. Non è quello che sono. A causa di quello che sta succedendo, ho un posto in prima fila per guardare la gente morire. Sono quella che può impedire che queste cose accadano.»

«Non puoi continuare a buttarti nel pericolo. Ti farai male. O peggio. Sei solo una—»

«Se osi dire che sono solo un'umana, ti do un calcio nelle palle così forte che ti usciranno dal naso.»

«Stavo per dire civile», ribatté Mac. «Ma sì, sei anche un'umana. Se Alphonse ti avesse messo le mani addosso, ti avrebbe fatto letteralmente a pezzi. Non puoi continuare a rischiare te stessa.»

«Avete finito?» chiese una voce secca. Con le bocche ancora aperte, a metà discussione, sia Sophie che Mac si girarono per vedere Dunham in piedi accanto a loro, braccia incrociate, tamburellando impaziente un dito sul bicipite.

Nonostante il suo desiderio più fervente, l'asfalto non si aprì e non inghiottì Sophie quando si rese conto che lei e Mac stavano litigando davanti al Capo della Polizia. Aveva dimenticato la sua esistenza, la sua attenzione concentrata esclusivamente su Mac.

«Alphonse stava minacciando Sophie», disse Mac a Dunham, non riconoscendo la rissa o il commento di Dunham.

«Sì, l'ho sentito. Non preoccuparti per l'alfa. Me ne occuperò io. Mi assicurerò che capisca che Sophie è sotto la protezione del dipartimento.»

Mac non sembrava convinto ma non disse altro.

Mentre l'adrenalina finalmente iniziava a defluire da Sophie, si rese conto di quanto fosse fredda. I suoi vestiti erano bagnati e stava tremando, quindi abbracciò le braccia attorno al torso nel tentativo di tenersi calda. La sua canottiera era incollata sottile come carta pergamena contro la sua pelle dalla pioggia. La pioggerella fine aveva inzuppato i suoi vestiti, lasciandola fredda e trasandata. Cercò di spingere i capelli via dal viso, ma erano attaccati in ciocche filiformi, aderendo al suo viso e collo.

«Vorrei che entrambi tornaste alla stazione. Voglio un incontro così possiamo discutere e documentare quello che è successo qui. Vorrei anche spostarci e lasciare la scena alla squadra forense per elaborare», comandò loro Dunham.

«Posso chiedere a uno dei ragazzi di darci un passaggio a casa tua con la volante, e poi vi vedremo al quartier generale», rispose Mac.

Dunham riconobbe la richiesta con un cenno della testa. Si girò sui tacchi e diede comandi a ogni ufficiale di polizia sulla via d'uscita dal vicolo.

Il raspo ruvido di una cerniera, eccessivamente forte nel vicolo, fece scorrere dita di terrore su per la spina dorsale di Sophie. Girando la testa, Sophie guardò mentre i paramedici finivano di chiudere un corpo in un familiare sacco nero. La frustrazione gorgogliò su per la gola. Fu sopraffatta dal desiderio di colpire qualcosa. Diede al cassonetto uno sguardo socchiuso. Picchiare il cassonetto non avrebbe cambiato l'ultima mezz'ora non importa quanto soddisfacente potesse sembrare, e probabilmente le sarebbe valsa una valutazione psichiatrica.

Qualcosa di pesante che cadeva sulle sue spalle fece sobbalzare Sophie e sgattaiolare via. Girandosi con i pugni alzati, Sophie trovò Mac in piedi dietro di lei, mani alzate in capitolazione. Guardando giù verso se stessa, Sophie si rese conto che le aveva messo la sua giacca sulle spalle.

«Sembravi avere freddo.»

«Va bene. Mi hai solo presa di sorpresa.»

Mac prese i baveri della giacca e tirò Sophie nelle sue braccia calde e asciutte.

«Pigiama con i lama?» chiese Mac.

«Cosa?»

Mac alzò un sopracciglio sui pigiama di Sophie, i suoi occhi che si increspavano per l'umorismo, la loro discussione dimenticata per il momento.

«Stavo dormendo. Non ho avuto esattamente tempo di farmi bella», sbuffò Sophie, difendendo la sua semplice canottiera e i pantaloni di flanella color verde acqua coperti di lama dei cartoni animati che facevano yoga. «Inoltre, sono comodi e super morbidi.»

«Scommetto», fece le fusa Mac, facendo abbassare la testa a Sophie. Con un ghigno malizioso, infilò le braccia di Sophie nella sua giacca e alzò il colletto del cappotto per tenere la pioggia lontana dal suo collo. «Sul serio, però, stai bene?»

«Immagino. Sono spaventata. E sono incazzata di essere arrivata troppo tardi.»

«Non avresti potuto arrivare qui più velocemente. Non c'era niente che avresti potuto fare», la rassicurò Mac, tirando Sophie in un abbraccio.

Il vicolo non era accogliente per niente. Era freddo, umido, e sporco. Puzzava di spazzatura fradicia, olio di cucina rancido, e sangue. Ma mentre Sophie premeva il naso nel colletto di Mac, nello spazio caldo e intimo alla base del suo collo, si sentì avvolta da un senso di calore e sicurezza.

«Vieni, combattiva. Posso chiedere a uno dei ragazzi di darci un passaggio a casa tua con la volante.»

«Ti dispiace se camminiamo invece? Per quanto Birdie si

divertirebbe a vedermi nel retro di una macchina della polizia, preferirei camminare.»

Con un cenno, Mac prese la mano di Sophie, intrecciando le dita alle sue e guidandola fuori dall'oscurità del vicolo.

CAPITOLO 9

Sophie non era mai stata così felice di non incontrare Birdie. Di solito non vedeva l'ora di vedere la sua vicina dispettosa, ma non aveva idea di come avrebbe potuto spiegare perché stava correndo sotto la pioggia vestita solo con il pigiama. Tirando un sospiro di sollievo, Sophie chiuse la porta del suo appartamento, escludendo il resto del mondo e rimanendo sola con Mac.

«Vado a fare una doccia», annunciò Sophie, dirigendosi verso la sua camera da letto per prendere dei vestiti puliti. Mac si schiarì la gola, facendo fermare Sophie che si voltò verso di lui con un sopracciglio alzato.

«La squadra scientifica vorrà i tuoi vestiti», disse Mac, porgendo a Sophie una busta con una scrollata di spalle di scusa.

«Anche le scarpe?»

Quando Mac annuì, Sophie si lamentò: «Aw, cavolo. Queste sono le mie preferite. Le riavrò?»

«Prima o poi», fu tutta la risposta che Mac le diede.

Le tubature scricchiolarono e gemettero mentre Sophie girò la manopola della doccia fino in fondo. Gettando le scarpe e i vestiti accartocciati e umidi nella busta, Sophie entrò sotto il getto debole del soffione della doccia. Era appena tiepido. Ebbe l'impulso improvviso di strozzare il suo padrone di casa Moe. Quel bastardo tirchio si rifiutava di riparare o sostituire nulla nella Castagnaccia, anche se lo scaldabagno era ormai alla fine.

«Il mio regno per l'acqua calda», borbottò Sophie, afferrando lo shampoo e strofinandosi aggressivamente i capelli per lavare via la giornata.

* * *

MENO DI UN'ORA DOPO, Sophie si ritrovò seduta nel cubicolo di Mac, sorseggiando una tazza di plastica di quello che Mac definiva "caffè". Sophie sospettava che qualsiasi cosa ci fosse nella sua tazza fosse più simile a fango tossico.

«È così che fate confessare i criminali? Torturandoli con catrame bruciato che si spaccia per caffè?»

«Questo non è niente. Aspetta che sia rimasto nella caffettiera per qualche ora in più. Una volta che esce denso come melassa andata a male, allora lo usiamo per torturare i criminali.» Mac fece un sorriso lupesco a Sophie prima di prendere un grosso sorso dalla sua tazza di caffè.

«Cosa stiamo aspettando?»

«Stiamo aspettando il capo. Vuole essere presente quando farai la tua dichiarazione. E una volta che Dunham avrà finito con Alphonse, vorrà parlare con te», disse Mac, indicando con la testa l'ufficio del capo, da dove si sentiva la voce arrabbiata di Alphonse aleggiare sopra il brusio dell'ufficio.

«Cosa sta dicendo Alphonse? Non riesco a capire niente.»

«Sta solo facendo il suo solito stronzo. Si lamenta e si pavoneggia come se pensasse che tutti dovessero inchinarsi ed essere grati della sua presenza. È eccessivamente innamorato del suono della sua voce.»

Distogliendo lo sguardo dall'ufficio di Dunham, Sophie fissò la fila di grandi finestre di vetro che si affacciavano sulla baia.

Ammirò la vista dell'acqua scintillante della baia con Oakland in lontananza che Mac e i suoi colleghi potevano godersi ogni giorno.

Le persiane dell'ufficio di Dunham erano aperte, così tutti nell'ufficio guardavano Alphonse camminare avanti e indietro per l'ufficio, urlando e agitando le braccia nella sua agitazione. L'espressione di rabbia e disprezzo sul volto dell'uomo diede a Sophie uno scorcio della persona reale sotto la bella facciata.

«Conosci bene Alphonse?»

«Non bene, ma come detective nella divisione Mitici, devo avere a che fare con lui abbastanza spesso. Il suo branco si aggrappa ancora ai vecchi modi della gerarchia dei predatori, quindi ho dovuto affrontare un sacco di lotte per il dominio finite troppo male. Penso che si immagina come una specie di signore della guerra. Francamente, è solo uno stronzo spaccone con un complesso di Dio. E siccome sono un mutaforma volpe – 'non un vero mutaforma apex' – si comporta come se fossi qualcosa che ha grattato via dalla sua scarpa. Non lo sopporto, ma devo mantenere il mio contegno da poliziotto. Inoltre, ha molto peso con il Conclave. Il suo branco è il più grande della zona, il che significa che ha molto potere. Quindi, cerca di non farlo arrabbiare troppo, spiritata.»

«Chi, *io*?» Sophie si premette la mano sul petto con finta innocenza.

Quando Mac non rispose, Sophie alzò lo sguardo per vedere una strana espressione sul suo volto. Stava fissando qualcosa dietro Sophie.

«Che cos'è?» chiese Sophie, iniziando a voltarsi per vedere cosa aveva catturato la sua attenzione.

«Non farlo», sussurrò Mac, sporgendosi in avanti per mettere una mano calmante sul braccio di Sophie. «È Marcella, del Conclave. Non voglio che ti veda qui e capisca che sei la nostra sensitiva. Ti ha già vista alla Coit Tower e potrebbe iniziare a mettere insieme i pezzi.»

«Dubito che si ricorderebbe nemmeno di me dalla Coit Tower. Nessuno al momento stava prestando molta attenzione alla misera umana in mezzo a loro.»

Comunque, Sophie si abbassò sulla sedia, guardando il volto di Mac mentre seguiva il progresso di Marcella attraverso l'ufficio. Gli occhi di Mac si restrinsero mentre la guardava dirigersi direttamente verso l'ufficio di Dunham. Tenendo la sua tazza di caffè davanti al viso come scudo parziale, Sophie lanciò uno sguardo oltre la spalla attraverso una cortina di capelli per guardare. I lineamenti affilati e angolari di Marcella e il suo comportamento fecero pensare Sophie a un uccello rapace. Lei e un uomo in una lunga toga grigia fluente si diressero nell'ufficio di Dunham senza nemmeno fermarsi a bussare. Quando l'uomo che accompagnava Marcella le aprì la porta, Sophie riuscì a vedere il suo volto. Sembrava proprio un mago uscito da un romanzo fantasy, completo di lineamenti emaciati, un naso aquilino appollaiato sopra una barba grigia e ispida. Aveva persino delle profonde borse sotto gli occhi di un pallido ghiaccio. Scrutò la stanza come se stesse guardando in lontananza, i suoi occhi notando tutto ma non fermandosi su nessuna cosa particolare. Poi, senza una parola, si voltò sui tacchi e seguì Marcella nell'ufficio. Quest'uomo ricordava un bastone nodoso, sottile e contorto, ma c'era un nucleo di forza lì.

«Chi è quel Gandalf da quattro soldi? Non ho mai visto nessuno indossare un mantello del genere nella vita reale.»

«Non lo so. Basandomi su quell'abbigliamento, direi Fae. Ad alcuni di loro piace vestirsi come se fossero comparse ne *Il Signore degli Anelli*. Chiunque sia, non l'ho mai visto prima.» Mac guardò, con la fronte corrugata, mentre l'uomo che sembrava un mago si chinò e sussurrò qualcosa nell'orecchio di Marcella. Marcella guardò l'uomo, i suoi occhi scuri e affilati come quelli di un corvo.

Sophie e Mac spiarono Marcella e il suo compagno mentre parlavano con Dunham e Alphonse. Qualsiasi cosa stessero dicendo sembrava finalmente calmare Alphonse. L'uomo mago misterioso cercò di dare una pacca sulla spalla ad Alphonse, ma lui scrollò via il tocco con uno sguardo di disprezzo.

«Pensi che abbia lasciato il suo bastone di legno a casa? Chi fermerà il Balrog?»

«Sei proprio una nerd», rispose Mac con un rullare degli occhi.

Il gruppo nell'ufficio di Dunham parlò per qualche altro minuto prima che Alphonse uscisse a grandi passi con Marcella e il Vecchio Barbagrigia alle calcagna. Dunham gridò ad Alphonse, ricordandogli di dare la sua dichiarazione formale al Detective Turner. Turner spuntò dal suo cubicolo come una cane della prateria troppo entusiasta, facendo cenno ad Alphonse di avvicinarsi alla sua scrivania.

«Davvero non mi piace», borbottò Mac mentre Alphonse guardava il cubicolo di Turner con ovvio disprezzo prima di prendere posto di fronte alla scrivania.

«Anch'io sarei incazzata se uno dei miei amici fosse appena stato assassinato.»

«Penseresti che è per questo che sta facendo lo stronzo, ma no. È sempre così.»

«Già, non è esattamente Miss Simpatia, vero?» sussurrò Sophie mentre Alphonse agitò imperiosamente la mano verso Turner per iniziare l'intervista. «Se Biancaneve era sulle sue tracce, significa che Alphonse è un serial killer? Voglio dire, sembra una strana coincidenza che abbiamo preso quel tizio all'obitorio l'altro giorno che un branco di lupi aveva ammazzato. Pensi che Alphonse e la sua gente abbiano ucciso quel tipo, e che per questo Biancaneve lo stesse inseguendo?»

«È certamente possibile. Non voglio mettere troppe congetture in questa situazione perché quando inizi a farlo, i tuoi pregiudizi potrebbero farti iniziare ad adattare i fatti per confermare la tua ipotesi. E io ho già molti pregiudizi contro Alphonse. Al momento, propendo per Roger come obiettivo previsto dato che è stato lui a essere colpito con l'ascia. Andrò a vedere cosa riesco a scavare su di lui. Vedere se ci sono degli scheletri nell'armadio di Roger. O potremmo sbagliarci completamente sui motivi di Biancaneve. È tutto solo speculazione a questo punto. Dunham vuole vederci», disse Mac, rivolgendo l'attenzione di Sophie verso Dunham, che stava in piedi alla porta del suo ufficio, facendo loro cenno di avvicinarsi.

Sophie prese una delle due sedie di fronte all'imponente scrivania di legno al centro della stanza. La scrivania era una massiccia lastra di mogano progettata per intimidire chiunque fosse sfortunato abbastanza da trovarsi di fronte. Sophie notò che la sedia su cui sedeva Dunham era più grande e più alta delle loro così che Dunham li avrebbe guardati dall'alto una volta seduto. Tutto l'ufficio sembrava progettato per mettere gli altri in svantaggio.

Mentre Dunham finalmente chiudeva le persiane che davano sull'ufficio, Sophie guardò fuori dalla finestra la vista della baia. Il cielo scurito dalle intemperie aveva lavato via l'usuale blu profondo dell'acqua in un grigio peltro agitato.

Dunham prese posto dietro la sua scrivania con un sospiro. Sophie non lo conosceva bene, ma sembrava un po' logoro ai bordi. Immaginò che giorni come quello fossero il motivo per cui alcune persone tenevano bottiglie di Jack nascoste nel cassetto della scrivania.

Dunham fece scivolare degli occhiali bifocali a mezzaluna sul naso e iniziò a cliccare sul suo computer con un'espressione di totale concentrazione.

«Chi era il vecchio?» Le parole uscirono dalla bocca di Sophie prima che potesse pensare di censurarle.

«Eh?» rispose Dunham, alzando lo sguardo su Sophie dal suo computer.

«Il tipo con Marcella – chi era? Sembrava importante.»

«Quello era Bramwell. È il Siniscalco», rispose Dunham, la sua attenzione era già tornata sullo schermo del computer.

«Bramwell? Non ne ho mai sentito parlare. Qual è il suo cognome?» intervenne Mac, sporgendosi in avanti e appoggiando gli avambracci sulla scrivania di Dunham.

«E cos'è un siniscalco?» si intromise Sophie.

«Se Bramwell ha un cognome, non so quale sia. È semplicemente Bramwell. Il suo lavoro è vegliare sugli interessi della Regina Fae qui in questo regno. Non so cosa comporti. Francamente, cerco solo di stare fuori dal radar del Conclave. Nessuna notizia è una buona notizia quando si tratta del Conclave.»

«Non è per niente sinistro», borbottò Sophie a Mac, che ridacchiò in risposta. Dunham diede a Sophie uno sguardo sarcastico in risposta.

«Perché il Siniscalco era qui? Dovremmo essere preoccupati?» chiese Mac.

«Non mi preoccuperei se fossi in voi. Credo che il Magistrato Venturi e Bramwell fossero insieme quando Alphonse ha chiamato Marcella in preda al panico per l'omicidio di Roger Lammar. L'ultima cosa di cui abbiamo bisogno è l'alfa del branco più grande della zona che va su tutte le furie, quindi è venuta a calmarlo», disse Dunham con una scrollata di spalle noncurante. «La presenza del Siniscalco qui era solo una coincidenza. Non mi preoccuperei di Bramwell.»

Facile per te essere così noncurante, pensò Sophie con amarezza. *Non è il tuo culo che tutti stanno prendendo di mira.*

Sorvolando le preoccupazioni persistenti di Sophie, Dunham fece registrare a Sophie gli eventi della giornata. Le fece ripercorrere passo dopo passo il suo sogno, poi la sua corsa folle sotto la pioggia, finendo con il ritrovamento del cadavere di Roger dietro la panetteria.

Il rispetto di Sophie per Dunham crebbe costantemente mentre lui la fermava periodicamente per fare domande penetranti, aiutandola a ricordare dettagli che aveva inizialmente scartato o dimenticato. Una volta che Dunham finì di registrare i ricordi di Sophie, lui e Mac lavorarono insieme per creare una seconda dichiarazione di polizia edulcorata che sarebbe stata usata per i registri pubblici. Non c'era menzione di sogni, Biancaneve, o altri elementi magici e non umani in quel documento. Secondo la versione pesantemente editata degli eventi, Sophie si trovava per caso a passare davanti a una strada secondaria quando movimenti sospetti nel vicolo buio attirarono la sua attenzione. Si rese conto che qualcuno stava venendo attaccato e corse nel vicolo mentre chiamava il suo amico Malcolm Volpes, un ufficiale di polizia per l'SFPD. Le sue urla fecero scappare l'aggressore. Tutto accadde così in fretta che Sophie non riuscì mai a vedere bene l'assassino. Il rapporto suggeriva che Sophie aveva interrotto una rapina finita male.

«Alphonse ti ha detto cosa ha visto? È riuscito a vedere Biancaneve?» chiese Mac a Dunham una volta che finirono e presentarono il rapporto.

«Alphonse ha detto che lui e Roger iniziarono a sospettare di avere un pedinatore mentre uscivano dalla metropolitana alla stazione del Civic Center. Non hanno visto specificamente nessuno; Alphonse ha solo detto che aveva una sensazione. Ha fatto entrare Roger nel vicolo, e lui stava per tagliare attraverso la panetteria e uscire dall'uscita sul retro. Il piano era intrappolare la persona tra loro dietro il negozio dove non sarebbero stati osservati. Potrebbe aver funzionato se il proprietario della panetteria non avesse fermato Alphonse e non lo avesse importunato mentre cercava di intrufolarsi attraverso la cucina.»

Mac mormorò pensieroso, fissando senza vedere il soffitto piastrellato.

«Alphonse ha visto Biancaneve?»

«Forse. Quando era dentro la panetteria, ha visto una piccola figura in abiti scuri indugiare per un momento davanti. Ha detto che sembrava che stessero cercando qualcuno dentro. Ha supposto che la persona stesse cercando lui. Non ha visto bene il suo pedinatore, ma pensava fosse una donna. Indossava abiti scuri, una giacca voluminosa e teneva i capelli nascosti sotto un cappello. Quando l'ho pressato su quello che aveva visto, Alphonse ha ammesso che pensava fosse una donna, ma poteva essere un adolescente o un uomo minuto.»

«Dovremmo dire ad Alphonse di Biancaneve? Dargli un avvertimento che potrebbe essere in pericolo?» chiese Mac.

«No. Se avete ragione sui motivi di Biancaneve, allora lui o Roger hanno ucciso delle persone. Metteremo la vita di Alphonse e Roger sotto il microscopio, e preferirei non mettere Alphonse in guardia sul nostro controllo. Non vogliamo che inizi a cercare di coprire le sue tracce. Inoltre, metterò alcuni dei miei migliori investigatori su di lui. Possono proteggerlo da Biancaneve mentre tengono traccia delle sue attività. Inoltre, dopo quello che è successo a Roger, Alphonse sarà ipervigilante comunque. È stato un bel colpo al suo ego che uno dei suoi sia stato assassinato praticamente sotto il suo naso. Sapete come sono gli alfa», disse Dunham con un rullare degli occhi.

In realtà, non lo so, pensò Sophie, *ma posso azzardare un'ipotesi.*

«E se Biancaneve attacca Alphonse o un altro dei suoi compagni di branco e noi non lo avevamo avvertito della possibilità? Qual è la nostra responsabilità?» chiese Mac.

«Se le cose vanno male, me ne occuperò io. Inoltre, l'ho avvertito che un altro Mitico in città è stato recentemente assassinato in modo simile.» Dunham scrollò le spalle come se dover affrontare un lupo mannaro alfa pericoloso e infuriato non fosse un grosso problema.

«C'è qualche collegamento tra Troy Weatherby e Alphonse, Roger, o chiunque nel branco del Sunset District?»

«Ho chiesto ad Alphonse se conosceva Weatherby. Ha detto di no. Weatherby viveva in un territorio che si sovrappone a un angolo del territorio che rivendica il branco di Alphonse, ma così fanno molti altri Mitici. Gli ho creduto, ma controlleremo comunque.»

«Alphonse ha nemici? Sapete, nel caso non sia davvero quello che pensiamo?» chiese improvvisamente Sophie.

«È l'alfa del branco di lupi più grande della città. Inoltre, è uno stronzo enorme. Sarebbe più facile trovare persone che non hanno un problema con lui che elencare tutti i suoi nemici.»

Il sbuffo soffocato di Dunham segnalò il suo accordo con la dichiarazione schietta di Mac.

«Cosa gli hai detto sul perché Sophie era lì?» chiese Mac.

«Gli ho detto che Sophie stava passando davanti al vicolo e ha notato due persone che litigavano. Quando si è resa conto che Roger era stato accoltellato, ha chiamato il 911 e poi ha chiamato te.»

«Ha chiesto perché Sophie sapeva di chiamare me?»

«Sì, gli ho detto che voi due state insieme», disse Dunham con un sopracciglio alzato, sfidando Mac a contestare quella dichiarazione.

«Ti ha creduto?» chiese Mac invece di rispondere al suggerimento non detto di Dunham.

«Sì, non ha motivo di dubitare di me. Ora, ho un carico di scartoffie da sbrigare, quindi siete entrambi congedati», dichiarò Dunham, rivolgendo la sua attenzione allo schermo del computer.

«Non farai una predica a Sophie sul correre per la città inseguendo serial killer fantasma? Ti va bene così?»

«Se qualche umana ignorante si fa fare a pezzi pensando di essere più tosta di quello che è, è affar suo. Sarò seccato di dover gestire più scartoffie, ma Sophie è un'adulta, e se vuole fare qualcosa di stupido, chi sono io per mettermi in mezzo?» disse Dunham con tono piatto, lasciando Mac balbettare per l'indignazione.

«Davvero?» riuscì finalmente a ribattere Mac.

«Sì. Ora andate. Siete congedati.»

Mac si alzò dalla sua sedia, dritto come un fuso, e si voltò sui tacchi, uscendo dall'ufficio di Dunham come un robot agitato. Sophie scappò dietro Mac, dando un'ultima occhiata a Dunham mentre usciva dal suo ufficio, ma lui era già curvo sulla sua scrivania con un profondo cipiglio puntato sullo schermo del computer, Sophie e Mac scacciati dalla sua mente.

Sophie seguì Mac al suo cubicolo mentre lui borbottava cupamente sottovoce. Riuscì a cogliere solo alcune parole come "desiderio di morte idiota" e "sono l'unico sano di mente qui". Sophie inghiottì l'impulso di ridere, non volendo far agitare Mac più di quanto già fosse.

Infilò rapidamente alcuni oggetti dalla sua scrivania in una borsa a tracolla.

«Voglio tornare sulla scena del crimine e dare un'occhiata in giro. Posso accompagnarti a casa mentre ci vado?»

Quando Sophie annuì, Mac la prese sotto il braccio e iniziò a dirigersi verso l'ascensore.

«Ti rendi conto che sono un'adulta, vero?» chiese Sophie, avvolgendo un braccio intorno alla vita di Mac e dandogli una stretta.

Mac soffiò un respiro di irritazione. «Sì, lo so, Soph. Mi dispiace per aver fatto lo stronzo iperprotettivo. Io—»

«Una umana, Volpes? Davvero?» gridò una voce. Girando di scatto la testa, Sophie si rese conto che il loro percorso li aveva portati a pochi metri da dove Alphonse stava dando la sua dichiarazione alla scrivania di Turner. «Non potevi fare di meglio? Diluirà una linea di sangue già debole», sogghignò Alphonse. Mac si gonfiò come un toro infuriato, con aggressività in ogni fibra del suo corpo teso. Sophie gli strinse il braccio prima che dicesse qualsiasi cosa si stesse già formando sulle sue labbra.

«Non abboccare all'amo», sussurrò, ma non riuscì a resistere dal dare allo stronzo xenofobo uno sguardo di sfida mentre mostrava il dito medio grattandosi il sopracciglio. Senza aspettare una reazione da Alphonse, Sophie si voltò e trascinò Mac verso l'ascensore che aspettava.

CAPITOLO 10

«Sei sicura di stare bene?»

«Sì. E se me lo chiedi ancora, ti tiro un cazzotto», minacciò Sophie, chiudendo il pugno e agitandolo verso Mac, solo in parte scherzando.

«Scusa. Non sto cercando di essere un rompiscatole; è solo che tutta questa situazione mi ha sconvolto.»

«Lo so. Nessuno di noi due gestisce particolarmente bene lo stress», rispose Sophie, allungando la mano attraverso la consolle centrale e stringendo la mano che Mac aveva appoggiata sulla coscia. Prima che potesse ritrarre la mano, Mac la prese e intrecciò le sue dita con quelle di Sophie.

«Voglio che tu inizi a prendere delle lezioni di autodifesa», annunciò Mac. «Conosco un paio di persone che sarebbero disposte a insegnarti a combattere. La prossima volta che ti troverai di fronte a un alfa infuriato, ho bisogno di sapere che puoi cavartela da sola.»

«Va bene.»

«Cosa? Non hai intenzione di discutere su questo?»

«Non discuto su tutto», sbuffò Sophie. «Ho preso qualche

lezione in passato, ma oggi mi ha definitivamente dimostrato che non erano sufficienti.»

Sophie poteva vedere la tensione uscire dalle spalle di Mac per la sua facile accettazione. Sophie strinse la mano di Mac rassicurandolo.

Il resto del viaggio si svolse in silenzio, entrambi persi nei loro pensieri.

Mentre si avvicinavano a Castagnaccia, Sophie si massaggiò le tempie, cercando di prevenire un mal di testa.

«Ehi, puoi lasciarmi qui? Devo prendere un paio di cose», chiese Sophie, indicando il piccolo market a due isolati dal suo appartamento. Aveva intenzione di prendere una confezione maxi di aspirina, una bottiglia di vino economico, e forse del cibo spazzatura per compensare la giornata colossalmente di merda.

Dopo qualche minuto di baci lenti e languidi e una promessa estorta di chiamare Mac prima del lavoro quella sera, Sophie entrò nel minimarket con un po' di rinnovato vigore. Una sessione di baci era proprio quello che le serviva per resettare il suo umore di merda. Il suono della porta che si apriva fece sobbalzare la commessa alzando la testa dal telefono su cui aveva il naso piantato, girandosi per vedere chi era entrato nel suo dominio. Quando vide Sophie, la donna grassoccia e più anziana posò il telefono sul bancone e seguì i progressi di Sophie intorno al piccolo negozio con occhi socchiusi e un ghigno che le distorceva la bocca.

Sophie capì subito cosa stava facendo la donna; la stava guardando per vedere se Sophie avrebbe rubato qualcosa. Anche quando era più povera, Sophie non si era mai ridotta a rubare.

«Posso aiutarla con qualcosa?» chiese freddamente la donna, dando a Sophie un'occhiata dalla testa ai piedi che trasmetteva i suoi pensieri. Sophie arricciò le dita dei piedi nelle sue scarpe da ginnastica consumate, desiderando di indossare i suoi stivali preferiti. Era pronta ad andarsene e portare i suoi affari altrove. C'era un altro negozio solo a dieci minuti a piedi più lontano.

Sophie ignorò la domanda e continuò con i suoi acquisti. Se la donna pensava che sembrasse disdicevole ora, Sophie doveva tornare con i suoi stivali da combattimento scalfiti e la sua maglietta dell'anarchia logora. Probabilmente avrebbe spaventato a morte quella donna giudicante.

Camminò rapidamente attraverso i corridoi, raccogliendo i suoi articoli con lo sguardo della donna che le bruciava un buco nella schiena. Finendo rapidamente i suoi acquisti, Sophie lasciò cadere i suoi articoli sul bancone con un rumore metallico, trattenendo i commenti che si stavano formando nella sua bocca. Voleva solo tornare a casa e rilassarsi prima del lavoro, non iniziare uno scontro al Quickie Mart. La donna fece un ultimo *harrumph* prima di suonare riluttantemente gli articoli di Sophie. Afferrando il resto e il sacchetto di prelibatezze, Sophie voltò le spalle alla cassiera e uscì dal negozio a grandi passi con la testa alta. Sentì gli occhi della donna su di lei fino alla porta. Proprio prima che la porta si chiudesse dietro di lei, Sophie mandò un dito medio alla cassiera. Il respiro indignato che la seguì fuori dalla porta portò un ghigno sulle sue labbra.

Sophie si incamminò verso casa, iniziando una diatriba su posso-indossare-quello-che-voglio e borbottando tra sé e sé sui commessi maleducati e giudicanti. Dovrei poter indossare jeans strappati e vecchie magliette grafiche senza essere presa per una possibile ladra. Quando raggiunse Castagnaccia, aveva escogitato diverse risposte argute che avrebbe voluto usare sulla cassiera.

«Dovrei essere in grado di vestirmi di stracci e comunque non essere trattata come un dannato criminale», informò Sophie la porta del suo appartamento mentre inseriva la chiave nella maniglia graffiata e scalfita. La porta rimase in silenzio sull'argomento, ma Sophie poteva dire che era d'accordo.

Si versò una generosa porzione di vino da quattro soldi nella prima tazza che trovò nell'armadio – una tazza da caffè scheggiata, presa per caso in una tavola calda nel suo vecchio quartiere.

Sophie mandò giù due Advil con un sospiro di sollievo, felice di essere tornata nel santuario di Castagnaccia. Lasciandosi cadere sul suo futon, alzò i talloni sul suo tavolino da caffè malridotto e aprì un sacchetto di patatine. *Mmmm, bontà croccante e salata,* canticchiò Sophie, allungandosi per prendere il romanzo rosa che aveva comprato all'inizio della settimana dal negozio di libri usati su Valencia Street. Aveva un numero gratificante di corpetti strappati e seni palpitanti – abbastanza da soddisfare il bisogno di fuga di Sophie.

Quando si rese conto che il libro non era sul tavolino dove pensava di averlo messo, Sophie gemette di fastidio. Doveva averlo lasciato nel suo armadietto al lavoro per sbaglio di nuovo. Con un sbuffo, Sophie prese un favorito ben consumato e con le orecchie piegate dal mucchio sul pavimento. La storia familiare era confortante come una coperta calda. Sophie si sistemò sul suo divano, pronta a unirsi a Ender Wiggin nel salvare il mondo dagli scarafaggi.

Dopo un'ora soddisfacente di lettura, Sophie ricevette un messaggio da Mac che le faceva sapere che non aveva scoperto nulla di nuovo sulla scena del crimine. Mettendo insieme una cena veloce di pasta, Sophie cercò di mangiare mentre leggeva ma non riuscì a tornare nella storia. Dopo aver letto lo stesso paragrafo per la terza volta e ancora non aver registrato le parole, gettò da parte il libro tascabile rassegnata. Seguendo con lo sguardo le sottili crepe nel soffitto di gesso, Sophie ripercorse mentalmente il pomeriggio, passo dopo passo, cercando di capire se c'era qualcosa che avrebbe potuto fare diversamente per salvare Roger Lammar.

«Smettila di crogiolarti nell'autocommiserazione. Ti farai impazzire con i 'e se'», annunciò Sophie ad alta voce. Balzando su dal divano, Sophie si guardò intorno nel suo appartamento per qualche tipo di distrazione. «Ecco fatto. Devo uscire da qui.»

Afferrando la sua borsa a tracolla, Sophie marciò fuori dal suo appartamento e direttamente a Pollicino accanto. Mentre entrava nel pub, i suoni del traffico e della costruzione si attutirono e furono sostituiti dal din accogliente della conversazione e della musica soft proveniente da altoparlanti nascosti.

Alzando lo sguardo al suono della campanella, Burg diede un'occhiata al viso di Sophie e indicò con un dito uno sgabello all'estremità lontana del bar dove l'illuminazione era più fioca, dando l'illusione della privacy.

«Vuoi una birra?» gridò Burg.

«Devo lavorare tra un po'», rispose Sophie, scuotendo la testa.

«Vuoi una La Ninnananna?» chiese Burg con un ghigno. Sophie era particolarmente affezionata alla bevanda che era l'equivalente Mitico di una Shirley Temple – una bevanda per bambini.

«No, ho bisogno di caffeina. Prendo una Coca-Cola.»

Burg gettò un sottobicchiere sul bancone davanti a Sophie e depositò un bicchiere alto pieno fino all'orlo di cola frizzante.

«Stai bene, Soph?»

«Sto bene. È stata una giornata lunga e strana, ma sto bene», mentì Sophie, avvicinando il sottobicchiere e prendendo un lungo sorso dal bicchiere alto.

«Quindi... stiamo bene, sì?» chiese Burg con esitazione.

«Perché non dovremmo stare bene?»

«Beh, non ti ho vista molto ultimamente. Non da quando hai visto la mia vera forma. Ero preoccupato di averti spaventata o qualcosa del genere», rispose Burg, strofinando ostentatamente il bancone e non guardando Sophie in faccia.

«Burg», rimproverò Sophie. «Mi sento privilegiata ad aver visto la tua vera forma. E non mi hai spaventata o altro del genere. Sono stata solo impazzita di lavoro, lo giuro. Non ti stavo evitando. Sei ancora uno dei miei amici più cari.»

«Sì?» Burg si fermò, fissando senza vedere il bancone e alzò lo sguardo su Sophie con occhi pieni di speranza.

«Lo prometto. Il lavoro è stato pazzo. Beh, e ho visto parecchio Mac», disse Sophie. Fu gratificata nel vedere l'espressione spaventata sciogliersi dal viso di Burg.

«Cosa sta succedendo con il lavoro che ti tiene così occupata? I cadaveri stanno iniziando ad accumularsi?» scherzò Burg, ma prima che Sophie potesse rispondere, qualcuno all'estremità del bar gridò per un refill.

«Da quando è uscito quel post sul blog, è stato così affollato qui che sto pensando di assumere un secondo barista a tempo pieno. Mia sorella aiuta occasionalmente, ma non può lavorare tanto spesso quanto avrei bisogno. Ha le mani piene con le mie nipoti e mio nipote», si lamentò Burg prima di dirigersi verso il cliente assetato.

Voglio vedere degli orchetti piccoli, pensò Sophie. Poteva solo immaginare piccoli orchi verdi con adorabili zannetti piccoli e grandi atteggiamenti.

Gettando il suo asciugamano bianco da bar sulla spalla, Burg tornò da Sophie dopo aver servito il cliente.

«Ho una domanda strana», disse Sophie quando Burg si fermò davanti a lei. «Conosci qualcuno dei branchi di lupi nella città? Ho incontrato l'alfa del branco del Sunset District oggi. Alphonse. Lo conosci?»

«Alphonse? Non lo conosco personalmente, ma so di lui. Dal momento che sono considerato territorio neutrale, ricevo un sacco di mutaforma lupo qui, specialmente quelli senza branco. Non l'ho incontrato, ma ho sentito molto.»

«Cosa hai sentito?»

«Che è uno stronzo», disse Burg con una spallata.

«Da quello che ho visto oggi, posso confermare che è inequivocabilmente uno stronzo. Uno stronzo gigantesco. Ma è pericoloso?»

«Assolutamente. È un Mitico e l'alfa del branco di mutaforma lupo più grande di tutta la città. I Mitici sono tutti pericolosi, almeno rispetto agli umani, e gli alfa sono più pericolosi della maggior parte. Perché lo chiedi? Cosa è successo con lui oggi?»

Sophie si strinse nelle spalle, non sicura di quanto dovesse condividere con Burg riguardo alle sue nuove abilità. Dunham le aveva detto di non dirlo a nessuno, non che si sentisse particolarmente obbligata a seguire i suoi editti.

«Ho incontrato Alphonse questo pomeriggio. Era legato al lavoro, quindi non posso dirti molto. Volevo solo la tua opinione su di lui. Il suo branco è pericoloso? Hai sentito strane voci su di loro?»

«Il suo branco è pericoloso perché farà praticamente qualsiasi cosa Alphonse gli dica. Seguono la gerarchia del branco 'tradizionale'.»

«Come un branco di lupi? Cosa intendi per gerarchia? Come alfa e beta?»

«Più o meno. Alfa in cima al branco – il capo. Poi ci sono i suoi o le sue beta. Sono la cerchia ristretta, i bracci destri dell'alfa. Fanno rispettare le regole dell'alfa – si assicurano che tutti stiano rispettando la linea. Poi c'è il resto del branco sotto di loro. Di solito c'è un rigido ordine gerarchico che generalmente viene stabilito attraverso combattimenti di dominanza. Ecco come appaiono la maggior parte dei branchi di mutaforma, specialmente nei branchi di lupi e altri predatori alfa. Cercano di modellare la loro gerarchia sui branchi di lupi naturali. Il che è esilarante perché non è così che funzionano i branchi di lupi in natura.»

«Non è così? Ecco come *io* pensavo funzionassero.»

«Negli anni '40 alcuni scienziati stavano studiando i lupi e i loro comportamenti. Il problema era che stavano studiando lupi tenuti in cattività. Presero un gruppo di lupi che non erano imparentati tra loro e li misero insieme, piuttosto che osservare i lupi in natura. Questi scienziati dedussero che un branco aveva sempre un capo, o un maschio alfa e una femmina alfa dall'osservazione di questi lupi. La loro ricerca fallace ha portato tutto il mondo a credere che i lupi vivano in branchi con una gerarchia rigida e combattano per la dominanza. In realtà, i lupi in natura sono tipicamente un gruppo familiare con mamma e papà al comando e i loro cuccioli che li seguono.»

«Seriamente?»

«Sì, sarebbe come se degli alieni arrivassero sulla Terra, rinchiudessero un gruppo di estranei casuali in un centro commerciale e dicessero 'vedete, ecco come funzionano le famiglie umane'. Era solo cattiva ricerca, ma ora tutti questi mutaforma emulano la gerarchia. Francamente, lo trovo piuttosto divertente. Lo prendono tutti così sul serio.»

«Puoi immaginare se gli alieni scegliessero un Walmart? Li spaventeremmo fuori dal sistema solare. Ho visto le cose più strane lì. Forse è per questo che gli alieni non hanno mai preso contatto. Hanno osservato un Walmart e hanno deciso che non valeva la pena.»

«Ehi, niente critiche a Walmart. Non tutti vogliono spendere i risparmi di una vita per yogurt artigianale e biologico fatto da mucche che pascolano solo su margherite e bevono acqua raccolta dai ghiacciai. Almeno Walmart ha il parcheggio», si lamentò Burg, agitando un dito verso Sophie. Un parcheggio decente era difficile da trovare a San Francisco quanto i quadrifogli e gli unicorni.

«Il parcheggio non è un problema se non possiedi una macchina.» Sophie si strinse nelle spalle. Era perfettamente contenta di usare i trasporti pubblici piuttosto che dover gestire una macchina. Avere un veicolo in città era più lavoro e denaro di quanto Sophie fosse disposta a fare e spendere. Non che potesse permettersi una macchina in questo momento, comunque.

La campanella sopra la porta d'ingresso tintinnò, attirando l'attenzione di Sophie sull'uomo che entrava nel bar. Era uno dei clienti abituali – un uomo più anziano di nome Sal. Mentre Sal prendeva il suo solito sgabello più in fondo al bar, la sua barba grigia nodosa ricordò a Sophie l'aspetto da mago di prima – Siniscalco Bramwell di Nessun Cognome. Guardando Burg versare a Sal la sua pinta, Sophie cercò di capire cosa fosse di Bramwell che l'aveva colpita nel modo sbagliato. Perché le importava? Aveva abbastanza problemi senza aggiungere uno strano uomo mago al suo secchio di stronzate. Quel secchio stava iniziando a sentirsi come se stesse traboccando.

Burg tornò da Sophie, riempiendo la sua bibita senza bisogno che glielo chiedesse.

«Marcella sembrava molto interessata a conoscerti meglio a Coit Tower. Ha detto che gli orchi non tendono a coinvolgersi nella politica Mitica», disse Sophie, notando l'espressione di disgusto sul viso di Burg. «Non vuoi lavorare con il Conclave?»

«Ho evitato le chiamate di Marcella e del Conclave per l'ultima settimana. Non ho alcun interesse a essere trascinato negli intrighi di corte e nella politica di merda dei Fae. Sono interessati solo a usarmi come guardia del corpo o sicario. Per loro, sono solo carne da cannone, uno scudo umano. Non gli verrebbe nemmeno in mente che ho un cervello in questa vecchia zucca», si lamentò Burg, battendo le nocche contro il lato della sua testa gigante e calva.

«Li conosci bene? Il Conclave, intendo. Perché ho incontrato questo strano vecchio oggi. Sembrava un mago misterioso. Se non sapessi meglio, giurerei che fosse pronto a guidare una compagnia per distruggere un anello – capisci cosa intendo? Qualcuno ha detto che il suo nome era Bramwell. Hanno detto che era un siniscalco – non che io sappia cosa significhi. Ma ho avuto strane vibrazioni da lui.»

«Ultimamente hai incontrato molti dei pezzi grossi, eh? Benvenuta nelle grandi leghe, Soph. Bramwell è come il braccio destro della regina dei Fae, il suo fixer. Bramwell è interessato solo a se stesso e alla Regina dei Fae. Tutto e tutti gli altri vengono secondi. È il suo piccolo lacchè fedele, da quello che sento. Probabilmente innamorato di lei. Non riesco a immaginare come qualcuno possa amare qualcuno che si dice sia così fredda e spietata. Ma ognuno i suoi gusti, immagino.»

«Cos'è un fixer?»

«Un fixer... Sai, come nella mafia?» All'espressione vuota di Sophie, Burg spiegò: «Risolvono 'problemi'. Che si tratti di sbarazzarsi di qualcuno o semplicemente di assicurarsi che le cose vengano fatte. Di solito, nella mafia, i fixer sono spesso i tipi che puliscono le scene del crimine e si sbarazzano dei corpi.»

Sophie fu improvvisamente contenta di aver deciso di non presentarsi a Bramwell.

«Uccide persone?» chiese Sophie, ripensando all'uomo più anziano sottile come una frusta nella veste lunga fino al pavimento con incredulità.

«Eh, probabilmente no. La regina ha un esercito di assassini. Ma sarebbe lui a ordinare gli omicidi, non necessariamente a portarli a termine da solo.»

«Come può lavorare per la regina dei Fae? Mi è stato detto che venire in questo regno era un biglietto di sola andata. Quindi perché lavorerebbe ancora per la regina? Inoltre, come comunichi con qualcuno in un regno diverso? Sento che il mio servizio cellulare non copre altri regni.»

«Forse è un telepate. O potrebbe essere che lo sia la regina. Ha un sacco di potere, da quello che sento. Dovresti avere un pugno potente per essere in grado di rimanere sul trono per tutto il tempo che ha fatto. La corte dei Fae è un nido di vipere.»

«Telepatia. Ma certo, ha perfettamente senso.»

Burg sorrise al sarcasmo, schioccando le dita dalla fronte in un saluto di accordo.

«La regina ha diversi nomi, ma la maggior parte delle persone la chiama Regina Maeve.» Burg abbassò la voce a un sussurro quando disse il nome della regina come se preoccupato che dire il suo nome ad alta voce la evocasse.

«Com'è?»

«Chi? La regina? Non l'ho mai incontrata. Ma ho sentito che è bella, fredda, calcolatrice e mortale. Si suppone che abbia una magia abbastanza forte da toglierti l'aria dai polmoni con solo un pensiero.» Burg rabbrividì, tremando di disgusto al pensiero.

Il pub iniziò a riempirsi mentre arrivava la folla del dopo cena, quindi Burg era troppo occupato per fare altro che occasionalmente fermarsi da Sophie e riempire il suo bicchiere. Sophie si alzò per andarsene e dirigersi al lavoro in anticipo. Aveva bisogno di dire alla squadra quello che era successo quel pomeriggio con Roger e Alphonse. Era difficile credere che fossero solo poche ore fa. Sophie lasciò cadere qualche dollaro sul bar brunito e salutò Burg con la mano.

* * *

TRASCINANDO il suo culo dispiaciuto e stanco nell'atrio dell'ufficio del medico legale, Sophie prese un respiro profondo dell'aria fresca e secca dell'ufficio. Era già stata una lunga giornata, e la notte che l'aspettava si profilava davanti a lei senza fine in vista. Il tempo cupo rendeva l'umore di Sophie acido. Fuori, l'aria era stata così densa e umida che era quasi bagnata di umidità. Respirare l'aria sanitizzata e climatizzata dell'ufficio sembrava rinfrescante in confronto.

«Buonasera, Signorina Zhao», salutò Sophie la receptionist seduta al suo posto abituale dietro il lungo bancone della reception. «Reggie è già qui?»

«Il dottor Didel è arrivato circa 10 minuti fa. È nel suo ufficio», rispose la Signorina Zhao, spuntando la testa dal suo schermo del computer per dare a Sophie un piccolo sorriso composto.

Sophie gridò i suoi ringraziamenti mentre le porte della parte riservata dell'edificio si sbloccarono con un ronzio. Spingendo attraverso le porte, si diresse direttamente all'ufficio di Reggie. Dopo un rapido bussare alla sua porta, la voce di Reg la invitò ad entrare.

«Sophie, sei in anticipo», disse Reggie, un sorriso felice che rendeva il suo viso rotondo ancora più paffuto. «Va tutto bene?»

«Sì, ma sono successe alcune cose oggi di cui volevo parlarti. Hai parlato con Mac oggi?»

Reggie prese e guardò il suo telefono, scuotendo la testa. «Nessun messaggio da Mac.»

Una piccola parte di Sophie si divertì guardando mentre gli occhi di Reggie diventavano comicamente sempre più grandi mentre gli descriveva come aveva inseguito Biancaneve solo per scoprire il corpo morente di Roger.

«Penso che non avresti dovuto inseguire Biancaneve», la rimproverò Reggie. «È squilibrata. Non voglio che tu ti faccia male.»

«Non anche tu», si lamentò Sophie. «Mac mi ha già sgridato per questo prima. Non posso semplicemente ignorare qualcuno in pericolo così. Dovevo cercare di fermarla.»

«Non puoi rischiare la tua vita così. Sei troppo importante.»

«Il mio dono è troppo importante», corresse Sophie, tenendo con forza lontano il broncio che stava cercando di arrivare al suo viso. Era orgogliosa di quanto sembrava livellata la sua voce. Capiva che quello che poteva fare era importante, ma era più del suo solo abilità.

Reggie le diede uno sguardo di rimprovero. «Se pensi che il tuo dono significhi più per me della tua amicizia e della tua vita, non mi conosci molto bene. Nessuno può sostituirti. Voglio che mi prometti che sarai più attenta.»

Sophie sospirò. «Va bene, lo prometto. D'ora in poi, aspetterò sempre i rinforzi. Niente più precipitarsi a testa bassa nel pericolo. Inoltre, Mac insiste che inizi a prendere lezioni di autodifesa.»

«Oh, è una buona idea», disse Reggie, annuendo con approvazione. «È un peccato che tu non sia riuscita a vedere il viso di Biancaneve. Sarà difficile fermarla finché non sappiamo cosa cercare. Sperabilmente—»

Il ronzio dell'interfono del telefono interruppe le sue parole.

«Dottor Didel, ha un visitatore. Sta richiedendo di osservare un'autopsia programmata per stasera», chiese la voce della Signorina Zhao, suonando metallica e sottile attraverso l'altoparlante.

«Sarò fuori in un momento», rispose Reggie, alzandosi dalla sua sedia, dando una pacca sulla spalla a Sophie mentre si dirigeva fuori dal suo ufficio.

Sophie trotterellò dietro Reggie, curiosa di vedere la persona che avrebbe guardato loro condurre un'autopsia più tardi quella notte. L'unico pubblico che avevano mai avuto era una manciata di detective della polizia. E i detective non avevano mai fatto richiesta per una visione – apparivano e basta.

«Ricevi spesso persone casuali che chiedono di guardare eseguire un'autopsia?» chiese Sophie.

«I nostri spettatori sono di solito detective, come probabilmente hai notato. Ma ricevo l'occasionale funzionario di alto rango. L'ultima volta che un membro del Conclave è morto, abbiamo dovuto far portare sedie pieghevoli perché quasi tutto il consiglio e i loro lacchè si sono presentati per osservare», rispose Reggie mentre spingeva attraverso le porte di uscita.

Reggie si fermò così improvvisamente una volta entrato nell'atrio che Sophie si scontrò con la sua schiena con un grugnito.

«Uh, alfa. Non ti stavo aspettando», balbettò Reggie. Sophie sporse la testa sopra la spalla di Reggie alla parola alfa per vedere Alphonse che guardava con cipiglio intorno all'atrio come se lo infastidisse personalmente. I due uomini imponenti con lui emularono il cipiglio di Alphonse con perfetta mimesi. Uno era un uomo dai capelli scuri e arruffati in una maglietta dei Giants e jeans. L'altro aveva capelli biondi corti stile militare e un completo elegante.

«Cazzo», sussurrò Sophie, ingoiando il nodo improvviso nella gola.

Alphonse era vestito tutto di nero, indossava pantaloni e un dolcevita. Sophie pensò che sembrasse uno stronzo presuntuoso, anche se, ammetteva, era molto di parte.

«Tu!» ruggì Alphonse prima che Sophie potesse eseguire una ritirata strategica. Rivolgendo il suo cipiglio a Reggie, Alphonse ringhiò. «Cosa ci fa qui? È una sospettata nell'omicidio del mio beta. Cosa state tramando? Questo è improprio. Pensate di potermi ingannare?» La sua voce ruggente echeggiò intorno all'atrio. Sophie lanciò uno sguardo ai due uomini sconosciuti con Alphonse prima di rivolgere la sua attenzione alla vera minaccia nella stanza, Alphonse.

Nessuno prestò attenzione mentre Sophie cercava di spiegare che non era una sospettata di omicidio. Era stata scagionata da ogni accusa. Alphonse e i suoi due scagnozzi erano troppo occupati a guardare con cipiglio Reggie.

«Lei lavora qui. Ecco come conosce il detective Volpes. Tutto questo è solo una coincidenza. Non sta succedendo nulla di improprio nella mia camera mortuaria», rispose Reggie sopra i tentativi di spiegazione di Sophie, alzando le mani come per respingere l'alfa infuriato davanti a lui.

Alphonse ringhiò forte, le sue spalle che si curvavano, sembrando come se si stesse preparando per una lotta.

«Cosa ti aspetti che creda? Mi rifiuto di permettere che sia presente durante l'autopsia di Roger. E se manomette le prove?»

Uscendo da dietro Reggie, cercando di attirare l'attenzione di Alphonse lontano dal suo amico, Sophie aprì la bocca per cercare di confutare le sue parole. Non poteva rischiare che Alphonse rivolgesse la sua crescente rabbia su Reggie. Era uno dei suoi pochi amici, e non aveva fatto nulla per meritare l'ira dell'alfa.

«Che tipo di posto del cazzo stai gestendo qui, roditore? Butterò fuori questa stronza io stesso.» Alphonse fece un passo minaccioso verso Sophie.

«Roditore!» strillò Sophie. «Sei proprio un—»

Prima che potesse finire il suo insulto, Sophie si rese conto che improvvisamente stava guardando la parte posteriore di una testa. Sophie aveva praticamente il naso premuto in una spazzata di capelli neri lucidi raccolti in un elegante chignon francese.

Sobbalzando di un passo indietro, Sophie scosse la testa con stupore. Riconoscerebbe la donna vestita con un completo pantalone grigio colomba ovunque. Non aveva nemmeno visto la Signorina Zhao muoversi, ma ora la donna minuta stava in piedi direttamente davanti a lei.

Un ruggito profondo rotolò nell'atrio come un treno in arrivo. Il suono alzò ogni pelo sul corpo di Sophie. Sentendosi come una preda spaventata, Sophie si rese conto che quello che stava sentendo era un ringhio di drago. Riempiendo la stanza con più pressione che suono, il ringhio atterrò nello stomaco di Sophie e la gettò indietro in un luogo primordiale di istinto e paura – un tempo quando gli antenati di Sophie correvano ancora in giro con lance e si nascondevano dalle tigri dai denti a sciabola. Bloccando la mascella, ci volle tutto lo sforzo di Sophie per non gemere ad alta voce.

«Fai attenzione alle tue prossime parole, alfa», avvertì tranquillamente la Signorina Zhao, alzando un dito di avvertimento per respingere Alphonse. Le sue parole erano educate, serene persino, ma comunque taglienti come un pugnale. Una tempesta di neve covava sotto il suo tono civile. Alphonse ringhiò di rimando, ma suonava petulante e debole rispetto al ruggito subsonico di un mutaforma dilong. L'ombra di scaglie marrone umber fantasma attraversò la mano alzata della Signorina Zhao, apparendo e scomparendo in un batter d'occhio. Il rosa pallido femminile dello smalto delle unghie della receptionist e i gioielli di giada delicati giustapposti contro le scaglie fecero sentire la minaccia implicita ancora più mortale.

«Tutti in questo edificio sono nel mio dominio. Sono sotto la mia cura. Faresti bene a ricordare quel fatto, lupo.»

«Non intendevo mancare di rispetto, Zhao. Tuttavia, non posso permettere che una sospettata nella morte del mio beta sia presente per la sua autopsia, tanto meno partecipi. È un insulto al mio branco e alla mia intelligenza. I miei lupi sono sotto la mia cura anche dopo la morte. Non puoi credere che questo dovrebbe essere permesso. È mio diritto come alfa richiedere imparzialità e giustizia per i compagni del mio branco. Se devo, porterò questo direttamente al Conclave.»

«Non sono una sospettata. Sono stata scagionata», provò Sophie, ma nessuno nel gruppo teso fece alcuna indicazione di aver sentito le parole di Sophie.

«Non c'è bisogno di coinvolgere il Conclave», disse Reggie. «Se mi avessi dato la possibilità di spiegare, sapresti che Sophie non avrebbe assistito all'autopsia del tuo beta. Non avevamo nemmeno avuto la possibilità di controllare il programma per stasera, quindi non abbiamo visto il nome del tuo beta nella lista. È procedura operativa standard tenere individui con qualsiasi conflitto di interessi o legame con la vittima fuori dalla sala autopsia. Se avessi avuto la possibilità di controllare la lista, sarei stato consapevole che il membro del tuo branco era programmato per essere autopsiato stasera e avrei potuto prevenire questo malinteso. Sophie non sarà presente per l'autopsia. Tuttavia, puoi anche essere certo che non interferirebbe mai con un'indagine. La sua reputazione è irreprensibile qui.»

«Non me ne frega un cazzo della reputazione di qualche umana. Non la voglio da nessuna parte vicino al mio branco o a me.» Sophie restituì il ghigno di Alphonse con uno sguardo piatto. Pronunciò la parola 'umana' con lo stesso disprezzo riservato a ciò che si raschia dalla suola delle scarpe.

Reggie tirò dolcemente Sophie lontano dal gruppo. Girandoli entrambi lontano da Alphonse, tenendo la signorina Zhao tra loro e l'alfa infuriato, Reggie avvolse un braccio attraverso la sua spalla. Reggie sussurrò: «Penso che sarebbe meglio se te ne andassi. Non penso sia una buona idea per voi due essere nello stesso edificio in questo momento. Perché non ti prendi la notte libera?»

«Vuoi che vada? Non ho fatto niente di sbagliato. Ho cercato di salvare l'amico di quello stronzo, cazzo. Capisco perché non dovrei essere lì per l'autopsia, ma perché devo andare a casa?»

«Questa non è una punizione. Penso solo che saresti più al sicuro lontano da qui. È troppo volatile in questo momento – come una polveriera. Non mi fido di lui per tenere sotto controllo il suo temperamento. Forse Mac potrebbe venire a prenderti, così non devi prendere l'autobus», suggerì Reggie.

«Non avresti bisogno del mio aiuto?» sussurrò Sophie.

Sophie desiderava disperatamente fare una lettura su Roger nella speranza di vedere il viso di Biancaneve.

«Amira può assistermi stasera. Non possiamo rischiare di incorrere nell'ira del branco del Sunset District. È meglio se vai a casa.»

Sophie voleva protestare e fare una scenata per essere stata cacciata, ma guardando il viso preoccupato di Reggie e il modo in cui si torceva le mani sgonfiò l'indignazione proprio fuori da lei.

«Va bene», sbuffò Sophie. «Ho lasciato la mia borsa nel tuo ufficio. Fammi chiamare Mac e vedere se può venire a prendermi.»

«Certo. Mi occuperò io di Alphonse», mormorò Reggie. Rassodando le labbra, Reggie si tolse i nervi dal viso e si voltò di nuovo verso Alphonse.

Dirigendosi verso le porte, Sophie gridò: «Signorina Zhao, può farmi rientrare?»

«Certo, mia cara», rispose. Guardando dietro la spalla, Sophie diede alla piccola, spaventosa receptionist uno sguardo grato. La signorina Zhao diede a Sophie un sorriso caldo prima che un lampo d'oro scintillasse poi svanisse dai suoi occhi, lì e sparito prima che Sophie potesse sbattere le palpebre. Sophie guardò mentre la signorina Zhao, nei suoi tacchi bassi e di classe, camminò verso la sua scrivania, regale come qualsiasi regina, e si sedette compostamente sulla sua sedia da ufficio.

Voltandosi verso la porta, aspettò il ronzio rivelatore del sistema di sicurezza che sbloccava le porte a battente. Sophie quasi perse la compostezza e rise ad alta voce quando notò i visi incantati di Fitz, Ace e Amira premuti contro la piccola finestra di vetro nella porta. Invece, scosse solo la testa e diede loro un ampio sorriso.

«Porca puttana! Cosa sta succedendo là fuori?» sussurrò Ace dopo che Sophie passò attraverso le porte e oltre i suoi colleghi a bocca aperta.

«Venite con me, e vi dirò tutto. Prima, ho bisogno di prendere il mio telefono e chiamare Mac, però», sussurrò di rimando Sophie, facendo cenno ai suoi amici di seguirla.

«Pensavo che la signorina Zhao stesse per mangiarlo vivo», disse Ace con una quantità allarmante di gioia.

«Magari», rispose Sophie. «Non penso di essere così fortunata.»

Prendendo la sua borsa dall'ufficio di Reggie, Sophie si diresse allo spogliatoio femminile, presumendo che Alphonse non l'avrebbe cercata lì. Dirigersi nel bagno delle donne non fermò Fitz o Ace dal seguirla, tuttavia.

«Di cosa si trattava?» chiese Amira non appena la porta si chiuse dietro il gruppo.

Sophie mise rapidamente al corrente i suoi amici sugli eventi della giornata.

«Um, sei sicura che fosse una buona idea inseguire Biancaneve? Avresti potuto farti male», disse Fitz una volta che finì la sua storia.

«Oh mio dio. Basta lezioni per oggi, ragazzi. Mac e Reggie mi hanno già sgridato per questo.»

«Amico», disse Ace, afferrando l'avambraccio di Sophie in una presa stretta e preoccupata. «Sei fortunata ad essere viva. Alphonse avrebbe potuto ucciderti.»

«Aww. Non sapevo che ti importasse», scherzò Sophie. «Non preoccupatevi, sto bene. Mac è arrivato in tempo per disinnescare la situazione. Ma come potete immaginare, non posso essere all'autopsia per il suo beta. Quindi, vengo mandata a casa. Inoltre, Alphonse mi odia solo perché sono umana, anche se ho cercato di aiutare a salvare Roger.»

«Sa di Biancaneve? Sa delle visioni oniriche?» chiese Fitz, preoccupazione che offuscava i suoi occhi.

«Assolutamente no a entrambi, e dobbiamo tenerlo così.»

Tutti i suoi amici annuirono il loro accordo. Amira mimò di chiudere la bocca con la cerniera, bloccarla e buttare via la chiave. *Che sciocca,* pensò Sophie con affetto.

«Ho bisogno di chiamare Mac e vedere se può farmi uscire da qui», annunciò Sophie, tirando fuori il suo telefono dalla borsa a tracolla.

Scorrendo rapidamente attraverso i suoi contatti, Sophie stava per chiamare Mac quando lo sghignazzare di Ace la fermò.

«Cosa?» chiese Sophie, guardandolo. Con un'espressione divertita, indicò silenziosamente il nome che aveva salvato per il numero di Mac. 'Detective Deficiente' la faceva ancora sorridere ogni volta che chiamava o mandava messaggi a Mac. Se l'era guadagnato quel soprannome, nella sua opinione. Sophie premette sul nome e portò il telefono all'orecchio.

«Ehi, spiritata. Non pensavo di sentirti così presto. Va tutto bene? Ti manco già?» chiese la voce di Mac nel suo orecchio, le sue parole basse e calde, calmando i nervi di Sophie.

«Magari, testa di cazzo», rispose Sophie, dolce e civettuola. Vedendo Amira mordersi il labbro per trattenere le risatine le ricordò che non era sola. Sophie si schiarì la gola e tolse l'espressione melensa dal suo viso. «Ho una situazione qui. Ho bisogno che tu venga a prendermi.»

«Cosa? Cosa sta succedendo? Stai bene?» chiese Mac, tutto serio ora.

Sophie spiegò la situazione mentre Mac bestemmiava. Aveva un arsenale impressionante di volgarità.

«Dannazione. Non c'è nessun altro posto per eseguire un'autopsia Mitica nel raggio di 100 miglia. Avrei dovuto pensarci. Avrei dovuto avvertire Reggie. Si sarebbe reso conto che avresti dovuto essere tolta dal programma stasera.»

«Sei troppo duro con te stesso. Abbiamo avuto molto per la testa», gli ricordò Sophie.

«Sto prendendo le chiavi proprio ora. Dammi quindici minuti. Ti manderò un messaggio quando arrivo. Stai solo nascosta e resta fuori vista. Non abbiamo bisogno che Alphonse faccia più casino di quello che ha già fatto.»

«Mi merito del gelato. Oggi è ufficialmente succhiato. Voglio doppio fudge», chiese Sophie.

Dopo aver estorto una promessa da Mac per il gelato, Sophie riagganciò e iniziò a tirare fuori tutto dal suo armadietto e ficcarlo nella sua borsa.

«Mi chiedo cosa stavano facendo Alphonse e il suo beta in quella parte della città. Il loro territorio è sul lato ovest della città. Cosa stavano facendo a est di Twin Peaks? Se erano su Market Street come hai detto, sarebbero stati invadendo nel territorio dell'Invicta Domus o del Dragon's Gate pride», disse Fitz, un'espressione pensierosa sul suo viso magro.

«Cosa sono tutti questi territori di cui continuate a parlare?» chiese Sophie, chiedendosi come qualcuno potesse dire dove inizia un territorio e finisce un altro. Forse tutti i Mitici ricevevano una mappa. O rune mistiche incise sui marciapiedi che denotavano ogni territorio.

«La città è scolpita in un sacco di piccoli territori e mini-regni. San Francisco è attraversata da dozzine di piccoli feudi Mitici, molti di essi sovrapposti a seconda della razza di Mitico. Eccetto per il lavoro, la maggior parte dei Mitici generalmente rimane con la propria specie. Specialmente le comunità più unite come vampiri e mutaforma lupo», spiegò Amira.

«E voi ragazzi? Dovete attenervi al vostro territorio? O vi viene rilasciato un lasciapassare o qualcosa del genere? Significa che questo ufficio è in territorio drago dato che la signorina Zhao ha detto che questo edificio e tutti quelli in esso le appartengono?»

«È complicato. È quasi a strati», disse Ace. «La signorina

Zhao fa parte del gruppo di Dogpatch. Ci sono cinque domini drago nella città. Il più grande comprende Chinatown, ovviamente. Ma ci sono altri territori Mitici all'interno di ogni dominio. Sono divisi; si sovrappongono. Le linee si stanno sempre mescolando e spostando mentre diversi clan si contendono per il immobiliare. Francamente, è spesso difficile anche sapere in quale branco o pride o clan di terra stai anche camminando. Non è un problema per noi plebei. Se fossimo leader o alfa o membri del Conclave, sarebbe più complicato, ma anche loro possono muoversi per la città senza molto problema. Intendo, generalmente non sarei in grado di acquistare immobili in un altro territorio Mitico senza permesso. Tuttavia, nessuno avrà un problema con me che faccio shopping al Safeway nel Financial District anche se è situato proprio nel mezzo del dominio dei goblin o mangiando in un ristorante in territorio vampiro.»

Qualcosa riguardo agli immobili affiorò alla superficie della mente di Sophie. Un pensiero sfarfallò attraverso di lei come un banco di pesciolini, troppo scivoloso perché il suo cervello stanco potesse trattenere. Chiudendo gli occhi, Sophie cercò di concentrarsi sul filo di pensiero che la stava infastidendo, ma perse la presa sull'idea quando la voce di Reggie chiamò Amira. Sembrava un dettaglio importante che scomparve nel vuoto.

Dai, materia grigia. Non fallirmi ora. Ma le suppliche silenziose di Sophie furono vane. Qualunque cosa fosse, era sparita. Forse avrebbe potuto tirarlo fuori con Mac più tardi e vedere se qualcosa scattava con lui.

La voce di Reggie che chiamava Amira una seconda volta tirò tutti fuori dalla loro discussione sui territori.

«Sembra che assisterò nella sala autopsia stasera», disse Amira con un sospiro rassegnato prima di uscire dal spogliatoio femminile per rintracciare Reggie.

«Immagino che dovrei aspettare fuori Mac», disse Sophie, controllando il suo armadietto per assicurarsi di non aver dimenticato nulla.

«Fammi esplorare avanti e assicurarmi che la costa sia libera», suggerì Ace.

Una volta che Sophie uscì, si rese conto che aveva dimenticato di menzionare che Marcella e Bramwell erano venuti poco prima alla stazione di polizia a controllare Alphonse. Voleva sapere cosa pensava Reggie di loro e della situazione.

Sophie si era appena sistemata sulla panchina fuori dall'ufficio del ME quando Mac arrivò strillando nel parcheggio. Salendo nella berlina grigia, Sophie lasciò che Mac si prendesse cura di lei per qualche minuto. Si meritava un po' di coccole dopo quella merda dentro.

«Quello stronzo ha chiamato Reggie un roditore. Era così irrispettoso. Avrei dovuto far mettere a posto Alphonse dalla signorina Zhao.»

«Sì, l'ho sentito prima. I mutaforma comuni vengono chiamati così da certi tipi di predatori alfa. Cose come roditore, disadattato, parassita. Francamente, preferirei essere un roditore o un disadattato piuttosto che essere qualcosa come Alphonse e la sua risma qualsiasi giorno.»

«Assolutamente», concordò Sophie. «Avresti dovuto vedere la signorina Zhao. Ho pensato che stesse per cancellare Alphonse dalla faccia del pianeta per un minuto. È terrificante – spaventosa da farti venire i brividi.»

«Se Zhao si è inserita nella situazione, allora deve essere stato più pericoloso di quanto hai indicato al telefono. Quanto è stato brutto?»

«Sto bene. Va tutto bene. Togliti quella ruga permanente dalla faccia. Si bloccherà così. Oh no! È troppo tardi!» Pungendo la linea profonda tra le sue sopracciglia, fece il verso di dolore finto. Mac scattò i suoi denti brillanti alle sue dita, facendo strillare Sophie e tirare indietro la mano, nascondendola protettivamente sotto l'ascella.

«Potrei presentare un reclamo formale al Conclave, ma sarebbe uno sforzo sprecato. Non voglio che guardino troppo da vicino nessuno di noi due, comunque. Dobbiamo solo essere cauti. E tu devi stare lontana da Alphonse», avvertì Mac.

«Nessuna preoccupazione. Non voglio essere da nessuna parte vicino a quello stronzo.»

«Andiamocene da qui», suggerì Mac, mettendo la sua macchina in marcia, e uscendo dal parcheggio nel traffico rado. Sophie ricordò a Mac che le era stato promesso del gelato.

CAPITOLO 11

Dopo aver condiviso una gigantesca ciotola di gelato al doppio cioccolato fondente - completa di noci e panna montata - con Mac, Sophie decise che forse la giornata non era stata un totale disastro, dopotutto. Normalmente a quest'ora sarebbe stata nel bel mezzo di un'autopsia, ma invece aveva potuto condividere un gelato con Mac, sprofondata nel suo ridicolo divano.

Quando Mac andò a portare la ciotola vuota in cucina, Sophie afferrò la sua borsa a tracolla e iniziò a frugare dentro.

«Ecco il mio libro!» annunciò Sophie trionfante, tirandolo fuori dal fondo della borsa, circondato da carte di caramelle e scontrini accartocciati. «Ero preoccupata di averlo perso.»

«Se questa sera preferisci leggere, vuol dire che sto facendo qualcosa di sbagliato,» la prese in giro Mac.

«Suppongo che potrei lasciar perdere il mio romanzo... sai, se ci fosse qualcosa che valga davvero la pena.»

Mac si sporse, prendendole delicatamente il polso, sfregando il pollice in un dolce cerchio sul suo polso. Un'ondata di desiderio risalì la spina dorsale di Sophie, irradiandosi dal punto in cui Mac la toccava, diffondendosi in cerchi sempre più ampi fino ad avvolgerle tutto il corpo. Mac tirò Sophie in modo che si trovasse a cavalcioni sulle sue gambe.

«Sophie» mormorò nei suoi capelli, la voce roca e fumosa. Sophie sollevò la testa dalla sua spalla e incrociò i suoi occhi. Rimase a fissarlo per un lungo momento trattenendo il respiro, osservando mentre il suo sguardo scendeva sulle sue labbra. Affondando le mani sul retro del divano ai lati della sua testa, Sophie si chinò e lo baciò. Voleva perdersi nel suo bacio. Mac le mise una mano dietro la testa, inclinandole il mento per attirarla più vicino. L'altra mano si allargò sulla parte bassa della sua schiena. Avvolgendo le braccia attorno al suo collo, Sophie si aggrappò a Mac mentre le loro lingue si intrecciavano. Sophie si gettò nel bacio, lasciandosi alle spalle le preoccupazioni della giornata. Tutti i suoi problemi svanirono mentre il suo mondo si concentrava esclusivamente sulle labbra di Mac contro le sue e sui punti dove le sue mani toccavano il suo corpo.

La mano di Mac scivolò dalla nuca, le accarezzò la schiena e la strinse ancora di più a sé. Sophie si contorse sulle sue gambe, cercando di avvicinarsi il più possibile. Mac le afferrò il sedere con entrambe le mani per bloccarle i movimenti. La sollevò leggermente, spostandosi in avanti sul sedile, poi si alzò in piedi con Sophie saldamente afferrata in entrambe le mani. Sophie gli avvolse le gambe attorno alla vita, aggrappandosi a Mac, non volendo perdere il contatto con le sue labbra. Con Sophie stretta tra le sue braccia, Mac si voltò verso la sua camera da letto.

Sophie non smise di baciare Mac, non si preoccupò di guardarsi intorno. La fame per lui le ruggiva nelle vene. Aveva bisogno del tocco di Mac. Lui aprì la porta della sua camera da letto e inciampò dentro con Sophie avvolta nel suo bacio. Improvvisamente fu avvolta dal profumo persistente di cedro e dell'eau de toilette di Mac. Il suo odore aleggiava nella stanza, come se avesse trascorso così tanto tempo lì che la sua essenza sembrava essersi impregnata in ogni angolo della stanza. Sophie voleva rotolarcisi dentro.

Sentì la porta sbattere dietro di lei e si rese conto che Mac doveva averla chiusa con un calcio. Si tirò indietro e prese una rapida boccata d'aria prima di tuffarsi di nuovo a baciare Mac ancora di più. Mac la fece reclinare sul letto, seguendola giù sul materasso. Tra un bacio e l'altro, iniziò a tirarle su la maglietta lungo il torso. Alzando le braccia sopra la testa, Sophie trattenne il respiro mentre Mac iniziava a tirarle la maglietta sopra la testa. Le maniche della maglietta si incastrarono sui suoi gomiti, con la maglietta che copriva parte del suo viso. Con una risatina sommessa, Mac sussurrò con voce da cattivo: «Intrappolata. Adesso non puoi più sfuggirmi.»

Sophie ringhiò e cercò di liberarsi dalla maglietta, ma Mac la teneva ben stretta. Smise di lottare quando lui le posò una serie di lunghi baci sul collo esposto. Canticchiando sommesso nella gola, Mac baciò lungo la curva del seno di Sophie. L'impronta ardente delle sue labbra abbinata al rumore nella gola di Mac fece inarcare Sophie dal letto, cercando di premere più vicino. Con Mac preso ad ammirare il suo seno, Sophie si strappò la maglietta dalla testa con un sorriso trionfante che si trasformò subito in un sussulto quando Mac affondò il viso nella coppa del reggiseno.

Mac si sedette, scendendo dal letto per togliersi i vestiti. Per non essere da meno, Sophie si divincolò fuori dai jeans, reggiseno e mutandine, gettandoli oltre il lato del materasso. Strisciando di nuovo sul letto, Mac le afferrò la caviglia, dandole un bacio prolungato. Con calma, baciò entrambe le caviglie, risalendo i polpacci fino all'interno delle ginocchia. Sophie si lamentò con impazienza, ma lui ignorò le sue suppliche mute. Sophie lo tirò a sé, proprio dove lo voleva.

Mac sorrise pigramente e disse: «Che esigente,» lasciando correre lo sguardo sul suo corpo da dove si trovava tra le sue gambe.

Il primo tocco della lingua di Mac fece inarcare Sophie e afferrare la biancheria da letto in una presa disperata. Il secondo fece gridare Sophie al soffitto. Mac portò rapidamente Sophie fino alla vetta, muscoli tesi, mani che graffiavano le lenzuola.

Inginocchiandosi, Mac si sporse oltre Sophie, aprendo un cassetto del suo comodino. Un rapido rumore di strappo, e Mac era pronto. Sophie gli afferrò le spalle e lo tirò finché non coprì il suo corpo.

«Pronta?» chiese, i suoi occhi luminosi e desiderosi. Mordendosi il labbro, Sophie annuì. I suoi occhi bruciavano di un blu ghiaccio, pieni solo di bisogno crudo.

Mentre Sophie accoglieva Mac nel suo corpo, il sollievo e il piacere le strapparono un gemito dalla gola. Premendo il viso nella sua gola, cercò di attutire i suoni di piacere che le uscivano dalla bocca senza successo. Mac si appoggiò sui gomiti per prenderle la bocca in un lungo bacio inebriante.

Tirandosi via per ansimare e gemere, Sophie poi gli afferrò la spalla con i denti, assaporando sale e sudore, sentendosi animalesca. Con il sapore della pelle di Mac sulla lingua, il suo corpo che spingeva sopra il suo, si chiese se fosse così che si sentivano i mutaforma – primordiali e sensuali, fatti solo di istinto e desiderio. Il piacere la sommerse, facendo risalire un climax lungo la sua spina dorsale. Un orgasmo che le fece arricciare le dita dei piedi, gridare come una banshee e perdere il senso di sé. La mente di Sophie si azzerò mentre cavalcava un'ondata di estasi prima di schiantarsi, floscia e ansimante, di nuovo nel suo corpo esausto.

Con una spinta finale sopra il suo corpo, Mac si bloccò. Sophie osservò mentre i suoi occhi si spalancarono, fissando il viso di Sophie prima di scivolare chiusi nel piacere. Un ringhio basso gli scivolò dai denti serrati. Un momento dopo, Mac si afflosciò tra le braccia di Sophie con un sospiro soddisfatto. Sophie gli avvolse le braccia attorno alle spalle, accarezzandogli la schiena con morbidi cerchi.

«Mi stai schiacciando» si lamentò Sophie giocosamente dopo un minuto, spingendo contro la sua spalla superiore.

«Ma sto così comodo» si lamentò giocosamente Mac, la voce ancora dolce e senza fiato, ansimando contro il suo orecchio.

«Ti va bene che sei così carino.»

«Dammi un minuto. I miei muscoli non funzionano ancora bene.»

Si strofinò il viso nei capelli di Sophie, posando un bacio dolce sotto il suo orecchio. Sophie infilò le dita tra i capelli perennemente arruffati di Mac, godendo della setosa morbidezza dei suoi ricci che le scorrevano tra le dita. In qualche modo era riuscito a fare breccia sotto la sua pelle, fin dentro il sangue nelle vene, fino a dove risiedeva la sua anima: ormai non avrebbe potuto farne a meno.

Sophie passò il dito sulla ferita da proiettile guarita nella sua spalla. La cicatrice si era già ridotta e sbiadita, facendola sembrare vecchia di anni piuttosto che di settimane. Per Sophie, sarebbe sempre stato un promemoria che avrebbe potuto perdere Mac prima ancora di averlo davvero avuto.

Mac si separò da Sophie con un sospiro esasperato per occuparsi del preservativo. Sophie si girò a pancia in giù, osservandolo mentre andava in bagno. Considerò di fargli un fischio di apprezzamento ben meritato al suo sedere, ma era già scappato in bagno prima che riuscisse anche solo a fischiare. Non era l'unica ad avere problemi a controllare i propri muscoli.

Pochi minuti dopo, Mac tornò. Proprio mentre stava per scivolare nel letto, Sophie lo fermò con una mano alzata. Mac si bloccò, alzando il sopracciglio in segno di domanda.

«Posso vedere la tua forma di volpe?» chiese Sophie. «Oppure non si può?»

«Hai visto la mia mezza forma alla Coit Tower. Quella è la forma che spaventa la maggior parte delle persone. La mia vera forma di volpe è proprio questo: una volpe, ma grande il doppio rispetto al normale. È solo una volpe.»

Sophie ricordava vividamente la mezza forma di Mac. Avrebbe immaginato che la sua mezza forma sarebbe stata snella e quasi delicata come aveva visto nei cartoni animati. Ma la mezza forma di Mac tendeva più verso proporzioni da mostro dei film, con un muso esageratamente grande e canini da zanna.

«Purché non ti disturbi, mi piacerebbe vedere la tua forma di volpe.»

Mentre Mac indietreggiava verso lo spazio tra la cassettiera e il letto, Sophie si sistemò con alcuni cuscini sul letto. Mac fece rotolare la spalla e sembrò piantare i piedi. Per un momento, non successe nulla, e poi la forma umana di Mac si ridusse con un *whoosh*, rimpicciolendosi in una volpe delle dimensioni di un cane medio.

Sophie si aspettava di assistere al crepitio delle ossa che si rimodellano, pelliccia che cresceva lentamente e drammaticamente da ogni poro, un muso che distorceva gradualmente il suo viso umano - qualcosa di vagamente orribile e grottesco - non un atto di scomparsa sfocato. Intratenne l'idea che forse non dovrebbe affidarsi così tanto ai film per questo tipo di cose. Per lo più, Mac si rimpicciolì da umano in volpe. Successe così in fretta che dopo non seppe nemmeno spiegare esattamente a cosa aveva assistito. Tuttavia, il suono *'schlep'* fu ben distinto e le sarebbe rimasto impresso per sempre.

Strisciò più lontano attraverso il materasso, sbirciando oltre il bordo. Sophie sussultò di gioia quando una volpe dal pelo rosso le guaì.

Quando Sophie allungò una mano esitante, Mac la volpe saltò sul materasso e strofinò la testa nel suo palmo.

«Oh mio dio, sei così carino. Rimani così per sempre e sii il mio animaletto domestico,» cinguettò Sophie, cercando di schiacciare la faccia di volpe di Mac tra le sue mani.

Con un rumore sibilante e improvviso, Sophie si ritrovò di nuovo a tenere tra le mani il viso umano di Mac.

«Hmm. Non lo so... penso che potresti perdere alcuni dei miei aspetti umani» Mac la guardò con aria maliziosa, muovendo comicamente le sopracciglia verso di lei.

Chinandosi per dargli un piccolo bacio, annuì sorridendo: «Credo che tu abbia ragione. Grazie per avermi mostrato la tua altra forma.»

Dopo aver dato a Sophie un ultimo bacio prolungato, finalmente scivolò sotto le coperte, tirando su la coperta dal fondo del materasso per gettarla sopra entrambi. Mac fissò Sophie con un sorriso dolce, racchiusi insieme, il calore nei suoi occhi faceva sentire Sophie come se fosse la cosa più bella che avesse mai visto.

Mac le accarezzò una mano sui capelli, giù per la linea inclinata della schiena di Sophie, fluendo sulla sua vita e la curva gentile dei suoi fianchi. La sua mano si fermò, poggiando il pollice nella fossetta poco profonda sulla parte bassa della sua schiena.

«Passi la notte?» chiese tranquillamente.

Sophie considerò brevemente di andarsene, ma Mac si strinse a lei, strofinando il viso nell'incavo della sua gola, inalando il suo profumo con un sospiro soddisfatto.

Chi potrebbe dire no a questo?

Sophie annuì, gli avvolse un braccio intorno alla spalla e osservò mentre i suoi occhi si chiudevano lentamente. La ruga di preoccupazione tra le sopracciglia di Mac si appianò col sonno, ma le rughe d'espressione agli angoli degli occhi rimasero, rendendolo ancora più dolce e invitante.

Sdraiata tra le braccia di Mac, mentre lui russava leggermente accanto al suo orecchio, Sophie si accorse di essere davvero felice. Mac la rendeva pazzamente felice, come se fosse qualcosa di rubato e sarebbe stato portato via. Come se da un momento all'altro qualcuno potesse accorgersi che non meritava qualcosa di così meraviglioso. Ma si tenne stretto quel sentimento, pronta a custodirlo e assaporarlo. Mac era suo, e nessuno glielo avrebbe portato via.

Era abituata al turno di notte ora, quindi si aspettava di rimanere sveglia fino a tarda notte, ma pochi istanti dopo, anche lei si addormentò.

CAPITOLO 12

Tendendo la testa, ascoltò attentamente. Trattenne il respiro e cercò di smettere di tremare, cercando di distinguere qualsiasi suono che le dicesse dove si trovava. A parte il regolare e soffice ping dell'acqua che gocciolava, tutto era silenzioso. Il freddo umido le fece pensare di essere sottoterra. Non aveva ancora visto o sentito nessuno, ma la sensazione di essere osservata non la lasciava. Nonostante dovessero essere passate ore, nessuno si era ancora fatto vivo.

L'aria era gelida, e il tavolo di metallo freddo su cui giaceva le aveva sottratto l'ultimo residuo di calore.

Tirò cautamente la corda che le legava le mani a ogni bordo del tavolo senza risultato – poi, digrignando i denti, tirò con tutta la sua forza. Dopo aver strattonato le corde finché le braccia non urlarono di protesta, si accasciò di nuovo sul tavolo con un singhiozzo spezzato. La pelle intorno ai polsi e alle caviglie era escoriata dai suoi tentativi di tirare e divincolarsi. Se stava sanguinando, non riusciva nemmeno più a sentirlo. Ancora una volta sfregò il viso contro la spalla, cercando di spingere via il panno che le copriva gli occhi, ma era legato troppo stretto; il nodo si stava conficcando nella parte posteriore della sua testa.

Il suono di passi la fece restare immobile per un momento prima che una paura animalesca la facesse dibattere nei suoi legacci. I passi si fermarono tanto velocemente quanto erano iniziati. Riusciva a sentire un sussurro di movimento, un piccolo scricchiolio come se qualcosa stesse venendo aperto – il familiare e silenzioso fruscio della carta contro carta. Si sforzò, cercando di capire cosa stesse succedendo intorno a lei.

«Chi sei? Cosa vuoi da me?» urlò. Il silenzio le rispose.

Dopo qualche altro minuto, i passi ripresero, portando chiunque fosse nella stanza con lei vicino al suo fianco. Si tese verso destra, cercando di allontanarsi il più possibile dal suo torturatore.

Iniziarono dei sussurri sibilanti. Le parole erano basse e incomprensibili, come fantasmi di suono che echeggiavano intorno alla camera vuota. Non sembravano in inglese. Diavolo, non sembravano nemmeno umane. Anche se la voce non si fece più forte, le riempì le sue orecchie. Un bagliore brillante sfumato di verde iniziò a filtrare ai bordi del panno che le copriva gli occhi. Le parole arrivavano sempre più veloci senza interruzione o respiro, scorrendo e fondendosi.

Qualcosa di pesante fu premuto duramente sul suo petto, i bordi di un oggetto pesante che facevano lividi e taglienti spingendosi nel suo sterno. Si dibatté e cercò di scrollarsi di dosso la cosa ma chiunque la stesse tenendo la spinse più forte nel suo petto. Una parola fu pronunciata, e poi un dolore lancinante le trafisse il petto dritto nel cuore.

«Ligare.»

Un urlo le uscì dalle labbra mentre si sentiva cadere, scivolando via. Il suo ultimo pensiero fu come se la sua anima venisse risucchiata fuori dal corpo per poi fluttuare sopra di esso. Cercò di guardare indietro al suo corpo, ma una luce brillante la stava tirando via.

Sophie si svegliò di soprassalto.

Per un momento, fissò il soffitto sconosciuto sopra di lei, cercando ancora di svegliarsi, confusa dal fatto di non vedere la solita crepa che stendeva le sue dita ragnatelose attraverso il soffitto della sua camera da letto. Il ricordo della notte precedente le tornò in mente in un colpo solo, facendola voler contorcersi dal piacere. Tuttavia, il dovere chiamava per primo. Doveva registrare il sogno mentre era ancora fresco nella sua mente.

Allungando la mano verso il comodino, Sophie afferrò il suo diario dei sogni e scrisse velocemente tutto quello che riusciva a ricordare del bizzarro incubo. Stava iniziando a sentire di riuscire a distinguere tra un incubo normale e quando era una visione di un evento reale. Era relativamente sicura che questo fosse solo un normale vecchio incubo. Non aveva mai pensato che sarebbe arrivato il giorno in cui ne avrebbe accolto uno con favore.

«Ma eccoci qui,» disse, gettando il diario di nuovo sul comodino.

Rendendosi conto di essere sola nel letto, Sophie si stiracchiò spalancando braccia e gambe come una stella marina, assaporando il comfort di un materasso di alta qualità. Molto meglio del suo vecchio materasso grumoso a casa. Sarebbe rimasta felicemente avvolta nel piumone spesso di Mac per sempre, ma il suono della doccia che scorreva alla fine la attirò fuori dal suo nido di piumino.

Strofinandosi le dita sul viso, Sophie poteva sentire una piega del sonno che segnava la sua guancia.

Trascinandosi in bagno, Sophie si fermò sulla soglia, prendendosi un momento per ammirare la forma di Mac dall'altra parte del vetro appannato. Sophie emise un fischio penetrante da lupo.

Scattando la testa intorno, Mac aprì la porta della doccia e sporse la faccia fuori.

«Buongiorno,» disse, muovendo le sopracciglia verso la sua nudità spettinata dal sonno.

«Buongiorno. Avresti potuto svegliarmi, e ti avrei raggiunto lì dentro.»

«Eri così stanca ieri sera. Ho pensato che avresti potuto usare tutto il sonno possibile,» spiegò Mac. «Inoltre... potresti raggiungermi ora.»

Mac tirò Sophie nella cabina doccia con mani avide.

* * *

TRENTA MINUTI DOPO, stavano in piedi al bancone della colazione, mangiando ciotole di qualche cibo simile a cereali integrali senza zucchero. *Guarda te se sono andata a mettermi con un maniaco della salute,* brontolò Sophie internamente. Provò grande piacere nell'espressione orrorizzata sul viso di Mac quando versò diversi cucchiaini di zucchero nella propria ciotola.

«Scusa, devo essere al lavoro presto. Probabilmente non avremmo dovuto impiegare così tanto tempo sotto la doccia,» si scusò di nuovo Mac.

«Ne è valsa la pena,» rispose Sophie, dandogli una gomitata con l'anca.

«Sì. Decisamente ne è valsa la pena,» rispose Mac, con soddisfazione nella voce.

Se Mac voleva portare Sophie a casa e avere ancora tempo per arrivare al lavoro in orario, dovevano mangiare velocemente. Sophie ingurgitò i cereali il più velocemente possibile.

«Reggie ha mandato un messaggio stamattina,» disse Mac, lasciando cadere la sua ciotola vuota nel lavandino. «Ha detto che l'autopsia è andata bene ieri sera, e non ha trovato nulla di insolito nella morte della vittima. È esattamente come l'hai descritta tu. Nulla di sorprendente.»

«Alphonse ha causato problemi dopo che me ne sono andata?»

«Reggie ha detto che era teso ma tutto bene. Avere la signorina Zhao nelle vicinanze ha tenuto l'alfa sotto controllo. Non ha cercato di iniziare risse o diventare peloso.»

Finendo la sua ciotola di cereali, Sophie si girò verso Mac con un sorriso. «Ho sentito dire che i Corn Flakes furono inventati da Kellogg's per sopprimere i desideri sessuali delle persone.»

«Te lo stai inventando.»

«È vero, lo giuro!»

«Cerco su Google per vedere se mi stai prendendo in giro,» avvertì Mac, tirando fuori il telefono dalla tasca. «Eh. Questo sito dice che i Corn Flakes furono creati per essere una 'colazione sana, facile da digerire e pronta da mangiare'. Non per fermare la masturbazione. Tuttavia, il creatore John Kellogg era tutto incentrato nel creare una dieta pura, semplice e *non stimolante* perché credeva che avrebbe smorzato gli impulsi sessuali di una persona. Oh wow. Ascolta questo, chiamava la masturbazione 'auto-inquinamento' e 'il più pericoloso di tutti gli abusi sessuali'. Non pensava nemmeno che le coppie sposate dovessero fare sesso tranne che per procreare. La povera moglie di quell'uomo.»

«'Corn Flakes: smorzando le libido in tutta l'America' dovrebbe essere il nuovo slogan.»

«Ehi, mi piacciono i Corn Flakes. Non rovinarli per me,» implorò Mac.

«Oh no,» annunciò Sophie improvvisamente, piegandosi e gemendo pietosamente. «I cereali non hanno funzionato.»

«Cosa?» chiese Mac distrattamente, alzando lo sguardo dal telefono.

«Non hanno funzionato,» ripeté Sophie. «Mac. Ho questi... impulsi. Non penso di riuscire a controllarmi.»

Fingendo di avere convulsioni, Sophie si toccò il seno gridando. «Non riesco a fermarmi. Kellogg's... mi hai deluso. Devo... auto-inquinarmi.»

«Normalmente mi piacerebbe vedere quello, ma devo andare al lavoro,» disse Mac con una lenta e triste scrollata di testa.

«È troppo tardi per me. Lasciami indietro,» gridò Sophie.

Sollevando Sophie e gettandosela sulla spalla, facendo strillare Sophie, Mac si chinò brevemente per afferrare la borsa da notte di Sophie e si diresse verso la sua porta d'ingresso.

«Mac, lasciami giù. Ho bisogno di toccarmi,» urlò Sophie mentre Mac camminava verso la sua macchina nel minuscolo vialetto davanti.

«Oh mio dio! Vivo qui. I miei vicini probabilmente ti stanno guardando fare uno spettacolo di te stessa,» sbuffò Mac, aprendo la portiera della sua macchina e gettando Sophie dentro. Scosse la testa verso Sophie mentre lei cercava di allacciare la cintura di sicurezza, ma non ci riusciva perché stava ridendo troppo forte per infilare la linguetta metallica nella fibbia.

Salendo in macchina, Mac si girò verso Sophie con un sospiro. «Hai finito?»

«Non ne sono sicura. Te lo farò sapere.»

Sophie si accorse che Mac stava cercando di nascondere un sorriso mentre usciva dal suo vialetto e girava verso il Tenderloin.

Fissando fuori dalla finestra il paesaggio cittadino che passava, Sophie era contenta di vedere che la pioggia degli ultimi giorni sembrava finalmente diminuire, lasciando la città lavata di un po' della sua solita sporcizia.

A prima vista, San Francisco sembrava una metropoli scintillante attraversata da quartieri pittoreschi pieni di file serpeggianti di case eleganti e maestose. Ma se guardavi sotto la superficie immediata alla vera città sotto il rivestimento di caramella, San Francisco era piena di tasche di oscurità. Era dove vagabondi e senzatetto dormivano sotto i ponti e nei gruppi di edifici fatiscenti o negli angoli malandati e sordidi della città. I Grandi Soldi continuavano ad arrivare sulle rive di San Francisco, spingendo il ventre della povertà, droga e disperazione in insenature nascoste. Ma era ancora lì se prestavi attenzione. Sophie guardò i sacchi a pelo pieni di senzatetto sotto un cavalcavia, spazzatura sparsa intorno a loro, ammassati insieme contro il freddo.

«Sto leggendo quel libro di storia che mi hai preso,» disse Mac, trascinando Sophie fuori dai suoi pensieri malinconici.

«Sì? Ti piace?»

«Mi piace. Sapevi che il Golden Gate Bridge originariamente non doveva essere del colore che è ora?»

«Davvero? Mi sono sempre chiesta perché si chiama il ponte *Golden* Gate quando è arancione.»

«Quel colore si chiama 'International Orange'. È stato ispirato dal primer che usavano per proteggere l'acciaio. L'architetto lo amava più della lista originale di opzioni di colore. Il libro dice che la Marina voleva che fosse dipinto a strisce nere e gialle così che fosse più facile da vedere attraverso la nebbia.»

«Riesci a immaginare?» chiese Sophie inorridita, immaginando un ponte a strisce da calabrone che attraversava la baia invece della struttura iconica. «Hai mai camminato sul ponte?»

«Una volta. E una volta è bastata. Vista davvero incredibile, ma tra il vento gelido, il traffico, e i cartelli ogni pochi metri che imploravano le persone di non saltare, non ho mai più avuto il desiderio di rifarlo. E tu?» chiese Mac.

«Sì, l'ho attraversato a piedi una volta anch'io. Freddo come l'inferno. Ma le viste erano stupende. Per fortuna, ci sono andata in un giorno in cui non c'era nebbia. Era così chiaro che giuro di aver potuto vedere le Isole Farallon all'orizzonte.»

Mentre Mac guidava, fece scivolare una mano dal volante, facendola scorrere su quella di Sophie, premendo i loro palmi insieme. Intrecciando le loro dita, Sophie assaporò il tocco rilassato e senza fretta. Guardò Mac guidare, cercando di vedere la volpe che abitava dentro di lui. L'unico accenno dell'altra forma di Mac a volte si mostrava nei suoi occhi.

«Ehi, ho una domanda,» disse Sophie. «Com'è possibile che un uomo di 180 libbre si trasformi in una volpe? Dove va la massa mancante? È solo magia? Ho letto che la volpe media pesa circa 20 libbre. Anche se penso che la tua forma di volpe fosse molto più grande di quella, sei ancora da nessuna parte vicino alla tua dimensione umana in forma di volpe.»

«Hai fatto ricerche sulle volpi?» chiese Mac, ridendo nella voce. «Scoperto qualcosa di interessante?»

«Sì. Un gruppo di volpi si chiama skulk. Una volpe femmina si chiama vixen. L'urina di volpe dovrebbe puzzare da morire,» rispose Sophie, contando i fatti sulle dita. «Oh, e le volpi dovrebbero essere piuttosto rumorose quando si accoppiano – molti guaiti e ululati. Non ho notato guaiti ieri sera, anche se penso di averti fatto ululare a un certo punto. Ora rispondi alla mia domanda.»

«La vera risposta è che non lo so. La mia gente la considera una cosa magica. Ma immagino che ci sia una scienza dietro. Credo che una volta che capisci come funziona qualcosa di magico, scopri che c'è una scienza dietro. Penso che la maggior parte della magia Mitica sia solo scienza non scoperta.»

Figurati che sarebbe pragmatico riguardo alla magia.

«Burg mi ha detto che i mutaforma lupo si riuniscono in branchi perché stanno emulando come pensano che i lupi in natura vivano con alfa e simili. Anche i mutaforma volpe vivono in branchi? Sei membro di un branco di volpi?»

«Nah, i mutaforma volpe tendono più verso gruppi familiari, diversamente dalla rigida gerarchia praticata dai mutaforma lupo e alcuni altri. Questo significa che i mutaforma volpe non hanno tanto potere politico quanto altri mutaforma, ma hanno anche meno conflitti interni. Mio padre è il capo del nostro gruppo familiare. È il più vecchio dei suoi fratelli, così quel ruolo gli è stato passato da mio nonno.»

«Quindi, diventerai tu un giorno l'alfa del tuo gruppo familiare?»

«No, quell'onore cadrà sulla testa di mia sorella maggiore.»

«Non vorresti essere alfa?» chiese Sophie, incuriosita.

«Ed essere responsabile di tutti i miei fratelli, nipoti e cugini? No grazie. Nient'altro che un mal di testa.»

Entrando nel piccolo parcheggio accanto a Castagnaccia, Mac trovò l'ultimo posto vuoto disponibile. Spegnendo la macchina, Mac si girò verso Sophie. Mordendosi il labbro, rimase a guardarlo in silenzio, aspettando di vedere cosa avrebbe fatto dopo.

«Vieni qui,» disse Mac raucamente, sporgendosi attraverso la console.

Incontrandolo a metà strada, Mac baciò Sophie, poi sfiorò le labbra sotto la sua mascella. Sophie si premette più vicino, un gemito sommesso le sfuggì dalla gola. Si staccarono l'uno dall'altro quando sentirono una voce sottile e stridente chiamare il nome di Mac.

Mac rise, indicando Birdie, che era seduta sulla sedia a sdraio traballante che era recentemente apparsa sul portico inclinato di Castagnaccia. Aveva una borsa grande e vecchio stile appoggiata sulle ginocchia. La borsa verde rigida sembrava uscita direttamente dagli anni '60 – come dovrebbe essere portata da una donna in minigonna e stivali go-go. Sophie si chiese se fosse fatta di pelle di alligatore.

Fanno ancora cose di pelle di alligatore, o sono in via di estinzione?

Sottile come un uccello, delicata e leggermente curva, Birdie salutava entusiasticamente dal suo posto, tenendo la grande borsa dal cadere dalle sue ginocchia con una mano ossuta.

«Ti giuro, in qualche modo sa proprio quando stai per arrivare,» disse Sophie, scuotendo la testa e salutando anche Birdie.

Quando Mac si schiarì la gola, Sophie si girò a guardarlo. Mac ebbe un'espressione quasi nervosa sul viso, passando le dita tra i capelli. «C'è questo ristorante che ha aperto vicino a casa mia di recente. Ti uniresti a me per cena lì sabato? Dovrebbe specializzarsi in cucina californiana.»

«Mi piacerebbe andare a cena con te. Ma mi porterai da In-N-Out Burger? Non è quello che significa cucina californiana?» disse Sophie, solo parzialmente scherzando.

«Vero. In-N-Out Burger dovrebbe essere elencato come ristorante ufficiale dello stato della California. Ma non ti sto portando lì. Questo posto si chiama Fog Bay Tavern. Cucina californiana significa che probabilmente ha solo molti avocado nei piatti, e tutto è artigianale e biologico. Scommetto che cospargono micro-verdure su ogni piatto.»

«Bene, non so cosa siano le micro-verdure, ma mi piacciono gli avocado,» disse Sophie con una risata. «È un appuntamento.»

Mac sembrava così contento che Sophie non riuscì a trattenersi dal dargli un altro bacio.

Mac gemette tristemente, ricordando a entrambi che doveva andare al lavoro. Scendendo dalla berlina, Mac girò intorno e aprì la portiera per aiutare Sophie a scendere.

«Ooh, Mac, sei così un gentiluomo,» tubò Birdie ad alta voce dal portico.

«Se avesse visto cosa mi hai fatto sotto la doccia stamattina, probabilmente non lo direbbe,» sussurrò Sophie di lato, solo per Mac. Mac muoveva le sopracciglia verso di lei, un sorriso malvagio sul viso, probabilmente ricordando vividamente il loro tempo insieme sotto la doccia.

«Buongiorno, Miss Birdie,» salutò Mac, componendo il viso in un sorriso meno lascivo.

«Mattina, Mac. Non sei dolce a portare Sophie a casa dal lavoro?»

Né Mac né Sophie corressero l'assunzione di Birdie che Sophie stesse tornando a casa dal lavoro invece di aver dormito da Mac.

«Senti quello, Sophie? Sono dolce.» Mac le strinse la mano e la girò verso di sé, mentre lei ironizzava sulla sua presunta dolcezza. «Ehi, passa una bella giornata. Mandami un messaggio quando ti svegli.»

«Lo farò. Chiamami se ci sono notizie su quel caso su cui stai lavorando,» rispose Sophie, sperando che le parole criptiche non avrebbero suscitato la natura curiosa di Birdie. Non era ancora pronta a spiegare i suoi poteri a Birdie, anche se sapeva che quel giorno era all'orizzonte. Non poteva tenere questo tipo di segreto dalla sua migliore amica per molto.

In fondo ai gradini, Mac diede a Sophie un bacio dolce per dire addio. Mentre si tirava indietro, Birdie li fischiò e gridò complimenti.

«Sei una voyeur pervertita, Birdie. Pensavo che Milton ti avrebbe tenuto abbastanza occupata da tenerti fuori dai miei affari. Tipo, una volta che hai avuto la tua vita sessuale, ti saresti fatta gli affari tuoi,» rimproverò Sophie.

«Mac, non riesco a capire perché un bravo ragazzo come te sta con Sophie. Ti sta pagando?» sbuffò Birdie, ignorando la presenza di Sophie.

«Non sapevo che fosse un'opzione,» rispose Mac con un'espressione incuriosita sul viso.

«Non può permettersemi! Questo è lavoro pro bono,» sbuffò Sophie, facendo ridacchiare sia Mac che Birdie.

Guardando l'orologio, Mac fece una smorfia vedendo l'ora. «Accidenti, devo andare. Ci vediamo dopo entrambe.»

Sia Sophie che Birdie salutarono, dicendo a Mac che speravano avesse una buona giornata al lavoro. Quando Birdie diede una gomitata al fianco di Sophie, Sophie si rese conto che stava lì, fissando Mac con un sorriso idiota sul viso.

«Oh sì, quello è un po' di caramella per gli occhi, proprio lì,» fece le fusa Birdie mentre entrambe guardavano Mac camminare di nuovo verso la sua macchina.

«Faresti meglio a togliere quell'espressione dal viso quando parli del mio ragazzo,» minacciò Sophie con una risata nella voce. «Cosa ci fai qui fuori comunque?»

«Il centro per anziani porterà un gruppo di noi in tour all'Accademia delle Scienze e poi organizzerà un pranzo nel parco dopo.»

«Sembra carino. Milton ci sarà?»

«Forse...»

«Perché stai essendo evasiva?» chiese Sophie con costernazione.

«Non lo so. Semplicemente non voglio rovinare tutto questo. Mi piace,» disse Birdie silenziosamente.

Sophie fu sorpresa di sentire Birdie dire quasi le stesse paure che aveva avuto lei.

«Non rovinerai nulla, Birdie. Sei fantastica. Se Milton non lo capisce, allora è un idiota. E non ti merita. È semplice così.»

«Sai cosa? Hai ragione,» esclamò Birdie. «Sono fantastica. Non so perché mi sono agitata così per questo.»

Il furgone del centro per anziani si fermò davanti a Castagnaccia prima che Sophie potesse pensare a qualcos'altro da dire per rassicurare Birdie. Guardando Milton salutare eccitato dall'interno del veicolo, Sophie decise di seguire il suo stesso consiglio. Il giovane che guidava il furgone saltò fuori e, con una mano gentile sul gomito di Birdie, la accompagnò nel furgone per raggiungere il suo corteggiatore.

Salutando mentre il furgone si immetteva nel traffico, Sophie si girò per dirigersi dentro Castagnaccia. Di solito, sarebbe tornata a casa dal lavoro verso quest'ora e sarebbe andata a letto. Ma aveva dormito tutta la notte ed era completamente sveglia. Non pensava di riuscire ad attenersi al suo solito programma.

E ora cosa? Il brontolìo del suo stomaco decise per Sophie. Una misera ciotola di cereali insipidi non sarebbe bastata. Aveva bruciato un sacco di calorie la notte prima e meritava una colazione deliziosa, intrisa di burro.

Controllando l'ora, Sophie pensò di poter battere la folla a Brenda's French Soul Food se si fosse affrettata. Dopo le nove, l'attesa sarebbe durata per sempre perché il posto era così popolare, anche in un giorno feriale. Con buona ragione anche. Il menu era un mix di cucine del Sud, francese e creola servite in un'atmosfera rilassata e affascinante. Era uno dei posti brunch più caldi della città per una ragione. E ora che Sophie stava ricevendo uno stipendio fisso, poteva permettersi di viziarsi occasionalmente.

Entrando nella vetrina rossa e nera, Sophie riuscì ad agguantare uno dei pochi posti aperti rimasti al bancone che attraversava il centro del ristorante. Nonostante il suo arrivo mattutino, il ristorante aveva già iniziato a riempirsi.

Sophie ordinò un caffè ghiacciato alla melassa della nonna con noci nere quando il cameriere lasciò un menu. La sua bocca salivò mentre guardava le opzioni per la colazione. Ogni piatto sembrava più delizioso dell'ultimo. Sophie quasi ordinò i gamberi e la polenta con salsa di pomodoro e pancetta, ma all'ultimo momento decise di prendere invece il volo di beignets. Perché scegliere solo un sapore quando puoi provarli tutti? Sophie pianificava di mangiare fino a scoppiare di carboidrati.

I quattro diversi beignets sarebbero stati troppo cibo da mangiare da sola, così decise di conservare quello semplice e quello al cioccolato per goderli più tardi. Quelli alla mela e ai gamberi stavano andando direttamente nella sua pancia.

Quando il cameriere fece scivolare il lungo piatto rettangolare di bontà fritta e soffice davanti a lei, Sophie non riuscì a silenziare il suo gemito. Sapeva di sembrare un animale morente. Il cameriere sembrava imperturbabile. Immaginò che fosse abituato a quel tipo di reazione ormai.

Sophie si abbuffò di un beignet ai gamberi ripieno di gamberi piccanti e cheddar fuso. Dopo aver succhiato la spolverata di spezie cajun dalle punte delle dita, invece del solito rivestimento di zucchero a velo, Sophie prese un grande sorso d'acqua per raffreddare il calore sulla lingua. Dopo aver finito il primo beignet, Sophie si costrinse a rallentare per assaporare quello alla mela. La sua dolcezza al caramello era un perfetto contrappunto ai gamberi piccanti. Era come avere il dessert. Non le importava di fare un po' di spettacolo di sé. Guardando furtivamente intorno, si rese conto di non essere l'unica cliente in preda all'estasi culinaria. Sopra la musica piped-in silenziosa c'era il rumore ambientale di posate che grattavano porcellana e gemiti soffocati da bocche troppo piene.

Il cibo era delizioso, ma mentre Sophie prese l'ultimo boccone del dolce, si rese conto che sarebbe stato ancora più buono se lo avesse condiviso con Mac. Cavolo, era messa male.

Dopo aver pagato il pasto e fatto impacchettare i suoi avanzi, Sophie uscì, determinata a fare qualche commissione.

Sulla strada di casa, Sophie si fermò al negozio di liquori dietro l'angolo e prese una bottiglia di brandy Asbach Uralt per

Birdie. Dopo un breve bussare alla porta di Birdie per confermare che fosse ancora al suo appuntamento con Milton, Sophie considerò di lasciare la bottiglia sulla sua zerbino come sorpresa, ma alla fine decise di no. Lasciare alcol incustodito nel Tenderloin significava solo che non l'avresti mai più rivisto.

Una volta dentro il suo appartamento, Sophie si mise in pari con le sue bollette. Non dovendo fare la ginnastica mentale di cercare di capire quali bollette poteva rimandare a pagare e quali doveva gestire immediatamente, capendo quali aziende avevano le penali peggiori, e testando fino a dove poteva spingere la compagnia elettrica prima che staccassero la corrente fece sentire Sophie gloriosa. La sensazione di riuscire semplicemente a pagarle tutte... Bene, le fece sentire lo stomaco più leggero. Come se avesse portato una palla di piombo dentro di lei ovunque andasse – una piccola palla di cannone costante di fardello e preoccupazione che ora era sparita. Stava diventando sempre più pesante, mentre il buco finanziario in cui si trovava si approfondiva e si faceva sempre più ineluttabile. Ma ora aveva un lavoro vero con uno stipendio fisso, e poteva coprire l'affitto e tutte le necessità. Se fosse stata attenta, avrebbe anche potuto iniziare a mettere da parte qualcosa per i giorni di pioggia o la pensione o qualcosa del genere. Sophie si era persino procurata una scatola per archiviare con quelle cartelle sospese verde oliva per organizzare le sue bollette, ricevute e varie, come un vero adulto.

Troppo riposata dopo tutto il sonno che aveva preso la notte prima, Sophie cercò di leggere il suo libro ma non riuscì a entrare nella storia. Forse era lo zucchero della colazione, ma Sophie aveva energia da bruciare. Camminando avanti e indietro nel suo minuscolo appartamento, cercando qualcosa per occupare il suo tempo, Sophie arricciò le dita dei piedi nelle sue scarpe da ginnastica logore. Guardando le scarpe, Sophie era felice di vedere che non avevano ancora preso macchie dall'obitorio. Nel breve tempo che Sophie aveva lavorato con Reggie, aveva imparato che se non poteva essere candeggiato o pulito, alla fine sarebbe stato rovinato da qualche fluido orrendo. Dal momento che i detective le avevano preso gli stivali ieri, forse doveva procurarsi dei sostituti. Quegli stivali stavano iniziando a cadere a pezzi comunque.

Dopo aver controllato che la sua tessera della metropolitana fosse nel portafoglio, Sophie uscì da Castagnaccia e si diresse alla stazione della metropolitana più vicina.

* * *

DIVERSE ORE E NEGOZI DOPO, Sophie finalmente fece centro da Cal Surplus su Haight. Il suo solito negozio dell'usato, l'Out of the Closet rosa chicco, per una volta non aveva stivali decenti nella sua taglia.

Sophie decise di rodare i suoi nuovi stivali camminando fino ad Alamo Square per godersi il tempo e ammirare le famose Painted Ladies con i turisti. Comprando un paio di tamales di maiale dalla signora del carretto dei tamales, Sophie trovò un'area erbosa che non era troppo affollata di fronte alla fila da cartolina di ville vittoriane incontaminate dai colori caramella, con i grattacieli del centro sullo sfondo. Desiderando di aver preso dei tovaglioli extra, Sophie mangiò i suoi tamales e guardò mentre gruppo dopo gruppo scattava la stessa foto delle case. Non che potesse biasimarli – le ville meravigliose con tutti i loro dettagli architettonici e artigianato, l'erba lussureggiante e ondulata, le torri di vetro e metallo che si innalzavano in lontananza – meritavano una foto. Il cielo era abbastanza chiaro che Sophie riusciva persino a vedere la guglia affilata della Transamerica Pyramid che si infilzava in alto nella stratosfera sopra gli edifici circostanti del centro.

Il che spiega perché questa vista è uno dei luoghi più fotografati della città. Sdraiandosi nell'erba, Sophie si rese conto di non aver preso il tempo di godersi semplicemente il parco dal concorso annuale di Hunky Jesus nel Dolores Park per Pasqua, che era stato quasi otto mesi fa.

Con la pancia piena, il brusio di centinaia di turisti che si meravigliavano della vista, l'erba lussureggiante che la cullava, e il sole che la scaldava, Sophie quasi si addormentò lì sulla collina. Scuotendosi dal suo stupore, si alzò e finalmente si diresse a casa per prendere il sonno di cui aveva bisogno prima del lavoro.

CAPITOLO 13

Le suole dei nuovi stivali alti stringati di Sophie erano ancora rigide e scricchiolavano sul linoleum mentre entrava nella hall dell'edificio del Medical Examiner quella sera. Gli stivali, color tabacco, facevano sentire Sophie più se stessa di quanto potessero le scarpe da ginnastica. C'era qualcosa in un paio di stivali robusti che la faceva sentire pronta ad affrontare il mondo.

«Buonasera, signorina Zhao», chiamò Sophie. «Grazie per essere venuta in mio soccorso ieri sera. Spero che quell'alfa non le abbia dato altri problemi dopo che me ne sono andata.»

«Mi sarebbe piaciuto vedere se ci provava», disse la signorina Zhao con aria composta, alzando lo sguardo dallo schermo del computer con un piccolo sorriso segreto. Le dita della signorina Zhao volavano sulla tastiera senza perdere un colpo. Sophie era sempre stata colpita dalle persone che riuscivano a scrivere senza dover guardare la tastiera. Lei era più del tipo caccia-e-becca.

«Pagherei oro per vederlo», rise Sophie, immaginando un enorme drago color rame-marrone che faceva a pezzi un Alphonse in forma di lupo e si gustava le sue ossa con piacere.

Dirigendosi attraverso le porte di accesso, Sophie bussò alla porta dell'ufficio di Reggie, ma non ci fu risposta. Spostandosi più avanti nella struttura, lo trovò nella sala autoptica, mentre rivedeva le note sui casi programmati per la notte.

«Problemi dopo che me ne sono andata ieri sera?» chiese Sophie.

«È andato tutto bene. Alphonse non era contento, ma dato che non l'ho mai visto davvero contento, non ero preoccupato», rispose Reggie. «Ecco le note dell'autopsia del suo beta. È stato tutto piuttosto semplice.»

Dando un'occhiata alle note scritte nella calligrafia fluente di Amira, Sophie fece una smorfia leggendo la causa della morte. 'Lunga ferita incisa trovata nella parte anteriore del collo' sembrava un po' un eufemismo. Persino la 'sezione della carotide sinistra' non copriva completamente il vero orrore della morte di Roger.

«Il corpo è ancora qui? Posso provare a fare una lettura per vedere se riesco a vedere il volto di Biancaneve o se vedo ancora me stessa?» offrì Sophie.

«È una buona idea. Dovremmo farlo per prima cosa», suggerì Reggie. «Alphonse ha preteso che rilasciassimo il corpo subito dopo aver completato l'autopsia, ma sono riuscito a trattenerlo dicendo che il corpo faceva parte di un'indagine in corso. Era furioso che non gliel'avessimo rilasciato ieri sera.»

«È insolito? Da quando sono qui, non è mai successo che qualcuno reclamasse il corpo subito dopo l'autopsia. Pensavo andasse a un'impresa di pompe funebri o qualcosa del genere.»

«Non è così insolito. Per il lato umano del dipartimento del ME, quando un corpo è pronto per essere rilasciato, viene tipicamente rilasciato direttamente al crematorio o all'impresa di pompe funebri. Ma molti Mitici hanno rituali specifici per i loro morti, quindi rilasceremo un corpo direttamente al parente più prossimo, o talvolta al loro alfa o capo clan. Le volte in cui ho fatto un'autopsia in presenza di un familiare, dell'alfa del branco, o simili, hanno sempre chiesto che il corpo venisse rilasciato non appena avessi finito. Dato che sono già qui per l'autopsia, ha senso portare il corpo a casa proprio in quel momento.»

Sophie fece spallucce dato che aveva senso. Seguì Reggie nella cella frigorifera. Reggie si fermò accanto a uno degli scaffali metallici dove era adagiato un sacco per cadaveri. Aprendo la cerniera del sacco e scostando i lembi, Sophie guardò il volto di Roger. Reggie tirò fuori il telefono, pronto perché Sophie iniziasse.

Posando la mano sul suo petto, lontano dalla ferita al collo, Sophie chiuse gli occhi.

«Sta camminando lungo Market Street con Alphonse. Alphonse gli dice che pensa che qualcuno li stia seguendo, indica una panetteria poco più avanti e suggerisce a Roger di condurre la persona nel vicolo dietro il negozio. Alphonse taglierà dentro la panetteria e insieme cercheranno di intrappolare l'ombra per avere qualche risposta. Roger si infila dietro l'angolo e si nasconde dietro un cassonetto per poter sorprendere la persona. Accovacciato, attende che il pedinatore passi oltre il suo nascondiglio, ma nessuno passa. Comincia a preoccuparsi perché se perde la persona, Alphonse si arrabbierà. Prova ad annusare per vedere se riesce a sentire l'odore di qualcuno che si avvicina, ma il fetore della spazzatura è troppo forte. Pensa di sentire un piccolo rumore. Probabilmente è un topo o qualcosa del genere, ma prova a sbirciare intorno al cassonetto per vedere se qualcuno si sta avvicinando. Quasi prima che possa reagire, qualcosa gli squarcia la gola. Un dolore bruciante, e poi qualcosa lo spinge indietro, così cade di schiena contro il muro. Una persona in nero salta via da lui con un coltello insanguinato stretto nel pugno guantato. È scioccato che sia una donna. Non può credere che una donna l'abbia fregato. La donna ha il cappuccio della giacca tirato su quindi non riesce a vedere la sua faccia. Il vicolo è troppo buio. Riesce solo a intravedere labbra e mento femminili. Lei inclina la testa, fissandolo per un momento, prima di guardare in entrambe le direzioni. Girandosi sui tacchi, si allontana rapidamente mentre Roger cerca di arginare il flusso di sangue dalla ferita sul collo. Un altro rumore gli fa sperare che Alphonse sia arrivato, ma sono io. Cerco di tamponare la ferita, ma sappiamo come è andata a finire. Sono arrivata troppo tardi.»

Sophie ha aperto gli occhi e ha tolto la mano dal petto di Roger. Si sentiva quasi in colpa per lui, ma ricordava bene con che entusiasmo avrebbe fatto del male a chiunque li stesse seguendo, lui e il suo alfa.

«Sei riuscita a vederla? Biancaneve indossava di nuovo la tua faccia?» chiese Reggie.

«Non sono sicura. Forse. Roger non l'ha vista bene, ma quello che ha visto assomigliava un po' a me. Semplicemente non l'ha vista abbastanza bene perché io possa essere sicura.» Sophie fece spallucce, desiderando di avere qualcosa di più concreto da dare.

«Hai potuto capire cosa stavano facendo Roger e Alphonse? Perché erano in quella parte della città?» chiese Reggie, distogliendo Sophie dalla sua contemplazione degli ultimi momenti di Roger.

«No, non ho colto nessun indizio su cosa stessero combinando», disse Sophie scusandosi.

Reggie fece spallucce come se non fosse un grosso problema e fermò la registrazione. Fece strada fuori dal frigorifero mentre Sophie si strofinava le mani su e giù per le braccia, cercando di scaldarsi.

«Sei pronta per iniziare la nostra notte?» disse Reggie una volta che furono di nuovo nel corridoio.

«Certo, lascia solo che mi metta il camice, e mettiamoci al lavoro», rispose Sophie e si diresse agli spogliatoi.

Quattro ore dopo, Sophie stava sgranocchiando il suo panino, ascoltando il chiacchiericcio dei suoi colleghi. Le piaceva la normalità di guardare Amira e Ace litigare mentre lui tentava di grattare via la pelle da una mela. Ace era ultimamente più scontroso del solito. Fitz aveva portato un'infornata di pasticciotti, la cui ricetta stava cercando di perfezionare. Non era soddisfatto dei risultati, ma a Sophie sembravano deliziosi.

«Sapevate che gli svedesi chiamano i procioni *tvättbjörn?*» annunciò Sophie. «Si traduce letteralmente in 'orso che lava'.»

Sophie aveva letto degli animali che costituiscono l'altra metà dell'anima dei suoi amici - sperando di capirli meglio - quando si era imbattuta in quella piccola chicca.

«Beh, è meglio di panda della spazzatura», rispose Amira, facendo sbuffare Ace.

«Hai quasi finito? Il prossimo sembra un altro overdose», chiese Reggie a Sophie.

«Un altro? Accidenti. Che succede con tutti questi overdose?»

«La crisi degli oppioidi non riguarda solo gli umani. È un problema che riguarda tutti.»

Reggie si alzò con un sospiro che diceva che aveva visto troppe di queste morti. Appallottolando il suo sacchetto di carta ora vuoto, Sophie lo gettò nella spazzatura, seguendo Reggie fuori dalla sala break.

Separandosi da Reggie mentre lui si dirigeva nella sala autoptica principale, Sophie entrò nel frigorifero dell'obitorio per prendere la barella con il sacco per cadaveri numerato correttamente. Quando Sophie aveva iniziato a lavorare all'obitorio, il frigorifero con i suoi scaffali pieni di corpi avvolti e i tavoli mobili la turbava. Dopo gli ultimi mesi, non erano più spaventosi dei mobili da ufficio - solo parte del paesaggio quotidiano dopo le prime settimane di trepidazione.

Dopo aver parcheggiato la barella nel suo posto abituale, Sophie si lavò accuratamente le mani nei lavandini all'ingresso della sala autoptica. Tra il dover lavare le mani una dozzina di volte al giorno e poi indossare guanti di nitrile, le mani di Sophie erano perennemente secche e leggermente irritate. Amira l'aveva indirizzata verso una crema per le mani che riduceva l'irritazione dopo che le mani di Sophie erano diventate screpolate e avevano iniziato a spaccarsi durante la seconda settimana del suo impiego.

Controllando di nuovo la scheda contro il numero sul sacco per cadaveri, Sophie si girò verso Reggie. «Sei pronto?»

Con un cenno di Reggie, Sophie aprì la cerniera del sacco, preparandosi mentalmente a vedere un uomo magro e malaticcio. Fu colta di sorpresa quando vide che il volto dell'uomo che fu rivelato era liscio e dai tratti giovanilmente arrotondati. Solo il colore livido e l'aspetto infossato dei suoi occhi chiusi mostravano l'usura dell'uso di droghe. Aveva quel look tutto-americano da ragazzo surfista con capelli arruffati dai riflessi biondi. Sembrava il tipo di ragazzo che chiamava i suoi amici 'fratello' e faceva escursioni per divertimento. Guardando di nuovo la cartella, Sophie vide che l'uomo, il cui nome era Zach, aveva ventotto anni. La maggior parte degli altri overdose che Sophie aveva visto sul tavolo autoptico erano stati invecchiati oltre i loro anni, ma Zach sembrava ancora giovane. Il suo volto e corpo non erano ancora stati devastati dall'uso di droghe.

Reggie afferrò il telefono e guardò Sophie con aspettativa. «Fammi sapere quando iniziare a registrare», disse.

«Puoi iniziare ora», rispose Sophie. Una volta che Reggie premette il pulsante di registrazione sul telefono, Sophie posò la mano sul braccio superiore dell'uomo morto.

«Nel vuoto», scherzò. Facendo un respiro profondo, Sophie sgombrò i suoi pensieri e rivolse la sua attenzione al pozzo nella sua mente da cui emergevano le visioni. «È seduto su un divano in quello che sembra un soggiorno. È buio – l'unica luce viene da una piccola TV – ed è difficile vedere molto. È tutto un po' sfocato e distorto. Penso debba essere ubriaco o sballato perché è difficile mettere a fuoco. Ci sono mucchi di bottiglie vuote, sacchetti vuoti di patatine e simili ammucchiati sul tavolino da caffè. Due altri uomini con lui. Sono tutti un po' accasciati. Uno è più vecchio – forse primi quaranta. Capelli castani, ha un po' di pancia. L'altro è più giovane, forse sui tardi venti. Indossa un berretto da baseball rosso, ma i suoi capelli sembrano biondo scuro. Difficile dire. È magro, quasi dall'aspetto emaciato. Entrambi in jeans e magliette.

«C'è un bussare alla porta. Quello magro si alza e risponde. Dice che c'è qualcuno lì per parlare con Zach. Zach si intimorisce e si innervosisce quando vede chi è. Questo tipo sembra diverso da questi altri ragazzi. Più pulito, capisci cosa intendo? Indossa una felpa con cappuccio nera, ma sembra avere capelli scuri. Non riesco a dire se sono castani o neri. È grosso. Davvero grosso. Ora che Zach è in piedi davanti a lui, posso vedere che deve essere alto qualche centimetro oltre il metro e ottanta. E massiccio. L'uomo dice a Zach che ha bisogno di parlargli da solo, facendo un cenno ai due uomini sul divano. Zach dice agli uomini che devono andarsene. Dopo un po' di brontolii e lamentele, escono barcollando dall'appartamento. Dice a Zach di sedersi, indicando il divano logoro su cui era seduto prima. Guardando la porta ora chiusa, il tipo spaventoso dice, 'Umani, davvero?' Zach dice che servono a uno scopo con una scrollata di spalle. Gli chiede se Zach ha passato molto tempo con gli umani. Zach fa spallucce di nuovo e dice non proprio. Zach gli chiede cosa sta succedendo. Chiede se c'è un problema o se è nei guai. È davvero scosso. Zach continua a chiamare l'uomo 'signore'. Non ha ancora detto il suo nome.

«L'uomo afferra la spalla destra di Zach, proprio vicino al collo, pizzicando il nervo lì. Fissando intensamente Zach, dice: 'Quando ti abbiamo invitato a unirti alla cerchia interna, sapevi qual era il nostro obiettivo, qual era la nostra missione. Ci hai detto che eri d'accordo con la nostra posizione sugli umani. Eppure... Abbiamo notato che hai passato tempo con umani, specialmente la donna. Come si chiama?' Zach mormora che non c'è nessuna donna, ma l'uomo scava le dita più forte nel muscolo della spalla di Zach, facendolo guaire. 'Giusto. Neesa. Si chiama Neesa, vero?' dice. 'Sai cosa è interessante? Qualcuno ha chiamato la polizia la notte in cui abbiamo fatto i conti con Gibson.

Nessuno tranne noi sapeva cosa stava succedendo quella notte. È una coincidenza interessante che chi ha chiamato fosse una femmina. Hai detto a Neesa di noi?' Zach sta giurando e promettendo che non ha detto niente a Neesa. Che lei non sa niente di loro. Che non sa nemmeno che lui è uno shapeshifter. Pensa che sia umano.

«'Beh, scopriremo se stai dicendo la verità o no. Jeremiah le sta facendo visita in questo momento. Scoprirà cosa sa,' dice l'uomo. Zach inizia a supplicarlo di non far male a Neesa, dicendo che è innocente e giurando che non le ha mai detto niente. Ma l'uomo stringe ancora più forte la spalla di Zach, zittendolo. 'Non importa, perché in ogni caso, non possiamo fidarci di te. Pensavi di poter nascondere una ragazza umana da noi, e non l'avremmo scoperto? Pensi che siamo fottutamente stupidi? Sapevi quando ti sei unito a noi cosa significava tutto. Avere una relazione con un umano ci fa solo sapere che non sei all'altezza di quello che verrà dopo.'

«Zach cerca di supplicare l'uomo per una seconda possibilità, ma lui dice a Zach che è troppo tardi. Dice che possono farlo nel modo facile o nel modo difficile. Che a lui non importa, dipende da Zach. Piangendo, Zach sceglie il modo facile. L'uomo gli lega il braccio sinistro mentre Zach continua a piangere. Quando l'uomo si distrae per un momento, Zach cerca di scappare. Riesce a malapena ad alzarsi dal divano prima che l'uomo lo sbatta di nuovo giù. L'uomo avvolge le dita intorno alla gola di Zach e gli dice che se muove un solo muscolo lo farà supplicare per la morte prima di finire con lui. Zach continua a implorare, ma l'uomo lo ignora mentre tira fuori una siringa dalla tasca della felpa, la scappa con i denti, e inietta rapidamente a Zach qualcosa. Non riesco a vedere com'è perché Zach sta deliberatamente guardando altrove. Rimettendo il cappuccio sull'ago, l'uomo si siede sul tavolino da caffè e semplicemente osserva Zach in modo distaccato. Come se fosse un esperimento scientifico o qualcosa del genere. Mentre l'euforia invade Zach, mormora che almeno si sente bene.»

Togliendo la mano dal corpo di Zach, Sophie rabbrividì tutta. «Ugh. È stato orribile.» Scuotendo la mano, Sophie si trattenne dal pulirla sui camici. Se lo avesse fatto, avrebbe dovuto cambiare i guanti. Aveva imparato quella lezione a sue spese la prima settimana all'obitorio. Reggie era inflessibile sulle regole e regolamenti.

«Aspetta un attimo.» Sophie fu colpita da una realizzazione improvvisa. «E la donna? Neesa? Pensi che ci sia ancora tempo per aiutarla?»

«Oh Dio, hai ragione», esclamò Reggie. «Chiamiamo Mac e vediamo cosa può fare.»

«Dovremmo mandare le mie visioni al capo della polizia ora, non a Mac», ricordò Sophie a Reggie.

«Oh sì, me ne ero dimenticato», rispose Reggie. «Lascia che vada nel mio ufficio e chiami il capo Dunham ora.»

«Pensi che si incazzerà se lo svegliamo?» chiese Sophie, mordendosi il labbro con preoccupazione. Il capo della polizia aveva il potere di rendere il suo lavoro e la sua vita piuttosto difficili.

«Non me ne frega. Questo è troppo importante», disse Reggie, uscendo dalla sala autoptica con passo determinato, lasciando Sophie sola nella sala autoptica.

Girandosi di nuovo verso la barella, Sophie disse al corpo: «Siamo rimasti solo io e te, Zach.» Sophie aspettò per vedere se Zach voleva parlare – a questo punto, non pensava che un cadavere parlante sarebbe stato così scioccante – ma sembrava che Zach non avesse niente da dire.

Sedendosi di lato su una delle sedie per osservatori, Sophie sistemò i piedi sull'unico altro sedile della stanza. Sophie considerò brevemente di seguire Reggie così poteva cercare di sentire cosa diceva a Dunham ma decise che era troppo sforzo rialzarsi.

Inoltre, Reggie le avrebbe volentieri raccontato tutto quello che Dunham aveva da dire.

Pochi minuti dopo, Reggie si affrettò nella stanza.

«Allora? Cosa ha detto Dunham?» chiese Sophie, tirandosi su dalla sedia.

«Ha detto che se ne sarebbe occupato. Ha anche detto che vuole il rapporto completo dell'autopsia non appena abbiamo finito qui. Dovrò mettere fretta allo screening tossicologico. Vorrà sapere esattamente quali droghe erano nel sistema della vittima. Ci vuole molto per eliminare uno shapeshifter, quindi sarò anche interessato a sapere quale cocktail di droghe è stato usato.»

Alzandosi dalla sua posizione reclinata, Sophie prese un nuovo paio di guanti e si avvicinò al tavolo autoptico mentre Reggie si muoveva rapidamente per la stanza. Sophie guardò il volto di Zach, chiedendosi perché avrebbe frequentato umani e forse anche avuto una ragazza umana se faceva parte di qualche tipo di gruppo anti-umano. Semplicemente non aveva senso. Reggie distolse Sophie dai suoi pensieri quando le diede una gomitata al fianco, facendo un cenno verso il vassoio degli strumenti. Spinse Sophie via dalla barella, aprì completamente il sacco e iniziò l'esame del corpo.

«Guarda questo ematoma sulla spalla destra della vittima. Corrisponde a quello che hai testimoniato. Chissà se, senza la tua visione, questo caso sarebbe stato archiviato come una semplice overdose», disse Reggie, fissando Zach con uno sguardo lontano.

Scuotendosi dalla sua momentanea assenza, Reggie chiamò Sophie per aiutarlo a iniziare l'autopsia ufficiale. «Dopo che avremo finito qui, lo trasmetterò immediatamente al capo Dunham.»

CAPITOLO 14

Ore dopo, Sophie chiuse la cerniera dell'ultimo sacco mortuario della notte con un sospiro di sollievo. Facendo ruotare le spalle per sciogliere la tensione accumulata dopo ore passate china sul tavolo anatomico, Sophie diede un'occhiata all'orologio per controllare l'ora. Se si fosse sbrigata, avrebbe ancora potuto prendere l'autobus per casa.

Reggie le augurò la buonanotte, dicendo che stava per andare. Avevano avuto un po' di arretrati, quindi avevano dovuto restare più tardi del solito. Sophie doveva solo portare il corpo in frigorifero, consegnare i campioni al reparto di tossicologia, archiviare il rapporto dell'autopsia e poi andare a casa. Non vedeva l'ora di buttarsi a letto e lasciarsi alle spalle la lunga notte.

«Secondo te, Dunham ci darà aggiornamenti sull'indagine sulla morte di Zach?» gridò Sophie, facendo fermare Reggie sulla soglia.

«Possiamo chiederlo a Dunham o vedere se Mac può indagare. Ma non c'è garanzia che ci diranno qualcosa. Raramente vengo tenuto al corrente dei casi aperti. Anche se la divisione dei Mitici fa le cose diversamente, non vogliono che trapeli nessuna informazione sui casi in corso.»

«Sono anche preoccupata per quella donna. Spero che la polizia l'abbia trovata prima che i mutaforma l'abbiano raggiunta.»

«Anch'io. Tuttavia, abbiamo fatto tutto quello che potevamo per aiutarla. Non avremmo potuto fare di più, quindi non preoccuparti di qualcosa che non puoi controllare,» consigliò Reggie.

«Lo so, hai ragione,» disse Sophie, girandosi per sbloccare le ruote della barella.

Reggie se ne andò senza un'altra parola, ma Sophie vide lo sguardo preoccupato che le lanciò. Doveva smettere di scaricare le sue preoccupazioni su di lui. Era il tipo sensibile che sentiva il bisogno di risolvere i problemi di tutti.

Dopo aver finito le pratiche burocratiche della notte, Sophie si cambiò i camici e si diresse verso l'uscita. Spingendo le porte a battente, una voce ringhiante la scioccò facendola congelare. La porta le sbatté contro il fianco, ma ci fece appena caso mentre guardava il gruppo riunito al bancone della reception.

«Cosa intendi dire che non puoi rilasciare il corpo?» tuonò una voce familiare attraverso la hall.

Sophie non riuscì a sentire la risposta della signorina Zhao, ma la guardò mentre indicava alcuni documenti sulla sua scrivania e fece ad Alphonse la sua brevettata faccia da 'non-tollero-gli-idioti'.

«La morte di Zach è ancora sotto indagine? È oltraggioso. È stata un'overdose. Devi rilasciare il suo corpo immediatamente,» urlò Alphonse, sporgendosi verso la signorina Zhao, che era seduta alla scrivania. «Esigo di parlare con il dottor Didel immediatamente!»

Quando Sophie sbuffò infastidita per conto di Reggie, Alphonse si girò di scatto per fulminare Sophie con lo sguardo. I suoi occhi si strinsero in riconoscimento e rabbia.

«Merda,» mormorò Sophie, scappando indietro nel corridoio e lasciò che la porta si chiudesse tra loro, nascondendola dall'intenso sguardo di Alphonse.

Premette l'orecchio alla porta, ascoltando in silenzio, mentre Alphonse urlava e sbraitava contro la povera signorina Zhao. Ci vollero diversi minuti prima che finalmente sembrasse perdere energia. Una volta che le discussioni si spensero nel silenzio, Sophie aspettò ancora qualche minuto prima di aprire lentamente la porta e sbirciare nella hall.

Una volta che sembrò che la via fosse libera, Sophie spinse la testa più dentro la stanza, tirando un sospiro di sollievo quando vide che la hall era sgombra da tutti tranne che dalla signorina Zhao.

«Ora puoi uscire, non c'è più nessuno,» gridò la signorina Zhao.

Sophie entrò nella hall, lasciò che le porte si chiudessero dietro di lei. Avvicinandosi al banco di accoglienza, Sophie guardò la signorina Zhao, ma come al solito, neanche un capello era fuori posto. Sembrava serena.

«Stai bene? Mi dispiace averti lasciata sola a subire quella scenata,» chiese Sophie. «Ho avuto la sensazione che la mia presenza avrebbe solo peggiorato le cose. Stava già cercando un pretesto per litigare.»

«Hai fatto bene ad allontanarti da quell'alfa. Avrebbe volentieri scaricato la sua rabbia su di te,» disse la signorina Zhao, liquidando l'idea dell'alfa che si comportava male con un colpo di mano. «Inoltre, è tutto fumo e niente arrosto.»

«Ho la sensazione che sia entrambe le cose. Forse non con te, però,» concesse Sophie.

«Non è uno sciocco,» rispose la signorina Zhao con un sorrisetto, facendo ridere Sophie. «Sembra proprio avere un problema specifico con te. È pericoloso, quindi stai attenta.»

«Ha un problema con tutti gli umani, non solo con me. E non è l'unico. Sembra che molti mutaforma ce l'abbiano.»

«Solo quelli miopi e di mentalità ristretta. È facile incolpare gli altri per i propri guai. Non è il tipo che guarda più in profondità. Si preoccupa solo di se stesso.»

Sophie ringraziò ancora la signorina Zhao e le augurò una buona giornata prima di uscire nel debole sole mattutino. Attraversando il parcheggio che si stava lentamente riempiendo, Sophie si riparò gli occhi per controllare l'ora sul telefono. Accelerò il passo quando si rese conto che doveva sbrigarsi per prendere l'autobus successivo.

Un'ombra cadde su di lei mentre si infilava il telefono nella tasca posteriore. Sophie saltò indietro di un passo quando si rese conto di aver quasi camminato dritto contro uno sconosciuto.

Mormorando una rapida scusa, fece un passo a destra per aggirare l'uomo, ma lui copiò la sua mossa e la bloccò. Alzando lo sguardo dal marciapiede - di solito camminava guardando in basso perché non si sa mai su cosa si potrebbe accidentalmente calpestare sui marciapiedi della città - Sophie si rese conto di riconoscere quell'uomo dal gruppo di Alphonse l'altra sera. Era il tifoso di baseball dai capelli arruffati, anche se quella mattina indossava una maglietta sbiadita di Brian Wilson 'Fear the Beard'.

Sophie si maledisse per aver abbassato la guardia. Da quando aveva iniziato a diventare così vulnerabile?

Si stiracchiò le spalle, prese un respiro profondo. Ricadde nella sua solita tattica in una situazione in cui si sentiva fuori posto: spavalderia e atteggiamento. Aveva la sensazione che la sua solita maschera non funzionasse più come una volta.

Sophie adottò il suo miglior sguardo innocente a occhi spalancati. «Posso aiutarti? Il Centro per l'impiego è in via Mission. Devi solo andare fino ad Acacia Avenue e prendere il 19 per—»

Il ringhio dell'uomo interruppe le indicazioni di Sophie verso un edificio che conosceva molto bene.

«Hanno detto che eri una puttana saccente,» disse l'uomo, al che Sophie rispose con un sussulto di indignazione e una posa mano-sul-petto da 'Chi, io?'. «L'alfa ha un messaggio per te.» L'uomo si fermò, forse aspettando che Sophie svenisse o cadesse ai suoi piedi implorando pietà.

Nonostante il cuore che correva, Sophie alzò gli occhi al cielo e cercò di nuovo di aggirare l'uomo che aveva mentalmente soprannominato Fan Sportivo Numero 1. «Non mi interessa,» lo informò.

Il mutaforma si sporse più vicino, entrando nella bolla personale di Sophie, bloccandola ulteriormente da una rapida ritirata. Una donna intelligente avrebbe fatto un passo indietro, ma Sophie non si considerò mai particolarmente furba. Tenne la sua posizione, mise le mani sui fianchi e iniziò a battere il piede, segno di irritazione.

«L'alfa dice che devi stare fuori dagli affari dei Mitici. Sei un umano e non appartieni a noi. Continui a ficcare il naso dove non devi, e ti farai male. Gli umani si rompono così facilmente, e sembri così tanto—»

Qualunque minaccia Fan Sportivo stesse per fare fu interrotta dall'avvicinarsi di voci. Sembrava che diverse persone si stessero avvicinando dal chiacchiericcio della conversazione. Le voci si spensero quando un piccolo gruppo di persone girò l'angolo dell'edificio. Sophie riconobbe alcune delle persone del turno di giorno.

«Ehi, ehm,» disse un giovane facendo un passo avanti e lontano dal gruppo. Sophie lo aveva visto qualche volta. «Va tutto bene qui?»

«In realtà, no. Potreste avvisare la signorina Zhao che sto venendo molestata qui fuori? Se ne occuperà lei.»

«La receptionist? Sei sicura?»

«Oh sì. Sa esattamente come trattare con i trasgressori.»

Fan Sportivo alzò le mani in aria. «Non ce n'è bisogno. Me ne vado. Ma faresti meglio a stare attenta e ad ascoltare quello che ho detto,» disse, puntando un dito minaccioso verso Sophie.

«Per favore fai sapere ad Alphonse che ho ricevuto il messaggio e prenderò in considerazione le sue parole,» ghignò Sophie. Questa volta quando gli girò intorno, Fan Sportivo glielo permise – facendo un passo indietro e gesticolando come se le stesse mostrando la strada. Sophie passeggiò verso i nuovi arrivati come se non avesse una preoccupazione al mondo. I suoi nervi tesi richiedevano che si guardasse alle spalle, ma il suo ego non glielo permetteva.

«Che diavolo era quello?» chiese sottovoce il giovane.

«Niente. Solo un cliente scontento. Non gli sono piaciuti i risultati di un'autopsia,» rispose Sophie distrattamente, osservando il riflesso di Fan Sportivo nelle finestre dell'edificio mentre saliva sulla sua lucida auto sportiva bianca e sgommava fuori dal parcheggio con le gomme che stridevano.

Dopo aver guardato l'auto guidare per qualche isolato e svoltare a sud, Sophie salutò con la mano il personale del turno di giorno preoccupato e si affrettò verso la fermata dell'autobus più vicina. Per fortuna, riuscì a mescolarsi nella grande folla alla fermata.

Non appena Sophie si sistemò in un posto vuoto sull'autobus, chiamò Mac. Gli fece rapidamente un riassunto degli eventi della mattina.

«Quel figlio di—» Sophie ingoiò una risatina mentre Mac si morse le parole. La faceva sentire meglio sentirlo lottare per trattenere la sua rabbia. Il calore di avere qualcuno che si preoccupava per lei le diede un sorriso inappropriato. Dovrebbe copiare il comportamento serio di Mac, non sognare ad occhi aperti di avere qualcuno arrabbiato per conto suo.

«Okay, ecco cosa faremo. Sono in commissariato adesso. Posso vedere il capo nel suo ufficio. È in riunione con l'Assistente e i Vice Capi – una volta che hanno finito, parlerò con lui. I lupi lo rispettano, e lui ha il potere di rendergli la vita difficile. Il capo sa quanto è importante il tuo lavoro, quindi vorrà che tu sia protetta. Dunham dovrebbe essere in grado di assicurarsi che ti lascino in pace. Ma non ci fermiamo qui. Non appena riattacco con te, chiamerò Reggie e gli chiederò di richiedere un Ordine di Protezione per te. Dato che è il tuo capo all'obitorio e ha molto peso nel

Conclave, quello dovrebbe far sì che Alphonse ti lasci in pace.»

«Cos'è un Ordine di Protezione?»

«Dichiara che qualcuno, di solito un umano ma non sempre, è sotto la protezione di un branco o clan o simili. Se Reggie ne mette in atto uno per te, come Capo Medico Legale, ti mette sotto la protezione del Conclave. L'ufficio del Medico Legale è considerato indipendente dal dipartimento di polizia e da tutti i dipartimenti governativi. L'unica entità a cui il ML fa rapporto è il Conclave. E anche loro non possono interferire con casi o indagini. Dà a Reggie molto potere nella comunità dei Mitici. Ma un Ordine di Protezione emesso da Reggie ti metterebbe sotto la protezione diretta del Conclave e delle sue considerevoli risorse. Nessuno, neanche Alphonse, cercherebbe di affrontare il Conclave. È la nostra migliore possibilità.»

«Pensi che sia una buona idea portarmi all'attenzione del Conclave?» chiese Sophie.

«Faremo solo finta che tu sia un umano vulnerabile molestato dai mutaforma. Potrebbe togliere l'attenzione da te. Se stiamo richiedendo protezione per te, non sospetteranno che tu abbia qualche potere speciale. Useremo le loro preconcetti sugli umani contro di loro. Possiamo suggerire che la tua partecipazione nell'incidente della Coit Tower potrebbe essere il motivo per cui il branco del Sunset District ti sta prendendo di mira. Il Conclave sta cercando molto duramente di tenere nascosto tutto quell'episodio, quindi vorranno bloccare qualsiasi cosa che potrebbe portare quell'incidente alla luce. Gli Ordini di Protezione sono tipicamente emessi solo per gli umani, e non penso che i Mitici prestino loro attenzione perché non vogliono attirare l'ira del Conclave sulle loro teste. Sto anche rendendo il farti entrare nelle lezioni di combattimento la mia priorità assoluta.»

«Perché Alphonse e il suo branco ce l'hanno così tanto con me che lavoro all'obitorio comunque? Non pensi che sospettino quello che posso fare, vero?»

«No, penso che tu sia solo un bersaglio conveniente per la loro rabbia. La tua presenza alla morte di Roger e poi all'obitorio lo stesso giorno è l'unica ragione per cui ti hanno notata. Nel corso degli anni, quel branco è stato esplicito sul non volere che i Mitici si mescolino con gli umani. Vogliono che tutti i Mitici si separino dalle vite umane il più possibile. Non è remotamente logico o nemmeno possibile, ma ecco. Non ho ancora prove, ma sospetto che sia quello che sta succedendo qui. Sto facendo alcune indagini discrete su quel branco e specificamente su Alphonse. Ho alcuni contatti all'interno del suo branco che potrebbero essere disposti a parlare con me. Non tutti sono contenti di avere Alphonse come loro alfa. Esaminerò anche ogni morte che è avvenuta a un membro del suo branco negli ultimi anni per vedere se emerge qualche tipo di schema.»

«Allora dovresti iniziare con il ragazzo che è stato portato ieri sera. Era il suo corpo che stavano cercando di ritirare stamattina.» Guardandosi intorno sull'autobus per assicurarsi che nessuno le prestasse attenzione, Sophie procedette a riassumere la visione di morte del mutaforma.

Prima che potesse finire la descrizione dalla visione, Mac la interruppe. «Dannazione. Sembra che la riunione nell'ufficio di Dunham si stia concludendo. Devo prenderlo ora prima che qualcun altro salti dentro. Chiederò a Reggie di mandarmi il file audio di quell'autopsia. Ti chiamerò non appena ho finito qui, okay?»

Dopo aver salutato e riattaccato, Sophie chiuse gli occhi e appoggiò la testa contro il finestrino dell'autobus, cercando di rilassarsi fino alla sua fermata. Rinunciando dopo diversi minuti senza successo, tirò fuori di nuovo il telefono dalla tasca e mandò un rapido messaggio a Reggie per farlo sapere cosa stava succedendo. Lo avvertì che Mac voleva che lui emettesse un Ordine di Protezione per lei. Basandosi sul numero di esclamazioni che Reggie usò quando rispose che se ne sarebbe occupato subito, Sophie suppose che fosse entusiasta dell'idea. Ridendo, si rimise il telefono in tasca e cercò di rilassarsi per il resto del viaggio verso casa.

Trenta minuti dopo, Sophie finì la salita al suo piano in Castagnaccia. Passando davanti alla porta di Birdie, poteva sentire il mormorio della TV. Castagnaccia non aveva esattamente pareti insonorizzate. Pensando alla bottiglia di whisky che aspettava Birdie sul bancone di Sophie, decise di prendere la bottiglia e vedere se Birdie voleva passare del tempo insieme.

Aprendo la porta ed entrando nel suo appartamento, Sophie si fermò. Tutto sembrava normale, ma non riusciva a scuotere la sensazione che qualcosa non andasse. Diede un'altra occhiata al suo appartamento, poi scosse la testa: tutto sembrava come l'aveva lasciato la sera prima.

Non posso lasciare che quei deficienti mi entrino in testa, si rimproverò.

Dirigendosi nella sua piccola cucina, i nuovi stivali di Sophie grattarono sul linoleum verde e giallo senape, il disegno floreale sbiadito dal passaggio di molte scarpe. Sophie iniziò a prendere il whisky di Birdie quando qualcosa attirò la sua attenzione. Con la mano sospesa sul collo della bottiglia, Sophie si sporse più vicino. Il sigillo sul tappo a vite era stato aperto e il livello del liquido era sceso molto.

Sophie si congelò, una sensazione di essere intrappolata che le saliva lungo le scapole. Il respiro le uscì a botte per lo shock.

Girando sui talloni, diede un altro sguardo al suo appartamento. Il suo respiro entrava e usciva rapidamente dai suoi polmoni, e il sudore si accumulò lungo la sua attaccatura dei capelli. Cercando di calmarsi, Sophie ascoltò senza riuscire a percepire nulla di insolito. Niente sembrava fuori posto.

Camminando in punta di piedi di nuovo nel suo soggiorno, si rese conto che alcuni piccoli oggetti sembravano essere stati spostati, ma solo di poco. La sua scatola dei documenti ora stava seduta al centro della sua piccola scrivania invece di stare di lato. Come se qualcuno ci avesse frugato dentro. Fermandosi sulla porta della sua camera da letto, notò che la finestra della sua camera era socchiusa. Le tende svolazzavano dolcemente per la brezza.

Correndo fuori dalla porta d'ingresso e sbattendola dietro di sé, Sophie stava componendo il numero di Mac prima di rendersi conto di aver anche tirato fuori il telefono dalla tasca.

Rispose dopo uno squillo. «Ehi, sto parlando con il capo adesso. Ti richiamerò non appena—»

«Qualcuno è stato nel mio appartamento,» ansimò Sophie.

«Cosa?»

«Qualcuno è stato nel mio appartamento! Alcune cose sono state spostate, hanno aperto il whisky che ho comprato per Birdie, e una finestra è stata lasciata aperta.»

«C'è qualcuno lì dentro ora?» chiese Mac.

«Non credo. Ma non ne sono sicura. Sono scappata via non appena me ne sono resa conto.»

«Okay. Dove sei ora? Sto venendo lì adesso.»

«Sono nel corridoio. Cosa dovrei fare?»

«Vattene da lì. Vai da Burg,» suggerì Mac.

«Okay. Prendo prima Birdie. Solo per sicurezza.»

«Buona idea. Resta al telefono con me finché non arrivi da Burg. Sto arrivando. Sto portando rinforzi.»

Sophie bussò urgentemente alla porta di Birdie, guardando alle sue spalle verso la porta del suo appartamento.

«Ragazza mia,» iniziò a salutare Birdie, ma Sophie alzò un dito silenzioso alle labbra. Birdie chiuse la bocca di scatto, gli occhi pieni di confusione.

«Qualcuno è entrato nel mio appartamento. Mac sta arrivando. Dobbiamo andarcene da qui,» sussurrò Sophie.

«Okay. Dove stiamo andando?»

«Da Burg.»

Senza un'altra parola, Birdie raccolse il suo gatto Ginsberg e seguì Sophie giù per le scale.

Bussando forte sulla porta di vetro del pub, Sophie diede

un'occhiata a Birdie che tremava nella sua vestaglia e pantofole. Dopo un minuto senza risposta, Sophie batté più forte sulla porta finché non traballò nel suo telaio.

«Sto arrivando! Gesù!»

Sophie poté sentire Burg urlare dalle profondità del retro del pub. Sbattendo dietro l'angolo, guardò il cipiglio arrabbiato scivolare via dalla faccia di Burg per essere sostituito dalla preoccupazione quando avvistò Sophie e Birdie rannicchiate nell'alcova del suo ingresso principale.

Aprendo la sua porta, Burg li fece entrare con esclamazioni di preoccupazione. «Cosa state facendo là fuori in pigiama, Birdie?» chiese.

Dopo aver fatto sapere a Mac che erano al sicuro e aver chiuso la chiamata, Sophie spiegò rapidamente la situazione a Burg e Birdie. Dirigendoli a un tavolo, Burg diede a ognuno di loro una tazza di caffè prima di prendere un po' di zucchero e panna.

«È stato rubato qualcosa?» chiese Burg. Quando Sophie rispose che non aveva notato se mancasse qualcosa, vide Burg e Birdie scambiarsi uno sguardo turbato. «Sei sicura che la bottiglia non fosse stata manomessa prima che la comprassi? Voglio dire, se nient'altro era fuori posto, non sembra molto su cui basarsi.»

«Sono sicura che qualcuno sia stato lì dentro. Beh... quasi completamente sicura. So di non aver lasciato la finestra aperta. Ha piovuto così tanto ultimamente. Ricordo specificamente di averla chiusa.» Vedendo la faccia scettica di Burg, Sophie sospirò e fissò nella sua tazza di caffè, cercando di capire se quella mattina fosse stata solo una reazione eccessiva. Sophie alzò le spalle, mescolando lentamente una cucchiaiata di panna nel caffè fumante. «Qualcuno era stato lì dentro, lo giuro. Ma forse sto solo essendo paranoica. Alphonse ha mandato un membro del branco a minacciarmi stamattina dopo che sono uscita dal lavoro.»

«Ha fatto cosa?!» esclamò Burg, iniziando ad alzarsi dal suo posto. Cosa stava pianificando di fare, andare a rintracciare Alphonse ora?

«Chi è Alphonse?» chiese Birdie.

«È un alfa di uno dei branchi di lupi della città. Ha un problema con me che lavoro all'obitorio nella divisione dei Mitici,» spiegò Sophie.

«Perché dovrebbe interessargli? Non sei l'unico umano che lavora con i Mitici. Perché è così preoccupato per te?» chiese Burg.

«Beh, è complicato. E ha a che fare con un caso aperto, quindi non sono sicura di quanto posso divulgare,» spiegò Sophie. Burg sbuffò forte ma sembrò aver accettato la spiegazione di Sophie. Almeno per il momento.

Mentre Burg andava in una breve sfuriata su come far pentire Alphonse di aver pasticciato con persone sotto la sua protezione, Sophie continuò determinatamente a mescolare il suo caffè, non guardando nessuno dei suoi amici. Odiava mentire.

Non è una bugia. Non so quanto posso dirgli. Si promise di chiedere a Mac di metterli al corrente dei suoi poteri il prima possibile.

«Mac ha già parlato con il Capo della Polizia per far lasciare in pace Alphonse. Inoltre, ora sto pensando che potrei aver reagito eccessivamente stamattina, e nessuno era stato nel mio appartamento,» sottolineò Sophie, sentendosi un po' imbarazzata per aver fatto spaventare tutti per quello che poteva essere niente.

«Quell'orso? Per favore. Pensa che perché lavora per il Conclave abbia qualche potere in questa città,» sbuffò Burg.

«Ha anche tutto il dipartimento di polizia di San Francisco che lavora per lui,» sottolineò Sophie. «Anche la signorina Zhao ha detto ad Alphonse di lasciarmi in pace.»

«Davvero?» disse Burg, sedendosi interessato dal suo rilassamento al tavolo. «Il drago ha fatto un'offerta di protezione. Deve avere una buona opinione di te,» disse con approvazione, sembrando impressionato.

Sophie odiava rovinare la sua bolla, ma... «Uh, non penso che abbia una buona opinione di me tanto quanto mi trova leggermente divertente. Come un leone che si gode lo scampanare senza cervello di un topo particolarmente stupido. Inoltre, penso che sia più che considera tutto nell'obitorio come appartenente a lei, inclusi gli umili dipendenti umani. Sono importante per lei quanto la sua sedia da ufficio,» ribatté Sophie. «Inoltre, Reggie emetterà un Ordine di Protezione per me, quindi spero che farà sì che il branco del Sunset si ritiri.»

«Forse dovrei mettere anch'io un Ordine di Protezione ufficiale. O forse farò semplicemente una visita ad Alphonse e al suo branco.»

«Non è che non apprezzo l'offerta, ma potrebbe finire per attirare troppa attenzione su di me. Sto cercando di mantenere un profilo un po' basso,» iniziò a spiegare Sophie.

«Perché? Essere sotto la protezione di così tanti Mitici è una cosa buona.»

Sophie aprì la bocca per cercare di spiegare, ma non uscì niente. Semplicemente non riusciva a mentire ai suoi amici sul perché aveva bisogno di mantenere un profilo basso. Un colpo sulla grande finestra di vetro la salvò dal dover inventare una scusa. Sophie saltò su e spinse indietro la sua sedia con uno stridio quando vide che era Mac fuori. Correndo alla porta, i passi di Sophie rallentarono solo per un momento quando vide che qualcuno era con lui. L'uomo dietro si voltò dopo aver controllato la strada, e Sophie lo riconobbe dal dipartimento di Mac. Il suo nome le sfuggì dalla memoria.

«Ehi,» salutò Sophie Mac, provando senza successo per la nonchalance. «Sei già andato all'appartamento?»

«No, volevo controllarti prima. Stai bene?» disse Mac.

«Sto bene. Mi dispiace che tu sia venuto fin qui. Sto iniziando a pensare che potrei aver reagito eccessivamente. Penso che la minaccia di Alphonse mi sia solo entrata in testa,» si scusò Sophie.

«Non sei il tipo che reagisce eccessivamente, spiritata. Se pensi che qualcuno sia stato nel tuo posto, allora sono sicuro che ci sia stato. Andremo a controllare. Hai una chiave?»

Sophie diede a Mac le sue chiavi.

«Sophie, ricordi—»

«Larry Turner, warlock straordinario, al vostro servizio. È un piacere rivedervi,» disse l'uomo, alzando il suo cappello di tweed grigio con eleganza. Spingendosi davanti a Mac, l'uomo tese la mano per una stretta, un ampio sorriso che spaccava la sua faccia stretta. La potenza del suo sorriso non diminuì nemmeno quando Sophie esitò a prendere la sua mano.

Sophie gli strinse la mano, perplessa dal comportamento aggressivamente allegro di Larry. «Larry il Warlock?»

Un warlock dovrebbe avere un nome come Draxir il Malvagio o qualcosa del genere. Non Larry. Larry è il nome del tuo meccanico locale.

«Ha un bel suono, non è vero?»

«Um, sì, sicuramente. Questi sono Burg e Birdie,» Sophie presentò i suoi amici che si fecero avanti per salutare l'uomo. Dopo che tutti fecero le loro presentazioni, Sophie si rivolse di nuovo a Larry. «Warlock? È come una strega o qualcosa del genere?»

«Come una *strega*,» mimò Larry, scuotendo la testa come se pensasse che Sophie fosse adorabile. «Essere un warlock non è come nient'altro. Se dovessi classificarmi, suppongo che un warlock sia più simile alle descrizioni umane di uno stregone o mago.»

«E esattamente come sono diversi da una strega?»

Larry premette una mano al suo cuore come se provasse dolore, tenendo ancora la mano di Sophie con l'altra. «È completamente—»

«Non rilevante,» ringhiò Mac, interrompendo la risposta di

Larry. «Dobbiamo controllare l'appartamento di Sophie. Puoi fare una lettura su di lei ora?»

«Sì, sì,» mormorò Larry. Sophie cercò di estrarre la sua mano dalla presa di Larry, ma lui la tirò indietro. «Ho bisogno della tua mano per solo un momento.»

«Perché?» chiese Sophie.

«Ho bisogno di avere una sensazione della tua aura. Poi sarò in grado di vedere se ci sono impronte energetiche lasciate nel tuo appartamento oltre alle tue,» spiegò Larry.

Sophie alzò le spalle; quella spiegazione non significava niente per lei. Larry mormorò alcune parole senza senso sottovoce, i suoi occhi chiusi in concentrazione.

«Fatto,» annunciò. Larry girò la mano di Sophie nella sua, aprendo gli occhi, dando alla sua mano sinistra senza anelli uno sguardo significativo. Sophie strappò la sua mano da quella di Larry e se le infilò nelle tasche dei jeans.

«Hai un'aura deliziosa,» disse Larry con un'occhiolino civettuolo. Sophie considerò di far cadere il suo stupido cappello dalla testa e di 'accidentalmente' calpestarlo. Era fortunato che lei avesse bisogno del suo aiuto.

Larry chiese se qualcun altro presente era stato nell'appartamento di Sophie di recente. Birdie aveva fatto visita all'inizio della settimana, quindi Larry fece il suo atto mormorante sulla mano di Birdie. Sophie si sentì un po' meglio quando Larry flirtò sfacciatamente anche con Birdie. Sembrava essere un Casanova per pari opportunità. Mac lo guardava con un'espressione di sofferenza prolungata. Incrociando gli occhi di Sophie, Mac alzò i suoi.

Sophie ingoiò il sorriso inappropriato che cercava di formarsi sulla sua faccia mentre guardava Mac infastidirsi con qualcun altro per una volta invece che con lei.

Tirando Sophie nel pub e lontano dagli altri, Mac mise un braccio intorno alla spalla di Sophie come se la stesse confortando e chiese in tono sommesso, «Hai controllato se la clavis era stata presa?»

«Non l'ho nascosta nel mio appartamento. Dovrebbe essere al sicuro dove l'ho messa,» sussurrò Sophie.

Sophie guardò verso un trofeo dorato seduto su uno scaffale alto alla loro destra. Nascosta nella coppa del trofeo c'era una pietra verde che in qualche modo aveva il potere di chiudere il portale dal regno dei Fae alla Terra permanentemente.

«Hai nascosto la clavis in bella vista nel Pollicino? In un pub?» chiese Mac incredulo. «Burg lo sa?»

«Ovviamente no. Non gli ho detto niente. È perfettamente al sicuro.»

«Stai scherzando? Cosa succede quando Burg spolvera?» sussurrò-urlò Mac. «La gente ha ucciso per mettere le mani su quella cosa, e tu l'hai solo lasciata seduta su uno scaffale in un bar?»

«Ecco la parte bella: ha lanciato un incantesimo sul bar, così non deve mai spolverare nulla. Avresti bisogno di una scala per vedere anche dentro il trofeo. Nessuno guarda nemmeno l'arredamento qui. Sono troppo occupati a ubriacarsi.»

«Sono troppo – Tu—» Sophie guardò Mac balbettare per un minuto. «Argh! Non posso adesso! Devi prendere la clavis, e insieme troveremo un posto migliore per nasconderla. Un nascondiglio sicuro vero e proprio.»

Una volta tornato dal gruppo, Mac cercò di spingere Larry fuori dalla porta, ma lui schivò Mac e continuò a chiacchierare inanemente con Birdie.

«Basta,» abbaiò Mac, apparentemente avendo raggiunto il suo limite nel sentire il suo collega scambiare innuendo civettuolo con Birdie, che se lo stava bevendo tutto. «Dobbiamo andare a controllare l'appartamento. Smettila di far perdere tempo a tutti.»

Girandosi sui tacchi, Mac se ne andò, rigido e teso, senza guardare indietro per assicurarsi che Larry lo seguisse. Larry fece a Sophie un ampio sorriso impenitente, alzò rapidamente di nuovo il cappello, e seguì Mac a passo svelto.

Sophie e Birdie tornarono al loro tavolo mentre Burg riempì le loro tazze con caffè fresco. Sophie cercò di prestare attenzione alla conversazione tra Burg e Birdie – Birdie stava sostenendo che Burg doveva iniziare a offrire cibo al pub – ma la concentrazione di Sophie continuava a essere tirata verso l'orologio sulla parete. Guardò mentre la lancetta dei minuti si muoveva lentamente intorno al quadrante dell'orologio. La conversazione lentamente morì mentre il suo nervosismo iniziò a influenzare tutti gli altri.

Sophie cercò di capire come distrarre Burg e Birdie per un minuto così poteva recuperare la clavis ma non riuscì a inventare una distrazione plausibile.

«Posso prendere in prestito una scala per un attimo?» chiese Sophie a Burg.

Le diede uno sguardo confuso ma si diresse verso il retro del bar per prendere la scala. Sophie trascinò la scala pieghevole verso il muro espositivo mentre Burg e Birdie la guardavano con espressioni perplesse.

«Spero che non ti dispiaccia, Burg, ma ho nascosto qualcosa qui per Mac. È per uno dei suoi casi. Non posso dirvi ragazzi altro. Mi dispiace,» spiegò Sophie.

Salendo sulla scala, Sophie raggiunse con attenzione dentro il trofeo e prese la clavis nel palmo. Con le spalle girate al suo pubblico, la fece scivolare nella tasca anteriore dei suoi jeans, assicurandosi che rimanesse nascosta. Il gioiello lasciò un rigonfiamento prominente nei suoi jeans, ma non c'era niente che potesse fare per nasconderne la forma.

Burg le diede uno sguardo sospettoso ma non commentò. Birdie alzò le spalle poi si girò di nuovo verso Burg per continuare la sua discussione sull'aggiungere cibo alle offerte del pub invece di solo ciotole di salatini e alcol.

Alla fine, un forte bussare alla porta fece sobbalzare Sophie.

Saltò su dal suo posto quando vide Larry che le faceva cenno di avvicinarsi.

Per la prima volta, il sorriso permanente di Larry mancava. Fece tentennare i piedi di Sophie nella sua corsa per arrivare all'ingresso. Tirando la porta aperta, Sophie aveva già il fiato corto e ansimava. «Allora? Sono pazza? Qualcuno è stato lì dentro?»

«Avevi ragione. Qualcuno è stato nel tuo appartamento. Tuttavia, se sei pazza rimane da vedere. Stai uscendo con il più scontroso deficiente della forza, quindi mette in dubbio le tue facoltà mentali,» scherzò Larry, un po' del suo naturale fascino civettuolo che filtrava di nuovo.

Sophie guardò verso Castagnaccia, dove Mac era ancora dentro il suo appartamento, probabilmente mormorando sul suo collega fastidioso e chiacchierone proprio in quel momento.

«Ugh, dovresti vedere la tua faccia adesso. Disgustoso. Non posso credere che Volpes abbia qualcuno del tuo calibro che sospira per lui. Che spreco,» disse Larry, scuotendo la testa con disapprovazione paterna.

«La persona che è entrata... Era Alphonse o uno dei suoi servitori?» chiese Sophie, scacciando via i commenti di Larry.

«Ecco perché ho bisogno che tu venga con me. La firma dell'aura lasciata dietro è tutta confusa. Tutto quello di cui sono sicuro adesso è che non era di un mutaforma. È strano. Speravo che averti lì avrebbe aiutato a separare le impronte. Inoltre, Mac vuole che tu faccia una valigia. Sembra un po' agitato. Il che mi preoccupa perché non l'ho mai visto turbato prima.»

Dopo aver consigliato a Burg e Birdie di restare nel pub e aspettare il loro ritorno, Larry condusse Sophie di nuovo in Castagnaccia.

Aprendo la porta del suo appartamento, la prima cosa che Sophie vide fu la faccia preoccupata di Mac. Tirandola in cucina e lontano da Larry, Mac la tirò vicino.

«Era lei. È stata qui,» sussurrò Mac urgentemente. Allo sguardo vuoto di Sophie, «Biancaneve. È stata qui.»

Sophie si tirò indietro sorpresa, fissando negli occhi di Mac, aspettandosi a metà che stesse scherzando. «Biancaneve? Non era Alphonse?»

«No, è decisamente lei. Riconosco la combinazione del suo profumo, detersivo per bucato, e il suo shampoo che sa di frutta.»

«Puoi sentire quello? Quando hai preso il suo odore?»

«Sulla scena del crimine di Roger, ho sentito il suo odore sui suoi vestiti e nell'aria nel vicolo,» spiegò Mac.

Girandosi di nuovo verso Mac, Sophie si aggrappò al suo braccio, sentendo come se il mondo si stesse inclinando su di lei. Sophie guardò intorno al suo appartamento, sentendosi come se un assassino psicopatico potesse saltare fuori da un momento all'altro. Di tutti gli scenari che le erano passati per la testa, non le era mai venuto in mente che Biancaneve sapesse nemmeno chi era.

«Come diavolo mi ha trovata? Come sa nemmeno che esisto? Come è successo?»

«Deve essere stata a guardare la scena del crimine quando hai cercato di salvare Roger. Suppongo che ci abbia seguiti qui quando siamo tornati a piedi a prenderti dei vestiti puliti.»

«State bene ragazzi? Dobbiamo iniziare. Non ho tutto il giorno,» gridò Larry dal soggiorno.

«Stai bene?» sussurrò Mac a Sophie.

«Sì. Facciamola finita.»

Quando Sophie girò l'angolo, Larry afferrò entrambe le sue mani e la tirò finché non fu in piedi nel mezzo del suo piccolo soggiorno di fronte a lui. Chiudendo gli occhi, Larry inclinò il viso verso il soffitto. Dopo un lungo momento, girò la testa di lato, come se stesse ascoltando qualcosa che solo lui poteva sentire.

Sollevando entrambe le mani di Sophie davanti ai loro petti, mise ciascuno dei loro palmi insieme come se si stessero per spingere l'un l'altro via. Larry annuì solennemente la testa a Sophie come se chiedesse permesso di procedere, quindi Sophie annuì indietro. Chiudendo gli occhi, Larry pronunciò più parole magiche senza senso sulle mani di Sophie. Stava iniziando a sospettare che fosse tutto solo per spettacolo. Larry sembrava il tipo di ragazzo che metteva su uno spettacolo. Sophie diede un'occhiata a Mac per vedere se stava credendo a questa farsa, ma guardò i procedimenti con un'espressione seria.

Gli occhi di Larry si spalancarono, e diede a Sophie un sorriso brillante. «Questo è molto interessante. Una situazione unica.»

«Hai l'impronta?» interruppe Mac.

«Sì, è stato difficile separare l'aura del trasgressore da quella di Sophie, però. Le aure sono in qualche modo mescolate insieme. Sembra che la persona abbia tentato di mimetizzarsi all'interno dell'impronta energetica di Sophie. Semplicemente non si rendevano conto che avrebbero avuto a che fare con un esperto.» Larry premette la mano al petto per indicare chi era l'esperto nel caso Sophie non fosse al corrente. «Muoio dalla voglia di incontrare la persona che è riuscita in questo livello di magia. Essere in grado di fondere la tua aura in quella di qualcun altro sarebbe un bel colpo. Non ho mai sentito di qualcuno che potesse riuscirci. Oh, immagina solo tutte le possibilità!»

Mac sbuffò infastidito mentre Larry continuava a esclamare la sua gioia. «Quindi, l'hai presa, giusto?» chiese Mac, tirando Larry al presente.

Larry sbuffò, in qualche modo guardando Mac dall'alto in basso anche se era il più basso dei due. «Sono un professionista. Ovviamente, l'ho presa. Semplicemente non riesco a capire come sia riuscita a nascondersi nell'aura di qualcun altro.»

Sophie annuì, pensando a come Biancaneve era riuscita a sostituire la sua faccia con quella di Sophie in tutte le sue visioni. «In realtà ha senso.»

Sophie guardò Mac e poté dire che stavano pensando la stessa cosa. In qualche modo, Biancaneve aveva capito chi era Sophie e aveva iniziato a imitarla fin dall'inizio.

«Cosa intendi? Come ha senso?» chiese Larry avidamente come un cane che aveva preso una pista di profumo, guardando avanti e indietro tra Sophie e Mac come se potesse ricavare la risposta dalla loro comunicazione non detta.

«Scusa. È classificato,» rispose Mac con una scrollata di spalle che chiaramente dichiarava che non gli dispiaceva affatto.

«Sul serio? Ti ho appena aiutato qui, e non puoi dirmi niente su questa persona di interesse? Dammi un osso.»

«Che tipo di Mitico potrebbe tirare fuori questo tipo di magia?» chiese Mac a Larry, ignorando il suo lamento petulante. La domanda sembrò distrarlo e calmarlo.

Larry ebbe uno sguardo pensieroso. «Hmm. Buona domanda. Non sono del tutto sicuro. Forse Fae. Forse strega.»

«E un warlock?» chiese Sophie, prendendo in giro Larry.

«Hai detto che è una donna. Le donne non possono essere warlock.»

«Oh, capisco. Sei sessista.»

«Non sono—»

«Non siamo interessati alle tue scuse. Abbiamo cose più importanti di cui occuparci oltre al tuo sessismo,» interruppe Mac, dando a Sophie un rapido occhiolino mentre Larry balbettava. «Puoi fare un incantesimo di localizzazione sul trasgressore? È una persona di interesse del Conclave.»

La menzione del Conclave sembrò calmare Larry e farlo finalmente agire in modo professionale.

Chiudendo gli occhi, Larry allargò le braccia e poi lentamente portò le mani vicine come se stesse raccogliendo acqua e cercando di tenerla nei suoi palmi curvi. Tirò le sue mani a coppa vicino davanti al suo sterno. Mentre Larry mormorava sottovoce di nuovo, Sophie sentì un ronzio riempire l'appartamento. La faceva venire voglia di ficcarsi il dito nell'orecchio e dimenarlo per liberarsi del prurito ronzante.

Gli occhi di Larry si spalancarono, e diede a Sophie un altro dei suoi sorrisi brevettati. Raggiungendo nell'aria sopra la sua testa, sembrò strappare un filo invisibile.

«Wow! È brava. Davvero brava. Ti supplico di farmi parlare con lei per solo un minuto una volta che l'avrete presa.»

Avvicinandosi a Sophie, Mac le mise un braccio intorno alla vita, tirandola vicino. «L'hai localizzata?»

«No! Ha lasciato troppe false piste. Non riesco ad afferrarle. Sono troppo delicate, come fili di ragnatela.» Larry suonò alcuni altri 'fili' invisibili, il suo sorriso che si allargava a proporzioni inquietanti.

«Cosa intendi?» ringhiò Mac. «Non riesci a trovarla per niente?»

«No! Sono abbastanza sicuro che sia qui in città. O... potrebbe essere sulla costa est.» Chiudendo gli occhi, Larry pizzicò delicatamente i fili invisibili di nuovo. «Nah. È qui da qualche parte nella Bay Area. È il più vicino che riesco a rintracciarla.»

«Cosa succede ora?» chiese Sophie.

«Voglio che tu faccia una valigia – prendi abbastanza per almeno qualche giorno. Mentre lui—» Mac puntò a Larry «—prende le impronte dall'appartamento, troverò un posto sicuro dove stare. Dobbiamo presumere che Biancaneve abbia osservato l'appartamento, e non è sicuro per te qui finché non viene presa.»

«Dove andrò?»

«Farò alcune telefonate e troverò qualcosa,» la rassicurò Mac.

Annuendo il suo accordo, Sophie si girò per entrare nella sua camera da letto quando un pensiero la fermò a metà passo. «Aspetta. Se Biancaneve mi ha osservata, allora probabilmente mi ha vista con Birdie e Burg. Pensi che anche loro siano in pericolo?»

«Burg può badare a se stesso, ma gli darò un avvertimento. Tuttavia, potresti aver ragione riguardo Birdie. Le farò fare anche a lei una valigia.»

Dopo che Mac promise di tornare il più rapidamente possibile con Birdie, Sophie corse attraverso il suo appartamento, riempiendo un borsone con vestiti e articoli da toeletta finché le cuciture della borsa iniziarono a scricchiolare.

Tornando nel suo soggiorno, Sophie gettò la sua borsa vicino alla porta d'ingresso. Atterrò con un tonfo. Sedendosi sul suo futon, guardò mentre Larry faceva ruotare un pennello dalle setole morbide attraverso un compatto di polvere nera. Stava delicatamente tamponando il pennello su tutta la lunghezza del collo della bottiglia. Canticchiando tra sé, non prestando attenzione a Sophie che lo guardava intensamente lavorare, Larry prese quello che sembrava un pezzo di nastro adesivo trasparente. Sophie si sporse in avanti, appoggiando i gomiti sulle ginocchia, desiderosa di vedere se questo tipo di lavoro di polizia fosse rappresentato accuratamente in TV. Larry premette il nastro sul collo della bottiglia, poi lentamente lo staccò. Tenendo il nastro per i bordi, Larry lo tenne alla luce che veniva dalla finestra. Sophie riuscì appena a distinguere una macchia grigia nel mezzo del nastro trasparente.

«È la sua impronta digitale?» chiese Sophie.

«Possibilmente. Statisticamente parlando, è più probabile che sia la tua,» spiegò Larry mentre si girò di nuovo al tavolo, armeggiando con alcuni oggetti in una valigia rigida che Sophie non riusciva a vedere dentro anche quando si allungava di lato per sbirciare curiosamente nelle profondità della valigia.

«La mia?»

«Sì. Avrò bisogno di un set delle tue impronte così posso confrontare. Ma fammi prima finire qui dentro,» disse Larry, dirigendosi in cucina. La curiosità costrinse Sophie ad alzarsi dal divano e seguirlo. Guardò mentre iniziò a prendere impronte dal suo frigorifero e dai suoi armadi.

«Hai idea di perché hai un serial killer che ti perseguita? Cosa c'è di così speciale in te?» chiese Larry, una curiosità furba sulla sua faccia.

«Non sono sicura del perché,» rispose Sophie dopo aver

preso un momento per raccogliere i suoi pensieri e comporre la sua faccia. «Forse quando sono inciampata sulla sua scena del crimine, ho visto qualcosa. Forse l'ho vista o qualche altro indizio, e non me ne sono resa conto. Deve avermi seguita a casa. Forse è diventata istantaneamente ossessionata con me. Chissà come pensa un assassino pazzo?»

«Sfortuna, quella. Sembra posto sbagliato al momento sbagliato.» Larry espresse la sua simpatia con un suono di compatimento. Sophie tentò di mettersi un'aria di innocenza, ma per fortuna il warlock era troppo occupato a prendere impronte dagli armadi della sua cucina per notare la sua nonchalance forzata.

Si mosse intorno all'appartamento di Sophie, tirando metodicamente più impronte da varie superfici. Spiegò che stava prendendo impronte da aree che sarebbero state più probabilmente toccate dà Biancaneve - la scatola dei documenti, il davanzale della finestra della camera da letto, interruttori della luce, e maniglie delle porte.

La voce di Birdie che la chiamava distolse Sophie da Larry e la riportò in soggiorno. Quando Birdie la avvistò, qualcosa della paura di Sophie doveva essere apparsa sulla sua faccia perché Birdie spinse la sua valigia vintage nelle braccia di Mac e corse da lei. Tirando Sophie in un abbraccio forte e ossuto, Birdie chiocciò su quanto l'avesse preoccupata Sophie. Sophie puntò un sorriso compiaciuto a Mac sopra la sua spalla.

Mi ama di più, disse senza parole Sophie a Mac, che alzò semplicemente gli occhi.

«Turner, porterò queste due fuori di qui. Puoi gestire il resto da solo?» chiese Mac.

«Certamente,» rispose Larry con un'onda negligente della sua mano guantata. «Metterò un incantesimo su tutte le finestre e porte così se qualcuno, anche la nostra talentuosa stalker, attraversa la soglia di questo appartamento, lo saprò immediatamente.»

«Non sei intelligente?» tubò Birdie sopra la spalla di Sophie al warlock, che, se Sophie non sbagliava, stava arrossendo.

«Dov'è Ginsberg?» chiese Sophie, guardandosi intorno.

«Burg ha accettato di tenerlo per me,» spiegò Birdie.

«Dovremmo andare,» disse Mac, guardando l'orologio in cucina.

«Ho alcuni beignets nel frigorifero che stavo conservando. Posso prenderli, o ne avete bisogno per le prove?» chiese Sophie, solo mezzoscherzando.

Larry la rassicurò che aveva già ottenuto le impronte di cui aveva bisogno dalla cucina, quindi era libera di prendere i suoi avanzi.

Aprendo il suo frigorifero, Sophie fissò nelle sue profondità per un momento perso, incapace di capire cosa stava vedendo. Il contenitore di polistirolo del Brenda's era dove l'aveva lasciato sul ripiano superiore del frigorifero, aperto e vuoto. Una sola macchia di cioccolato dentro la scatola bianca era tutto quello che rimaneva per indicare cosa c'era una volta dentro.

«Quella *stronza.*»

«Cosa?» chiese Mac, camminando a grandi passi nella piccola cucina di Sophie, preoccupazione incisa attraverso i suoi lineamenti.

«Quella stronza ha mangiato i miei beignets. Li stavo conservando. Che tipo di mostro—» Interrompendo la sua sfuriata con un ringhio, Sophie sbatté la porta chiusa sul frigorifero, che gemette le sue lamentele per il trattamento rude. Dovendo allontanarsi dalla scatola da asporto vuota prima di perdere completamente la testa, Sophie uscì dalla sua cucina, oltre i suoi amici che la fissavano, la schiena rigida per la tensione e un mal di testa che iniziava a fiorire dietro il suo occhio destro.

Mac inseguì Sophie, prendendola per il gomito e tirandola a fermarsi mentre raggiungeva la sua porta d'ingresso. Sophie si girò verso di lui, «Lo so. Lo so. Sto reagendo eccessivamente. Sono solo ciambelle. È solo... le stavo aspettando,» si lamentò.

«Non stai reagendo eccessivamente. Hai tutto il diritto di essere arrabbiata.»

«Tutta questa cosa sta iniziando ad arrivare a me,» confessò dolcemente Sophie. Mac prese la mano di Sophie nella sua, strofinando cerchi lenitivi sulle sue nocche con il pollice.

«Sistereremo questo. Prima però, dobbiamo portarti in un posto sicuro. Ho trovato un posto.»

Soffiando via la sua paura e fastidio con un respiro lento, Sophie annuì la sua approvazione. Mac si mise in spalla entrambe le sue e le borse di Birdie, conducendole fuori dall'appartamento. Il gruppo era silenzioso mentre uscivano da Castagnaccia e salirono nella berlina immacolata di Mac.

Birdie chiuse a malapena la sua porta prima di iniziare il suo interrogatorio. «Okay, ragazza mia, sputa. Che diavolo sta succedendo qui?»

«Sono inciampata su una scena di omicidio l'altro giorno, e ora pensiamo che l'assassino mi stia perseguitando,» rispose Sophie. Tecnicamente era la verità, ma Sophie si sentiva come la più grande idiota del mondo.

Birdie alzò una mano per impedire a Sophie di dire altro. «Sei una bugiarda terribile. Non pensare che sia nata ieri!»

«Macché. Sembri piuttosto... nata secoli fa, altroché ieri!»

Birdie sbuffò e rivolse la sua attenzione da Sophie a Mac. «Mi hai tirata nel mezzo di questo. Ci stai portando in qualche 'casa sicura'. Merito di sapere cosa sta realmente succedendo. Non sono né sorda né stupida, ragazza. Non provare a imboccarmi altre delle tue stronzate. Cosa sta realmente succedendo? Non pensare che non abbia notato che entrambe vi state comportando stranamente ultimamente.»

Sophie scambiò uno sguardo con Mac, che annuì il suo permesso di vuotare il sacco.

«Okay, dovrei iniziare dall'inizio...»

CAPITOLO 15

Dopo aver raccontato a Birdie tutto sulla sua capacità di vedere visioni di morte, su come aveva accidentalmente scoperto una cospirazione, dissotterrato una tomba che si era conclusa con lei che si arrampicava sulla Coit Tower aggrappata alla schiena di un orco, Sophie gettò un'occhiata alla sua amica che sembrava essere rimasta senza parole.

«E poi c'è Biancaneve», disse Sophie, la voce rallentata dall'apprensione.

«Biancaneve?» ripeté Birdie, le sue parole deboli.

Quando Sophie finì di raccontare a Birdie del suo stalker serial killer e dei suoi problemi con Alphonse e il suo branco di lupi, Birdie aveva recuperato la voce. Quello che seguì fu una predica di venti minuti da parte di Birdie su come non dovesse mai tenerle segreti e su come Sophie dovesse impegnarsi di più a proteggersi.

Quando Mac sbuffò in segno di accordo, Birdie rivolse la sua ira su di lui. Sophie fece attenzione a nascondere la sua gioia e a rimanere il più silenziosa e discreta possibile.

«A proposito, dove ci stai portando?» chiese Sophie una volta che Birdie ebbe finito di parlare. Mac stava girando intorno a un altro isolato. Sophie suppose che stesse cercando di seminare eventuali pedinatori e nascondere la loro destinazione a chiunque stesse cercando di seguirli. Nonostante decine di svolte casuali e inversioni di marcia, si erano lentamente diretti verso il lato ovest della città.

«Vi sto portando dai Cavalieri del Ramo Rosso. Il capo clan mi deve un favore. Ha detto che il suo clan vi avrebbe protette entrambe».

«Cavalieri del Ramo Rosso», ripeté Sophie lentamente. «Cavalieri medievali, con spade e armature?»

«Difficilmente», sbuffò Mac. «Dovrai vedere».

«I Cavalieri del Ramo Rosso? La loro sala è bruciata più di un decennio fa. Non l'hanno mai ricostruita. Pensavo avessero chiuso», rispose Birdie.

«Dopo l'incidente con il mutaforma basan, hanno deciso di ricostruire in segreto e di non aprire più le loro porte al pubblico», spiegò Mac.

«Un basan mutaforma? Cos'è? Credevo che quell'incendio fosse stato causato da un guasto elettrico. Cos'è successo davvero?» chiese Birdie.

«Un basan è un mutaforma aviario – un enorme gallo sputafuoco. Sono originari del Giappone ma hanno una piccola comunità a Sausalito. Il basan in questione stava bevendo in uno dei tanti bar all'interno della sala KRB. Si è completamente ubriacato, e la storia che ho sentito è che stava cercando di impressionare le donne del posto facendo cerchi di fuoco con il respiro. Le cose sono sfuggite di mano, e ha dato fuoco a tutto l'edificio. Fortunatamente, nessuno è rimasto ferito, ma hanno deciso di chiudere le loro porte agli esterni».

Accendendo la freccia, Mac tirò la sua auto fuori dal flusso del traffico e nell'ingresso di un grande condominio situato all'angolo tra Fulton e 6th Avenue nel Richmond District. Sembrava un posto costoso dove vivere con le file di bow window su ogni piano e la sofisticata modanatura del cornicione lungo il bordo del tetto.

Birdie e Sophie seguirono Mac al cancello di ferro della facciata e lo guardarono mentre spostava entrambe le borse su un braccio per poter suonare il campanello. Tenne aperto il cancello perché Birdie e Sophie entrassero mentre venivano fatte entrare con il citofono.

Sophie si era aspettata di trovarsi in una hall di appartamenti con le tipiche cassette postali accanto agli ascensori. Invece, si trovava in un grande ingresso. Alla sua sinistra c'era un arco che portava a un pub pieno di legno scuro lucido e luci soffuse. Sopra un enorme camino di pietra c'era uno stendardo con uno stemma – una croce rossa impressa su una cresta gialla con due lupi ringhianti rampanti sui lati.

La maggior parte dei tavoli del pub era occupata da persone, nonostante l'ora mattutina, tutti che parlavano e ridevano tranquillamente. Tutti si zittirono e fissarono i nuovi arrivati in piedi nell'ingresso, silenziosi e diffidenti. Distogliendo rapidamente lo sguardo dai loro occhi, Sophie fissò il corridoio vuoto davanti a lei, poi a destra. Il corridoio portava verso il retro dell'edificio, con un set ornato di scale che si alzava lungo la parete destra. C'era una porta sulla destra a pochi metri prima della base delle scale.

«Benvenuti al Clan Cú Faoil», tuonò una voce dalla cima delle scale. Alzando lo sguardo, Sophie individuò un uomo minuto che si appoggiava alla ringhiera vestito con pantaloni stirati, un gilet ben aderente, e una camicia abbottonata con i polsini ordinatamente arrotolati ai gomiti. Nonostante la sua postura noncurante, Sophie ebbe la sensazione che si stesse mettendo in posa lì per effetto drammatico.

Improvvisamente, un grosso cane peloso cercò di saltare oltre l'uomo verso il gruppo di Sophie in fondo alle scale. Il piccolo uomo dalla voce potente afferrò il cane a mezz'aria e lo lanciò con nonchalance lungo il corridoio dietro di lui, senza nemmeno voltarsi indietro. Un «bau» soffocato e il grattare di artigli sul legno fu l'unico segno rimasto del cane in ritirata. La bocca di Sophie si spalancò per lo shock nel vedere un uomo che a malapena le sarebbe arrivato al mento lanciare con nonchalance un cane grande quasi quanto un cavallo in miniatura.

Rivolgendosi a Sophie, Mac ridacchiò alla sua sorpresa a bocca aperta. «I Cavalieri del Ramo Rosso sono mutaforma levrieri irlandesi».

«Come cani? Sono cani mutaforma?» sussurrò freneticamente Sophie. Mac non rispose, le fece solo un sorriso enorme in risposta.

Avanzando verso il piede delle scale, Mac alzò la mano in saluto, lasciando dietro una Sophie paralizzata. «Fergal, questi sono i miei amici di cui ti ho chiamato».

«Mac, volpe furba». L'uomo sorrise, chiaramente compiaciuto del suo gioco di parole da papà, e scese le scale, tirandolo in un breve abbraccio con pacche sulla schiena. Aveva capelli ricci castani tagliati corti con una frangia smussata che ricordava a Sophie una statua romana antica che aveva visto una volta in un libro. «Non mi avevi detto che mi avresti portato due bellezze incomparabili sulla soglia».

«Ahah, volpe furba», disse Mac in tono piatto. «Non l'avevo mai sentita prima».

«E chi sono queste adorabili signore?» chiese l'uomo a Mac, rivolgendosi verso Birdie.

«Fergal O'Dwyer, ti presento Birdie Gafferty e Sophie Feegle. Grazie per aver offerto loro rifugio con così poco preavviso».

Sophie studiò il capo clan mentre si chinava galantemente sulla mano di Birdie, posando un bacio sulle sue nocche nodose. Birdie ridacchiò per l'attenzione. Occhi verdi muschiosi si alzarono verso Sophie, cogliendola nell'atto di osservarlo.

Tendendo la mano in saluto, Sophie dichiarò: «È un piacere conoscerti, Fergal. Grazie per averci accolte».

«È un piacere anche per me conoscerti, Sophie. Mac qui mi

dice che ti sei cacciata in un bel pasticcio. Uno stalker omicida, eh?» chiese Fergal, rivolgendosi di nuovo a Mac per conferma.

«E ha bisogno di protezione anche dal branco del Sunset District. Alphonse ha fatto alcune minacce contro di lei», ricordò Mac a Fergal. «Spero che qualcuno del tuo clan sarebbe anche disposto a darle lezioni di autodifesa».

«Oh mio, Sophie, non sei forse stata un'ape operosa! Ho proprio la persona giusta per mettere Sophie in forma da combattimento. Andiamo al bar al secondo piano. Quello ha una cucina annessa. Farò preparare del cibo a mia moglie, e racconti al vecchio Fergal qui cosa sta succedendo».

«Avete più di un bar qui?» chiese Sophie, gettando un'occhiata al pub alla sua sinistra. Tutti i clienti stavano guardando attentamente ovunque tranne che verso di lei.

«Sì, abbiamo modellato questa sala su quella di Mission Street che è bruciata nel 2007. Era un punto d'orgoglio che la sala originale avesse un bar su ogni piano», disse Fergal mentre li prese entrambi sottobraccio e li condusse su per l'ampia scalinata con Mac che li seguiva.

«Questo posto ha quattro piani. Avete davvero quattro bar qui?»

«Naturalmente. È tradizione!»

Il tuono di piedi dall'alto, combinato con strilli infantili di gioia, fece scattare la testa di Sophie in su dalla sua ammirazione del palo di ringhiera di legno antico in fondo alle scale. Fergal tirò Birdie e Sophie contro la ringhiera mentre un gruppo di bambini inframmezzato da un paio di cuccioli di levriero irlandese arrivò tuonando giù per le scale.

«Oi! Voi tutti! Attenti; abbiamo ospiti qui. Volete che pensino che non abbiamo educazione?» urlò Fergal dietro al branco di bambini.

L'ultimo bambino del gruppo, e il più piccolo, si fermò e si girò verso Fergal. «Scusa, zio Ferg!» cinguettò la bambina prima di correre dietro agli altri bambini mentre si ammassavano fuori da una porta alla fine del corridoio. La luce del sole illuminò il corridoio per un momento mentre la porta si sbatté dietro al gruppo. Sophie ebbe una breve impressione di un grande parco giochi all'aperto e di una vegetazione rigogliosa.

«Scusa, alpha! I piccoli demonietti mi sono scappati», gridò una donna mentre correva giù per le scale passando oltre loro e fuori dalla porta sul retro dietro ai suoi fuggiaschi.

«Bambini, vero?» ridacchiò Fergal mentre conduceva il gruppo su per il resto delle scale.

Il secondo piano aveva una disposizione simile al primo, con un altro bar sulla sinistra. Questo bar era leggermente più piccolo di quello al primo piano ma era più affollato. Quasi ogni tavolo era pieno di persone che mangiavano e ridevano.

Quando entrarono, tutti alzarono lo sguardo dai loro piatti, si fecero silenziosi, scrutando con diffidenza i nuovi arrivati.

«Fate posto. Abbiamo ospiti», gridò Fergal. Indicò un gruppo di uomini riuniti intorno a un tavolo vicino al lungo bancone in stile pub. Agitò la mano con un gesto di scacciare. Gli occupanti afferrarono rapidamente i loro piatti e bevande e si dispersero come lanugine di tarassaco ai pochi sgabelli vuoti lungo il bancone del bar.

Fergal tirò fuori una sedia per Birdie, poi cercò di fare lo stesso per Sophie, ma Mac lo fermò con un gesto. Una volta che tutti furono seduti, Fergal fischiò una nota forte e acuta.

Subito, una donna arrivò calpestando attraverso la stanza; la bocca atteggiata in una smorfia infastidita. I suoi capelli neri all'altezza delle spalle ondeggiavano avanti e indietro attraverso le spalle, rimbalzando con i suoi passi. Indossava pantaloni neri e una camicia nera, sopra cui portava un grembiule verde scuro. La donna si diresse dritta verso Fergal, che aveva la schiena girata. Lo colpì sulla testa con un piccolo taccuino.

«Non fischiare per me, cane rognoso», lo rimproverò la donna con un forte accento irlandese mentre Fergal si strofinava la parte superiore della testa, facendo una faccia pietosa.

«Riona, amore mio, stavo solo cercando di—» iniziò Fergal, ma uno sguardo tagliente da Riona fece morire le parole sulle labbra di Fergal.

«Questo qui pensa di essere divertente», disse Riona agli altri occupanti del tavolo, annuendo verso suo marito.

«Hai detto che ti sei innamorata di me perché ti facevo ridere». Fergal si fermò, e Sophie vide un bagliore malizioso entrare nei suoi occhi. «Quello, e la dimensione—»

«Se finisci quella frase, stanotte dormi sul divano», interruppe Riona, la sua voce severa. Ma un leggero sorriso tirava le sue labbra. Fergal le fece un sorriso sfrontato.

«Cosa vorreste per colazione? Raccomando la full Irish, la colazione irlandese completa», disse Fergal al tavolo.

«Ehm... cosa sarebbe?» chiese Sophie.

«Non hai mai mangiato una colazione irlandese completa?» chiese Fergal, sbalordito. «Bene, ti sei persa qualcosa. Riona, saresti così gentile da portare a tutti al tavolo una full Irish?»

«Naturalmente, sarà pronta in pochi minuti. Caffè per tutti?» chiese Riona.

Tutti annuirono. Riona si girò per andarsene, ma Fergal le afferrò la manica e la tirò indietro. Quando la tirò giù per un bacio, Sophie iniziò a distogliere lo sguardo, ma i suoi occhi si fermarono sulle loro mani intrecciate. Entrambi portavano anelli claddagh abbinati — fedi d'argento tradizionali irlandesi, ciascuna con due piccole mani che stringevano un cuore sotto una corona. La fascia di Fergal era più pesante, di design più maschile rispetto all'anello delicato di Riona.

Con un bacio finale schioccante, Riona si staccò dal grembo di Fergal. Mentre iniziava ad allontanarsi, Fergal la fermò di nuovo. «Sai cosa? Portami anche una full Irish!»

«Hai già fatto colazione», disse Riona con un cipiglio.

«Sto morendo di fame. Giuro che abbiamo un folletto mangia-porzioni invisibile nell'edificio», rispose Fergal, strofinandosi lo stomaco piatto, facendo scuotere la testa a Riona e sbuffare, con un'espressione affettuosa sul viso.

«Va bene, ma non venire a lamentarti con me dopo quando avrai mal di pancia».

«Cos'è un folletto mangia-porzioni invisibile?» chiese Birdie dopo che Riona si diresse verso un altro tavolo.

«È una fata invisibile che si siede accanto alla sua vittima e mangia metà del loro cibo», spiegò Fergal.

Mentre Riona scompariva attraverso una porta a battente appena oltre il bar, Sophie sentì una fitta di invidia. O forse era speranza. Riona e Fergal erano così ovviamente e ridicolmente innamorati l'uno dell'altra eppure tranquilli e a loro agio. Sembravano fatti l'uno per l'altra. Come se fossero destinati ad essere.

Sophie gettò un'occhiata a Mac e scoprì che la stava guardando.

L'arrivo di Riona con tazze di caffè fumante ruppe l'incantesimo tra Sophie e Mac. Sophie prese la tazza e se la portò al naso per un lungo respiro. Il ricco profumo del caffè sembrò penetrare nelle sue ossa.

Mentre sorseggiava, Sophie guardò fuori da alcune finestre alla sua sinistra che si affacciavano verso il Golden Gate Park. Anche con Fulton Street tra l'edificio e il parco, la vista era adorabile. La vegetazione scolpita eppure selvaggia del parco riempiva la finestra. Tutto sembrava confortevole e rilassato qui. I bambini occasionalmente passavano come un branco davanti al bar, ridendo in forma umana o con le unghie dei levrieri che grattavano sul pavimento e l'occasionale abbaiata. Con risate e chiacchiere che fluttuavano sopra la sua testa, i profumi di uova e caffè nell'aria, Sophie finalmente sentì parte della tensione nelle sue spalle iniziare a sciogliersi.

«È bello, vero? È la mia vista preferita nella casa del clan», disse Fergal, notando dove si concentrava l'attenzione di Sophie.

«È adorabile. La posizione della vostra casa del clan è fantastica», rispose Sophie.

«Sì, essere così vicini al parco è perfetto. Possiamo lasciare correre i nostri levrieri nella natura senza dover viaggiare lontano. Dobbiamo solo tenerci al dopo il tramonto per non spaventare la gente del posto. Ci è voluto un'eternità per comprare tutto questo isolato».

«Possedete tutto l'isolato?»

Alla faccia stupita di Sophie, Fergal spiegò: «Abbiamo comprato tutte le case e gli edifici su tutta questa strada e quella dietro. In questo modo, abbiamo potuto aprire i cortili tra gli edifici. Dà a tutti, specialmente ai piccoli, uno spazio aperto condiviso per trasformarsi e correre senza dover preoccuparsi che qualche umano ci veda».

Tutto quello che Sophie riusciva a pensare era: *In questo mercato immobiliare?*

Proprio mentre Sophie stava per fare la domanda impertinente di quanto fosse costato tutto, Riona e un'altra donna arrivarono con il pasto. La bocca di Sophie si spalancò quando Riona depositò un piatto di cibo davanti a ogni persona al tavolo. C'era più cibo nel piatto di quanto Sophie mangiasse tipicamente in un'intera giornata, specialmente durante il periodo buio in cui era stata precedentemente disoccupata.

«Una colazione irlandese completa», annunciò Fergal con orgoglio. Con una forchetta, indicò ogni elemento nel piatto. C'erano toast, pomodori fritti, fagioli, due uova fritte, funghi, pancetta, salsicce e sanguinaccio. Era una quantità stupefacente di cibo.

Sophie non aveva mai sentito di nessuno che mangiava fagioli per colazione prima, ma tutto profumava deliziosamente. Tutti gli elementi del piatto erano familiari, tranne il sanguinaccio, che sembravano dischi da hockey neri punteggiati di macchie bianche.

«Cos'è il sanguinaccio?» chiese Sophie. Guardandosi intorno

al tavolo, sembrava che tutti gli altri sapessero qualcosa che lei non sapeva. I sorrisetti sui volti di Birdie e Mac non lasciavano presagire nulla di buono.

«È sanguinaccio: una ricetta di mia nonna, fatto con sangue di maiale, grasso di rognone, avena e orzo. Provalo, ti piacerà».

Oh no, fu tutto quello che Sophie riuscì a pensare. Fergal ne infilzò uno con la sua forchetta dal suo piatto e se lo gettò in bocca con gusto. Ricordò a Sophie il cane di un vecchio vicino che mangiava i wurstel interi senza masticare, afferrandoli al volo quando gli venivano lanciati. Sophie sentiva la mancanza di quel vecchio pastore tedesco.

Sophie tagliò un piccolo pezzo del sanguinaccio e ne prese un morso timoroso. Non appena atterrò sulla sua lingua, Sophie capì che il sanguinaccio non faceva per lei. Masticando il più velocemente possibile, Sophie ingoiò il suo morso e lo inseguì con un grande sorso di caffè. Sophie fu sorpresa che fosse sbricioloso. Si era aspettata che fosse grasso, o forse gelatinoso – come la consistenza del sangue coagulato. La consistenza molle ma granulosa era completamente rivoltante per Sophie, con uno strano retrogusto piccante che aveva sfumature ramose.

«Buono, vero?»

«È, ehm, fantastico. Quello stendardo», disse Sophie, indicando lo stemma sopra il camino, cercando di distrarre Fergal dai suoi pensieri onesti sul sanguinaccio. «Sono levrieri irlandesi quelli accanto allo scudo?»

Quando Fergal si girò sulla sua sedia per guardare lo stendardo, Sophie colse l'opportunità di mettere di nascosto i suoi sanguinacci nel piatto di Mac. Mac alzò lo sguardo dalla sua devozione al pasto con un sorriso prendente verso Sophie prima di tornare la sua attenzione concentrata a demolire la sua colazione.

«Sì, quello è lo stemma del Clan Cú Faoil. I Tuatha Dé Danann crearono il levriero irlandese originale come cane da guerra. Erano famosi per essere in grado di tirare un uomo proprio giù dal suo cavallo nel calore della battaglia. Tuttavia, erano per lo più usati per la caccia e la protezione contro i lupi».

«Ci sono lupi in Irlanda?»

«Non più», rispose Fergal con un sorriso feroce che era un po' troppo tagliente per il comfort di Sophie, causando un brivido che le corse su per la spina dorsale. «Ma quelli non sono solo normali levrieri irlandesi. Quelli sono mutaforma levrieri. La dea Danu stessa creò i miei antenati per proteggere l'Irlanda. Il mutaforma sulla sinistra è il Levriero di Cúchulainn. Era un giovane guerriero che uccise il levriero preferito del Re Conchobhar. Si sentì così male che si offrì di prendere il suo posto fino a quando non si potesse trovare un nuovo cane. Ci sono molte leggende e storie raccontate in Irlanda su Cúchulainn ancora oggi. Quello sulla destra è Failinis. Posso tracciare le mie radici familiari proprio fino al grande Failinis».

Sophie sapeva già che si sarebbe pentita di chiedere ma non riuscì a trattenersi. «Chi è Failinis?»

«Failinis era il grande levriero da guerra che servì Lugh Lámhfhada dei Tuatha Dé Danann stesso. Fu strumentale nell'aiutare i Tuatha Dé Danann a spingere i Fomoriani fuori dall'Irlanda. Era invincibile in battaglia – catturava ogni bestia selvaggia che incontrava, e poteva magicamente trasformare qualsiasi acqua corrente in cui si bagnava in vino. Si diceva che Failinis fosse così impressionante che tutte le bestie selvagge del mondo si sarebbero inchinate davanti a lui, ed era più splendido del sole nelle sue ruote infuocate».

Sophie inghiottì il suo sbuffo di divertimento mentre guardava la bocca di Riona muoversi insieme a suo marito mentre passava portando più piatti di cibo.

All'espressione sul viso di Sophie, Fergal spiegò: «È una citazione da *Oidiheadh Chloinne Tuireann*. Sono riuscito ad acquisire uno dei manoscritti di recente. Ha quasi 300 anni. È così antico che devi conservarlo in una struttura speciale».

«Aspetta». Sophie fermò Fergal, che sembrava prepararsi per

un monologo. «Trasformava l'acqua del bagno in vino. E la gente beveva il vino dell'acqua sporca del bagno del tuo bisnonno?»

«Sarebbe stato un onore bere il vino creato dal grande Failinis», ribatté Fergal con indignazione.

Sophie annuì saggiamente, decidendo di non sfidare Fergal sulla qualità del vino di cane bagnato.

Mentre Fergal continuava a raccontarle storie delle grandi avventure di Failinis, Sophie rivolse la sua attenzione al piatto di cibo davanti a lei. Fortunatamente, il resto della colazione era delizioso e ci si tuffò dentro con gusto. Inizialmente, l'idea dei fagioli per colazione sembrava strana, ma stavano rapidamente crescendo su di lei. Mentre Sophie stava intingendo il suo toast nei fagioli e portandoseli alla bocca, Fergal gridò: «Conor. Liam. Patrick Junior. Venite qui».

Tre giovani uomini a un tavolo dall'altra parte della stanza si staccarono dalle loro sedie e corsero al fianco di Fergal.

«Ragazzi, questa è Sophie Feegle. La proteggerete ogni volta che lascia la casa del clan. La sua sicurezza è la vostra priorità assoluta. Capito?»

«Sì, signore», coreggirono i tre ragazzi, praticamente salutando e vibrando sull'attenti.

«Darò i vostri incarichi usuali ad alcuni degli altri, quindi non preoccupatevi di quello. Sarete a completa disposizione di Sophie. Farete onore al vostro clan», ordinò Fergal, il suo tono che non ammetteva discussioni. «Sophie, a che ora devi uscire da qui stasera per il lavoro?»

Sophie disse loro quando doveva partire per il lavoro, e Fergal congedò il terzetto.

Dopo che i ragazzi furono fuori portata d'orecchio, Sophie si girò verso Fergal. «Sono adolescenti», argomentò, cercando di mantenere la voce bassa e calma.

«Sono maggiorenni. Quei ragazzi sono tra i miei migliori. Sono già stati messi alla prova in battaglia. Non potresti essere in mani più sicure, lo giuro. Ti porteranno al lavoro e ti riporteranno ogni giorno, e se devi andare da qualche parte, saranno disponibili per accompagnarti».

«Messi alla prova in battaglia? Sono bambini. Non voglio che nessun bambino venga messo in pericolo a causa mia. È una pessima idea».

«Sono tutti futuri alpha e sono desiderosi di dimostrare se stessi. Non potresti essere in mani migliori». Fergal si rivolse a Birdie, stringendole la mano e facendole un sorriso caloroso. «Non ho ancora fatto selezionare nessuno per proteggerti, quindi fammi sapere se hai bisogno di andare da qualche parte».

«Non ho piani, quindi non preoccuparti di trovarmi una guardia del corpo. Tuttavia, se potessi usare un telefono, devo chiamare il mio fidanzato e dirgli che ho dovuto lasciare la città per un'emergenza. Si preoccuperebbe altrimenti».

«Naturalmente. Riona vi mostrerà entrambe le vostre stanze quando avrete finito di mangiare. Può anche procurarvi un telefono. Ho doveri di cui occuparmi, ma per favore rimanete e godetevi la vostra colazione. È stato adorabile conoscervi entrambe». Fergal si alzò, pulendosi le mani su un tovagliolo prima di gridare a sua moglie che il cibo era eccellente come sempre. Se ne andò a grandi passi prima che Sophie potesse formulare un'altra controareomentazione.

Si girò verso Mac incredula. «Non puoi pensare seriamente che sia una buona idea».

«Sono mutaforma levrieri», rispose con una spallucciata come se fosse tutto quello che doveva essere detto. «Sono tosti, leali fino alla morte, e letali in combattimento».

Sophie sbuffò rassegnata. Doveva solo assicurarsi che nessuno si facesse male a causa sua, specialmente adolescenti troppo entusiasti. Stava infilzando un fungo con la forchetta e stava per portarselo alle labbra, ma si rese conto di essere troppo sazia per prendere un altro morso. Guardando giù al suo piatto, aveva a malapena finito un terzo del suo cibo. Gettando un'occhiata a Mac, la sua bocca si spalancò mentre lo guardava pulire gli ultimi avanzi sul suo piatto con un pezzo di toast. Senza parole, fece scivolare il suo cibo non finito a Mac, che, con un sorriso grato, tirò il suo piatto sopra quello vuoto e ci si tuffò dentro.

Mac finì il suo secondo piatto quasi altrettanto in fretta quanto il primo.

«Come fai a non essere grasso?» chiese Sophie.

«Metabolismo da mutaforma», rispose Mac con una spallucciata. «Trasformarsi brucia un sacco di calorie».

«Fortunato», si lamentò Birdie, facendo annuire Sophie in accordo.

Con un ultimo sorso del suo caffè, Mac disse che doveva andare in ufficio e vedere se Larry aveva scoperto ulteriori indizi. Promise di chiamare se avesse trovato nuove piste. Sophie si alzò con Mac, non volendo che se ne andasse. Anche se tutti nella casa del clan erano stati accoglienti, si sentiva un po' come una straniera in terra straniera. Doveva aver riconosciuto qualcosa sul viso di Sophie perché la tirò in un abbraccio stretto.

«Andrà tutto bene», promise. Sophie trovò conforto nelle parole sussurrate rozzamente. «Cattureremo Biancaneve, e ti riporteremo a Castagnaccia in un attimo. Lo prometto. Lo risolveremo».

«Lo so. Odio solo che sia là fuori libera. Non vedo l'ora che marcisca dietro le sbarre». Mac si tirò indietro e diede a Sophie un bacio che fece applaudire Birdie, cosa che tutti nella stanza ripresero. Sophie poteva sentire un rossore scaldarle le guance.

«Non voglio lasciarti qui, ma devo andare. Chiamami se hai bisogno di me, non importa l'ora».

«Lo farò», promise Sophie.

Mac diede a Sophie un bacio finale e si girò per andarsene. Birdie si schiarì la gola rumorosamente. Quando Mac la guardò, indicò la sua guancia con enfasi.

«Buona giornata, Birdie. Tieni d'occhio Sophie per me, vorresti?» chiese Mac, chinandosi per posare un bacio casto sulla guancia di Birdie.

Dopo che Mac se ne andò, Riona si fermò per controllare se erano pronte a vedere le loro stanze. Le condusse su per un'altra serie di scale al terzo piano, spiegando che qualcuno aveva già portato le loro borse per loro. La seguirono mentre le portava alla fine del lungo corridoio, oltre diverse porte chiuse. Il corridoio finiva con una grande bow window che si affacciava sullo spazio aperto dietro la casa del clan. Questo piano della casa era silenzioso, il rumore e le chiacchiere degli occupanti della casa attutiti e lontani.

«Ecco qui, le vostre stanze sono una di fronte all'altra», disse Riona, aprendo entrambe le porte. «Fatemi sapere se avete bisogno di qualcosa. Sarò in cucina per la maggior parte della giornata. Dovreste riuscire a trovarmi lì, o se non ci sono, qualcuno saprà dove sono».

Gettando un'occhiata dentro, Sophie vide un letto con una trapunta colorata, un comodino con una lampada, e il bordo di una cassettiera. La stanza aveva un calore e una personalizzazione, ma era ancora chiaramente una stanza riservata agli ospiti.

Sophie e Birdie ringraziarono Riona per la sua ospitalità. Con un ultimo promemoria di trovarla se avessero avuto bisogno di qualcosa, Riona si affrettò lungo il corridoio, scomparendo giù per l'ampia scalinata.

«Devo chiamare Milton. Ci vediamo tra un po'?» disse Birdie, pronta a rimanere se Sophie avesse avuto bisogno di lei.

«Naturalmente. Salutamelo. Penso che proverò a riposarmi un po'», rispose Sophie, guardando Birdie entrare nella sua stanza.

Entrando nella sua stanza, Sophie individuò la sua borsa che la aspettava sulla cassettiera. Guardando alla sua destra, c'era un dipinto di colline verdi ondulate che cadevano improvvisamente in scogliere grigie. In fondo alle scogliere, un mare scuro ribolliva e si agitava. Era bellissimo ma riempì Sophie di malinconia. C'era un senso di perdita nel dipinto. Suppose che fosse un dipinto della costa irlandese. Sophie passò una mano lungo la trapunta a motivi verdi e bianchi andando a guardare fuori dalla grande finestra sul lato opposto della stanza, che si affacciava sul cortile.

Fermandosi davanti alla finestra, Sophie finalmente riuscì a vedere l'estensione dello spazio aperto sul retro di cui Fergal aveva parlato con orgoglio. La casa del clan era a un'estremità del lungo rettangolo di spazio, dando a Sophie una vista completa dell'intera area. Sotto, c'erano tavoli e sedie con ombrelloni e un braciere non acceso. Oltre c'era un parco giochi, seguito da giardini che si trasformavano in un'area boschiva. Persone e levrieri si muovevano nell'area, alcuni che correvano qua e là e alcuni che si rilassavano.

Un leggero bussare alla porta fece spostare l'attenzione di Sophie dalla scena sotto. Disse a chiunque fosse all'ingresso di entrare.

«Sono io», gridò Birdie mentre apriva la porta ed entrava nella stanza. Venne e si unì a Sophie, guardando l'attività frenetica sotto.

«Questo posto è interessante. La gente sembra simpatica. Molte famiglie», commentò Birdie, indicando due donne che spingevano bambini sulle altalene.

«Sì, è bello. Sei riuscita a parlare con Milton?» Quando Birdie annuì, Sophie chiese: «È andata bene la chiamata? Ha creduto alla tua storia?»

«Oh sì, non c'è problema. Gli ho detto che mi stavi portando giù a Fresno per vedere una nipote malata».

«Odio che tu abbia dovuto mentire per colpa mia. Mi dispiace averti coinvolta in tutto questo».

«Io no», ribatté Birdie. «Non mi hai trascinata in niente. Sono qui di mia spontanea volontà, e sono felice di essere qui con te. È divertente».

«Divertente? Sei pazza? Non è divertente. Ti ho messa in pericolo».

«No, non l'hai fatto. Mac sta solo essendo prudente. Non sono in pericolo. Sembra che tu sia quella in vero pericolo. E sono contenta di essere qui per guardarti le spalle. Inoltre, considero questa un'avventura. E sai che il mio secondo nome è Avventura».

«Il tuo secondo nome è Roberta», sbuffò Sophie.

Birdie agitò via l'affermazione di Sophie con aria. «Qualsiasi cosa. In ogni caso, sono contenta di essere qui».

«Anch'io sono contenta che tu sia qui», ammise Sophie.

«Stavo per trovare una TV e guardare i miei programmi. Vuoi venire con me?» chiese Birdie.

«Normalmente, direi di sì. Ma è stata una lunga notte, e sono esausta. Proverò a dormire un po'».

«Se sei sicura», rispose Birdie lentamente.

«Sono sicura, Birdie. Goditi i tuoi programmi».

Birdie diede a Sophie un lungo sguardo riflessivo prima di stringerle il braccio con una mano ossuta e andarsene. La porta si chiuse dolcemente dietro di lei mentre Sophie si girò di nuovo verso la finestra per guardare la gente che marciava avanti e indietro sotto. Sembravano tutti così felici e spensierati. Non dubitavano di se stessi. Non erano spaventati.

Sophie fissò l'attività sotto, sentendosi distante e fuori posto. Odiava questa sensazione. Era stufa di sentirsi spaventata e insicura. La marea degli eventi recenti l'aveva sbattuta qua e là, gettandola a riva solo per ritrascinarla via ogni volta che pensava di essersi ripresa. La paura aveva messo radici e stava segretamente fermentando nella sua pancia.

Non era da lei. Non era timida. Non era una che si preoccupava. La gente non prendeva decisioni al posto suo. Non era mai insicura e spaventata. Non lasciava che la gente la intimidisse. Sophie prendeva a calci nei denti quel tipo di persone. Come aveva lasciato che si arrendesse al dubbio e alla paura?

L'incertezza doveva finire. Ora. Si rifiutava di vivere sotto l'ombra della paura costante.

«Basta così», annunciò Sophie. Non si sarebbe più tormentata le mani. Non era chi era, e non avrebbe lasciato che stronzi come

Alphonse e Biancaneve la cambiassero. Stava permettendo loro di arrivare a lei e farla dubitare di se stessa. «Mai più», giurò.

Decise che non poteva ignorare il pericolo nella sua vita, ma non avrebbe lasciato che la governasse. Poteva riconoscere la paura e la paranoia, poi andare oltre. Sophie poteva sentire di liberarsi del peso invisibile. Le sue spalle si raddrizzarono con la sua risoluzione.

Voltandosi dalla finestra, decise che fare una doccia bollente e poi riposarsi probabilmente l'avrebbe aiutata di più.

Dopo aver strofinato vigorosamente via la notte, scivolò sotto le lenzuola fresche e pulite con un sospiro soddisfatto. Nonostante la lunga doccia, la pancia piena, e l'esaurimento che pesava su di lei, ci volle molto tempo a Sophie per soccombere finalmente al sonno.

CAPITOLO 16

Sophie si svegliò sentendosi rinvigorita. Gettando uno sguardo fuori dalla finestra, indovinò che fosse l'inizio della sera. Una sfumatura rosata del sole al tramonto colorava di rosa gli edifici fuori dalla sua finestra. Allungandosi verso il comodino, Sophie afferrò il telefono. Dopo aver controllato e non aver trovato messaggi, compose rapidamente il numero di Mac.

«Ehi, Soph, tutto bene?» chiese Mac, con la voce bassa e rauca, come se stesse per trasformarsi e fare a pezzi chiunque avesse osato minacciarla. L'idea fece sentire Sophie divertita. Sophie si accoccolò nel cuscino, il telefono premuto all'orecchio e un sorriso sul viso.

«Tutto bene. Mi sono appena svegliata e volevo sentire come va. Novità?»

«Non proprio. Delle impronte digitali che Larry ha trovato nel tuo appartamento, quasi tutte risultano essere tue. Ce ne sono alcune che non ti appartengono, ma non corrispondono a nulla nel database. Vedremo se salta fuori qualcosa, ma non sono molto ottimista. Biancaneve sembra troppo attenta per commettere un errore semplice del genere.»

«Probabilmente hai ragione» concordò Sophie.

«Però scivolerà e verrà presa presto. Ne sono sicuro.»

«Come puoi esserne così sicuro?»

«Perché sono dannatamente bravo nel mio lavoro» ringhiò Mac, la voce profonda e fumosa.

Sophie inghiottì una risatina; Mac non correva alcun pericolo di cadere vittima di falsa modestia.

Alzandosi dal letto, Sophie si avvicinò alla finestra. Lo spazio condiviso sul retro era ancora pieno di gente anche mentre la sera si trasformava in crepuscolo. Guardò mentre un cucciolo di levriero irlandese passava di corsa sotto la sua finestra. Il cucciolo era tutto zampe lunghe, sproporzionate rispetto al corpo. Con un guaito acuto, il cucciolo si trasformò in un bambino nudo che venne poi raccolto da una donna che Sophie suppose fosse la madre.

«Se ci sono mutaforma di levriero irlandese, significa che ci sono mutaforma chihuahua? O pomerania?»

«Non per quanto ne sappia» rispose Mac con una risatina.

«Qual è il tipo di mutaforma più folle o bizzarro che conosci?»

«Hmm. Beh, vediamo. Ho incontrato alcuni tassi del miele. Ti piacerebbero. Erano pazzi, disposti a combattere con chiunque, e avrebbero mangiato praticamente qualsiasi cosa. Ma il mutaforma più strano di cui abbia mai sentito parlare è il pangolino.»

«Un che?»

«Un pangolino. Assomigliano un po' a quello che succederebbe se un armadillo e una pigna avessero un bambino. Ho sentito dire che ci sono pochissimi mutaforma pangolino rimasti al mondo. Personalmente non ne ho mai incontrato uno. Ma quello è probabilmente il tipo di mutaforma più strano che conosca.»

«Mi piacerebbe vederlo» disse Sophie sognante.

«Forse potremo un giorno. Dobbiamo solo superare prima questa situazione» mormorò Mac.

«Stavo per vestirmi e uscire a mangiare qualcosa. Finisci presto di lavorare? Vuoi unirti a me per cena?»

«Vorrei poterlo fare, ma ho un sacco di lavoro da finire qui. Ho intenzione di mostrare una foto di Alphonse e alcuni dei membri principali del suo branco, incluso il defunto Zachary Dupree, e vedere se qualcuno dei vicini di Derek Gibson li riconosce. Ma forse possiamo coordinare la tua pausa pranzo al lavoro stasera.»

Sophie si ricordava vividamente di Zachary Dupree – non avrebbe dimenticato presto di averlo visto supplicare di risparmiare la vita della sua ragazza umana. L'altro nome le era familiare, ma Sophie non riusciva a ricordare chi fosse.

«Derek Gibson – chi è?»

«Quel tizio del governo ucciso da un branco di lupi, ricordi?»

«Oh cavolo. Come ho potuto dimenticarlo?»

Reggie l'aveva avvertita che alla fine Sophie avrebbe visto così tanti cadaveri che sarebbe diventata insensibile ad essi. Che i volti avrebbero iniziato a confondersi e ad essere facilmente dimenticati. Sophie aveva scosso la testa in silenzioso diniego. Le sue visioni di morte le assicuravano che non sarebbe mai diventata insensibile alla morte delle vittime, soprattutto a quelle violente. Inoltre, non aveva dimenticato Derek Gibson. L'immagine del suo corpo accasciato sul suolo della foresta ai piedi dei lupi mentre si dissanguava lentamente era ancora fresca nella mente di Sophie. In un certo senso, si sentiva come se fosse stata lì accanto a lui. Il suo nome era qualcosa che Sophie aveva visto solo scritto su un pezzo di carta, ma la sua morte era qualcosa che aveva vissuto.

All'inizio, le morti nelle sue visioni erano state qualcosa che Sophie aveva guardato dal margine. Solo una spettatrice. Ma sempre di più, le aveva vissute come se fosse stata la vittima stessa. Era impossibile dimenticare o andare avanti rapidamente da quello. Era diventato sempre più difficile prendere le distanze da ogni morte.

Tuttavia, si rese conto che doveva trovare un modo per lasciare andare tutte le loro morti. Era diventato tutto troppo personale. Se Sophie avesse continuato a portare il peso di ogni omicidio, si sarebbe bruciata. Doveva smettere di investire tutto di sé nel suo lavoro e nel suo dono. Non significava che non le importasse – le importava, profondamente – semplicemente non poteva continuare a portare il dolore e la responsabilità della morte di ogni persona nel suo cuore. Il peso stava diventando eccessivo. Si sentiva come un salmone che nuotava continuamente controcorrente, con la pressione inesorabile che cercava di trascinarla sotto e farla affondare. Come avrebbe potuto prendere il distacco necessario vivendo tutte le loro paure e dolori, era un mistero.

«Beh, *è* successo molto ultimamente» la prese in giro Mac, tirando Sophie fuori dai suoi pensieri tetri.

«Davvero? Hmm. Non me n'ero accorta» rispose Sophie, portandosi una mano al mento in finta confusione. «Pensi che alcuni dei vicini di Gibson potrebbero aver visto qualcosa?»

«Sono ottimista. Se riesco a collegare alcune delle persone di Alphonse al rapimento, posso iniziare a fare domande scomode.»

Chiacchierarono per qualche altro minuto prima che Sophie promettesse di mandargli un messaggio una volta che fosse al sicuro dentro l'obitorio più tardi quella notte.

Dopo una doccia rinfrescante – ma solo lei sembra avere problemi con la pressione dell'acqua in questa città? – Sophie bussò alla porta di Birdie, volendo controllarla. Quando non arrivò risposta, Sophie decise di scendere al pub al piano di sotto per cena.

Scese le scale ed entrò nell'area ristorazione del pub. Riona si stava muovendo freneticamente tra i tavoli, portando piatti e bevande, muovendosi in una danza coordinata che parlava di anni di pratica. Dopo aver depositato il suo ultimo carico, Riona si avvicinò e fece cenno a Sophie verso un tavolo vuoto.

«Stavo cercando Birdie. L'hai vista?»

«Penso sia nella sala giochi. È proprio dall'altra parte del corridoio» rispose Riona, indicando attraverso l'ingresso ad arco del pub verso una porta chiusa dall'altro lato del corridoio.

Sophie la ringraziò e si diresse verso la sala giochi. Socchiudendo la porta, Sophie sbirciò dentro. C'erano diversi tavoli circolari con persone riunite intorno, ognuna che teneva carte da gioco in mano. Sophie individuò Birdie a un tavolo da gioco dall'altra parte della stanza. Aprire la porta fece entrare luce nella stanza buia, causando a tutti gli occupanti di alzare lo sguardo dai loro giochi.

«Sophie!» chiamò Birdie, facendo cenno a Sophie di avvicinarsi. Indicò una sedia vuota alla sua destra quando Sophie si avvicinò al tavolo. Mentre prendeva posto, Sophie diede occhiate furtive agli altri tre occupanti intorno al tavolo. Una era una donna con una soffice nuvola di capelli bianchi e una spessa collana di perle con un sorriso gentile. Gli altri due erano uomini più anziani che avrebbero potuto passare per fratelli. Entrambi indossavano berretti Kerry di tweed, maglioni a trecce in sfumature di marrone e oliva, e sorrisi storti identici.

Birdie li presentò come Colleen, Ethan e William, ognuno dei quali la salutò con un «Come va?» Sophie si sentì in dovere di rispondere a ciascuno con un «Non c'è male. E voi?»

Colleen iniziò a indicare ogni persona nella stanza, dando a Sophie il loro nome e informazioni rilevanti, come se fossero bari a carte o inclini al bluff. Sophie salutò ogni persona, dimenticando ogni nome quasi non appena Colleen finiva la presentazione.

A prima vista, Sophie pensò stessero giocando a poker, ma tenevano troppe carte per quello. Birdie spiegò che stavano giocando a bridge quando Sophie chiese. Guardò l'azione per qualche minuto, cercando di capire come funzionava il gioco. Birdie spiegò le regole mentre il gruppo al suo tavolo giocava.

«Quando hai finito la partita, vuoi unirti a me per cena?» chiese Sophie.

«Oh, ho già mangiato, Sophie. Tuttavia, sarei felice di sedermi con te mentre mangi.»

Sophie stava scuotendo la testa prima che Birdie completasse la sua offerta. «Assolutamente no. Resta qui con i tuoi amici. Goditi la serata.»

Dopo diversi minuti di rassicurazioni che stava bene a mangiare da sola, Sophie tornò al pub, salutando la stanza di vecchietti.

Prendendo posto a un tavolo vuoto, Sophie respirò profondamente i deliziosi aromi di cibo intorno a lei. Un momento dopo, una ragazza si avvicinò a Sophie chiedendo se volesse mangiare.

«Il cuoco ha preparato stufato di manzo e orzo oppure salsicce con colcannon – that's mashed potatoes with cabbage – per cena stasera.»

Ricordando il sanguinaccio, Sophie decise di attenersi al familiare e scelse lo stufato di manzo. La cameriera se ne andò appena per un minuto prima di tornare, portando una grande ciotola fumante con un pezzo di pane. Sophie ebbe l'impulso di strofinarsi le mani come un cattivo. Il primo boccone fece gemere Sophie. Al terzo boccone, aveva abbandonato ogni civiltà e stava infilando il cibo in bocca come un animale.

Quando qualcuno si sedette accanto a lei, Sophie tornò subito a mostrare buone maniere. Prima ancora di gettare uno sguardo, Sophie sapeva che era Fergal. Aveva una presenza che si percepiva ancora prima di vederlo.

Girandosi sulla sedia, Sophie diede a Fergal tutta la sua attenzione. «Buonasera, Fergal. Grazie per avermi accolto.»

«È un piacere. Felici di aiutare Mac e qualsiasi suo amico. Gli devo la vita, quindi dare una stanza a qualcuno è una cosa piccola» rispose Fergal. «Spero tu stia godendo il tuo soggiorno. La stanza è di tuo gradimento?»

«Tutto è fantastico» rispose Sophie con fervore. «Questo posto è incredibile. Adoro quello che avete fatto qui.»

«Sono d'accordo. Sono molto orgoglioso della sede del clan e del mio clan. Abbiamo lavorato sodo per creare un posto che sia sicuro per la mia gente. Non solo dove i wolfhound sono al sicuro, ma dove possono prosperare.»

Fergal fece cenno alla giovane donna mentre passava.

«Papà, mamma ha detto che non puoi avere altro stufato» la rimproverò la ragazza. Il tono di voce suonava esattamente come quello di Riona, facendo mordere le labbra a Sophie per trattenere una risata.

«Bene allora, prenderò della torta di mele. Sono il capoclan e posso mangiare torta quando voglio.»

«Va bene, ti prendo un pezzo. Ma lo dico alla mamma» avvertì la ragazza.

«Non ho paura di lei» ribatté Fergal, ma lo sbuffo della ragazza raccontava una storia diversa.

Rivolgendo l'attenzione di nuovo al suo pasto così Sophie poteva nascondere il suo divertimento, poteva sentire Fergal fissarla con lo sguardo acuto di un'aquila, o forse più appropriatamente, di un levriero. Infilando un cucchiaio di stufato in bocca, Sophie ricambiò il suo occhio severo.

Normalmente, se qualcuno la fissasse così, lo prenderebbe subito in giro. Gli direbbe di scattare una foto o gli farebbe un gesto poco educato. Tuttavia, qualcosa riguardo a Fergal la fece pausare. Sembrava rilassato e gioviale a prima vista, ma c'era qualcosa nei suoi occhi che faceva sapere a Sophie che Fergal era pericoloso. Stava scherzando e sorridendole, ma Sophie sapeva che nel momento in cui fosse diventata qualsiasi tipo di minaccia per Fergal o il suo branco, le avrebbe tagliato la gola senza esitare un attimo e non ci avrebbe perso neanche un minuto di sonno. Non era qualcuno con cui scherzare. Famiglia e clan venivano prima di tutto per Fergal, il resto del mondo veniva molto dopo. Sophie rispettava quello e capiva la sua posizione non detta, ma sapeva anche di essere parte di quel resto del mondo – anche se lei e Fergal alla fine fossero diventati amici.

La figlia di Fergal che depositava il pezzo di torta interruppe la loro gara di sguardi.

«Allora, dimmi. Come hai fatto a cacciarti nei guai con Alphonse?» chiese Fergal, infilzando un grosso boccone di torta in bocca. Girandosi, fece cenno con la mano per attirare l'attenzione di sua figlia, mimando la parola 'caffè' verso di lei.

«Non posso dirtelo. È parte di un'indagine in corso. Dovresti chiedere a Mac, lui ti può dire di più. Tuttavia, posso dirti che ha un problema con un umano che lavora nella divisione Mitici dell'ufficio del medico legale.»

Fergal brontolò alla sua risposta ma sembrò accettare la risposta. «Quello suona come l'Alphonse che conosco. Non ha mai incontrato un umano con cui non avesse un problema. Patrick Senior ha accettato di allenarti quindi ti renderemo preparata ad affrontare Alphonse quanto più possiamo preparare un umano. Inizierai domattina. Ho promesso a Mac che ci saremmo presi cura di te, e ce ne occuperemo noi. Ehi, Mac ti ha mai raccontato di come ci siamo incontrati?» chiese Fergal, un largo sorriso che gli spaccava il viso. Quando Sophie scosse la testa, Fergal si rilassò sulla sedia come se si stesse mettendo comodo.

«Quando mio padre era ancora l'alfa di questo clan, io ero il suo secondo in comando, mi allenavo e mi preparavo a prendere il suo posto. Mio zio, all'insaputa di mio cugino Eoghan, decise che suo figlio sarebbe stata la scelta superiore per guidare il clan invece di me. Eoghan non aveva zero desiderio di essere l'alfa, quindi non ho idea di come mio zio John sia arrivato a questa conclusione. John sapeva che Eoghan non poteva battermi in un combattimento di dominanza – anche se fosse riuscito in qualche modo a far sfidare Eoghan. Quindi questo dannato idiota assunse diversi mutaforma orso per assassinarmi. Mi saltarono addosso mentre uscivo dal mio pub preferito a tarda notte. Mi trascinarono dietro il bar e fecero del loro meglio per porre fine alla mia vita. Sicuramente mi avrebbero ucciso se Mac non fosse capitato a passare di lì di pattuglia e li avesse visti afferrarmi.

«Quando aveva parcheggiato la macchina e aveva raggiunto il retro del pub, avevo dovuto trasformarmi nella mia forma di wolfhound per difendermi. Nonostante ciò, stavo prendendo una bella batosta. A mia difesa, erano in quattro. Urlò e agitò la pistola e il distintivo, e i codardi scapparono. Stava controllandomi quando sentimmo le sirene della polizia che si avvicinava. Dovevamo entrambi andarcene prima che arrivassero degli umani. Non c'è un buon modo per spiegare i segni di artigli, se capisci cosa intendo. Ero troppo ferito per farcela da solo, e la mia forma da levriero irlandese era troppo pesante perché Mac mi portasse. Dovetti ritrasformarmi in umano, e Mac dovette portarmi fuori di lì. Nudo come un neonato e sanguinante come una fontana. Immagina solo il mio sedere nudo lì fuori per tutto il mondo da vedere mentre Mac mi portava stile pompiere e mi caricava nel retro della sua auto di pattuglia. È divertente da morire ora, e mi piace prenderlo in giro ogni volta che ne ho l'occasione, ma mi salvò la vita quella notte. Gli devo la vita e non penso riuscirò mai a ripagare il mio debito.»

L'immagine vivida che Fergal dipinse fece sorridere Sophie. Riusciva proprio a immaginare l'espressione scontrosa sul viso di Mac mentre aveva un uomo nudo appeso sulle spalle.

«Wow. È...» Sophie lasciò cadere il cucchiaio nello stufato. «Sono solo contenta che fosse lì per aiutarti.»

«Sono stato fortunato che capitasse di passare di lì. Non ho mai dimenticato il fatto che Mac affrontò quattro mutaforma orso per salvarmi la vita. Starò sempre attento a lui.»

Sophie colse il messaggio non detto. Se avesse mai fatto del male a Mac, avrebbe potuto ritrovarsi con un branco di wolfhound che le abbaiavano alle calcagna.

«Sono così contenta che abbia un buon amico come te che gli guarda le spalle. Mi piace sapere che non sono l'unica a preoccuparsi per lui.» *Ricambiato,* pensò Sophie, sbattendo le palpebre verso Fergal.

Riona che depositava una tazza di caffè fu una distrazione gradita.

«Stai dando del filo da torcere a questa ragazza, che è sotto la nostra protezione giurata?» chiese Riona, incrociando le braccia in un modo degno di una maestra d'asilo arrabbiata.

«No, stavo solo raccontando a Sophie la storia di come Mac e io siamo diventati amici» si difese Fergal. Si rivolse a Sophie mentre sua moglie scuoteva la testa verso di lui. «E, tra l'altro, sono così buon amico che ho persino pagato la lavanderia per la sua giacca di quella notte.»

«Avrebbe dovuto bruciarla» lo prese in giro Sophie, facendo ridere Riona a crepapelle.

«Mi piace» annunciò Riona, facendole un occhiolino complice.

«Ho superato l'esame?» chiese Sophie a Fergal dopo che Riona tornò in cucina.

Fergal le diede uno sguardo acuto e divertito. «Andrai bene.»

Questa me la sono cercata. Sophie alzò gli occhi al cielo verso se stessa.

CAPITOLO 17

Diverse ore dopo, Sophie si ritrovò stipata nel sedile posteriore di un'auto sportiva pienamente ammaccata e truccata. Sembrava il tipo di veicolo che aspirava a essere un'auto da corsa ma che in realtà veniva usato soprattutto per far ruggire il motore inutilmente ai semafori rossi. Era pressata gomito a gomito con una delle sue «guardie del corpo» – Patrick. Patrick sembrava uscito da una cartolina dell'Irlanda con i suoi capelli rosso fuoco e il viso coperto di lentiggini. Sui sedili anteriori c'erano Conor e Liam, fratelli così simili nell'aspetto e nell'età che Sophie non riusciva a distinguerli. Entrambi avevano capelli e occhi castano scuro abbinati al look leggermente sgangherato di ragazzi adolescenti nel mezzo di uno scatto di crescita.

I ragazzi non erano esattamente delle Guardie Pretoriane. Sophie sapeva bene di non dover aspettarsi guerrieri spartani, ma le sembravano comunque dei ragazzini. Non riusciva a prenderli sul serio come soldati. Avevano un vago odore di snack al formaggio e deodorante da supermercato. Avevano a malapena un po' di peluria sul mento. Guardandoli, Sophie si sentiva vecchia di mille anni. Non era poi molto più grande di loro, forse sei anni o giù di lì, ma tanto valeva fossero stati trenta. Doveva trovarsi un buon bastone robusto per poterlo agitare contro i ragazzini rumorosi come una vecchietta stizzita. Parlavano di videogiochi e personalità dei social media con nomi stupidi e mettevano musica che non aveva mai sentito così forte da farle pulsare le orecchie.

Ah, la giovinezza.

Finalmente, con grande sollievo di Sophie, si fermarono nel parcheggio dell'edificio del medico legale. Scendendo dall'auto in un coro di saluti, Sophie si toccò la tasca, controllando due volte il rassicurante rigonfiamento del taser nascosto lì dentro.

«Sophie, aspetta!» gridò Conor, o forse Liam. Voltandosi verso il veicolo, Sophie lo guardò mentre dondolava una piccola borsa frigo fuori dal finestrino dell'auto. «Miss Riona ti ha preparato un pranzo.»

Aprendo la borsa, Sophie vide un contenitore trasparente pieno di salsicce e purè di patate con una sorta di verdura verde mescolata dentro. «Per favore dille che la ringrazio», chiese Sophie, toccata dal gesto premuroso della moglie dell'alfa.

Attraversando le porte d'ingresso dell'edificio, Sophie si girò a guardare le sue guardie del corpo che sporgevano dai finestrini dell'auto, osservando per assicurarsi che entrasse al sicuro. Li salutò con la mano mentre entrava nell'ingresso.

Guardando verso il banco di reception, i suoi piedi si fermarono di colpo quando vide tutta la squadra degli Strani riunita in cerchio e che parlava animatamente. Anche la signorina Zhao era coinvolta.

«È qui!» esclamò Ace, scorgendo Sophie bloccata dentro le porte dell'ingresso.

«Oh, grazie a Dio stai bene», gridò Amira, saltellando verso Sophie e tirandola in un abbraccio.

Scioccata, Sophie batté goffamente la schiena di Amira perché non avrebbe mai immaginato Amira come una che abbraccia.

«Reggie ci ha raccontato tutto. Non posso credere che Biancaneve sia entrata nel tuo appartamento», continuò Amira, tirandosi indietro per guardare Sophie in faccia. «Stai bene?»

Sophie si schiarì la gola con imbarazzo. «Sto bene. Mac è riuscito a trovarmi una casa sicura, e mi ha procurato un paio di guardie del corpo per scortarmi da e verso il lavoro.» Sophie omise di proposito il fatto che i suoi guardaspalle non avevano ancora vent'anni e avevano ancora i brufoli.

«Sono solo contento che tu stia bene», disse Ace con voce roca, dandole una pacca sulla spalla prima di spostarsi in modo che Fitz potesse abbracciarla.

Sophie lanciò a Reggie uno sguardo grato quando suggerì a tutti che era ora di mettersi al lavoro.

«Signorina Feegle», chiamò la signorina Zhao, fermando Sophie mentre seguiva il gruppo verso la loro area di lavoro. Sophie tornò indietro dalla signorina Zhao, sentendosi un po' come una bambina indisciplinata chiamata davanti alla lavagna.

Prima che Sophie potesse chiedere cosa volesse la signorina Zhao, si alzò e prese le mani di Sophie nelle sue curate. «Sono contenta che il detective Volpes ti abbia procurato protezione e un posto sicuro dove stare. Tuttavia, sei benvenuta a rimanere con la mia nidiata di draghi se questo ti farebbe sentire più sicura. La mia famiglia sarebbe felice di vegliare su di te.»

«Oh wow. È molto generoso. Ti ringrazio tanto. Penso di stare bene dove sono, ma se iniziassi a sentirmi insicura, te lo farò sapere.»

«L'offerta è valida. Mi assicurerò che anche il detective Volpes lo sappia, in caso di emergenza.»

Quando Sophie la ringraziò di nuovo, la signorina Zhao inclinò la testa regalmente e tornò al suo computer. Capendo di essere stata congedata, Sophie si diresse verso la sala autopsia principale.

Sophie doveva sembrare ancora confusa o stordita quando raggiunse Reggie davanti alla lavagna bianca degli orari. Quando

Reggie chiese cosa c'era che non andava, Sophie gli raccontò dell'offerta di protezione della signorina Zhao.

«Perché dovrebbe offrirsi di aiutarmi? Avevo l'impressione che per lo più mi tollerasse perché pensava fossi vagamente divertente. Come un bambino indisciplinato.»

«La signorina Zhao non si offrirebbe di prenderti con sé se non tenesse a te. Chi sa come pensa un drago? Sono un po' un enigma, anche nella comunità Mitica. Custodiscono i loro segreti ancora più ferocemente di quanto facciano con i loro tesori.»

«Pssh, stai diventando troppo profondo per me, Reggie», scherzò Sophie. «Sai cosa mi toglierebbe la mente da tutti i miei problemi attuali?»

«Un'autopsia?» suggerì Reggie con un sorrisetto complice.

«Esattamente! Lascia che vada a prendere il nostro primo cliente della notte, e torno subito.»

* * *

SOPHIE DIVENNE un'osservatrice dell'orologio mentre il tempo si avvicinava alla sua pausa pranzo. Un'anticipazione felice gorgogliava nella sua pancia al pensiero di vedere Mac. Un colpo alla porta fu il loro unico avvertimento prima che la sua faccia sorridente spuntasse attraverso l'apertura.

Sophie si tolse i guanti e si lanciò verso Mac con uno strillo, quasi facendolo cadere indietro nel corridoio.

«Ciao Reggie, spero di non disturbare», salutò Mac, portando Sophie dentro la sala autopsia. Le sue narici si dilatarono mentre camminava nella stanza, con Sophie ancora avvolta intorno alla sua vita. «Cos'è questo odore?»

«Una Jorōgumo», disse Sophie, indicando il corpo di una donna sul tavolo di esame, dopo aver lasciato Mac ma tenendo un braccio intorno alla sua vita.

«Una cosa?»

«Una Jorōgumo è una mutaforma ragno. Si trovano nella

mitologia giapponese – sempre femmine. Sono sempre femmine e danno alla luce solo figlie, mai figli. Le leggende dicono che la Jorōgumo era una bella giovane donna che attirava uomini ignari verso la loro morte», spiegò Reggie. «Sono anche conosciute per il loro dolce odore di aceto.»

L'odore dolciastro di gelsomino, tagliato da una nota pungente di aceto riempiva la sala autopsia, rendendo Sophie più comprensiva verso l'avversione di Amira ad assistere Reggie. Tuttavia, Sophie decise che lo strano odore di una mutaforma Jorōgumo non rientrava nemmeno tra i dieci odori peggiori che Sophie avesse mai sperimentato durante un'autopsia.

«Abbiamo quasi finito qui, quindi se vuoi andare nella sala pausa, sarò lì tra qualche minuto», suggerì Sophie a Mac.

«Posso finire qui da solo, Sophie. Perché non andate avanti voi due e iniziate la vostra pausa pranzo? Sarò lì tra qualche minuto, e potremo recuperare il tempo perduto», offrì Reggie.

«Sei il miglior capo di sempre», dichiarò Sophie. Il rosa che scuriva le sue guance, Reggie respinse il complimento, tornandosi verso la donna-ragno sul tavolo autopsia.

Trascinando Mac dietro di sé, Sophie infilò la testa nella sala pausa, sorridendo quando trovò la stanza vuota. Tirando Mac dentro dietro di sé, lo spinse contro la porta. Sentendosi una provocatrice, Sophie si avvicinò, sospendendo la sua bocca a un respiro di distanza da quella di Mac. Gli occhi di Mac brillarono della sua natura predatoria. Prima che lui potesse fare la prima mossa, Sophie colmò il divario tra loro, sfiorando le sue labbra sulle sue. Trascinò le sue labbra lungo la sua mascella per strofinare la sua guancia contro quella di Mac, il raschio della barba che le afferrava la pelle.

Con un gemito, Mac prese il viso di Sophie, tirando la sua bocca di nuovo verso la sua. Intrecciati insieme, si abbandonarono l'uno all'altra, condividendo respiro e baci. Il tempo passò in una raffica intorno a loro, colori e rumori che vorticavano oltre inosservati. Si baciarono contro la porta per un tempo indeterminato, persi nel gioco di lingue e nel suono morbido di baci e piacere intrappolato nello spazio intimo tra loro.

Il suono di voci che si avvicinavano irruppe nella loro consapevolezza, facendo gemere Sophie. Con un ultimo morbido sfioramento di labbra, si slegarono lentamente l'uno dall'altra. Sophie spinse Mac verso una sedia mentre andava a prendere il suo pranzo.

Fortunatamente, Riona aveva preparato abbastanza cibo per Sophie che ce n'era in abbondanza da condividere con Mac. Sospettava che Riona non fosse abituata a nutrire umani. Nonostante avesse condiviso pasti con i suoi colleghi per mesi, Sophie non era ancora abituata alla pura quantità di cibo che i mutaforma mangiavano a ogni pasto.

«Mac!» chiamò Ace felicemente mentre entrava nella stanza, seguito rapidamente da Amira, Fitz e Reggie. Sophie pensò che Ace e Mac si tollerassero a malapena la presenza reciproca. Dov'era il suo solito atteggiamento scontroso? Sembrava che combattere mutaforma lupo e Fae insieme in cima a una torre fosse una sorta di esperienza di legame maschile. Amira, Fitz e Reggie presero i loro pranzi e si unirono a Sophie e Mac al tavolo mentre Ace prese il suo solito posto al lavandino per lavare accuratamente la sua frutta prima di mangiarla.

Sophie guardò mentre Amira tirava fuori un apriscatole dalla sua borsa e iniziava ad aprire l'ennesima lattina di salmone. Sophie era solo contenta che non fossero di nuovo sardine. Guardare Amira risucchiare giù sardine intere come spaghetti l'aveva fatta stare senza pranzo per una settimana.

«Qualche novità?» chiese Reggie a Mac, prendendo un posto dal lato opposto di Mac rispetto a Sophie.

Mac scosse la testa, le sue spalle che si abbassavano. «No, non abbiamo indizi su Biancaneve. Non abbiamo ancora idea di chi sia o dove colpirà dopo. E non siamo riusciti a trovare la fidanzata umana di Zachary Dupree. Sento come se stessimo solo girando a vuoto mentre Biancaneve gira libera.»

Sophie fissò pensosa il vecchio tavolo di formica, tracciando il dito lungo una scanalatura nel piano, infastidita dalla mancanza di progressi. *A che serve avere questi sogni e visioni se non riesco a rintracciare una persona?*

«Lo risolverete», rispose Ace, fiducia incrollabile nella sua voce. Mac gli lanciò uno sguardo grato. Sophie stava assistendo alla nascita di una bromance? Nascose la sua risatina dato che non sembrava un momento appropriato.

«Dobbiamo solo assicurarci di tenere Sophie al sicuro», disse Reggie, asciugando la sua allegria e facendo formare un nodo nella sua gola. Reggie si prendeva sempre cura di lei. Anche dopo essere stati amici per diversi mesi ormai, non mancava mai di commuovere Sophie.

«Abbiamo qualcuno che sorveglia l'appartamento di Sophie, giorno e notte. Inoltre, ho alcune guardie del corpo che scortano Sophie da e verso il lavoro. Stanno attenti a qualsiasi cosa sospetta», assicurò Mac a Reggie. «Fortunatamente, il capo sta prendendo questo sul serio e mi permette di usare le risorse del dipartimento per Biancaneve. Non molto altro che posso fare finché non si rivela.»

«Avete scoperto qualcosa nel quartiere di Derek Gibson? Qualcuno ha visto membri del branco di Alphonse prenderlo?» chiese Sophie, decidendo di cambiare argomento.

«È stato un completo fallimento. Sono andato di porta in porta e ho mostrato foto dei membri di spicco del branco di Alphonse, ma nessuno nell'intera strada ha riconosciuto nessuno di loro. Speravo che uno dei vicini fosse stato il Buon Samaritano che aveva chiamato. Ma niente.»

«Potrebbe essere stata la fidanzata umana?» chiese Sophie, pensando alla donna ora scomparsa.

«Neesa Jacobs? Forse, ma ne dubito. Dopo aver parlato con alcuni dei suoi conoscenti noti, dubito che Dupree le abbia detto molto. Non era esattamente materiale da Buon Samaritano, ma non si sa mai. Il suo vicino ha detto che era così spesso fatta che era praticamente catatonica la maggior parte delle volte. Questo non significa che non fosse la nostra chiamante. Dobbiamo trovarla per determinare se sapeva qualcosa, ma sospetto che non la vedremo viva.»

Se il branco di Alphonse aveva messo le mani su Neesa come sospettavano, Sophie dubitava che l'avrebbero mai vista viva di nuovo. Una volta che si fossero occupati di Biancaneve, Sophie era desiderosa di rivolgere la sua piena attenzione al branco del Sunset District.

«Potrebbe essere stata Biancaneve? Hai detto che la chiamante era una donna, giusto? Nel mio sogno, sembrava che stesse seguendo Alphonse da un po' ormai. Forse li ha visti prendere Derek.»

«Forse. Ma perché dovrebbe chiamare la polizia per il rapimento ma non chiamare avvertimenti sugli altri assassini che ha eliminato? Non so se si adatta al suo modus operandi. Sembra che le piaccia eliminare la spazzatura da sola», suggerì Ace mentre finalmente si univa a tutti al tavolo. Sophie fu sorpresa che la mela che stava lavando avesse ancora un po' di buccia rimasta.

Sophie batté le unghie sulla formica, cercando di ricordare com'era essere nella testa di Biancaneve. Cercare di ricordare il suo processo di pensiero era come cercare di trattenere sabbia. «In tutti i miei sogni e visioni, Biancaneve andava per l'uccisione solo se riusciva a prendere il suo bersaglio da solo. Quando i lupi hanno preso Derek, c'era un mucchio di loro.»

«Possiamo ottenere una copia della chiamata? Almeno così sapremmo possibilmente com'è la voce di Biancaneve. Se era lei, cioè», suggerì Fitz.

Mac tirò fuori il suo blocco notes, scribacchiando rapidamente. «È una buona idea. Vedrò cosa posso fare.»

Fitz fece a Sophie un sorriso compiaciuto come se fosse contento di aiutare. Sophie lo guardò mentre infilzava un uovo dalla sua insalata Cobb e lo mangiava.

«Sei una mutaforma oca delle nevi... Va bene per te mangiare uova?»

«Questo è un uovo di *pollo*», ribatté Fitz, infilzando un altro spicchio di uovo sodo. «Sono un'oca delle nevi. È una specie diversa di uccello. Non è cannibalismo.»

Sophie si chiese brevemente se le mutaforme oca delle nevi deponessero uova invece di dare alla luce vivi. Presumeva che, essendo principalmente umani con la capacità di trasformarsi in altre creature, fossero comunque mammiferi anche se le loro altre forme non lo erano. Sapeva che c'erano mutaforma aviari e persino rettili, ma presumeva fossero classificati come mammiferi. Forse avrebbe chiesto a Reggie più tardi.

«Esistono mutaforma mucca? E, se esistono, sarebbe cannibalismo se mangiassero un hamburger?»

Tutti gemettero al tavolo, abituati ormai alle domande di Sophie sui Mitici.

«Non ho mai sentito di mutaforma bovini», affermò Reggie. «In realtà, non penso di aver mai sentito di mutaforma dove l'animale viene usato nell'agricoltura da allevamento. Niente polli, maiali, mucche, o persino tacchini.»

«Alcune persone mangiano l'oca, giusto? Non ho mai mangiato oca», assicurò rapidamente Sophie a Fitz. «Ma un'oca delle nevi mangerebbe mai un'oca normale? Quello sarebbe considerato cannibalismo?»

Fitz lasciò cadere la sua forchetta nella sua ciotola di insalata con un brivido. «Non so se quello sarebbe cannibalismo, ma non mangerei mai oca. Mai. Come minimo, sarebbe di cattivo gusto.»

Per un momento, Mac guardò Sophie come se stesse avendo a che fare con una pazza, ma poi un lento sorriso si diffuse sul suo viso.

«Ho sentito che al Sud, mangiano procione. Mi è stato detto che è piuttosto gustoso, ma la carne è dura e selvatica», disse Mac in modo conversazionale a Sophie, i suoi occhi che brillavano di risate represse.

Ace sputacchiò, quasi soffocando sul sorso di soda che aveva appena preso. «Ti mostrerò io duro, Mac. Voi due siete disgustosi.» Ace ringhiò, alzando gli occhi al cielo verso Amira mentre Sophie e Mac scoppiarono a ridere.

«Se qualcuno fa una battuta sui gatti e il cibo cinese, vi beccate la mia ciotola di salmone e riso rovesciata sulla testa», avvertì Amira, un dito curato affilato come un artiglio che indicava ogni persona riunita intorno al tavolo.

Mentre risate e scherzi riempivano la stanza, Sophie fu contenta di vedere che l'atmosfera si era alleggerita. Tutti ridevano e scherzavano. Biancaneve era stata una nuvola scura che aleggiava sopra tutte le loro teste, non solo quella di Sophie. Cosa non avrebbe dato per liberarsene permanentemente. E questo non poteva succedere finché Biancaneve non avesse finalmente mostrato la sua faccia.

Sophie non amava stare con le mani in mano, aspettando che la vita le capitasse. Era stufa e stanca di aspettare di vedere cosa avrebbe fatto Biancaneve dopo. Usciva e faceva succedere le cose. La irritava essere bloccata nel gioco dell'attesa ora.

Oppure no?

«Ho un'idea, ma non vi piacerà», annunciò Sophie, girandosi nel suo posto per guardare Mac. «Odio stare seduta ad aspettare che Biancaneve colpisca. Sappiamo che è interessata a me, giusto? Dovremmo usarmi come esca. Possiamo attirarla fuori.»

Il trambusto creato dalla proposta di Sophie fu notevole. Tutti parlavano sopra gli altri, contestando l'idea. Sophie fece una smorfia. Non aveva voluto rovinare l'umore di tutti. Tuttavia, era solo un po' glorioso che tutti fossero così indignati al pensiero che Sophie si mettesse in pericolo.

«Assolutamente. No», affermò Mac, la sua dichiarazione interruppe le discussioni. «Non ti metteremo in quel tipo di pericolo. Biancaneve ha ucciso un mutaforma lupo. Uno dei migliori sicari di Alphonse. È troppo pericoloso. Non vale la pena rischiare la tua vita.»

«Penso che possiamo tutti essere d'accordo che la mia vita è già in pericolo», sottolineò Sophie.

«Stai in una casa sicura, e hai guardie del corpo. Sei in un edificio custodito da un drago. Sei al sicuro quanto posso renderti», Mac afferrò le mani di Sophie. «Voglio catturarla tanto quanto te, ma non ti useremo come esca. Troveremo un altro modo. Ci deve essere qualche altro modo per attirarla fuori. Promettimi che non proverai a fare niente di stupido.»

Sophie tenne lo sguardo di Mac, non volendo essere d'accordo con la sua richiesta ma capendo la sua posizione. Si sarebbe sentita allo stesso modo se Mac avesse suggerito di mettersi in pericolo.

«Va bene, prometto che non farò niente di stupido. Voglio solo risolvere questo e togliere Biancaneve dalle strade. Le vite delle persone sono in gioco, anche se quella persona è Alphonse.»

«Che ne dite di usare Alphonse come esca invece?» annunciò improvvisamente Amira. All'unisono, tutti si girarono a guardarla. L'affermazione risuonò nella stanza improvvisamente silenziosa e rimase sospesa nell'aria. Il silenzio improvviso durò per un momento prima che Amira alzasse le spalle, spostando indietro una ciocca scura di capelli. «Sappiamo che Biancaneve ha seguito anche Alphonse. Penso che se riuscissimo a trovare un modo per far dondolare Alphonse davanti a lei, non riuscirebbe a resistere.»

«Mi piace. Ma come facciamo questo senza che Alphonse lo sappia? Se ha la minima idea che Biancaneve lo stia cercando o che noi sappiamo di alcune delle sue azioni recenti, farà quadrato, e perderemo l'opportunità», argomentò Mac.

«È etico usarlo come esca senza la sua conoscenza?» chiese Reggie, mordendosi il labbro preoccupato.

«È già un'esca. Abbiamo solo bisogno di più occhi su Alphonse. O qualche modo per rintracciarlo. Se sappiamo dove si trova, allora possiamo tenere d'occhio Biancaneve. In realtà, così sarà più al sicuro, se ci pensate», disse Mac. «Parlerò con Larry domattina e vedrò se ha qualche idea. Forse può mettere un incantesimo di localizzazione su Alphonse o qualcosa del genere.»

Mentre tutti finivano i loro pranzi, Sophie guardò Mac reprimere uno sbadiglio. Poteva essere ora di pranzo per Sophie e i suoi colleghi, ma mentre il resto del mondo dormiva. Le fece piacere che Mac si fosse svegliato nel cuore della notte solo per stare con lei.

Salutando tutti e augurando loro la buona notte, Mac si diresse verso l'uscita per tornare a casa e dormire qualche ora prima di dover essere alla stazione la mattina.

In piedi nell'ingresso, guardando le luci posteriori dell'auto pratica di Mac girare l'angolo, Sophie sentì una sensazione di disgrazia imminente – come se tutti quelli a cui teneva stessero correndo a capofitto incontro al disastro, e non potesse fare nulla per fermarli.

CAPITOLO 18

Le giornate di Sophie avevano trovato un ritmo tranquillo. La maggior parte delle sere cenava con Mac nella casa del clan una volta terminato il suo turno. Di solito si univa a loro Birdie per il pasto e per flirtare con Mac. Li teneva aggiornati sui progressi - o meglio, sulla mancanza di progressi - con i casi di Biancaneve e Alphonse. Di notte, Sophie assisteva Reggie nelle autopsie, registrando le visioni della morte sul telefono di Reggie. Le sue guardie del corpo la accompagnavano avanti e indietro dall'ufficio del medico legale come un orologio ogni mattina e sera. I ragazzi, come li chiamava Fergal, avevano iniziato a piacere a Sophie. Si sentiva ancora come una madre superiora responsabile di un gruppo di matricole chiassosi, ma erano così di buon carattere che era impossibile serbare rancore per il loro entusiasmo da cuccioli. Una volta che Sophie tornava alla casa del clan la mattina, faceva colazione con Birdie e Fergal, poi veniva messa al tappeto da Patrick Senior. Una volta andata a letto, la giornata ricominciava da capo.

Mentre Patrick Junior era un ragazzo allampanato con i capelli del colore di un penny nuovo, suo padre era una montagna d'uomo con capelli rosso scuro. Con la sua barba folta e la criniera selvaggia di capelli, sembrava fatto per vivere in un castello di pietra e indossare un kilt. Sospettava che alcuni dei suoi antenati fossero probabilmente stati chiamati signori del maniero. A parte i capelli rossi, padre e figlio sembravano a malapena imparentati. Finché non guardavi nei loro identici occhi verdi.

Patrick Senior, che preferiva farsi chiamare Paddy, passava molto tempo a buttare Sophie a terra per poi farla rialzare, spiegandole come avrebbe dovuto parare le sue mosse. Sembrava provare grande piacere a sfiancare i suoi studenti. I primi giorni di lezioni con Paddy avevano lasciato il sedere di Sophie come un livido unico.

Tuttavia, lentamente ma inesorabilmente, nell'ultima settimana Sophie aveva iniziato a migliorare. Il suo povero sedere finalmente ne fu sollevato. Paddy diceva che era portata, ma di fronte a una montagna in forma umana, di certo non sembrava così.

Sophie aveva iniziato a sperare di sognare Biancaneve e le sue attività, perfino quelle omicide, ogni volta che si infilava a letto al mattino. Qualsiasi cosa pur di andare avanti. Tuttavia, i suoi sogni erano stati fastidiosamente banali per l'ultima settimana. A Sophie mancava il suo appartamento. Le mancava andare al pub e passare del tempo con Burg. Le mancava persino litigare con il suo padrone di casa. Sophie non vedeva l'ora che le cose tornassero alla normalità. Beh, al suo tipo di normalità, comunque.

Giovedì, Sophie - insieme alle sue scorte - aveva fatto un salto in un negozio di forniture metafisiche e libreria nel distretto di Haight-Ashbury. Apparentemente, le streghe e i maghi moderni non cercavano più occhio di tritone e dito di rana in foreste umide. Semplicemente saltavano al loro negozio di forniture locale. Sophie aveva trovato alcuni libri sui sogni lucidi e la proiezione astrale.

Li stava leggendo nella fervente speranza di poter prendere un miglior controllo dei suoi sogni e visioni. Finora non aveva avuto fortuna, ma aveva ancora due libri che la aspettavano sul comodino.

Qualche giorno prima, Larry il Mago era riuscito a mettere un incantesimo di localizzazione su Alphonse. Quando Sophie chiese come, Mac spiegò che avevano usato un filo di capelli di Alphonse per far funzionare l'incantesimo.

«Come siete riusciti a prendere un capello ad Alphonse?» aveva chiesto Sophie. Alphonse era una tale pentola a pressione di rabbia e aggressività che non riusciva a immaginare il pericolo coinvolto nel rubare qualcosa da lui.

«Con attenzione», aveva risposto Mac con una risata senza fiato. Sophie aveva fatto una smorfia imbronciata a quella non-risposta. Anche dopo giorni di tormenti, Mac non aveva rivelato i suoi metodi segreti di recupero capelli. Sophie sospettava che avesse semplicemente corrotto uno dei membri del suo branco, ma Mac si divertiva troppo a dare sui nervi a Sophie per rinunciare al suo segreto. Giorni dopo, Sophie non era più vicina alla sua risposta. Forse avrebbe chiesto a Larry la prossima volta che lo avesse visto.

Nonostante le chiacchiere allegre delle altre persone che riempivano la sala da pranzo del clan stasera, una nuvola scura aleggiava su Mac. Infilzò un boccone di shepherd's pie e se lo infilò in bocca come se avesse insultato sua madre.

«Tutto bene, caro?» chiese Birdie. Sophie fu contenta che Birdie avesse parlato; era preoccupata che avrebbe danneggiato le posate se avesse continuato così. Era così irritato che non si pavoneggiava nemmeno sotto gli elogi di Birdie come al solito.

«Alphonse è l'esca peggiore che esista. Esce a malapena mai dal suo compound. Biancaneve non può rivelarsi se Alphonse non esce.»

Mac tirò fuori di nuovo una mappa cartacea della città con un brontolo, controllando se il puntino rosso che rappresentava Alphonse si fosse mosso dal quartier generale del branco in Noriega Street. Mac ripiegò la mappa con movimenti precisi e un ringhio silenzioso prima di rimetterla in tasca, solo per tirarla fuori di nuovo cinque minuti dopo.

Alphonse era uscito di casa solo in un paio di occasioni, e non andava mai lontano. Sophie chiese se Alphonse si fosse forse reso conto di essere seguito. Mac spiegò che l'alfa era noto per essere un isolazionista, quindi le sue tendenze casalinghe non erano un'indicazione che fosse sulla difensiva.

Mac decise di annegare le sue frustrazioni nel fondo di un boccale di birra. Quando Sophie dovette andare al lavoro, era di umore molto migliore, ma non in condizioni di guidare fino a casa. Accettò felicemente l'offerta di Sophie di dormire nella sua stanza nella casa del clan. Forse se si fosse sbrigata a tornare a casa la mattina, avrebbero potuto avere del tempo da soli prima che Mac dovesse andare alla stazione e lei al suo allenamento. Se Mac non fosse stato troppo in hangover, naturalmente.

«Non devi lavorare domattina? Come farai a funzionare se hai i postumi?» avvertì Sophie, guardando Mac svuotare gli ultimi resti di birra dal bicchiere.

«Metabolismo da shifter», Mac si strinse nelle spalle. «Significa che sarò sobrio in poche ore. Non ho mai i postumi.»

«Fortunato», si lamentò Birdie. Sophie annuì d'accordo, pensando alla sua ultima sbornia. Anni dopo, il solo pensiero dei gin tonic le faceva ancora girare lo stomaco.

Sophie non vedeva l'ora del weekend così da poter passare più tempo con Mac di un semplice pasto condiviso. Il letto nella casa del clan era morbido e comodo, ma era solitario. Sophie era stufa di infilarsi in lenzuola fredde e vuote ogni mattina.

«Abbiamo bisogno di un modo per attirare fuori Alphonse. Ci sta mettendo troppo tempo a uscire da solo.»

«Hai ragione», esclamò Mac, raddrizzandosi dalla sua posizione curva. «Se organizziamo quando e come facciamo uscire Alphonse dal suo quartier generale, possiamo attirarlo in un posto di nostra scelta. Questo ci permetterà di controllare l'ambiente. Possiamo preparare la trappola perfetta.»

«Come faremo?»

«Devo parlare con il capo. Se provassi a tirare su un'operazione del genere senza la sua approvazione e il suo contributo, mi metterebbe le palle in una morsa.» Il cambiamento nell'atteggiamento di Mac fu quasi istantaneo. Ora stava seduto dritto, tamburellando i pollici sul tavolo pensieroso, con gli occhi che brillavano.

Controllando l'ora sul telefono, Sophie fece sapere a Mac che doveva andare. Tirando Mac dalla sedia, Sophie si fermò così che potesse dare a Birdie il suo bacio della buonanotte sulla guancia. Poi lo condusse giù per le scale dove i ragazzi stavano aspettando per portare Sophie al lavoro. Quando arrivarono in fondo alle scale, Sophie vide i ragazzi bighellonare fuori, aspettando che si presentasse. Conor si girò e alzò la mano in saluto quando vide Sophie. Finalmente riusciva a distinguere i due fratelli. Conor era il fratello maggiore. Era un po' più alto e più robusto. Aveva anche una piccola cicatrice che attraversava una delle sue sopracciglia.

Mac fece girare Sophie, premendole la schiena contro il muro. Le diede un bacio che le fece venire i brividi, scintille di piacere lungo la schiena. Con le labbra a un millimetro dalle sue, gli occhi lucidi per il bere, sussurrò: «Vorrei che non dovessi andare, scatenata.»

«Anch'io, scemo», sussurrò Sophie di rimando, guardando Mac che fissava le sue labbra con desiderio. L'espressione nei suoi occhi fece fare a Sophie un tuffo allo stomaco come se fosse sulle montagne russe.

Scuotendo la testa come se si stesse tirando fuori da uno stupore, Mac guardò verso la porta d'ingresso. Sophie seguì i suoi occhi per vedere le sue guardie del corpo girarsi tutte via, ricordandole che avevano un pubblico. Infilò la mano tra i capelli di Mac, facendogli scorrere le unghie lungo il cuoio capelluto prima di usare le ciocche per tirare la sua attenzione dai ragazzi e riportarla su di lei.

«Hai qualche piano per questo weekend?» chiese Sophie una volta catturati i suoi occhi.

«Cibo d'asporto e tu nel mio letto», suggerì Mac con un ghigno diabolico.

«Sembra perfetto», rispose Sophie con un gemito di desiderio. Mac scrutò il suo viso prima di chinare la testa per unire le loro labbra in un bacio persistente.

Sophie emise un suono lamentoso in gola e si tirò indietro: «Devo andare.»

«Solo un altro minuto», disse Mac tra altri baci.

Diversi minuti dopo, Sophie barcollò fuori dalla porta con la sensazione degli occhi di Mac che le scaldavano la schiena. Sophie si permise di guardare Mac per un lungo momento, incrociando gli occhi con i suoi azzurri brillanti.

«Dai, Sophie. Dobbiamo andare», chiamò uno dei ragazzi, spezzando la sua fantasticheria. Alzando la mano in un ultimo saluto a Mac, Sophie si diresse fuori dalla porta verso i ragazzi arrossiti che avevano ovviamente assistito alle sue effusioni con Mac. Sophie si rifiutò di essere imbarazzata per aver baciato il suo ragazzo, così oltrepassò risolutamente loro e si diresse alla macchina parcheggiata in strada.

Standо accanto alla macchina, Sophie si girò indietro per guardare i ragazzi che la seguivano verso la macchina.

Idioti, pensò Sophie con affetto mentre i ragazzi si spingevano e si davano gomitate. Come al solito, Patrick e Liam lottarono per chi sarebbe riuscito a sedersi davanti. La macchina apparteneva a Conor, il più grande dei tre ragazzi, quindi insisteva sempre per guidare. Non si fidava di nessun altro per guidare la sua 'bambina'. Dopo aver lottato per un minuto, Patrick bloccò Liam in una presa al collo, i suoi riccioli rossi che rimbalzavano e le braccia tese mentre lottava per tenere Liam contenuto. Alla fine, rosso in viso e ansimante, Liam si arrese, segnalando che Patrick poteva sedersi davanti stasera. Con un pugno trionfante in aria, Patrick saltò sul sedile anteriore.

Un'altra macchina si immise nella loro corsia mentre si immettevano sulla 101, quasi colpendo il paraurti anteriore di Conor. Frenando e sterzando per evitarla, Conor suonò il clacson e maledisse l'autista distratto che aveva quasi fatto loro lasciare la strada.

«Belle manovre. Proprio come Lewis Hamilton», disse Patrick con un pugno sul pugno a Conor dopo che l'adrenalina svanì.

«Chi è?» chiese Sophie.

«Lewis Hamilton... Il pilota di Formula 1?» ripeté Liam incredulo. Come se Sophie avesse appena chiesto chi fosse il presidente.

«Oh, sì, non guardo la Nascar», spiegò Sophie.

Patrick sussultò indignato. «È Formula 1, non Nascar!» Se avesse avuto una collana di perle, l'avrebbe stretta.

Liam diede a Sophie uno sguardo di traverso indicando che stava avendo a che fare con una creatura particolarmente stupida. Sophie sentì qualsiasi piccola quantità di rispetto che aveva costruito con i ragazzi scivolare via.

Figuriamoci.

Mentre guidavano verso il lavoro, Sophie fissò fuori dal finestrino chiedendosi dove fosse Biancaneve. Avvicinandosi all'edificio dove lavorava, Sophie cercò di capire se qualche auto o passante sembrasse fuori posto. La paranoia la teneva in una morsa perché tutti sembravano sospetti. Non vedeva l'ora che Biancaneve fosse finalmente catturata, così da non sentirsi più costretta a guardarsi sempre alle spalle.

* * *

DIVERSE ORE DOPO, Sophie stava chiudendo la zip del sacco per cadaveri su un vampiro impalato avendo appena completato la sua autopsia.

Sophie stava per riportarlo al frigorifero quando l'atteggiamento di Reggie la fermò di colpo. Sfilandosi i guanti e gettandoli nella spazzatura, Reggie iniziò a masticare l'unghia del pollice - un segno sicuro che era preoccupato per qualcosa.

«Tutto bene, Reg?»

«Il leader della Domus della vittima sarà infuriato quando scoprirà che uno dei suoi vampiri è andato fuori dalla Domus per nutrirsi di umani. Quello che è peggio è che la tua visione mi fa pensare che questo tizio non fosse l'unico a farlo. Ricordi? Ha ricevuto quel messaggio da qualcuno di nome Preston dicendo che non sarebbe riuscito a unirsi a lui per cena proprio prima che questo tizio tentasse di afferrare quella donna. Sono quasi certo che abbiano cacciato umani insieme, e sono sicuro che il leader della Domus Raphael sarà d'accordo. Come una delle case Domus più grandi della città, hanno dozzine di Volos in casa per nutrire i vampiri. Nessuno nella Domus ha bisogno di nutrirsi fuori dalla loro casa. Il fatto che il suo vampiro sia stato catturato da un gruppo di cacciatori e impalato aggiunge solo insulto al danno. Conosco il leader della Domus, e sta per diventare apoplettico. Inoltre, quando il Conclave scoprirà che la Domus di Raphael ha rischiato l'esposizione al mondo umano... Le sanzioni saranno severe. Quasi mi dispiace per i membri della Domus.»

«Se ci sono cacciatori umani là fuori che cacciano vampiri, non significa che il segreto è già scoperto?»

Reggie si strinse nelle spalle. «Non diffuso. I Mitici sono stati molto efficienti nel nascondere qualsiasi prova della nostra esistenza. Quei cacciatori sono pochi e rari. Inoltre, la maggior parte delle persone pensa che siano solo pazzi cospirazionisti.»

«Non posso credere che il mondo intero non abbia ancora scoperto l'esistenza dei Mitici. Con tutti che hanno una telecamera nel telefono, non pensi che sia solo questione di tempo prima che voi ragazzi veniate scoperti? Gli umani impazziranno. Tipo, non sei preoccupato che il governo rapirà la tua gente e farà esperimenti su di loro o qualcosa del genere? O che ci sarà panico di massa se voi ragazzi veniste scoperti?»

«Credo che gli umani reagiranno meglio di quanto pensi. Inoltre, sono sicuro che tutti i diversi Conclavi in tutto il mondo hanno piani in atto per quella contingenza. Siamo anche ben nascosti. Nessuno che incontri la maggior parte dei Mitici avrebbe modo di scoprire che non siamo umani. Non sapevi che ero uno shifter finché non te l'ho detto», ricordò Reggie a Sophie.

Sophie non era così sicura che gli umani non potessero trovare modi per scovare i Mitici se la loro esistenza diventasse di conoscenza generale, ma decise di tenere per sé quell'opinione.

«E ti fidi così tanto che questi Conclavi abbiano tutto sotto controllo? Come puoi fidarti di loro così tanto? Non dovresti voler sapere qual è il piano così da poter essere preparato? Io vorrei sapere il piano.»

«Prendiamo molte precauzioni per assicurarci che gli umani non scoprano di noi. Abbiamo la nostra gente piazzata nel governo, militare, polizia e media. Ogni Conclave ha Fate nel personale che possono alterare i ricordi, che possono rimuovere video incriminanti da online. È molto più sofisticato di quanto realizzi.»

«Spero per il vostro bene che sia abbastanza per tenere al sicuro la vostra gente. Ora che ci penso, se sapete che dovete tenere nascosta l'esistenza dei Mitici agli umani, perché mi hai assunta, Reg? Sono umana, e non mi conoscevi affatto. Avrei potuto essere una cacciatrice di vampiri per quello che sapevi. Inoltre, sono onestamente un po' non qualificata per questo lavoro.» Era più che un po' non qualificata, ma Sophie non stava per farlo notare al suo capo. «Come potevi essere sicuro che non avrei svelato il segreto dell'esistenza dei Mitici? Se fossi stato al tuo posto, non mi avrei assunta.»

«Istinto. Quando ti ho incontrata, non so, lo sapevo e basta. I miei istinti non mi hanno mai portato fuori strada finora. Siamo circondati dalla magia ogni giorno. Ho imparato a fidarmi di essa», rispose Reggie. Sophie sospettava che Reggie avesse semplicemente un debole per le persone sfortunate, che era indubbiamente dove Sophie si trovava quando si erano trovati. Forse era solo cinica, ma Sophie non si sarebbe mai fidata ciecamente di estranei come aveva fatto Reggie. «Tuttavia, parlando di essere non qualificata», continuò Reggie, «voglio che tu guardi di ottenere la tua Certificazione di Assistente Medico. Il City College ha un programma per questo che inizia il mese prossimo. Ci vorrà meno di sei mesi per completarlo.»

«Reg... Non posso permettermi di pagare i corsi in questo momento», rispose Sophie, l'imbarazzo che le scuriva le guance. «Dovrò risparmiare per un po' prima di poterli permettere.»

«Sono certo che l'ufficio del ME ti sponsorizzerà come parte del nostro programma di Educazione Continua. Sono membro del comitato per quel programma quindi so che posso farlo succedere per te. Quindi non preoccuparti del costo, vai solo a iscriverti. Ci penseremo noi.»

La pressione spinse agli occhi di Sophie per la cura e la premura di Reggie. Girando la testa, dovette sbattere le palpebre per allontanare l'umidità. Raddrizzando le spalle, diede a Reggie un sorriso largo.

«Non voglio tornare a scuola. Faccio schifo a scuola», si lamentò Sophie giocosamente, incanalando la sua scolaretta interiore.

«Che palle», ribatté Reggie, facendo scoppiare Sophie in una risata sorpresa. Un po' del suo linguaggio colorito stava iniziando a influenzare il suo dolce capo.

«Penso di essere una cattiva influenza su di te», lo prese in giro Sophie.

«Difficilmente», sbuffò Reggie. «C'è qualcos'altro di cui volevo parlarti. Ho una conoscente che è esperta in psicometria che vorrei farti incontrare.»

«Psicometria? Cos'è? È simile alla psichiatria? Stai suggerendo che ho bisogno di uno strizzacervelli?»

«Quasi certamente», scherzò Reggie. «Ma no, la psicometria è quello che penso sia il tuo dono. Ho fatto qualche ricerca in questo campo. Si chiama anche lettura di oggetti-simbolo. È l'abilità di leggere la storia di un oggetto toccandolo. La mia contatto all'UC Berkeley non aveva mai sentito di psicometria legata specificamente alla morte. Tuttavia, dopo aver descritto le tue abilità, pensa che sia possibile. È molto interessata a incontrarti. Le ho detto che dipendeva da te.»

Sophie mugugnò senza entusiasmo, non sicura di volere che qualcun altro sapesse della sua abilità. Più persone lo sapevano, più alte erano le probabilità che non rimanesse un segreto.

«Sei sicuro che questa persona si possa fidare?» confermò Sophie, aspettando che Reggie annuisse prima di continuare. «Vorrei che me lo avessi chiesto prima di raccontare a uno sconosciuto delle mie abilità.»

«Non le ho mai detto il tuo nome o nemmeno come ci conosciamo. Non devi incontrarla, ma è esperta nel suo campo, e penso possa aiutare. Anche se non la incontri, ha alcune idee interessanti. Ha suggerito che dovremmo fare alcuni test per vedere se puoi ottenere letture dalle armi del delitto. E di toccare cose che le persone stavano toccando o tenendo quando sono morte e vedere se potresti ricavare delle tracce. Ci aiuterà a determinare se il tuo dono funziona solo sulle persone o se possiamo espandere il tuo repertorio. Immagina se potessi toccare un coltello e vedere cosa è successo? Saremmo in grado di risolvere ancora più crimini. Anche quelli senza un corpo.»

Sophie concordò che valeva la pena esplorare. Capire i limiti delle sue abilità aveva senso.

L'entusiasmo aveva afferrato Reggie, e stava buttando fuori idee. «Hai mai avuto una lettura sulla morte di un animale? Mi chiedo se possiamo trovare un modo per mettere le mani su un animale morto...»

«Non penso. Non ho mai toccato animali morti di recente. Ma francamente, se potessi vedere i momenti finali di ogni nugget di pollo che provo a mangiare, sarei già vegetariana.»

«Posso immaginare», fece una smorfia Reggie. «Mi chiedo se,

durante il processo di macellazione e manipolazione della carne nelle fabbriche e nei negozi, le visioni vadano perse. Penso ancora che dovremmo provare. Conosco qualcuno che possiede una clinica veterinaria. Dovremo pensare a una buona ragione per cui vogliamo che tu tocchi uno degli animali morti.»

Sophie si strinse nelle spalle. Dubitava di poter ottenere visioni dal gatto morto di qualcuno o simile, ma era disposta a provare.

«Vorrei fare diversi test. Non abbiamo ancora capito i limiti del tuo dono. Puoi tirare fuori visioni da un corpo che è stato morto molto tempo, come anni dopo la morte? O che ne dici di qualcuno che è stato smembrato? Potresti ottenere una lettura da un pezzo piccolo, come un dito? Immagina se toccassi una mummia e potessi vedere i suoi ultimi istanti! Immagina le possibilità!»

Sophie non riuscì a trovare in sé di essere irritata di fronte all'entusiasmo di Reggie. «Come faremmo a mettere le mani su una mummia?» chiese Sophie, solo per metà scherzando.

«Credo che la San Francisco State University ne abbia alcune. Le mummie erano nella collezione di proprietà di Adolph Sutro. Ci darò un'occhiata. Se ricordo bene, mettono gli artefatti in mostra periodicamente. L'ho visto al telegiornale una volta», promise Reggie.

«Sutro? Come la Sutro Tower?»

«Era il sindaco nel 1800. Presumo che la tower sia stata nominata in suo onore», rispose Reggie con una scrollata di spalle. Sophie considerò brevemente di cercarlo sul telefono ma decise che non le importava abbastanza per disturbarsi.

«Sarei scioccata se riuscissi a tirare fuori una visione di morte da una mummia. Tuttavia, se me ne procuri una, la proverò», promise Sophie, spingendo la sua vittima vampiro fuori dalla stanza, la risatina di Reggie che la seguiva.

* * *

«ARRIVEDERCI, SIGNORINA ZHAO. BUONA GIORNATA», chiamò Sophie mentre usciva. Mentre camminava, Sophie infilò il depliant e l'applicazione per il programma di Certificazione di Assistente Medico che Reggie le aveva dato nella sua borsa a tracolla.

«Anche a lei, signorina», rispose la signorina Zhao, inconsapevole del tumulto interiore di Sophie.

Il debole sole mattutino spuntò tra le nuvole in chiazze grigie. La luce era debole e acquosa, a malapena abbastanza per scaldare le spalle di Sophie, ma dopo aver sopportato la pioggia ogni giorno quella settimana, era un sollievo benvenuto. Strizzando gli occhi, Sophie guardò al punto dove Conor di solito parcheggiava. Non riuscì a fermare il suo sorriso quando vide Mac parlare con le sue guardie del corpo. L'adorazione da eroe plasticata su tutti i loro visi era la cosa più carina di sempre. Liam notò Sophie e indicò oltre la spalla di Mac. Girandosi per guardarla, Mac diede a Sophie un sorriso di benvenuto.

Diverse lunghe falcate dopo e Mac la sollevò tra le braccia. La sua postura e la sua espressione trasudavano un'eccitazione repressa.

Ridendo, Sophie premette un bacio al mento di Mac. «Sei certamente di buon umore. Cosa succede?»

«Potreste darci un minuto ragazzi?» chiese Mac ai ragazzi, portando Sophie verso una panchina fuori mano quando i ragazzi iniziarono ad allontanarsi. «Ho parlato con Dunham stamattina, e ha detto che possiamo usare Alphonse come esca per attirare fuori Biancaneve.»

«Davvero?» Sophie era sorpresa che il Capo della Polizia rischiasse la vita di qualcuno senza la loro conoscenza. Non era del tutto vero. Sophie non dubitava che Dunham avrebbe volentieri sacrificato qualcuno per portare avanti i suoi obiettivi. Era solo sorpresa che fosse disposto a farlo con qualcuno pericoloso come Alphonse. Se le cose fossero andate male, Sophie non dubitava che Alphonse si sarebbe vendicato contro chiunque fosse coinvolto in questa operazione.

Pensando alle possibili ripercussioni, Sophie stava avendo dubbi sul piano. Doveva cercare di fermare questa intera impresa. Se Mac si fosse fatto male a causa del suo schema sconsiderato, non se lo sarebbe mai perdonata.

«Sì, l'unico svantaggio è che Alphonse deve accettare di essere esca. Dunham lo chiamerà più tardi stamattina per fare la richiesta. Ho cercato di convincere Dunham a non farlo, ma ha detto che se fossimo stati catturati a cercare di usare l'alfa come esca senza il suo consenso esplicito, perdere il nostro lavoro sarebbe stato il minimo dei nostri problemi. Dunham dirà ad Alphonse che crediamo sia seguito dalla persona che ha ucciso Roger e lo convincerà ad andare in un posto dove possiamo intrappolare Biancaneve.»

«Voglio essere lì», disse Sophie. Mac stava già scuotendo la testa prima che Sophie avesse finito la frase. «Posso essere d'aiuto. Per qualche ragione, Biancaneve e io abbiamo una connessione. Ho la sensazione che sarò in grado di sentirla quando si avvicinerà. Starò lontana dall'azione. Alphonse non deve nemmeno sapere che ci sono. Ho solo questa sensazione che avrete bisogno di me per aiutare a gestire Biancaneve.»

Mac e Sophie litigarono finché non trovarono un compromesso. Sophie sarebbe stata lontana dall'azione e fuori vista, specialmente da Alphonse, e doveva avere diverse guardie del corpo con lei. Che qualunque cosa fosse successa, non poteva rivelarsi.

«Voglio vedere che aspetto ha davvero. In tutte le mie visioni, indossa il mio viso, e mi ha colpita. Ho solo bisogno di sapere che non assomiglia a me. Che il mio viso non è stato l'ultima cosa che hanno visto le persone che ha ucciso», spiegò Sophie.

«Lo so. Ci assicureremo che tu abbia la possibilità di vederla», promise Mac.

Controllando il telefono, Mac dichiarò che doveva tornare alla stazione. Accompagnò Sophie dai suoi guardiani.

«Una volta che Dunham mi dirà cosa dice Alphonse, te lo farò sapere», giurò Mac nell'orecchio di Sophie mentre la abbracciava per salutarla.

«È meglio che lo faccia», minacciò Sophie scherzosamente, mordendo il mento di Mac. Mac le diede un morso di rappresaglia con un sorriso felice prima di girare via e salire in macchina.

«Ciao, Mac!» urlò Patrick mentre Mac passava. Mac alzò una mano fuori dal finestrino in segno di saluto.

Era strano. Mac non era scortese con i ragazzi, ma a parte controllarli occasionalmente per assicurarsi che stessero guardando le code o assicurandosi che stessero seguendo il 'protocollo', li riconosceva a malapena. Tuttavia, sembravano pendere da ogni parola e gesto di Mac. Certamente non poteva essere chiamato avvicinabile. Anche quando era amichevole, c'era un taglio affilato al suo fascino. Quel taglio affilato faceva cose strane alla libido di Sophie.

Sophie avrebbe pensato che l'adorazione da eroe fosse una cosa di rispetto per un ufficiale di polizia, ma la maggior parte degli adolescenti di questi giorni non erano esattamente pro-polizia. I ragazzi non trattavano nessun altro tranne il loro alfa Fergal e Paddy con tale deferenza. Trattavano Sophie come se fosse la loro sorellina anche se era più grande di loro.

Scivolando sul sedile posteriore, Sophie dibatté su come affrontare l'argomento.

«Mac è piuttosto fantastico, eh?» chiese Sophie senza pensare. Voleva schiaffeggiarsi. Sophie aveva la sottigliezza di un treno merci e il tatto di un bulldozer.

«Scherzi?» esclamò Conor dal sedile anteriore, non notando la mortificazione di Sophie. «È fantastico. È il primo shifter non-apex a unirsi alla forza di polizia Mitica. Hanno cercato di cacciarlo quando si è unito per la prima volta, ma Mac non glielo ha permesso. Non ha nemmeno un grande branco a sostenerlo e sponsorizzarlo. Ha solo il suo branco familiare, e la maggior parte di loro non sono nemmeno locali.»

«Si dice che abbia sconfitto un gargoyle da solo», aggiunse Patrick, la reverenza che riempiva la sua voce.

«Gargoyle? Come la creatura mitici fatta di pietra?» chiarì Sophie.

«Sì. Si suppone siano alcuni dei migliori combattenti. E lui ne ha abbattuto uno da solo.»

«Tutti hanno dovuto rispettarlo dopo quello», intervenne Liam. «Ha smesso di dargli merda per essere uno shifter non-apex.»

Sophie aveva visto molto atteggiamento da altri shifter ma decise di non disilluderli dell'idea che Mac fosse il massimo. Si morse il labbro e si appoggiò allo schienale del sedile, ascoltando avidamente storie sulla grandezza del suo ragazzo. Non aveva idea di stare uscendo con qualcuno così ammirato. Era strano per Sophie che Mac le piacesse, ma non stava per mettere in discussione la sua buona fortuna. A Sophie piaceva chi era come persona, ma nessuno l'avrebbe chiamata realizzata o avrebbe affermato che stava rompendo qualche frontiera.

I ragazzi la lasciarono davanti alla casa del clan e aspettarono finché non entrò dalla porta principale prima di andarsene per arrivare ai loro corsi mattutini. Il pensiero della scuola fece accigliare Sophie mentre sapeva che doveva iscriversi ai corsi di Assistente Medico entro la fine di questa settimana.

Vedendo Birdie al suo solito tavolo vicino alla finestra, Sophie si unì a lei, tirando su una sedia e stringendo una delle mani di Birdie in saluto. Alexandra, la figlia di Riona, che insisteva che tutti la chiamassero Lexa con un roteare degli occhi da adolescente, mise un caffè davanti a Sophie prima ancora che si fosse sistemata. Sophie stava iniziando a sentirsi molto in colpa per la quantità di cibo che il clan le stava dando da mangiare, ma quando si offrì di pagare per i suoi pasti, Fergal si comportò come se lo avesse offeso mortalmente.

Birdie aggiornò Sophie sui pettegolezzi del clan mentre aspettavano che la loro colazione fosse consegnata. Fergal aveva creato una comunità affiatata di shifter di levriero irlandese, ma il prezzo di quella vicinanza era tutti negli affari di tutti.

Quando il suo cellulare iniziò a cinguettare dalla tasca, Sophie stava proprio prendendo il primo morso delle sue uova e toast. Era irritata finché non vide chi stava chiamando.

«È Mac», esclamò Sophie quando vide 'Detective Deficiente' lampeggiare sullo schermo. «Deve già avere notizie.»

«Ehi, buongiorno», rispose Sophie. Mentre Sophie si alzava per lasciare il tavolo e trovare un posto tranquillo per parlare, Birdie agitò freneticamente le mani per attirare l'attenzione di Sophie. Sorridendo, Sophie informò Mac: «Birdie dice ciao.»

Stringendo la spalla di Birdie mentre usciva, Sophie trovò un angolo tranquillo nel corridoio fuori dalle porte del pub. Dall'altra parte della linea, Sophie poteva sentire il rumore di una stanza affollata, poi il suono di una porta che sbatteva e il silenzio.

«Sta succedendo oggi», ringhiò Mac.

«Eh?»

«Scusa, sono agitato», si scusò Mac. «Dunham ha chiesto ad Alphonse di essere esca mentre venivo a vederti stamattina. Alphonse ha accettato di essere esca, ma solo se organizziamo la retata per oggi pomeriggio. Ha detto che deve succedere oggi, o non succederà affatto. È un casino totale qui. La stazione è nel caos completo. Stiamo correndo per tirare dentro tutti gli ufficiali disponibili. Non abbiamo nemmeno avuto la possibilità di esplorare un posto ancora. Dobbiamo trovare un posto dove possiamo tenere fuori i passanti e in qualche modo nascondere metà della divisione della polizia Mitica. Giuro, Alphonse sta facendo questo solo per rendere le cose più difficili del necessario.»

«Potresti chiudere un parcheggio per un paio d'ore? O un magazzino abbandonato?» suggerì Sophie. «Che ne dici di un posto in costruzione, così devi solo sgomberare i lavoratori e non il pubblico generale?»

«Hmm, mi piace l'idea di un cantiere. Farò qualche ricerca. Dobbiamo trovare un posto il prima possibile solo per assicurarcelo. Ho bisogno di capire qualcosa entro la prossima ora. La retata non succederà fino al tramonto stasera, quindi dovresti cercare di riposare un po'», suggerì Mac.

Quello sarebbe stato più facile a dirsi che a farsi.

«Posso ancora venire?» chiese Sophie. Avrebbe capito se fosse stato troppo da gestire. Lo avrebbe odiato, ma non avrebbe fatto storie. Mac aveva abbastanza nel piatto senza che lei facesse una scenata.

«Certo. Ho promesso, no? Chiamerò Fergal dopo e vedrò se può scortarti lì e trovare un buon posto per te per guardare i procedimenti fuori vista.»

«Sei il miglior ragazzo di sempre, lo sai?» lo prese in giro Sophie, poi disse con voce più seria: «Sei la mia persona preferita.»

«Anche tu sei la mia persona preferita. Ora dimmi che sono bello così posso affrontare questa giornata di merda.»

Sophie cachinò come una iena prima di balbettare per accontentarlo. «Mio Dio, Mac, sei così bello. Sei come una principessa Disney.»

«Dannato giusto», rispose Mac. «Ergh, Turner mi sta facendo segno. Devo andare. Ti vedo dopo, okay?»

«Okay. Buona fortuna, Mac», rispose Sophie, riagganciando la chiamata e tornando alla sua colazione ormai fredda.

«Tutto bene? Sembri preoccupata», chiese Birdie. Sophie riassunse la chiamata con Birdie mentre lei faceva versi di comprensione.

Sophie stava finendo gli ultimi morsi del suo pasto, accasciata sulla sedia, chiedendosi come diavolo avrebbe fatto a dormire quando la sedia alla sua sinistra stridette mentre veniva tirata indietro dal tavolo. Fergal si sedette, togliendosi la giacca del completo a righe blu con movimenti precisi. Ogni volta che Sophie aveva visto Fergal, sembrava sempre che stesse per entrare in una sala riunioni. Riona si vestiva normalmente, quindi perché non Fergal? Non l'aveva mai visto lasciare la casa del clan, quindi perché era vestito così elegante?

«Sei elegante», complimentò Sophie.

«Devi vestirti per il lavoro che vuoi. Che tipo di lavoro stai mirando?» chiese Fergal, dando a Sophie un lento sguardo dalla testa ai piedi.

«Cattivo.» Sophie cercò di dare a Fergal uno sguardo ferito ma lo rovinò ridendo. «Avevi bisogno di qualcosa, o ti sei fermato solo per prendere in giro il mio senso della moda?»

«Dobbiamo parlare. Mac ha chiamato e mi ha chiesto di tenerti d'occhio questa sera. Prenderti in giro era solo un bonus.»

«Tutti nella mia vita sono dei comici», brontolò Sophie.

«Vi lascio soli a parlare. Ethan e io dobbiamo spazzare il pavimento con Colleen a bridge. Pensa di essere il dono di Dio alle carte. Devo farle abbassare la cresta di qualche tacca», annunciò Birdie, alzandosi dal tavolo. «Ci vediamo per cena, Sophie?»

«Ci vediamo per cena. Se sarò in ritardo, manderò un messaggio. Nessuna pietà per Colleen.»

«Nessuna pietà», confermò Birdie solennemente.

Dopo che Birdie se ne andò, Sophie si girò e guardò Fergal con aspettativa. «Qual è il piano?»

«Proveranno ad attirare la tua stalker allo Kezar Stadium. Dobbiamo arrivare lì prima delle 5 così posso esplorare una buona posizione dove possiamo guardare ma non essere visti.»

«Kezar Stadium?»

Sembrava un posto insolito per un'imboscata: uno spazio completamente aperto, con il Golden Gate Park a ovest e a nord, e Haight-Ashbury a est. Negli anni '60 ci giocavano i 49ers, ma oggi è usato soprattutto da leghe sportive minori e, di solito, è pieno di gente che gioca a calcio o corre sulla pista.

«Sì. È chiuso per alcune riparazioni, quindi hanno pensato

che sarebbe stato un buon posto per organizzare un'imboscata. Mac pensa che saranno in grado di postare ufficiali in borghese tutto intorno al perimetro senza destare sospetti», spiegò Fergal con una scrollata di spalle. «Non è il loro primo rodeo», aggiunse al look dubbioso di Sophie.

«A che ora ho bisogno di essere pronta per andare?»

«Ci incontreremo davanti alle 15 per partire.»

«Ci metteremo due ore per arrivare allo stadio?» chiese Sophie, confusa.

«Mac ha richiesto che includa un orco come parte del tuo team di guardie del corpo. Quindi, dobbiamo andare nel Tenderloin prima di dirigerci a Kezar. Sono sorpreso che tu abbia un orco per amico. Non sono noti per fare amicizia con gli umani, anche carini come te. Chi sei davvero, Sophie Feegle?» Fergal diede a Sophie uno sguardo penetrante come se cercasse di leggerle nella mente per scoprirne tutti i segreti. Ma non c'erano segreti - beh, ce n'era uno - ma Sophie era solo Sophie. Il suo unico segreto era la sua strana abilità, ma quello non cambiava chi era come persona.

«L'orco si chiama Burg, e possiede il pub accanto al mio appartamento. Non è una storia emozionante. Siamo diventati amici quando mi sono fermata al suo pub per un drink. È tutto.»

«Okay», rispose Fergal, le sopracciglia atteggiate a scetticismo.

Sophie alzò gli occhi esasperata. «Qualcos'altro?»

«No, è tutto. Riposati, e ci vediamo alle 3», rispose Fergal, alzandosi e lasciando Sophie ai suoi pensieri.

Riposarmi? Non ci penso nemmeno.

CAPITOLO 19

Dopo essersi girata e rigirata per la maggior parte del giorno invece di dormire, nonostante Paddy l'avesse fatta lavorare particolarmente duramente quella mattina, alle tre Sophie si trovò in piedi nella sua t-shirt nera più anonima e i jeans nell'atrio della casa del clan, sgranocchiando una barretta ai cereali. Un movimento in cima alle scale catturò la sua attenzione. Fergal stava scendendo, vestito con pantaloni della tuta scuri e una maglietta grigia. Patrick e Conor erano dietro di lui in abiti simili, i volti severi e i corpi rigidi. Sophie in precedenza aveva deriso l'idea che i ragazzi fossero davvero temprati dalla battaglia, ma ora non ne era così sicura vedendo le loro facce da guerra.

Quando Fergal raggiunse Sophie nell'ingresso, lei lo prese in giro. «Ti riconosco a malapena senza giacca e cravatta. Perché così casual?»

«Se le cose vanno male e devo trasformarmi, non voglio impigliarmi nei vestiti. Liberarmi di questi richiederà solo un momento. Inoltre, non vorrei rischiare nessuno dei miei abiti. Sono fatti su misura», sbuffò Fergal.

«Dov'è Liam?» chiese Sophie, cercando il terzo moschettiere.

«Non c'è abbastanza spazio in macchina dato che andiamo a prendere il tuo amico. Liam è il più giovane, quindi deve rimanere a casa.»

Liam non aveva ancora compiuto diciotto anni, quindi per Sophie aveva senso lasciarlo fuori dalla mischia. Se qualcosa fosse andato storto, Sophie si sarebbe sentita terribilmente in colpa per aver messo qualcuno che non era ancora adulto in pericolo. Avrebbe scommesso soldi che Liam non fosse d'accordo; probabilmente odiava essere lasciato indietro.

Fergal condusse la squadra fuori dalla casa del clan e verso una berlina beige anonima parcheggiata per strada.

«È la tua macchina?» chiese Sophie, pensando che Mac e Fergal avessero gusti simili nei veicoli.

«Una delle mie», rispose Fergal con nonchalance.

«È bello essere il capo del clan», commentò Sophie sarcasticamente, guadagnandosi una strizzata d'occhio da Fergal.

Fergal tenne la portiera aperta mentre Sophie scivolava nel sedile del passeggero anteriore della macchina. Patrick e Conor si sedettero dietro, silenziosi e allerta.

Il traffico iniziò a diventare congestionato mentre le persone uscivano presto dal lavoro. A Sophie sembrò che metà della popolazione di San Francisco stesse cercando di sgattaiolare fuori dal lavoro prima che iniziasse sul serio l'ora di punta. Fergal si fermò diversi isolati prima di Castagnaccia. Allo sguardo confuso di Sophie, spiegò che gli era stato consigliato di non portarla troppo vicino a casa nel caso il suo stalker la stesse aspettando lì.

Sophie saltellò sul sedile quando vide Burg avvicinarsi; la sua falcata dalle gambe lunghe era inconfondibile. Quando arrivò all'altezza del paraurti anteriore, Sophie si lanciò fuori dalla macchina per abbracciarlo.

«Sophie!» urlò Burg, sollevandola in un abbraccio che le spezzava le ossa.

«Burg! Che bello rivederti!» esclamò Sophie, stringendo le braccia il meglio che poteva intorno al torace massiccio del suo amico.

Mentre Fergal scese dalla macchina e si avvicinò a loro, Burg rimise Sophie in piedi e si voltò verso il capo clan con un sorriso accogliente sul viso.

Sophie presentò gli uomini mentre si scambiavano strette di mano riservate. Nonostante probabilmente pesasse il doppio di Fergal, Burg lo trattò con rispetto silenzioso. Non che Burg fosse mai scortese, ma la sua solita esuberanza era notevolmente assente.

Osservando la macchina, Sophie suggerì che Burg prendesse il sedile anteriore, e lei si sarebbe seduta dietro con i ragazzi. Patrick scese dalla macchina e accompagnò Sophie al sedile centrale.

Quando Burg scivolò nel sedile anteriore del veicolo, si voltò per mettere Sophie al corrente delle notizie locali. Sophie stava per presentare Conor e Patrick quando notò l'espressione sui loro volti. Il saluto morì sulle sue labbra mentre guardava sia Conor che Patrick annusare profondamente e poi emettere contemporaneamente suoni di stupore, quasi ansimando dallo shock. Le venne quasi da ridere a crepapelle vedendo la loro espressione di stupore e incredulità. Sembravano aver visto un fantasma, e non sapevano se dovevano essere spaventati o eccitati.

«Burg, questi sono le mie guardie del corpo, Patrick e Conor. Patrick, Conor, questo è Burg», presentò Sophie. I ragazzi si raddrizzarono un po' quando Sophie li definì le sue guardie del corpo.

Con occhi spalancati, strinsero la mano a Burg e mormorarono individualmente 'piacere di conoscerti'. Sophie pensò che Burg fosse silenziosamente divertito dalla loro soggezione anche se il suo viso non mostrava altro che interesse educato.

Burg rivolse nuovamente la sua attenzione a Sophie. «Sal e George hanno chiesto di te. Ti sono mancato.»

Sal e George erano due clienti abituali di Pollicino con cui Sophie aveva stretto un'amicizia casuale per il reciproco amore del buon whisky.

«Spero che dopo oggi potrò tornare a vederli. Offrirò loro da bere per festeggiare.»

Gli sguardi dei ragazzi rimbalzavano tra Burg e Sophie.

«Ho appena mandato un messaggio a Mac per fargli sapere che siamo diretti allo Stadio Kezar», annunciò Fergal, infilando il telefono nella tasca posteriore e immettendosi nel traffico.

«Alpha O'Dwyer, è un piacere conoscerti finalmente. Ho sentito cose buone del tuo clan. Le voci dicono che i tuoi pub sono eccellenti. È un peccato che tu abbia dovuto chiuderli al pubblico generale», disse Burg a Fergal. Figurati che per Burg, la cosa più importante di Fergal fosse il suo pub. «Dovrai venire da Pollicino qualche volta. Il primo giro è offerto dalla casa.»

«Affare fatto. Dopo che abbiamo finito qui oggi, ti piacerebbe unirti a noi nella casa del clan per cena?»

«Sarei onorato di unirmi a voi per un pasto. Servite cibo dal vostro pub, giusto? Mia sorella sta cercando di convincermi a servire cibo al pub», menzionò Burg. «Lo sto considerando, ma dovrei assumere un cuoco e personale di servizio. Non sono sicuro di volermi prendere quel tipo di mal di testa.»

Mezz'ora di viaggio più tardi si trovarono parcheggiati su Frederick Street. Riuscirono a trovare un posto con vista su un cancello laterale. Dal loro punto di osservazione, sarebbero stati in grado di vedere l'intero stadio. Era perfetto. Mettendo la macchina in parcheggio, Fergal afferrò il telefono e digitò rapidamente qualcosa.

«Ho appena fatto sapere a Mac che siamo qui», spiegò Fergal.

Un minuto dopo, il cancello si aprì e Mac corse verso di loro. Mentre tutti scendevano dal veicolo, Sophie diede una spinta a

Patrick per farsi spazio. Fergal e Burg arrivarono da Mac prima di Sophie, quindi aspettò mentre si stringevano la mano. I ragazzi stavano aspettando dietro di lei così poté sentirli sussurrare tra loro.

«Liam si cagarà addosso quando scoprirà che abbiamo incontrato un orco», mormorò Conor a Patrick.

«Sarà ancora più incazzato per essere dovuto rimanere a casa», compatì Patrick.

Povero Liam. Può essere dura essere il più giovane.

Sophie lasciò i ragazzi per unirsi alla conversazione con Mac.

«Si stanno preparando ora. Il nostro stregone del dipartimento sta lanciando un incantesimo intorno all'intero perimetro dello stadio che la intrappolerà una volta che attraverserà il confine dell'incantesimo.»

Guardando oltre la spalla di Mac, Sophie poté vedere Larry che portava quello che sembrava un sacco di sale di dimensioni industriali sulla spalla mentre attraversava il campo d'erba al centro della pista da corsa.

«C'è qualcosa che possiamo fare per aiutare?» offrì Burg.

«No, il capo ha detto che voi ragazzi potete osservare ma solo se promettete di non interferire in alcun modo», rispose Mac. «Abbiamo agenti in borghese appostati intorno all'esterno dello stadio, tenendo d'occhio chiunque si avvicini. Poi avremo una dozzina dei nostri migliori nascosti dietro un incantesimo di invisibilità. Quindi, quando si presenta e attiva la trappola, possiamo contenerla.»

«Una volta che l'avrete intrappolata, avrò la possibilità di vedere com'è?» chiese Sophie.

«Non qui, ma una volta che la porto in stazione e in una sala interrogatori, Dunham ha detto che puoi guardare attraverso lo specchio», promise Mac. «Ti ho preso una radio così voi ragazzi potete sentire.»

Mac consegnò la radio a Fergal e gli mostrò quale canale

stavano usando. Tutti gli altri si diressero verso la macchina mentre Mac tirò Sophie da parte.

«Come va? Pensi che funzionerà?» chiese Sophie.

«Se Biancaneve si presenta, penso che potrebbe funzionare. Tutto dipende da se sta sorvegliando Alphonse come pensiamo. Vedremo tra poco», disse Mac scrollando le spalle. «Come ti senti?»

«Sto bene. Non vedo l'ora che tutto questo finisca.»

«Anch'io», concordò Mac. «Hai il tuo taser?»

Sophie si toccò la tasca. «Non esco più di casa senza.»

Mac fece una smorfia per la necessità ma annuì in approvazione.

A Sophie non piaceva vedere Mac così stressato. In un certo senso sembrava colpa sua. Sophie sapeva che erano sciocchezze – era colpa di Biancaneve – ma la sensazione persisteva.

«I ragazzi mi stavano dicendo come hai sconfitto un gargoyle e affrontato l'intero dipartimento di polizia per permettere ai mutaforma non-apex di entrare in forza. Parlano di te come se fossi un dio o qualcosa del genere. Non voglio metterli in imbarazzo, ma è la cosa più carina che abbia mai visto», disse Sophie a Mac, volendo vederlo sorridere.

«Devi capire: i mutaforma levriero irlandese furono creati per cacciare lupi e mutaforma lupo in Irlanda. Furono allevati per essere guerrieri di classe mondiale, ma la maggior parte dei mutaforma apex li trattano come se non fossero migliori degli animali domestici. Pensano ai levrieri come cani domestici, quindi il clan non ottiene il rispetto e la posizione che merita nella comunità Mitica. Se qualcuno di questi idioti avesse mai visto un levriero irlandese nella sua forma semiumana, canterebbe una storia ben diversa. Tuttavia, pochissime persone che hanno mai visto uno nella loro forma da combattimento sono sopravvissute per raccontarlo.»

«Huh, ha senso», rispose Sophie.

«Devo tornare. Alphonse dovrebbe essere qui tra circa un'ora, e voglio assicurarmi che tutti siano in posizione ben prima di quel momento.»

«Buona fortuna», gli augurò Sophie, dandogli un rapido abbraccio e bacio. I nervi le sfarfallavano dentro mentre lo guardava dirigersi di nuovo attraverso il cancello e correre verso Larry, che stava camminando lentamente lungo la cima delle gradinate lontane, il sacco cullato tra le braccia mentre una linea costante di bianco si versava da un buco nell'angolo del sacco.

Sophie esaminò l'area, cercando di immaginare come avrebbe funzionato tutta questa operazione di cattura. Una recinzione di ferro e alberi delimitavano i terreni, bloccando gran parte della vista dalle aree circostanti. C'era un campo d'erba al centro con una pista da corsa che lo circondava. L'area del campo e della pista era sotto il livello della strada come se l'area fosse stata scavata. Sui lati lunghi dell'ovale c'erano gradinate di cemento che salivano lungo il pendio naturale della collina. A ovest, alla sua sinistra, c'era un enorme arco trionfale indipendente. Alcuni parcheggi e un grande edificio con un tetto di tegole rosse e stucco color crema che si abbinava all'arco erano a destra, a est.

Sophie tornò in macchina, prendendo di nuovo il sedile centrale. Fergal alzò il volume della radio e la mise in un portabicchieri. Ascoltarono mentre Mac e altri agenti chiamavano istruzioni e richieste di aiuto sulla frequenza.

Mentre l'attesa iniziò ad avvicinarsi a un'ora, Sophie guardò fuori dal veicolo con desiderio. Perché aveva scelto di sedersi al centro? Fergal e Burg avevano discusso di cose come inventario e costi generali per tutta l'ora. Sophie aveva imparato di più sui requisiti di licenza e attrezzature da ristorante di quanto avesse mai pensato. Era una discussione interessante per i primi venti minuti, ma ora desiderava solo la libertà. Anche Conor e Patrick sembravano annoiati. La loro eccitazione per l'avventura svanì mentre l'ora si avvicinava alla fine.

«Alphonse ha appena mandato un messaggio e ha detto che è a circa dieci minuti di distanza», la voce di Mac crepitò sulla radio, facendo Sophie raddrizzarsi dalla sua posizione afflosciata tra Conor e Patrick come se qualcuno l'avesse pungolata con un pungolo per il bestiame. «Si avvicinerà da ovest. Larry, vai avanti e attiva l'incantesimo di invisibilità per la Squadra A.»

Diverse voci chiamarono un'affermativa. Larry si avvicinò a un gruppo di otto uomini e donne che aspettavano vicino all'arco d'ingresso. Radunò il gruppo da parte e iniziò un altro cerchio con Larry e gli agenti all'interno. Invece di sale, questa volta Larry usò una specie di polvere nera per creare l'anello. Sophie guardò mentre Larry pronunciava il suo incantesimo, le braccia e le mani che si muovevano in schemi complicati. Tra un momento e l'altro, l'intero gruppo, incluso Larry, scomparve. Al loro posto c'era erba immacolata, nemmeno un'impronta lasciata a tradire la loro posizione.

«Figo», sussurrò Conor, facendo eco ai pensieri di Sophie.

«Tutti in posizione?» chiese Mac. Dopo diversi riconoscimenti mormorati, Mac disse: «Se qualcuno vede qualcosa di sospetto, fatemelo sapere immediatamente. Altrimenti, voglio silenzio radio da qui in poi.»

Sophie sforzò gli occhi, cercando di localizzare gli altri membri della squadra di Mac, ma si erano sciolti negli alberi e negli edifici circostanti. Tutto era fermo e silenzioso come se lo stadio trattenesse il respiro in attesa.

Un'eternità di attesa dopo, la voce di Mac sussurrò: «Alphonse si avvicina ora. Tutti, rimanete al vostro posto e tenete gli occhi aperti.»

Alphonse marciò attraverso l'arco e sul centro del campo come se non avesse preoccupazioni al mondo. Si inginocchiò, armeggiando con le scarpe come se avesse bisogno di allacciarsi i lacci. Rimase in quella posizione piuttosto che rialzarsi. Forse stava cercando di sembrare meno intimidatorio? *O forse sta pregando*, pensò Sophie.

Ci fu un ronzio silenzioso, poi una voce sussurrò sulla radio: «Movimento dalle gradinate nord. Vicino ai bagni.»

Fergal tirò fuori il binocolo dal console centrale, scrutando l'area con essi. Sophie avrebbe voluto aver pensato di portare il binocolo per sé.

«Vedi qualcosa?» sussurrò Sophie, sforzando gli occhi.

Scrutando avanti e indietro, Fergal borbottò: «Non ancora.» Un momento dopo, le sue mani si tesero sui binocoli.

La voce di Mac crepitò sulla radio. «Mantenete le posizioni. Aspettate il mio seg—»

«PRENDETELA!» la voce di Alphonse improvvisamente ruggì sullo stadio.

Persone vennero fuori dagli alberi, edifici e parcheggi sparsi intorno allo stadio come formiche da un formicaio preso a calci. Sophie spostò gli occhi dai bagni per vedere Alphonse che correva attraverso il campo, urlando e indicando il piccolo edificio dei bagni in cima alle gradinate.

«Che ca—» iniziò a esclamare Sophie.

«No! No, no, no. Non ha ancora attraversato la linea di sale!» la voce di Larry tagliò attraverso le chiacchiere sulla radio.

«Merda. Sta scappando», ringhiò Fergal, indicando verso la cima delle gradinate, i binocoli ancora in posizione. «Hanno premuto il grilletto troppo presto. Non so se riusciranno a prenderla.»

Un lampo di movimento vicino all'angolo dell'edificio fu tutto quello che Sophie vide prima che una figura scura si voltasse, superando rapidamente la collina dietro i bagni e scomparendo dalla vista. Dozzine di persone stavano saltando su per le gradinate, facendo diversi gradini alla volta, arrampicandosi per raggiungere Biancaneve. Sophie guardò di nuovo al centro del campo per vedere Mac correre attraverso l'erba mentre simultaneamente urlava nella sua radio. Anche da lontano, Sophie poteva vedere la rabbia incisa sul suo viso. Stava rapidamente riducendo le distanze dalla folla di inseguitori.

«Dovremmo aiutare?» chiese Sophie silenziosamente, già sapendo cosa avrebbe detto Fergal ma avendo comunque bisogno di fare il suggerimento. Stare con le mani in mano mentre tutto andava a rotoli era davvero frustrante.

«È fuori dalle nostre mani. Abbiamo promesso di rimanere in macchina, ed è quello che faremo», rispose Fergal seccamente. «Speriamo che gli agenti posizionati dall'altra parte dello stadio possano intercettarla.»

Una voce eccitata crepitò sulla radio: «La vedo! Sta attraversando Kezar Drive, dirigendosi a nord. Felpa nera, pantaloni scuri», distruggendo la breve speranza che Fergal aveva ispirato in Sophie.

«Rimanetele addosso», rispose la voce di Mac, il respiro ansimante. Si lanciò su per le gradinate di cemento con pochi lunghi salti, solo pochi passi dietro la folla di persone. E stava rapidamente raggiungendo gli altri.

«Chi erano tutte quelle persone? Erano poliziotti?» chiese Sophie.

«No. Sembra che Alphonse avesse piazzato alcune delle sue persone nell'area. Ne ho riconosciuti un paio», spiegò Fergal.

Solo pochi scarsi momenti erano passati dal primo urlo di Alphonse a Mac che scompariva oltre la collina. Sophie sedette in macchina sotto shock, guardando da Fergal allo stadio vuoto e di nuovo indietro.

In lontananza, Sophie poteva sentire diversi clacson di auto e pneumatici che stridevano. Sporgendosi tra i due sedili anteriori per sentire meglio la radio, le dita le si irrigidirono per la presa salda sul bracciolo di Burg.

«Ha attraversato Kezar, ancora diretta a nord. Proprio verso il parco», disse una voce disincarnata sulla radio.

Sophie si prese la testa fra le mani, sentendosi frustrata. Un mal di testa si stava formando proprio tra gli occhi.

«Larry, tieni la tua squadra sul posto. Non possiamo essere sicuri che sia lei o no. Tutti gli altri, catturate e trattenete finché non possiamo confermare che è il nostro obiettivo», abbaiò Mac attraverso la radio.

«Merda. Si sta dirigendo proprio verso il parco giochi Koret», chiamò una voce ansimante.

Fergal gemette, scuotendo la testa. «Dannazione. Koret sarà pieno di bambini e famiglie proprio ora.» Fergal aveva ragione. L'area era tipicamente affollata di famiglie una volta che finiva la giornata lavorativa.

Masticando l'unghia del pollice fino alla carne viva, Sophie ascoltò gli agenti coordinare la loro ricerca di Biancaneve. Quella poca speranza che Sophie aveva lasciato si prosciugò lentamente mentre le voci sulla radio suonavano sempre più frustrate.

«L'abbiamo persa nella folla. Penso che potrebbe essere andata verso i campi da calcio. C'è un mucchio di squadre di piccola lega che giocano», annunciò una voce.

Mac diresse gli agenti in coppie a spargersi per tutta l'area. Ne mandò alcuni alla giostra; il resto furono mandati a Hippie Hill, al centro tennis e ai campi da calcio. Golden Gate Park era attraversato da dozzine di sentieri e percorsi. Biancaneve poteva essere ovunque.

«Larry, qualche movimento da te?» chiese Mac.

«No. Tutto tranquillo qui.»

«Okay, sto tornando dalla tua parte», rispose Mac. «Vai avanti e togli l'incantesimo di invisibilità. Non penso ci sia più senso ora. Manda Pérez, Spencer e Federov a perlustrare Stanyan Street nel caso il sospetto si sia diretto a est. Fai in modo che il resto della tua squadra si unisca ad Alinksy – è alla giostra – e coordinerà il resto della ricerca. Se qualcuno incontra qualcuna delle persone di Alpha Alphonse, informali che stanno ostacolando un'operazione di polizia attiva. Non sono autorizzati a partecipare a questa attività.»

La squadra di Larry apparve sul campo un momento dopo. Tre membri del gruppo si staccarono e si diressero a destra. Il resto si arrampicò sopra le gradinate, passando accanto a Mac mentre tornava allo stadio. Gli fece un cenno secco, telefono incollato all'orecchio, parlando rapidamente.

Mac si diresse direttamente da Larry. Dopo una conversazione rapida, Larry si voltò e si diresse verso i bagni. Si fermò nello stesso punto dove Sophie aveva visto l'ultima volta Biancaneve, alzando le mani in aria.

«Turner proverà un incantesimo di tracciamento sul sospetto. Restate in attesa», annunciò Mac sulla radio.

Larry passò diversi minuti agitando le mani in disegni complicati, girandosi diverse volte per affrontare direzioni diverse. Le sue spalle si afflosciarono, e scosse la testa a Mac.

Mac alzò la radio alle labbra. «L'incantesimo è stato un fallimento, gente. Andate avanti e continuate a cercare il sospetto. Femmina, felpa nera, pantaloni scuri, circa 1,65 metri, corporatura media. Qualcuno è riuscito a vedere il suo viso?»

Diverse voci restituirono un negativo, smorzando ulteriormente le speranze di Sophie.

Mac camminava avanti e indietro intorno al campo d'erba, impartendo comandi e ricevendo feedback occasionale dagli agenti che vagavano per l'area. Sophie smise di ascoltare le chiacchiere radio dopo un po', guardando preoccupata Mac. Anche da lontano, irradiava tensione e frustrazione. Un mal di testa per simpatia pulsava alle tempie di Sophie. Era evidente che Biancaneve era scappata. La probabilità che fosse catturata a questo punto era più o meno la stessa che Sophie vincesse un concorso di bellezza per la simpatia.

«Oh no», annunciò improvvisamente Fergal. Seguendo il suo sguardo, Sophie individuò Alphonse che superava le colline, sembrando un temporale, scalpitando giù per il pendio con un paio delle sue persone che lo seguivano da vicino sui talloni. Alphonse si diresse direttamente verso Mac e gli si mise proprio addosso. Incombeva su Mac, muscoli gonfi, urlando in faccia. Mac rimase immobile come pietra, teso ma esteriormente imperturbato dal comportamento minaccioso di Alphonse, solo la tensione nella sua struttura tradiva la sua rabbia. L'alpha stava urlando così forte che Sophie poteva sentirlo. Non riusciva a distinguere le parole a questa distanza, ma poteva azzardare un'ipotesi. Mac fece un gesto tagliente, negando qualsiasi cosa stesse dicendo Alphonse. Facendo un passo indietro da Alphonse, che era praticamente sulle punte dei piedi, Mac puntò il dito al petto di Alphonse, poi indicò la linea di sale che circondava lo stadio. I due uomini sembravano a momenti dal venire alle mani.

L'intera giornata era diventata un disastro completo, ed era chiaro che era colpa di Alphonse. Tuttavia, era il tipo di ragazzo che non avrebbe mai ammesso quando sbagliava. Sophie sperava che Mac stesse verbalmente facendo un culo nuovo ad Alphonse per aver rovinato la loro possibilità di catturare Biancaneve. Probabilmente era già in viaggio verso l'Oregon ormai. Qualsiasi cosa Mac avesse da dire sembrò far arrabbiare Alphonse ancora di più. La schiena dell'alpha si curvò, e sembrò pronto a iniziare a menare. Mentre Alphonse faceva un altro passo minaccioso verso Mac, Sophie si trovò a cercare di arrampicarsi sopra Patrick e uscire dalla macchina.

Non si rese nemmeno conto di essersi mossa finché una mano decisa non le afferrò la camicia, tirandola indietro al suo posto.

«Sophie, se interferisci, non farai che peggiorare la situazione», avvertì Burg. Sophie si gonfiò, pronta a discutere, ma la logica implacabile di Burg la sgonfiò rapidamente.

«Lo so. È solo che...» Sophie sospirò. «Non mi piace proprio quel tizio. Come osa urlare contro Mac quando questa era ovviamente colpa sua?»

Dire che non 'piaceva' Alphonse era un po' un eufemismo. Sophie avrebbe adorato vederlo ridimensionato di una tacca o due. Se non avesse mai più visto l'alpha per il resto della sua vita, sarebbe comunque stato un giorno di troppo.

«Se cerca di uscire di nuovo da questa macchina, ragazzi, bloccatela pure sedendovi sopra di lei», istruì Fergal Patrick e Conor. Patrick lanciò a Sophie uno sguardo di simpatia ma diede il suo assenso insieme a Conor.

Larry scivolò nello spazio tra Mac e Alphonse, affrontando

l'alpha infuriato. Fece un movimento di spinta con le mani come se stesse spingendo contro un peso invisibile. Nonostante Larry non stesse nemmeno toccando fisicamente Alphonse, l'alpha scivolò indietro di qualche metro, le sue scarpe lasciando tracce scavate nell'erba.

«Wow.» Burg fischiò. «È bravo.»

«Larry mi ha detto che è uno stregone. Che cos'è esattamente? Ha detto che non era come una strega», chiese Sophie.

«Uno stregone è quasi qualsiasi maschio che può manipolare la magia. Nascono con la capacità di assorbire magia, come una batteria, poi manipolarla e usarla. Usano parole, gesti, e a volte oggetti per dirigere e controllare la loro magia. Sono spesso umani ma possono nascere in qualsiasi specie.»

Basandosi solo sull'istinto, Sophie pensava che Larry potesse essere un mago umano. Stava migliorando nell'individuare le idiosincrasie che indicavano quando qualcuno non era umano. Tutti avevano piccoli segnali se si sapeva cosa cercare.

«Perché le donne non possono essere stregoni?» chiese Sophie, sentendo un'ondata di fastidio femminista crescere dentro di lei.

«Suppongo che potrebbero. È solo un nome per un utilizzatore di magia maschile che non ha una specialità», rispose Burg.

«Una specialità?»

«Da quello che capisco, gli stregoni generalmente non aderiscono a una singola disciplina. Usano magia Fae, streghe, sciamani, stregoni, qualsiasi cosa. Prenderanno in prestito e ruberanno incantesimi e magia da ovunque e chiunque possano. Se hanno il potere per sfruttarla, possono eseguirla.»

«Qual è l'equivalente femminile allora?»

Burg scrollò le spalle. «Direi una strega o una maga, forse.»

«La maggior parte delle streghe usa magia della terra. Anche se sempre più stanno usando magia del sangue e del sesso. Possono assorbire magia ambientale dal terreno stesso se sono abbastanza forti. La maggior parte usa cose come erbe e coltelli rituali e cristalli per focalizzare la loro energia. Le streghe, come gli stregoni, sono un termine generico per un grande gruppo di utilizzatori di magia con molte specialità e foci diversi.»

Alla menzione della magia del sesso, sia Patrick che Conor divennero più allerta. Se fossero stati nella loro forma di levriero irlandese, Sophie poteva immaginare le loro orecchie dritte in attenzione, teste inclinate di lato.

Burg annuì, voltandosi per affrontare Sophie nel sedile posteriore. «È interessante che sia nelle forze di polizia. La maggior parte di quei ragazzi fa il freelance perché possono essere pagati una tonnellata. Dato che non hanno un singolo focus, sono molto richiesti. Hanno flessibilità dove altri utilizzatori di magia sono più limitati. Sono famosi per mescolare vari stili e inventare incantesimi completamente nuovi al volo.»

Qualsiasi cosa Larry stesse dicendo ad Alphonse sembrò finalmente calmarlo. Dopo qualche minuto di conversazione intensa, Alphonse si voltò sui tacchi dirigendosi verso l'ingresso ad arco. Agitando il braccio in un gesto 'venite', le sue persone trotterellarono dietro di lui. Mac e Larry rimasero rigidi, al centro del campo, guardando la sua schiena che si allontanava. Mac aspettò qualche minuto extra dopo che Alphonse se ne fu andato prima di voltarsi e dirigersi nella direzione di Sophie. Il suo passo era deciso ma senza fretta.

Sophie diede una spinta a Patrick per farlo uscire di mezzo così poteva scendere dalla macchina, ma Patrick le diede un'inclinazione testarda del mento e scosse la testa, occhi che tagliavano verso Fergal seduto davanti a lui.

«Muoviti», ringhiò Sophie, cercando di spingere Patrick fuori strada. Patrick diede a Sophie uno sguardo di scuse ma si rifiutò di muoversi.

«Va bene. Il pericolo è finito», disse Fergal a Patrick. Sophie sbuffò quando Patrick scese dalla macchina e tenne la portiera aperta per lei. Era stufa di essere sorvegliata dai teenager. Scendendo dalla macchina, dimenticò la sua irritazione quando Mac uscì dal cancello con movimenti rigidi e sul marciapiede.

Prima che Sophie potesse dire una parola, Mac la trascinò in un abbraccio stretto. Poteva sentire la tensione vibrare attraverso la sua struttura. Comprendendo il bisogno di conforto dopo quel disastro, Sophie chiuse la bocca e si accoccolò nell'abbraccio, passando una mano calmante su e giù per la schiena di Mac.

Sophie si tirò indietro dall'abbraccio, tenendo Mac alla lunghezza del braccio, esaminando il suo viso. Sembrava decisamente omicida. «Stai bene?» chiese.

A prima vista, Mac appariva composto, ma i suoi occhi blu ardevano di rabbia. La contrazione della sua mascella e i pugni tremuli ai suoi lati riflettevano il proprio desiderio di Sophie di dare la caccia ad Alphonse e fare il lavoro di Biancaneve per lei.

«Sto bene. Solo incazzato.» Era più che solo 'incazzato', ma Sophie non aveva intenzione di farlo notare. «Abbiamo perso la nostra opportunità di prendere Biancaneve. Sa che la stiamo seguendo ora. Non la vedremo mai più. Che casino. Andrà in clandestinità come minimo ma probabilmente si trasferirà e lascerà la città. Allora non so come la troveremo mai. Probabilmente è già a metà strada per l'Alaska ormai», si lamentò Mac. «Alphonse è il più grande idiota che abbia mai avuto il dispiacere di conoscere. Se non sapessi meglio, penserei che l'ha lasciata scappare apposta.»

«Perché ha fatto quello? Urlare ai suoi uomini?»

«Ha sostenuto che era suo diritto occuparsi del suo stalker come riteneva opportuno. Il suo piano maestro era far sì che le sue persone la prendessero prima che potessimo prenderla noi e poi rivendicare i diritti di alpha. Sono sicuro che stava pianificando di fare una grande produzione della sua esecuzione per aver ucciso Roger Lammar.»

«Può farlo?» L'orrore riempì Sophie al pensiero di Alphonse che avesse quel tipo di potere. Decidere chi viveva e chi moriva senza un giusto processo.

«Ha sostenuto che lei è una 'minaccia imminente' e che era nei suoi diritti come alpha del suo branco proteggere la sua gente. Il Conclave non avrebbe autorizzato una tale azione, ma sarebbe stato troppo tardi per Biancaneve se le avesse messo le mani addosso. Sono quasi contento che sia scappata.»

«Che stronzo. Pensavo che tu e lui steste per venire alle mani.»

«Una parte di me sperava che mi desse un pugno. Ma Alphonse sapeva che se mi avesse attaccato per primo, sarei stato in grado di pulire il pavimento con lui e non affrontare ripercussioni. Non so se potrei vincere una lotta contro di lui, ma, cazzo, mi piacerebbe scoprirlo. Non avrebbe mai combattuto volontariamente qualcuno di cui non era sicuro di poter battere. Rovinerebbe la sua posizione come alpha del branco se perdesse una lotta, specialmente contro qualcuno che non è considerato un mutaforma apex. Quindi invece di combattermi, Alphonse ha annunciato che avrebbe fatto un reclamo formale contro di me al Conclave. Sta sostenendo incompetenza. Ha anche cercato di suggerire che ho lasciato scappare Biancaneve apposta. Non so come il suo cervello di pisello sia arrivato a quella conclusione.»

«Cosa succederà allora? Il tuo lavoro è in pericolo?»

«Nah, non c'è modo che il suo reclamo regga una volta che alcuni dei miei agenti sottomettono le loro registrazioni delle bodycam. Alphonse ha rovinato tutta questa operazione. Spero che faccia un reclamo. Proverò grande piacere nel farlo sembrare il dannato stupido che è», disse Mac.

Fergal, Burg e i ragazzi devono aver deciso che Sophie e Mac avevano avuto abbastanza tempo da soli perché uscirono tutti dalla macchina e si avvicinarono. Quando Mac spiegò la situazione, sia Fergal che Burg si offrirono di testimoniare come testimoni a nome di Mac.

«Apprezzo l'offerta. Speriamo che non arrivi a quello. Ma con entrambe le vostre reputazioni nella comunità Mitica, darebbe certamente peso extra alla mia testimonianza», disse Mac, stringendo la mano a entrambi gli uomini.

Mac premette un pulsante sulla radio attaccata alla spalla e chiese a tutte le squadre di registrarsi. Una per una, ogni squadra rispose, facendogli sapere che Biancaneve non si vedeva da nessuna parte.

Mac non sembrò sorpreso, ma sembrò scoraggiato. Fergal diede una pacca sulla spalla a Mac in segno di simpatia, poi si diresse verso la berlina. Il resto del gruppo seguì, dando spazio a Sophie e Mac.

«Devo tornare dalla squadra. Volevo solo controllare te e assicurarmi che stessi bene», disse Mac.

«Sto bene. Delusa, ma bene. Cosa succede ora?»

«La mia giornata è appena iniziata. Devo chiamare Dunham e informarlo della situazione, quindi non vedo l'ora. Continueremo a cercare nell'area per almeno un'altra ora a meno che Dunham non richiami la squadra. Poi devo tornare alla stazione e occuparmi del capo e di tutte le scartoffie. Non poteva andare peggio», si lamentò Mac. «Dovresti probabilmente tornare alla casa del clan. Non c'è niente che puoi fare per aiutare qui.»

Sophie trascinò Mac in un abbraccio stretto, sperando di farlo sentire meglio. Un ronzio dalla tasca di Mac lo fece tirare indietro e controllare lo schermo.

«Merda. È Dunham. Scommetto che Alphonse l'ha già chiamato. Vuoi prendere questa chiamata per me?» scherzò Mac.

«Assolutamente no.»

Mac sorrise a Sophie, mettendo il telefono all'orecchio.

«Capo», salutò Mac, poi diede a Sophie un bacio veloce e distratto prima di rivolgere tutta la sua attenzione alla chiamata.

Sophie articolò 'buona fortuna' e salutò Mac, che la ricambiò – una smorfia sul viso mentre ascoltava quello che Dunham stava dicendo – prima di dirigersi verso il suo seguito.

Il viaggio di ritorno alla casa del clan fu silenzioso. Sophie masticò via l'unghia del pollice rimanente, preoccupandosi per quello che Mac stava dovendo sopportare. Meglio che Dunham non gli avesse dato problemi. Sperando che forse potesse aiutare Mac, Sophie chiuse gli occhi e cercò di trovare la sua connessione con Biancaneve nonostante fosse completamente sveglia. Era un colpo lungo, ma Sophie era disposta a provare qualsiasi cosa a questo punto.

Non importa quanto si concentrasse duramente, non sentiva niente. Cercò di proiettare la sua anima verso Biancaneve, ma rimase saldamente nel suo corpo. Nessuna connessione, nessuna visione. Niente. Sophie decise di provare ad addormentarsi nella speranza di ottenere una visione, ma stavano arrivando alla casa del clan prima che avesse la possibilità di sistemarsi.

«Qualcuno ha fame?» chiese Fergal.

«No, grazie. Proverò a fare un sonnellino», rispose Sophie, guadagnandosi uno sguardo strano da Fergal, che controllò l'orologio con un cipiglio.

«Ora? È stata una lunga giornata. Prendiamo un boccone, e poi puoi fare un sonnellino», suggerì Fergal. Quando lo stomaco di Sophie brontolò in risposta, Fergal la prese per un gomito e la guidò alla sala da pranzo. Sophie seguì, docile come un agnello, troppo emotivamente prosciugata per opporre resistenza.

Prendendo il posto accanto a Sophie, Burg guardò intorno al pub con occhio impaziente, assorbendo ogni dettaglio.

Essendo la consumata professionista e ufficialmente la persona preferita di Sophie al mondo, Riona lasciò cadere pinte di birra prima che si fossero appena sistemati nei loro posti. Sophie afferrò rapidamente la sua e se la strinse al petto come se fosse il suo tesoro. Forse era l'esperienza, o forse Riona sapeva riconoscere quell'aria abbattuta, ma in qualche modo capiva sempre quando era il momento di portare da bere senza nemmeno chiedere.

«Non è andata bene?» fece Riona con la lingua.

«Non sono sicura che potesse andare peggio», mormorò

Sophie, ingurgitando grandi sorsi della sua birra, non curandosi dei baffi di schiuma che stava sfoggiando.

«Alphonse ha anticipato i tempi e ha spaventato via il bersaglio. Ha completamente rovinato l'intera operazione e ha fatto perdere tempo a tutti. Poi ha fatto un gran casino cercando di incolpare Mac per il suo errore. Comportamento tipico di Alphonse», borbottò Fergal.

«Lo conosci bene?» chiese Sophie.

«Ho dovuto occuparmi delle sue stronzate per quasi dieci anni ora. Non posso dirti quanto siamo tutti stufi di Alphonse. Il Golden Gate Park si trova direttamente tra i nostri territori. Come puoi immaginare, tutti i mutaforma amano correre nel parco dopo il tramonto – lasciare che il loro lato animale corra libero. Per alcuni anni, abbiamo avuto scontri con il suo branco quasi mensilmente. Alla fine, il Conclave ha dovuto intervenire e dividere il parco in sezioni. La sua gente ama mettere alla prova il nostro valore, cercando di sgattaiolare attraverso i confini e iniziare schermaglie. Quindi ora, nessuno può correre l'intero, devi attenerti alla tua sezione designata. Ma il branco Sunset sta sempre violando i nostri confini, spingendoci. Credo che Alphonse incoraggi quel comportamento nei suoi compagni di branco, sperando di farci impegnare. Spera di poter gridare al fallo e spingere per riparazioni dal Conclave se reagiamo. Ha cercato di espandere il suo territorio da quando ha sconfitto l'ultimo alpha e ha preso la leadership. È una spina nel mio fianco. Una spina rumorosa e odiosa.»

«Oggi però ci è cascato dentro. Perderà la faccia con il Conclave quando verranno fuori i dettagli di quanto male ha rovinato l'operazione», consolò Burg Fergal.

Riona fece schioccare la lingua prima di promettere di portare a tutti la cena.

«Dopo che finiamo qui, ti porterò in un tour della cucina», promise Fergal a Burg.

«Mi piacerebbe molto. Grazie per la vostra ospitalità. Questo posto è fantastico. E gli odori che vengono dalla vostra cucina mi fanno venire l'acquolina in bocca.»

L'orgoglio irradiava da Fergal alle fervide lodi di Burg. Nonostante l'umore acido di Sophie, guardare un'altra amicizia maschile nascente sbocciare proprio davanti ai suoi occhi era divertente.

Proprio mentre Riona e sua figlia deposero i piatti di cibo al tavolo, Liam venne clattering giù per le scale. Correndo verso il gruppo, si fermò di colpo, congelato sul posto. Rigido come un palo, con il naso in fermento, la testa di Liam ruotò verso Burg. La sua bocca si aprì, ma non uscirono parole.

«Liam», disse Fergal, facendolo uscire dalla sua trance. «Unisciti a noi.» Fergal afferrò una sedia e la tirò al tavolo. Con movimenti lenti e attenti, come se stesse cercando di non spaventare un animale selvatico, Liam scivolò sulla sedia.

Mentre Sophie spingeva il cibo nel suo piatto, fingendo di mangiare, Conor e Patrick raccontarono a Liam delle avventure della giornata. Liam continuava a lanciare sguardi occasionali verso Burg, i suoi occhi spalancati come quelli di un gufo nel condividere un tavolo con un orco.

Fergal guardava Sophie con preoccupazione paterna, spingendo il suo piatto più vicino a lei. Con un sospiro interno, strappò un pezzo del suo pane di soda e se lo infilò in bocca.

Finalmente avendo mangiato abbastanza per soddisfare il suo ospite, Sophie si scusò e si diresse alla sua stanza. Se poteva addormentarsi rapidamente, Sophie poteva ottenere un'ora di sonno. Impostando la sveglia e togliendosi stivali e calze, Sophie si mise sotto la coperta. Gonfiando il cuscino, chiuse gli occhi e si impose di dormire.

Trova Biancaneve. Trova Biancaneve, cantò silenziosamente. I libri dicevano che dovevi immaginare la persona o l'oggetto che stavi prendendo di mira con il maggior dettaglio possibile. Sophie si concentrò su come ci si sentiva a essere dentro la mente di Biancaneve. Sophie pensò alla sua determinazione, alla sua gioia, al suo godimento della caccia.

Quando la sua sveglia suonò un'ora dopo e gli occhi di Sophie si spalancarono, dovette mordere un urlo strozzato dietro i denti serrati. Non era riuscita a dormire nemmeno un secondo. La sua mente non voleva zittirsi, i suoi pensieri correvano come un criceto su una ruota, ossessionata dal bisogno di dormire. Aveva provato a svuotare la mente, poi aveva cercato di trovare il suo luogo felice – una spiaggia con palme che ondeggiavano. Aveva provato pensieri calmanti e meditativi. A un certo punto, aveva perfino scaricato un'app per dormire che usava musica calmante per cullare le persone nel sonno. Quello era stato uno spreco di un dollaro.

Avrebbe contato le pecore se avesse pensato che avrebbe funzionato.

Con un gemito, si sedette, afferrando il telefono e spegnendo la sveglia. Controllando l'ora, decise che aveva tempo per una doccia prima di dover partire per il lavoro. Mandò un rapido messaggio a Mac per controllare come stava. Quando uscì dalla doccia, trovò un messaggio che l'aspettava dicendo che era tornato alla stazione, seguito da un emoji con la faccia arrabbiata con vapore che usciva dal naso.

Yikes. Cerca di non sparare a nessuno. A meno che non sia un particolare alpha stronzo, allora sentiti libero.

Mac rispose che non poteva promettere quello. Spiegò che la maggior parte del Conclave si era presentata alla stazione, insieme a diversi membri del branco di Alphonse, incluso l'alpha stesso. Anche la maggior parte dei membri della squadra di Mac erano lì per dare il loro resoconto dell'evento. C'era molto pavoneggiarsi da parte del Conclave, insieme a un contorno di accuse. Mac promise di chiamarla quando poteva e metterla al corrente.

Mandando un emoji con la faccia che dà un bacio, Sophie infilò il telefono in tasca, si infilò i piedi negli stivali e prese la borsa. Una lunga notte si profilava davanti a lei, ma Sophie si diresse determinata a trovare i ragazzi e andare al lavoro.

Marciando giù per le scale, Sophie poté sentire un canto stonato provenire dalla sala da pranzo. Sembrava uno dei cori da calcio che i clienti abituali di Pollicino cantavano occasionalmente mentre guardavano la partita su una delle televisioni di Burg. Una volta che iniziavano a urlare 'Olé, olé, olé', era il segnale di Sophie per uscire dal pub e tornare a Castagnaccia.

Entrando nella sala da pranzo, Sophie individuò immediatamente Burg e Fergal, braccia intrecciate l'una nell'altra, che penzolavano sui loro posti come navi da guerra sbilanciate su mari tempestosi, ubriachi come puzzole.

«Sophie», entrambi gli uomini acclamarono mentre entrava nella sala da pranzo. Riona catturò lo sguardo di Sophie, scuotendo la testa per le buffonate di Fergal e Burg.

«Vieni a unirti a noi, Sophie. Devi provare questo whisky! La famiglia di Fergal lo fa speciale loro stessi. Solo per mutaforma. È extra potente», urlò Burg, quasi cadendo dalla sedia, cercando di salutare Sophie.

Fergal chiuse un occhio, strizzando nella direzione generale di Sophie. Si chiese quante Sophie stesse vedendo. «Sì, dovresti prendere un rapido sorso. Anche se sei umana, quindi puoi averne solo un pochino», annunciò Fergal, tenendo la bottiglia nelle sue mani verso Sophie. Sembrò sorpreso di vedere che era vuota.

«Riona, mia bella sposa! Questa bottiglia è vuota. Ne abbiamo bisogno di un'altra.» Fergal scosse la bottiglia verso sua moglie per mostrarle il suo stato non riempito.

Mentre erano distratti, Sophie scivolò fuori per trovare i ragazzi. Dirigendosi giù per le scale, individuò Birdie che saliva.

«Hey, ragazza», salutò Birdie. «Ho sentito che oggi è andata male.»

Niente era segreto nella casa del clan. Sophie si era sdraiata per poco più di un'ora.

«È dire poco. È stato un disastro senza attenuanti.» Sophie scrollò le spalle. «Te ne parlerei, ma devo andare al lavoro. Burg è su al pub. Era lì e può aggiornarti.»

Si diedero un rapido abbraccio prima che Birdie si dirigesse su per le scale. Mentre Sophie atterrava nell'atrio, sentì Fergal e Burg acclamare "Birdie" da sopra. Oh cavolo. Forse non avrebbe dovuto mandare Birdie al pub. Sophie aveva la sensazione che Birdie si sarebbe curata una sbornia entro il momento in cui fosse tornata dal lavoro la mattina.

Tanto non erano affari suoi.

CAPITOLO 20

Le sue guardie del corpo erano al loro solito posto – spaparanzate sui gradini d'ingresso – ad aspettare Sophie.

Patrick lasciò che Liam si sedesse sul sedile anteriore senza discussioni. Sophie suppose che fosse perché si sentivano malissimo che Liam avesse dovuto perdere tutta l'azione di prima.

«Non posso credere che tu sia amica di un vero orco!» esclamò Conor. «Non ne ho mai incontrato uno prima. Si dice che siano molto crudeli e aggressivi. Odiano tutti tranne gli altri orchi.»

Sophie sbuffò. «Hai conosciuto Burg. Ti è sembrato cattivo? Possiede un pub che è considerato territorio neutrale per tutti i Mitici. Se odiasse tutti, perché permetterebbe a qualsiasi Mitico di entrare? Magari gli altri orchi sono stronzi, ma non Burg. È un tesoro. Il pub è accanto al mio appartamento, così siamo diventati amici dopo che una sera sono entrata per bere qualcosa. È una delle persone più amichevoli che abbia mai conosciuto.»

«Sei entrata in un pub di orchi? Da sola?» chiese Liam.

«Sì. È solo un pub. Voglio dire, è nel Tenderloin, quindi ci sono un sacco di personaggi pericolosi in giro, ma Pollicino è sicuro.»

«Vivi nel Tenderloin? Sei più tosta di quanto sembri,» disse Liam con tono di complimento. Sophie aprì la bocca per rispondere con qualcosa di tagliente, ma non le venne in mente nulla.

«Io sono in gamba,» protestò debolmente.

«Oh sì, lo sei proprio, Sophie,» rispose Patrick con una voce smielata.

«Te l'ha detto tua mamma?» sghignazzò Conor nello stesso momento.

Saccenti mocciosi, pensò Sophie, fulminando i ragazzi con lo sguardo. Il cipiglio di Sophie fece ridere Patrick ancora di più.

I ragazzi la accompagnarono, assicurandosi che Sophie arrivasse attraverso le porte della hall. Nonostante fossero degli scavezzacollo, prendevano certamente il loro lavoro sul serio.

Sophie trovò Reggie che rivedeva le cartelle cliniche nel suo ufficio. Lo tirò di peso nell'ufficio principale. Amira, Ace e Fitz erano tutti alle loro scrivanie quando entrarono nella stanza.

«Di cosa dovevi parlarci, Sophie?» chiese Reggie.

Appoggiandosi con l'anca a una scrivania vuota, Sophie diede alla squadra un riassunto della giornata. Ace alzò le mani al cielo in segno di frustrazione quando Sophie raccontò di come Alphonse avesse cercato di afferrare Biancaneve prima che attraversasse la soglia dell'incantesimo, rovinando l'intera operazione.

«Non ci posso credere! Non l'ha fatto davvero, vero?» esclamò Reggie, alzando le sopracciglia.

«Oh, sì, l'ha fatto. E ora sta cercando di dare la colpa a Mac del fatto che sia scappata,» ribatté Sophie, stringendo le mani con il desiderio di strozzare il collo grosso di Alphonse.

«Cosa è successo dopo?» chiese Fitz.

«Mac e la sua squadra stavano ancora cercando Biancaneve quando me ne sono andata. Ma pensa che sia scappata da un pezzo. L'ultima volta che ho parlato con lui, era al quartier generale della polizia. Era arrivata la maggior parte del Conclave, e tutti si stavano accusando a vicenda.»

«Vuoi che io—» iniziò a dire Reggie, ma lo squillo del telefono di Sophie lo interruppe.

«È Mac,» disse Sophie, rispondendo alla chiamata. «Ehi, Mac. Cosa succede? Stai bene?»

«Sì, sto bene. Volevo solo chiamare per sentire la tua voce e aggiornarti.»

«Ehi, sono qui con Gli Strani. Posso metterti in vivavoce?»

Quando Mac diede il suo permesso, Sophie posò il telefono su un tavolo tra i suoi amici.

«Siamo tutti qui. Cosa è successo dopo che me ne sono andata oggi?» chiese Sophie.

«È andato esattamente come puoi immaginare. La mia squadra ha perquisito tutta l'area per ore prima che il capo ci richiamasse tutti in centrale. Quando sono entrato dalla porta, Alphonse, Dunham, Marcella e la maggior parte del Conclave stavano facendo casino nel mezzo dell'ufficio operativo. Quando sono entrato, Alphonse ha cercato di attaccarmi. È finito sotto una pila della maggior parte della divisione Mitica della polizia,» spiegò Mac con una risatina. «Tutti i membri della mia squadra hanno finito per rilasciare le loro dichiarazioni che, insieme alle riprese delle bodycam, hanno dimostrato false un sacco delle accuse di Alphonse. Non so cosa stesse pensando. Si è fatto sembrare un idiota e un bugiardo davanti al Conclave. È appena uscito di qui fatto una furia pochi minuti fa. Un paio di membri del Conclave sono partiti per trovarlo e cercare di riportarlo indietro. Spero che non torni, a dire il vero. Marcella sembra pronta a iniziare a staccare teste dalle spalle, ma è diretto principalmente verso Alphonse. Penso che abbia perso prestigio nella comunità oggi, specialmente perché ha sbandierato tutto questo nel mezzo dell'ufficio operativo davanti a una folla. Tutti ne parleranno. Se avesse solo chiuso la bocca, si sarebbe potuto mettere tutto a tacere. Ho un mal di testa del diavolo, ma ne è valsa la pena per vedere Alphonse spararsi sui piedi.»

«Wow. Non mi sorprenderebbe se Alphonse venisse deposto dal suo trono da un membro del branco ambizioso presto,» disse Reggie. «Ho sentito che suo fratello è spietato quanto lui. Scommetterei che potrebbe cercare di organizzare un colpo di stato. Alphonse potrebbe finire per dover affrontare un sacco di sfide. È un figlio di puttana tosto, ma se deve affrontare una serie di battaglie per il dominio, potrebbe perdere. Se abbastanza persone si fanno avanti per combatterlo, alla fine si consumerà. Sarà interessante vedere come va a finire.» Reggie sembrava preoccupato all'idea. Sophie pensava che liberarsi di Alphonse sarebbe stato solo un bene, anche se forse era una situazione del tipo 'meglio il diavolo che conosci'.

«Mi dispiace per il suo branco. Hanno dovuto sopportare la sua tirannia per anni. Ma se viene sfidato e sconfitto, getterà il branco nel caos a meno che il nuovo alfa non sia abbastanza forte da tenerli insieme ed esercitare il controllo. Un branco instabile è un branco pericoloso. Specialmente per i suoi membri più deboli,» disse Amira. Rabbrividì al pensiero.

«Bramwell e il suo seguito sono tornati,» annunciò Mac dall'altra parte del telefono. «Non vedo Alphonse. Non devono averlo raggiunto. O si è rifiutato di tornare. Non sono triste in nessuno dei due casi. Ugh, il capo Dunham e Marcella mi stanno facendo cenno. Devo andare.»

Tutti augurarono buona fortuna a Mac, poi Sophie tolse l'altoparlante e uscì dalla stanza per salutarsi.

«Ehi, se pensi che Biancaneve sia scappata dalla città, quando pensi che potrei tornare a casa?» chiese Sophie. «Mi manca il mio letto.»

Mac soffiò nel telefono. «Preferirei sbagliare per eccesso di cautela. Finché non viene catturata o non abbiamo la prova che se n'è andata, dovresti rimanere nascosta.»

Sophie sapeva che era quello che Mac avrebbe detto, ma non

faceva mai male controllare. In molti modi, le piaceva stare nella casa del clan. Chi non avrebbe gradito pasti caldi serviti su richiesta senza bisogno di lavare i piatti? Ma le mancava il suo appartamento. Era un posto tutto suo. Le mancava persino la piccola doccia di merda con la sua misera pressione dell'acqua. Era il suo santuario.

«No, ha senso. Penso di essere solo un po' nostalgica di casa.»

«Il capo Dunham sembra irritato. Devo andare,» ringhiò Mac.

«Chiamami quando hai finito lì. Non importa che ora sia; risponderò anche se sono nel mezzo di un'autopsia. So che a Reggie non importerà. Voglio solo assicurarmi che tu stia bene,» disse piano Sophie a Mac.

«Lo farò. Mi manchi. Vorrei che tu fossi qui,» rispose Mac.

«Anch'io.»

Sophie fece capolino nell'ufficio per far sapere a Reggie che doveva solo mettersi la divisa, e sarebbe stata pronta per iniziare il suo turno.

Per il resto della notte, Sophie fece il suo lavoro distrattamente. Mac chiamò circa un'ora dopo l'inizio del suo turno. Sembrava esausto ma soddisfatto della piega degli eventi. Sembrava che, come minimo, il Conclave stesse per mettere sanzioni contro il branco del Sunset District per aver interferito in una questione di polizia. Il Conclave stava anche discutendo l'opzione di costringere Alphonse a fare scuse pubbliche alla divisione Mitica e specificamente a Mac stesso. Tuttavia, Mac pensava che l'inferno si sarebbe ghiacciato prima che Alphonse accettasse quei termini. Non potevano fare molto riguardo ad Alphonse a meno che non fossero disposti a rimuoverlo come alfa completamente. Il Conclave non prendeva misure drastiche come quella a meno che il Mitico in questione non fosse in pericolo di rivelare l'esistenza dei Mitici agli umani con il suo comportamento.

Spingendo un carrello fuori dalla sala autoptica per tornare al frigorifero, Sophie quasi investì Ace. Gli urlò una scusa, ma lui le ringhiò di stare più attenta a dove andava.

Parlare con Mac avrebbe dovuto calmarla, ma non riusciva a smettere di rivivere la giornata nella sua testa. Era distratta e incapace di prestare attenzione all'ambiente circostante come al solito. Fortunatamente, era abbastanza competente nel suo lavoro ormai da poter fare la maggior parte delle cose meccanicamente. Anche le visioni non richiedevano alcun vero sforzo. Doveva solo toccare un cadavere e vedere quale visione arrivava. Per un'abilità così preziosa, non richiedeva alcuna vera competenza – non che Sophie se ne lamentasse.

A pranzo, Sophie lasciò che la conversazione la avvolgesse. Era tutta su Alphonse, Biancaneve e su cosa tutti pensavano sarebbe successo dopo. Fortunatamente, il suo appetito era tornato, quindi riuscì a mangiare il suo pasto. A malapena registrò cosa mangiò, solo contenta di avere cibo caldo fornito per lei. Quella sarebbe stata la cosa che le sarebbe mancata di più del lasciare la casa del clan – la cucina di Riona. Beh, quello e avere qualcun altro che lavasse i piatti.

Quando il suo turno finì finalmente, le ultime ventiquattro ore avevano iniziato a raggiungerla. Si sentiva come uno zombie che si trascinava fuori dall'edificio. Quasi si dimenticò di salutare signorina Zhao, ricordandosene solo quando era quasi fuori dalla porta. Meno male – la migliore politica era rimanere dalla parte buona di un drago.

«Dormi un po', cara,» consigliò signorina Zhao.

«Sì,» rispose Sophie, uscendo nel sole del mattino.

Dirigendosi verso la macchina dei ragazzi, l'urlo di un uomo 'ridammelo' attirò la sua attenzione. Due uomini senza casa, trasandati, stavano lottando per qualcosa dall'altra parte del parcheggio. Sembrava un sacchetto di stoffa. Il più grande dei due uomini tirò il sacchetto, trascinando l'uomo più piccolo giù dai piedi. Una volta a terra, l'uomo più piccolo iniziò a calciare verso le braccia dell'altro uomo, cercando di fargli lasciare il sacco. Parolacce uscivano dalle bocche di entrambi gli uomini.

Proprio non era dell'umore per interrompere una rissa, ma comunque si girò verso gli uomini che combattevano con un passo determinato. I ragazzi erano anche usciti dalla loro macchina e si erano girati nella stessa direzione. Eccellente. Avrebbe fatto interrompere la rissa a loro. Chi disse che Sophie non aveva materiale da dirigente?

Prima di fare più di un passo verso gli uomini che combattevano, una mano si chiuse sulla bocca di Sophie, un braccio si avvolse intorno al suo collo, tirandola giù dai piedi. Agitandosi, Sophie cercò di rimettersi in piedi mentre veniva rapidamente trascinata dietro l'angolo dell'Ufficio del Medico Legale e fuori dalla vista del parcheggio. Cercò di gridare ai ragazzi ma non riusciva a farsi sentire sopra la rissa degli senza casa. Mentre veniva trascinata dietro l'angolo, l'ultima cosa che vide fu un furgone che entrava nel parcheggio. Frenando bruscamente, la porta laterale si aprì, e uomini si versarono fuori dal veicolo, dirigendosi verso i ragazzi.

Il braccio intorno al suo collo si strinse, tagliandole l'ossigeno, mentre veniva trascinata più lontano. Si stavano dirigendo verso il lungomare con il suo groviglio di banchine, magazzini e costruzioni incompiute – un posto perfetto per un'aggressione o un omicidio. Sophie aprì la bocca il più possibile, piantando i denti nella parte carnosa della mano sulla sua bocca. Morse la carne più forte che poteva, sentendo le ossa spostarsi sotto il muscolo. A causa dell'abitudine di Reggie di raccontarle fatti sui corpi umani, Sophie sapeva di avere abbastanza forza nella mascella per staccargli le dita a morsi. L'uomo che la teneva ruggì, cercando di scrollarsela di dosso, ma Sophie tenne duro anche quando assaggiò il sangue. Il braccio intorno al suo collo si allentò ma non la lasciò andare. Non aveva intenzione di lasciare la sua mano finché non si fosse liberata, quindi anche quando la scosse come un cane con un topo in bocca, Sophie si aggrappò e tenne duro.

Con l'uomo distratto, Sophie infilò la mano in tasca e afferrò il suo taser. Lo conficcò nel torso dietro di lei e attivò la corrente. Premere il pulsante del suo taser ebbe una reazione immediata. Con un gorgoglio strozzato, l'uomo la spinse via. Atterrando sulle mani e sulle ginocchia, Sophie si girò e si trascinò indietro come un granchio terrorizzato.

Alphonse era piegato con le mani sulle ginocchia, ansimando e tremando, ma ancora in piedi. Quello avrebbe dovuto metterlo a terra. Era un brutto segno. Con un ringhio, si scrollò di dosso gli effetti del taser e si raddrizzò. L'espressione sulla sua faccia preannunciava la morte imminente di Sophie.

Non lasciargli mai di metterti a terra, la voce di Paddy urlò nella sua mente. Arrampicandosi in piedi, Sophie affrontò Alphonse, tenendo il taser e mantenendolo puntato su di lui.

Guardando velocemente a sinistra e a destra, Sophie si rese conto che non erano arrivati lontano come aveva pensato inizialmente. Erano solo dietro l'Ufficio del Medico Legale, appena fuori dalla vista dalla strada principale, nascosti dalle siepi.

I suoni di urla e combattimenti fluttuavano nell'aria dalla parte anteriore dell'edificio.

«Cosa vuoi?» urlò Sophie ad Alphonse, sperando in un monologo del cattivo per guadagnare tempo perché arrivasse la cavalleria.

Alphonse fece un passo minaccioso verso Sophie, così lei fece un passo indietro, mantenendo la stessa distanza tra loro. Poteva vedere Alphonse misurare visivamente la distanza, decidendo se poteva saltare attraverso essa e prenderla.

«Qual è il tuo problema? Ho cercato di salvare il tuo compagno di branco!»

«Come se non lo sapessi,» ghignò. «Devi venire con me. Ho delle domande per te. Renditi le cose facili e vieni volontariamente. Se mi combatti, ti farò soffrire in modi che non puoi immaginare.»

Sophie era completamente certa che se fosse andata da qualche parte con Alphonse, volontariamente o no, la sofferenza sarebbe stata nel suo futuro.

Alphonse fece un altro passo verso di lei, le mani alzate come per mostrare che non aveva cattive intenzioni. Sì, certo. Alphonse ringhiò irritato mentre Sophie fece un altro passo indietro corrispondente. Mentre abbandonava la facciata pseudo-amichevole, artigli crebbero lentamente dalle sue dita: curvi, neri, e lunghi quasi quanto il mignolo di Sophie.

«Non dobbiamo farlo,» disse Sophie. «Fai le tue domande. Risponderò a tutto quello che vuoi. Ma non andrò da nessuna parte con te.»

Dopo un altro passo che Sophie contrò, si rese conto che la stava manovrando più lontano dalla sicurezza dell'edificio e verso il lungomare. La stava guidando.

«Chi altri sa delle tue visioni? A chi hai detto quello che ho fatto?» chiese Alphonse.

La faccia impassibile di Sophie la tradì per un momento mentre la sua bocca si aprì per lo shock. Come poteva Alphonse sapere delle sue visioni?

Un momento troppo tardi per essere credibile, Sophie balbettò, «Visioni? Non so di cosa stai parlando.»

«Stronzate. So che è per questo che mi hai pedinato e hai attaccato la mia gente. Frank ti ha vista ieri quando sei scappata come una codarda senza fegato.»

«Mi ha vista? Non è possibile. Non ero lì, e non ti ho pedinato. Non so chi abbiano visto i tuoi, ma non ero io. Lo giuro!»

Con Alphonse di spalle all'Ufficio del Medico Legale, non vide una persona sbirciare velocemente dietro l'angolo, pochi metri dietro di lui. Fu solo un lampo di movimento, ma Sophie la vide. Finalmente. La cavalleria era arrivata.

Un momento dopo, la persona si precipitò da dietro l'angolo.

Sophie cercò di mantenere l'attenzione di Alphonse su di lei, ma quando vide la sua stessa faccia che la guardava, qualcosa dovette registrarsi nei suoi occhi. Doveva essere Biancaneve, e indossava la faccia di Sophie.

Mentre Alphonse iniziava a girarsi, Biancaneve affondò una siringa nella sua spalla. Prima che potesse premere lo stantuffo, Alphonse le diede un rovescio, poi la afferrò per il braccio, lanciando Biancaneve in direzione di Sophie. Scivolò sul cemento, finendo in un mucchio accartocciato diversi metri dietro Sophie.

Un coltello insanguinato venne scivolando sull'asfalto, fermandosi vicino al piede di Sophie. Ansimando, Alphonse si strappò la siringa dalla spalla, gettandola via. Il sangue fiorì sul bicipite di Alphonse. Biancaneve doveva essere riuscita a tagliarlo mentre la lanciava.

Mentre il sangue iniziava a gocciolare dal braccio di Alphonse, ruggì, «Ce ne sono due di voi!» Era così forte che si lavò su Sophie come un'onda. Le cuciture della sua camicia iniziarono a spaccarsi mentre diventava sempre più alto, i muscoli gli si gonfiavano e spuntavano peli sulle sue braccia. Il ruggito che usciva dalla sua bocca si trasformò in un ululato inquietante.

«Oh, mer—» una voce che suonava esattamente come quella di Sophie gridò da dietro di lei, spaventata e scioccata, ma Sophie non riusciva a concentrarsi su quello. Afferrando il coltello, Sophie balzò su Alphonse. Cercò di pugnalarlo al petto, ma lui balzò indietro, e Sophie finì per conficcare il coltello nella sua coscia. Con un muggito, Alphonse afferrò il polso che teneva il coltello, torcendolo finché Sophie sentì qualcosa cedere. Lasciando andare la lama ancora conficcata nella coscia di Alphonse, Sophie tirò il braccio, cercando di strapparlo dalla presa di Alphonse. Urlando di dolore, scalciò e graffiò Alphonse come un animale selvatico in una trappola, intenta solo alla fuga a ogni costo. Il suo grido di dolore fu rapidamente interrotto quando Alphonse la afferrò per la gola, sollevandola da terra con una mano. I suoi piedi scalciarono inutilmente, cercando di trovare appiglio sul terreno.

Sophie grattò una mano sulle sue dita, cercando di staccargli la mano dalla gola. L'altra mano era ancora afferrata nella stretta salda di Alphonse. Lui torse quel braccio, mettendo tensione sulla sua spalla fino a farla urlare di protesta. Con la vista che si scuriva, Sophie scalciò con i piedi, cercando di colpirlo nelle palle.

Un boato risuonò, così assordante che Sophie lo sentì tanto quanto lo sentì. In quello stesso momento, un pezzo della tempia di Alphonse scomparve in uno spruzzo di rosso e rosa. Altrettanto improvvisamente, Sophie fu lasciata cadere, le ginocchia che si accasciarono sotto di lei. Alphonse aveva ancora una presa sul braccio di Sophie, così la tirò sopra di lui quando crollò. Sdraiata su Alphonse, ansimando profondamente, Sophie sentì l'aria lasciare il corpo di Alphonse.

Tossendo raucamente, Sophie si arrampicò giù dal petto di Alphonse, cadendo sul culo. Si trascinò, spostandosi sul culo finché non fu a diversi metri di distanza. Seduta sull'asfalto freddo, Sophie tenne il braccio ferito e fissò il corpo insanguinato di Alphonse. Sapeva che era morto, ma c'era una parte di lei che non riusciva ad accettare quella realtà.

«Sorella! Stai bene, Sophie?»

Sophie si girò con orrore. *Sorella? Che ca—*

Biancaneve stava camminando verso di lei, una pistola in mano.

Sophie sbatté le palpebre mentre il cielo si fece buio. Guardando in alto, tutto quello che Sophie vide furono scaglie dorate e marroni delle dimensioni di piatti da insalata sopra la sua testa. Biancaneve iniziò a urlare. Sophie guardò indietro il suo doppione in tempo per vedere un artiglio gigante inchiodarla a terra. La pistola fu sbalzata via dalla mano di Biancaneve da un artiglio nero delle dimensioni di un mattarello. Risuonò sull'asfalto.

Un drago gigante e sinuoso, delle dimensioni di un autobus, incombeva su Biancaneve. Urlò con terrore senza senso.

Il drago aveva un corpo lungo e contorto, quasi serpentino, scintillante di scaglie bruno-ramate, il suo muso era smussato con grandi narici rotonde. Frange si estendevano dalla sua testa e lungo la schiena come una criniera arruffata. Sorprese colpì Sophie che il drago non avesse ali. Tutte le storie e l'arte li avevano sempre mostrati con le ali.

Il drago si avvolse intorno a Biancaneve, attorcigliandosi intorno a lei come un boa costrittore che stava per spremere il respiro dalla sua vittima. Il drago abbassò la sua testa gigante vicino a Biancaneve, ringhiando, mostrando file di zanne delle dimensioni di mazze da baseball.

«Ora devi stare zitta,» consigliò il drago a Biancaneve con la voce compita di signorina Zhao. Il volume era imperativo. Un rombo rotolò attraverso il lotto, rizzando i peli sulla nuca di Sophie. Le urla di Biancaneve si interruppero come se fosse stato lanciato un interruttore, i suoi denti che scattarono mentre si chiudeva la bocca.

«Signorina Zhao?» ansimò Sophie. Il drago sbatté i suoi occhi dorati giganti verso Sophie, inclinando la testa come un cane.

«Sì, sono io, cara. Stai bene?»

«Io... ehm... penso di sì,» rispose Sophie, non sicura di dire la verità.

Sophie poteva sentire sussurri senza fiato che suonavano come preghiere.

La testa di signorina Zhao si girò indietro verso Biancaneve in un movimento da cobra su un collo agile.

«Non ucciderla ancora. Ho delle domande per lei,» gridò Sophie.

Signorina Zhao soffiò un respiro fumante dalle sue narici, come se fosse delusa. Una lingua lunga e biforcuta guizzò verso

Biancaneve, facendola strillare. Era più difficile da dire con gli occhi da drago di signorina Zhao, ma Sophie pensò di poter rilevare divertimento.

Il drago appoggiò la sua faccia più vicino a Biancaneve, un sorriso lento che si allargava sulla sua faccia da vipera frangiata, dozzine di file di denti affilati come rasoi in mostra. Scaglie marroni con un'iridescenza ramata brillavano al sole mentre signorina Zhao soffiava un respiro sulla forma prostrata di Biancaneve.

«Hmm. È umana. Strano.»

Sophie guardò la donna inchiodata sotto l'artiglio da aquila di signorina Zhao. Tranne per un taglio di capelli diverso e una mancanza di tatuaggi visibili, Biancaneve era identica a Sophie.

Una voce arrabbiata urlò, «Alphonse! Hai ucciso mio fratello, stronza!»

Sia Sophie che signorina Zhao girarono la testa verso la strada di accesso vuota dietro l'edificio. Un uomo grande con capelli castani ispidi stava correndo verso di loro. La sua attenzione sembrava essere su Sophie e Biancaneve, ignorando palesemente l'enorme drago davanti a lui.

«Alphonse!» urlò in modo straziante, guardando la forma immobile dell'alfa a terra, una pozza di sangue che si formava sotto quello che restava della sua testa. Guardando indietro a Biancaneve, muggì, «Ti ucciderò!»

Signorina Zhao usò l'altra zampa per inchiodare questo nuovo tipo a terra accanto a Biancaneve con un soffio rassegnato. Si dimenò e si sollevò, urlando oscenità ma non riuscì a smuovere l'artiglio squamato delle dimensioni di un tombino dal suo petto.

«Sophie! Oh mio dio, eccoti qui!» chiamò la voce di Mac, seguita dal tuono di diversi piedi che correvano.

Mac corse verso Sophie, affiancato da tre mostri grigi e ispidi. Reggie, Ace, Amira, Fitz, Larry e diversi agenti di polizia erano proprio alle loro calcagna, apparentemente non preoccupati per le bestie pelose in mezzo a loro, che torreggiavano su di loro. I mostri erano simili ai mutaforma lupo che Sophie aveva visto a Coit Tower – se quei mutaforma fossero cresciuti di un piede in altezza e si fossero dopati. Erano roba da incubi con brandelli di vestiti che pendevano dalle loro forme e sangue che gocciolava dai loro artigli e spalmato sui loro musi. I passi dei mostri esitarono solo per un momento quando individuarono il drago dietro Sophie.

«Wow, un drago,» la voce di Liam uscì dalla bocca di uno dei mostri.

A metà strada in piedi, Sophie si bloccò, bocca spalancata. Mac aveva detto che i mutaforma levrieri irlandesi erano stati creati per la guerra, ma nulla l'aveva preparata a vedere i ragazzi nella loro forma da battaglia.

Mac attraversò la distanza tra loro in pochi passi rapidi e trascinò Sophie tra le sue braccia, seppellendo la faccia nei suoi capelli. Ogni respiro affannoso, ogni battito del suo cuore, echeggiava sulla guancia di Sophie e le trasmetteva dei brividi.

«Soph! Oh mio dio, Sophie! Stai bene?» continuava a ripetere Mac, il suo corpo che tremava contro il suo, distraendola dalle spaventose mezze forme delle sue guardie del corpo.

«Sto bene. Sto bene,» rassicurò Sophie Mac.

«Grazie a Dio, stai bene. Pensavo di essere arrivato troppo tardi.» Mac si tirò fuori dall'abbraccio e iniziò freneticamente a controllarla. Sophie sibilò quando lui palpò il suo polso.

«Cosa è successo?» chiese Mac.

Mentre Sophie spiegava quello che era successo con Alphonse, la faccia di Mac divenne una maschera rigida, occhi come un ghiacciaio. Se Alphonse non fosse già stato morto, Sophie non dubitava che Mac avrebbe cercato di ucciderlo. Mac passò un dito gentile lungo la gola di Sophie. Faceva male da morire e probabilmente stava già diventando viola.

Avvicinandosi, Sophie sussurrò nell'orecchio di Mac, «Biancaneve mi ha salvato la vita. Perché dovrebbe farlo? Pensavo che fosse dietro di me.»

«Non ne ho idea. Niente di tutto questo ha senso.»

Diverse auto della polizia arrivarono con le luci lampeggianti, seguite da un'ambulanza, bloccando la piccola strada di accesso dietro l'ufficio. Tutti stavano cianciando intorno a loro; polizia e amici che speculavano, il fratello di Alphonse stava urlando di Alphonse e prometteva vendetta per la sua morte, Biancaneve stava cercando di spiegare che stava solo aiutando a salvare sua 'sorella'.

«Sorella?!» esclamò Mac, guardando Biancaneve poi di nuovo Sophie incredulo.

«Quella *non* è mia sorella! Non so che magia stia usando per sembrare come me, ma io non ho una sorella. È pazza.»

«Ha completamente odore di umana,» annunciò signorina Zhao, dando a Biancaneve un'altra lunga annusata.

«Sei sicura?» chiese Mac. Quando signorina Zhao annuì regalmente con la sua testa gigante, Mac scosse la testa.

«Sono quelle corna?» sussurrò Sophie, ancora fissando la signorina Zhao. Chiamarle corna era un po' un eufemismo. Corna acute e ramificate si arcuavano dalla fronte della signorina Zhao, inclinandosi indietro lontano dalla sua faccia.

«Sì, è un drago,» rispose Mac come se fosse autoesplicativo. Si girò verso Larry. «Puoi impostare un incantesimo di repulsione intorno al perimetro? Chiudi tutti gli accessi all'edificio e manda a casa tutti i dipendenti umani per la giornata. Non voglio che nessun umano vaghi nella scena del crimine. Impostiamo questo come una rapina sventata per i registri.»

Larry si strofinò le mani con gioia. «Volentieri.» Dirigendosi verso la parte anteriore dell'edificio, si fermò e si girò verso Sophie. «Ehi, sono contento che tu stia bene.»

«Anch'io,» concordò Sophie con tutto il cuore.

Mac ordinò agli agenti di ammanettare Biancaneve e il fratello di Alphonse, il cui nome era Antonio, e metterli nelle auto della polizia. Ci vollero quattro agenti di polizia per sottomettere Antonio e portarlo in una volante. Biancaneve permise agli agenti di ammanettarla, non resistendo e obbediente. Ringraziò allegramente l'agente che l'aiutò ad alzarsi. Mentre la scortavano verso un veicolo in attesa, cercò di salutare e attirare l'attenzione di Sophie, un sorriso entusiasta sul viso. Sophie la guardò con costernazione ma non riconobbe i tentativi di Biancaneve.

«Va bene, ma è strano, vero?» disse Sophie.

Tutti concordarono che il comportamento di Biancaneve era strano. Non sembrava nemmeno turbata dal fatto che stava per essere arrestata.

Una volta che signorina Zhao rinunciò ai suoi prigionieri, disse una parola sconosciuta, alzando le zampe al cielo. Una nuvola di fumo marrone scintillante si avvolse intorno alla forma di drago di signorina Zhao, inghiottendola completamente. Il ciclone lentamente si restrinse come se venisse risucchiato giù per uno scarico, lasciando al suo posto signorina Zhao. Signorina Zhao spolverò accuratamente le maniche della sua giacca beige e si sistemò i capelli per assicurarsi che lo chignon fosse ancora a posto.

«Grazie per avermi salvato la vita, signorina Zhao. Ti devo un favore,» gridò Sophie.

Signorina Zhao scacciò le parole di Sophie. «È quello che si fa per gli amici.»

«Comunque. Grazie.»

Signorina Zhao diede a Sophie un leggero cenno poi si diresse verso la parte anteriore dell'edificio. Sophie giurò silenziosamente di prenderle un bel regalo di ringraziamento. Il Festival di Metà Autunno stava arrivando presto; forse Sophie avrebbe comprato dei mooncake, quei dolcetti tradizionali ripieni che si regalano durante la festa.

Secondo Mac, Alphonse aveva più di mezza dozzina dei membri del suo branco creare una diversione davanti così poteva afferrare Sophie inosservato. Un furgone della polizia arrivò per prenderli tutti. Proprio sulla coda del furgone della polizia, arrivarono due SUV neri eleganti. Le porte si aprirono e ne uscirono il capo Dunham, Marcella, Bramwell e – secondo Reggie – diversi membri del Conclave.

Imperiosa come una regina, Marcella si avvicinò a Sophie. «È lei? Quella con le visioni?» chiese Marcella al capo Dunham. La spina dorsale di Sophie si raddrizzò mentre Mac ringhiò piano accanto a lei.

«Scusi?» esclamò Sophie. «Come fa a saperlo? Mi era stato promesso che se avessi lavorato con voi avreste tenuto segreta la mia abilità.» Sophie fissò il capo Dunham, che la guardò imperturbabile.

«Ho detto solo a Marcella. Come Magistrato del Conclave, devo informarla quando acquisisco una nuova risorsa. Il tuo segreto è perfettamente al sicuro con lei,» rispose il capo Dunham.

Risorsa?! Che faccia tosta di questo tipo.

«Ah, sì? L'ha appena annunciato a tutti qui, no?» Sophie indicò intorno al parcheggio, dove dozzine di persone li stavano guardando. «Inoltre, Alphonse sapeva delle mie visioni. È per questo che ha cercato di uccidermi proprio ora. Non avreste mai dovuto dire niente a nessuno senza prima consultarmi. Non mi fido di voi,» urlò Sophie, puntando il dito contro il capo Dunham. «E di sicuro non mi fido di lei.»

«Ora lavori per noi. Ti terremo al sicuro,» rispose Marcella, ovviamente passando alla modalità rassicurante. «Il tuo talento è incredibilmente prezioso per la comunità Mitica. Ci assicureremo che tu sia protetta così potrai continuare il tuo lavoro e aiutare a tenere gli assassini lontano dalle strade. Il capo Dunham mi ha detto quanto sei appassionata nel salvare le persone.»

«Mi terrete al sicuro, eh? Avete fatto un lavoro eccellente finora,» rispose Sophie, sarcasmo spalmato spesso, indicando la sua gola viola e blu.

Dopo aver realizzato che Sophie si stava solo arrabbiando di più, il capo Dunham condusse Marcella e i membri del Conclave via, promettendo di parlare con lei più tardi. Bramwell indugiò per un momento, dando a Sophie uno sguardo lungo e pensieroso. Ci volle ogni briciolo di forza di volontà di Sophie per non fare il dito medio al sosia-mago.

Quando arrivò un'altra ambulanza, Mac cercò di convincere Sophie ad andare in ospedale per farsi controllare il polso e il collo. Sophie si rifiutò di andare. Nessuna quantità di sbraitare, imprecare o lusingare l'avrebbe fatta muovere.

«Fai controllare Reggie. È un dottore. Voglio rimanere qui e vedere cosa succede. Devo scoprire chi è veramente Biancaneve.»

Reggie esaminò Sophie e capì che il suo polso era slogato ma fortunatamente non rotto. Il suo collo era gravemente contuso. Fortunatamente, non sembrava esserci alcun danno permanente. Pulì i graffi sulle sue mani e ginocchia e dichiarò che sarebbe sopravvissuta.

«Tuttavia, a un certo punto oggi, dovresti andare a farti dare una seconda opinione in ospedale. Inoltre, possono darti antidolorifici che, prometto, vorrai una volta che l'adrenalina si sarà esaurita,» predisse Reggie.

Mac condusse Sophie a un'ambulanza con le porte posteriori spalancate e in attesa. La fece sedere sul paraurti così sarebbe stata fuori strada ma poteva guardare tutto. C'era un paramedico dentro che armeggiava con la sua attrezzatura. Diede a Mac una coperta d'emergenza quando la richiese. Aprendo la coperta di mylar, la avvolse intorno alle spalle di Sophie con un comando severo di rimanere ferma. Mac diede al paramedico uno sguardo significativo. La donna assicurò rapidamente Mac che si sarebbe assicurata che Sophie rimanesse nel veicolo.

«Ehi,» chiamò Sophie mentre Mac iniziava ad allontanarsi. «Come sei arrivato qui così in fretta?»

«L'incantesimo di tracciamento mostrava che Alphonse era qui all'Ufficio del Medico Legale. Larry e io stavamo venendo a controllare la situazione quando abbiamo ricevuto una chiamata da Reggie che diceva che un gruppo di mutaforma lupo stavano attaccando alcuni ragazzi nel parcheggio. Sarei arrivato prima da te, ma ci è voluto un po' per superare la gente di Alphonse, anche con l'aiuto dei levrieri.»

«Non stavi scherzando sui levrieri irlandesi,» esclamò Sophie, guardando i ragazzi che erano tornati nelle loro forme umane e vestiti con alcune divise prese dalla scorta del dipartimento dell'Ufficio del Medico Legale.

«Te l'avevo detto,» rispose Mac, facendo lampeggiare a Sophie un sorriso. Era bello vedere Mac comportarsi di nuovo come il Mac di sempre piuttosto che come un robot con intenzioni omicide. Anche se, date le circostanze, Sophie poteva capire il bisogno di bloccare la sua rabbia prima che esplodesse. Se qualcuno avesse attaccato Mac, Sophie non pensava che sarebbe riuscita a controllarsi neanche la metà.

Mac si diresse verso un cerchio di agenti di polizia raggruppati intorno al capo Dunham. Mentre iniziò a parlare con il capo, sembrando incazzato, Fitz e Ace fecero rotolare una barella fuori dalla porta posteriore e la parcheggiarono accanto al corpo di Alphonse. Rimasero in attesa mentre Reggie e una donna sconosciuta in camice bianco scattarono foto e presero campioni dalla scena, teste insieme su un blocco per appunti. Sophie suppose che la donna fosse la tecnica della scena del crimine che usava la divisione Mitica. Reggie menzionò una volta che era molto gentile. E a meno che Sophie non si sbagliasse completamente, c'era un'atmosfera interessante tra Reggie e la donna. Era quello un rossore sulle guance di Reggie?

Reggie e la tecnica conclusero il loro lavoro, facendo cenno a Fitz e Ace. Con il loro aiuto, rotolarono il corpo di Alphonse in un sacco per cadaveri e lo sollevarono sulla barella. Fitz spostò la barella di nuovo nell'obitorio mentre Reggie e la donna camminarono per unirsi al capo Dunham.

Più persone si fermavano e parlavano con il capo Dunham,

più lui iniziava a sembrare arrabbiato. Stava iniziando a sembrare quasi arrabbiato quanto Mac, che era tutto dire. Sembrava un bulldozer in forma umana. Le sue guance da bulldog tremavano di rabbia, e occhi da cane da guardia fissavano tutti quelli che venivano ad interromperlo.

Senza nient'altro per distrarla, i denti di Sophie iniziarono a battere, e rabbrividì nonostante fosse avvolta in una coperta di alluminio. Sophie iniziò mentalmente a fare un elenco di lamentele. Il suo orecchio sinistro stava ancora ronzando dal colpo della pistola, il suo polso faceva male sotto il bendaggio sul suo braccio, aveva lividi e graffi dappertutto, soprattutto sulle ginocchia, e la gola le faceva malissimo. Aveva fame ed era stanca. E c'era una donna pazza e omicida che dichiarava di essere sua sorella.

Amira si avvicinò con disinvoltura, sembrando irritantemente a posto. Saltando sul paraurti accanto a Sophie, Amira le urtò le spalle.

«Come stai reggendo?» chiese.

«Voglio una fetta di torta,» si lamentò Sophie. «Me la merito.»

Le sopracciglia di Amira si alzarono, ma fece spallucce. «Che tipo preferisci?»

«Ai mirtilli. No, aspetta. Al cioccolato.»

«Buona scelta. Vedrò cosa posso fare,» rispose Amira, dando al paramedico nel camion uno sguardo lungo.

La paramedica in uniforme blu informò Amira che Sophie era probabilmente in stato di shock. Che maleducata parlare di Sophie come se non fosse seduta proprio lì. Le disse anche che Sophie era fortunata che il suo polso non fosse rotto, solo slogato. Dal modo in cui faceva male, il suo polso che pulsava ritmicamente come impostato su un metronomo, Sophie non si sentiva fortunata. I dolori e le pene stavano iniziando a farsi conoscere, e Sophie si sentiva uno straccio.

Amira tenne compagnia a Sophie mentre la polizia iniziava a concludere la scena del crimine. Il paramedico, il cui nome si rivelò essere Beth, diede ad Amira delle salviette umide così poteva cercare di pulire il sangue e il gore dalla faccia di Sophie.

«Biancaneve potrebbe davvero essere tua sorella? Sei stata adottata?» chiese improvvisamente Amira.

Sophie si strofinò la tempia pulsante con la mano non ferita. «I miei genitori non hanno mai detto niente sul fatto che fossi adottata. E non hanno mai detto niente di una sorella. Spero che ci sia un altro motivo per cui sembra esattamente come me.»

Sophie guardò verso la macchina dove si trovava Biancaneve. Quando Biancaneve vide Sophie guardare, salutò entusiasticamente, gesticolando perché Sophie si avvicinasse. Sophie distolse lo sguardo, ignorando la psicopatica che cercava di attirare la sua attenzione.

«Mio Dio, ma cosa diavolo?» esclamò Amira. «Sembra esattamente come te.»

«Lo so. È inquietante.» Sophie si strinse nelle spalle, incapace di spiegare cosa stesse succedendo.

«Sophie, sembri uno straccio,» chiamò una voce, facendo sbuffare Sophie.

Guardando alla sua destra, Sophie vide Fergal che si dirigeva verso di lei. Presentò Amira e Fergal ma notò una strana tensione che irradiava tra loro. I suoi amici tipicamente gregari erano quasi distaccati l'uno con l'altro. In particolare, Amira sembrava a disagio. Di solito, quando ad Amira non piaceva qualcuno, erano i primi a saperlo. Strano.

Fergal si agitò vedendo lo stato trasandato di Sophie. «Mi assicurerò che Riona prepari della zuppa per te. Ti aiuterà a calmare la gola,» promise. Non essendo mai una che rifiutava cibo gratis, Sophie lo ringraziò.

«I ragazzi stanno bene? Mi dispiace davvero che siano stati trascinati in una rissa a causa mia,» si scusò Sophie.

«Stai scherzando? Si vanteranno per anni di questo giorno. Se la sono cavata contro una dozzina di mutaforma lupo.»

Fergal se ne andò, annunciando che doveva portare i ragazzi a casa ora che l'azione era finita. Fergal camminò verso i ragazzi che stavano ancora guardando i poliziotti lavorare con interesse. Diede loro una pacca sulle spalle, raggiante di orgoglio. Mac si avvicinò e strinse le mani a Fergal e ai ragazzi prima che si girassero per andarsene.

«Di cosa si trattava?» chiese Sophie ad Amira.

Amira si indicò e disse: «Gatto». Poi indicò Fergal: «Cane».

«Huh. Immagino abbia senso. Beh, più o meno.» Sophie si strinse nelle spalle, decidendo che alcune cose dovevi solo accettare, anche se pensava fosse strano.

«Ciao, Sophie!» urlò Conor mentre passavano. Sophie salutò mentre Patrick e Liam echeggiavano l'addio di Conor.

Non molto dopo, Mac si fermò facendo sapere a Sophie che stavano portando Biancaneve, Antonio e il resto dei mutaforma lupo alla stazione per essere interrogati.

«Presumo che tu voglia venire a guardare?» offrì Mac. Quando Sophie annuì entusiasticamente, Mac le fece sapere che Reggie si era offerto di portarla al quartier generale della polizia.

Entro trenta minuti, Sophie era nella macchina di Reggie, insieme a Fitz e Ace, che non volevano perdersi nulla. Amira disse che li avrebbe incontrati lì, che voleva prendere la sua macchina.

Ci fu un esodo di massa di veicoli mentre tutti se ne andarono, dirigendosi alla stazione di polizia o di nuovo in pattuglia. Lasciarono alcuni agenti di polizia per finire la pulizia e tenere fuori gli intrusi.

CAPITOLO 21

Mac e Larry accompagnarono tutti in una piccola stanza con una grande finestra che dava su una sala interrogatori. Reggie, Fitz e Ace si unirono a Sophie. Amira non era ancora arrivata. Biancaneve era seduta a un tavolo nella sala interrogatori, con le mani ammanettate appoggiate sul tavolo davanti a sé. Guardò intorno alla stanza spoglia con interesse. Diverse volte, i suoi occhi guizzarono verso lo specchio bidirezionale che nascondeva Sophie e i suoi amici. Sophie si chiese se Biancaneve fosse consapevole della sua presenza.

Mac e Larry entrarono nella sala interrogatori.

Biancaneve si raddrizzò sulla sedia. «Voglio parlare con mia sorella».

«Niente domande ancora», le comandò Mac. Rivolgendosi a Larry, chiese: «Sei pronto, Larry?».

«Sì, dammi un momento», rispose Larry.

Larry aprì una borsa medica vecchio stile sul tavolo. Biancaneve guardò con interesse mentre lui tirava fuori un mortaio e un pestello. Per diversi minuti, Larry estrasse varie fiale e sacchetti, spargendo ingredienti nella ciotola.

Mac si sedette di traverso rispetto a Biancaneve, con il profilo rivolto verso Sophie, fissandola. Larry macinò il contenuto del mortaio con il pestello, recitando parole in una lingua sconosciuta dal suono melodico. Mac posò una borsa sul tavolo e iniziò a tirarne fuori degli oggetti, allineandoli sul tavolo: portafoglio, coltello, fiala mezza piena di liquido trasparente, un altro coltello, un pacchetto di gomme da masticare e un paio di elastici per capelli.

Dopo qualche minuto, Larry immerse un pollice nella miscela. Si avvicinò a Biancaneve, ordinandole di stare ferma. Premendo il pollice sulla sua fronte, Larry pronunciò una singola parola, poi si ritrasse, lasciando una macchia brunogrigiastra. Premendo lo stesso pollice sulla propria fronte, Larry ripeté la parola.

La porta dietro Sophie si aprì, e Marcella scivolò nella stanza, ricordando a Sophie un gatto di strada affamato. Bramwell e il resto dei membri del Conclave erano notevolmente assenti. Prendendo posto accanto a Sophie alla finestra, Marcella la guardò, ma Sophie ignorò la sua presenza.

«Tutti questi oggetti ti appartengono?» chiese Mac a Biancaneve.

Biancaneve guardò brevemente gli oggetti sul tavolo. «Sì, sono tutti miei».

«Verità», pronunciò Larry. Biancaneve guardò Larry, sorpresa.

«Per favore, dimmi il tuo nome», chiese Mac, guardando la patente di Biancaneve.

«Ruby Rivers», rispose Biancaneve lentamente.

Ruby Rivers? Sophie scambiò uno sguardo con Reggie. «Sembra il nome di una ballerina», sussurrò Sophie con sarcasmo. Reggie annuì.

«Verità», annunciò Larry.

«Città di residenza?» chiese Mac.

«Be', era Los Angeles, ma sto pensando di rimanere qui a San Francisco. Mi piace qui. Inoltre, spero di poter conoscere mia sorella», rispose Ruby Rivers con entusiasmo. Era incredibilmente allegra per una appena arrestata per omicidio.

Dal suo lato del vetro, Sophie emise un suono strozzato.

«Verità», annunciò di nuovo Larry.

«Bene. Ho bisogno che tu dica: 'Oggi è il 6', okay?» chiese Mac.

«Ma è il 15», protestò Ruby.

«Ripeti solo le parole».

«Va bene. Oggi è il 6».

«Bugia», disse Larry, con un sorriso compiaciuto che si allargava sul suo viso.

Sophie sentì il viso rilassarsi per la sorpresa. Larry era un rivelatore di bugie parlante.

«Oh wow! È magia?» esclamò Ruby, indicando il segno sulla sua fronte. «È fantastico. Il mio colore preferito è il viola. È la verità? Odio le carote. Puoi dire che è una bugia? Amo le carote. Sei un mago?»

Sophie dovette soffocare una risata vedendo la faccia straziata di Larry.

«Perché non hai più paura adesso?» chiese Mac a Ruby, con le sopracciglia aggrottate per la confusione.

«Be', non mi aspettavo mai di arrivare così lontano, sai? Immaginavo che prima o poi mi avrebbero presa, o una delle mie vittime mi avrebbe uccisa. È stata una bella corsa», rispose Ruby. «So di aver fatto la cosa giusta. Ho ucciso persone malvagie che dovevano essere fermate. E le ho fermate. Nessun altro stava facendo niente al riguardo. Chissà quante persone ho salvato?»

«Non è così che si salvano le persone. Gli uomini che hai ucciso meritavano di avere il loro processo in tribunale, non di essere assassinati a sangue freddo. Avresti dovuto lasciare che se ne occupasse la polizia vera, quella addestrata per fermare gli assassini».

«Pensi che non ci abbia provato?» sbuffò Ruby, alzando gli occhi al cielo. «Con ogni singolo che ho trovato, ho chiamato prima la polizia per dare delle dritte. Un paio di volte, quelle dritte sono state seguite e quelle persone sono state prese. Ma di solito, venivo ignorata o venivo trattata come una pazza, o arrivavano troppo tardi. Ogni volta che trovavo un nuovo assassino, davo alla polizia la possibilità di prenderlo per primo. Se voi ragazzi aveste fatto il vostro lavoro, non avrei avuto bisogno di farlo io».

«Verità».

«Scommetto che era la 'Buona Samaritana'», disse Sophie a Reggie, che annuì d'accordo. Marcella sembrò incuriosita dalla dichiarazione di Sophie ma non disse niente.

«Quante persone hai ucciso?» chiese Mac.

«Dodici. No, tredici – se conti oggi», rispose Ruby.

«Dimmi di loro», chiese Mac, tirando fuori il suo blocco note e la penna.

Mentre Ruby entrava nei dettagli sugli uomini che aveva ucciso, arrivò Amira, portando una lunga baguette e due torte: una ai frutti di bosco misti, l'altra al cioccolato. La baguette la diede a Fitz, che gliela strappò di mano e se la strinse al petto.

«Non sono riuscita a trovare quella ai mirtilli», si scusò Amira.

«No, questo è perfetto. Credo di amarti», proclamò Sophie.

«Mi capita spesso», scherzò Amira.

«Hai intenzione di condividere il pane?» borbottò Ace.

«Lasciamolo con il suo pane, lo aiuta a consolarsi. È stata una mattinata lunga», suggerì Reggie.

Mentre guardavano Mac interrogare Ruby, Amira distribuì fette a tutti i presenti eccetto Marcella, e Marcella non chiese. Ignorava completamente la presenza degli altri nella stanza affollata.

«Cosa ti fa essere così sicura che Sophie sia tua sorella?» chiese Mac, cambiando argomento. Ruby lo guardò come se fosse stupido, poi agitò la mano sopra il suo viso. «Sophie ha detto che non ha una sorella. Che magia hai usato per farti sembrare uguale a lei?»

«Non c'è magia. Questo è il mio aspetto. Non sapevo nemmeno che la magia esistesse finché non ho visto Alphonse e la sua gente trasformarsi in lupi a Muir Woods. Sophie sta guardando adesso?» Ruby fece un gesto verso lo specchio.

Mac guardò Larry con aspettativa. «Verità», disse Larry.

«Sei stata per caso adottata?» chiese Mac. Ruby scosse la testa no. «I tuoi genitori hanno mai menzionato una sorella?»

«No, non hanno mai detto niente. Non ne avevo idea. Non mi risulta di essere stata adottata».

«Dove sono i tuoi genitori ora? Dovrò parlarci».

«Sono morti in un incidente d'auto diversi anni fa». Ruby si pizzicò il naso come se il pensiero dei suoi genitori le facesse male. Era strano provare simpatia per Ruby, ma Sophie la provò. Era difficile per Sophie pensare anche ai suoi genitori. È duro perdere i genitori da giovani.

Mac mormorò in modo non impegnativo. Girando una pagina del suo blocco note, guardò di nuovo Ruby, fissandola in silenzio finché lei iniziò a dimenarsi sulla sedia.

«Quando hai visto Sophie per la prima volta?» chiese Mac.

«Stavo seguendo Alphonse e il suo lacchè. Dopo aver ucciso Roger – difendendomi, aggiungo – stavo andando via quando l'ho vista correre dietro l'angolo. All'inizio pensavo di avere le allucinazioni. Sono rimasta lì, ho guardato per un po'. Vi ho visti baciarvi». Ruby alzò le sopracciglia maliziosamente. «Quando l'hai accompagnata a casa, vi ho seguiti».

«Perché non le ti sei mai avvicinata? Perché entrare nel suo appartamento e seguirla in giro invece?»

«Non potevo semplicemente avvicinarmi! E se fosse stata la sorella gemella malvagia? Non hai mai visto i film? Dovevo raccogliere più informazioni prima».

«Aspetta. Pensavi che *Sophie* fosse la gemella malvagia?»

chiese Mac. Ruby annuì con entusiasmo, il sarcasmo di Mac che le volava sopra la testa. «Sei una serial killer!» esclamò.

«Preferisco il termine 'giustiziera'. Sono stata costretta a farmi giustizia da sola».

Mac guardò Larry, sconcertato. «Verità», disse Larry con una scrollata di spalle.

Mac scosse la testa e rivolse l'attenzione di nuovo al suo blocco note. «Come hai trovato questi uomini? E come puoi essere sicura che fossero assassini?»

«Se tocco qualcuno che ha ucciso una persona, ho una visione di quello che ha fatto», spiegò Ruby. «Non sono mai andata a cercare questi uomini. Sfioravo qualcuno camminando per strada. O li urtavo sull'autobus, e boom! Visione. In realtà ne ho trovati parecchi quando lavoravo come Biancaneve a Disneyland. Era un personaggio che attirava davvero gente strana».

«Verità», disse Larry.

La torta improvvisamente si posò nello stomaco di Sophie come un mattone. Biancaneve aveva visioni di morte, proprio come lei. Be', non esattamente come le sue, ma abbastanza simili da non importare.

«Cosa intendi? Spiega esattamente cosa succede quando tocchi un assassino», comandò Mac.

Marcella si sporse più vicino al vetro, con un'espressione calcolatrice sul viso che a Sophie non piacque per niente.

«Okay, quindi la prima volta che è successo, ero in un ristorante. Ho urtato questo tizio – Daniel Friedman – che usciva dal bagno. Ho avuto una visione di lui che uccideva sua moglie e sigillava il suo corpo in un barile di plastica nel suo capanno. Puoi immaginare quanto fossi confusa. Pensavo di impazzire». Sophie sbuffò. Era chiaro a Sophie che Ruby era pazza. «Solo per assicurarmi di non perdere la testa, l'ho seguito a casa. Ho aspettato fuori casa fino a buio e mi sono intrufolata nel suo cortile. Indovina cosa ho trovato? Un barile, proprio come quello che avevo visto nella mia visione, seduto lì nel suo capanno. E puzzava terribilmente, anche».

Mac guardò Larry, che annuì per confermare che Ruby stava dicendo la verità. «Cosa hai fatto allora?» chiese.

«Ho lasciato il barile com'era. Non volevo manometterlo nel caso ci fosse davvero lei dentro. Ho chiamato la polizia e ho detto loro che ero una vicina e l'avevo visto infilare il corpo di sua moglie nel barile. Apparentemente, non ero l'unica che aveva chiamato per l'odore perché hanno mandato un agente a controllare. Ho guardato da giù per la strada mentre lo arrestavano, e è arrivata l'ambulanza».

«Quando è successo? E in che città?»

«Circa due anni fa, forse? Questo era ad Anaheim».

«Quali erano i nomi delle altre persone che non hai ucciso ma sono state arrestate?» chiese Mac. Scrisse diligentemente nomi, date e dettagli per ogni persona.

«Dici che puoi vedere se qualcuno ha ucciso», disse Mac, con una strana espressione sul viso. Tendendo la mano a Ruby, la sfidò. «Dimmi cosa vedi».

Mettendo la sua mano in quella di Mac, Ruby inspirò bruscamente. «Ti stai avvicinando a una catapecchia. Il posto è un disastro. La porta d'ingresso pende dai cardini, così riesci a sgusciare dentro. Stai cercando di non fare rumore. Sbirciando la testa dietro l'angolo, c'è una specie di... creatura nel soggiorno. Oh che schifo! Sta mangiando qualcuno. Urli di fermarsi e alzare le mani, ma invece, salta su e ti lancia un'ascia. Ti colpisce alla spalla sinistra e si conficca lì. Ahi! Gli spari un mucchio di volte in faccia e lo uccidi», finì Ruby, lasciando andare la mano di Mac e guardandolo con aspettativa. «Ho indovinato?»

Sophie si sedette su una sedia vicino alla finestra, lasciandosi sfuggire un sospiro. Proprio l'altra mattina, aveva tracciato baci lungo una cicatrice lunga e stretta sulla spalla sinistra di Mac quando avevano fatto la doccia insieme. Aveva chiesto di quella cicatrice, e lui le aveva detto che un troll cannibale l'aveva colpito con un'ascia. Aveva pensato che la stesse prendendo in giro.

«Interessante», mormorò Marcella.

La porta dietro Sophie si aprì, e un uomo che Sophie riconobbe da prima nella giornata infilò la testa nella stanza. Sophie sapeva che era un membro del Conclave. Si schiarì la gola nervosamente.

«Magistrato Venturi? C'è un problema», disse.

«Non ora, Frederick. Questo è importante», rispose Marcella, scacciando l'uomo.

«In realtà, signora, è serio. Dobbiamo parlare».

Sbuffando per il fastidio, Marcella lasciò la stanza senza dire addio o riconoscere nessuno. Quando la porta si chiuse dietro di lei, Sophie soffiò un respiro di sollievo, contenta che Marcella se ne fosse andata.

Un minuto dopo, la porta della sala interrogatori si aprì, e un poliziotto in uniforme si avvicinò a Mac. Chinandosi, l'uomo sussurrò rapidamente nell'orecchio di Mac.

Mac si tirò indietro, guardando il poliziotto scioccato. «Sei serio?»

«Sì, signore, Dunham mi ha mandato a dirle non appena l'ha saputo».

Una raffica di parolacce uscì dalla bocca di Mac. Alzandosi, indicò il poliziotto. «Riportala nella sua cella. Porta Turner con te. Voglio almeno due agenti a guardia di questa donna in ogni momento. Non deve lasciarvi di vista. Chiaro?»

L'uomo salutò. «Sì, signore».

«Cosa sta succedendo?» chiese Larry.

«Stavano interrogando i membri del branco di Alphonse, ed è saltato fuori che Bramwell stava lavorando con Alphonse. È così che Alphonse sapeva delle abilità di Sophie».

«Cosa?!» esclamò Larry.

«Sì. E ora, nessuno riesce a trovare Bramwell. È sparito».

Mac si girò e si rivolse allo specchio. «Reggie, puoi restare con Sophie? Farò venire qualcuno a sorvegliare la vostra porta finché non sappiamo che è sicuro».

«Venga con me, signora», disse il poliziotto a Ruby, aiutandola ad alzarsi dalla sedia.

«Voglio parlare con mia sorella», protestò Ruby.

«Non può succedere adesso. Deve venire con me», rispose.

Mac uscì dalla stanza con il vapore che quasi gli usciva dalle orecchie; il resto del gruppo lo seguì rapidamente.

«Cazzo. È stato pazzesco», sbottò Fitz.

Sophie sedette in trance mentre le voci eccitate dei suoi amici le si riversavano addosso. Ruby Rivers poteva davvero essere la sorella gemella perduta di Sophie? Ma che diavolo? Non aveva senso. Come poteva non essere mai stata informata?

«Faremo il test del DNA a entrambe per confermare», affermò Ace. «Allora potremo essere completamente sicuri se sono gemelle identiche o no».

La porta si aprì di nuovo, e un nuovo poliziotto sconosciuto infilò la testa nella stanza. «Sono l'Agente Benson. Il Detective Volpes ci ha chiesto di sorvegliare la vostra porta». Sophie poteva vedere un altro poliziotto che aleggiava dietro di lui, con la faccia curiosa mentre guardava sopra la spalla di Benson. «Questo è l'Agente Nguyen. Se avete bisogno di qualcosa, fatecelo sapere».

Sophie considerò brevemente di chiedergli una bottiglia di vodka ma immaginò che non avrebbero acconsentito. Reggie ringraziò gli uomini e iniziò a chiudere la porta sulle loro facce curiose.

«È minuscola. Non posso credere che abbia ucciso Alphonse», sentì Sophie dire uno degli uomini proprio prima che la porta si chiudesse di botto.

«Aspetta. Cosa?» gracchiò Sophie. «La gente pensa che io abbia ucciso Alphonse?»

«Faremo in modo di mettere le cose in chiaro», cercò di rassicurarla Reggie, dandole una pacca sulla mano. Sophie apprezzò il sostegno incondizionato di Reggie, ma immaginò che sarebbe stato un disastro.

Quando la porta si aprì di nuovo, erano passate almeno due ore e le torte erano finite da tempo. E così erano tutte le unghie di Sophie, rosicchiate via. Non era riuscita a prendere un altro morso delle torte, la nausea che le girava nello stomaco mentre i suoi amici speculavano su cosa stesse succedendo.

Sophie balzò in piedi dalla sedia quando entrò Mac. La avvolse in un abbraccio stretto, facendole gemere le ossa, ma non emise un suono di lamentela. Aveva bisogno di tutto il conforto possibile dopo una giornata così strana e di merda.

«Cosa è successo?» chiese Ace.

Con un sospiro, Mac rimise Sophie in piedi. Fece sedere tutti.

«Quando stavano interrogando la gente di Alphonse, abbiamo scoperto che Alphonse e Bramwell stavano lavorando con Edwyn. Alphonse aveva usato mutaforma solitari di altre regioni del paese come muscoli per uccidere le persone che non volevano vendere le loro proprietà.

«Avevano pianificato di chiudere il portale Fae e poi comprare più terra possibile nella città, iniziando con immobili situati sulle linee ley. Ce ne sono due nella città. Con il controllo delle linee, Edwyn e Bramwell pianificavano di usare la loro magia per sostituire lentamente tutti gli umani in posizioni di potere con la loro gente. Sarebbe stato un incantesimo di repulsione mirato per far sì che individui specifici volessero andarsene. Pensiamo che stessero pianificando di spostare più Mitici da tutto il paese nella città. Crediamo che Bramwell abbia alcuni collegamenti discutibili con alcuni altri Conclavi. Se avessero avuto successo, tutto quello che sarebbe rimasto a San Francisco quando avessero finito sarebbero stati lavoratori umani. Avrebbero avuto il loro regno da governare, e nessuno se ne sarebbe accorto finché non fosse stato troppo tardi».

«È per questo che hanno ucciso Derek Gibson?» chiese Sophie.

«Sì, era un membro chiave della Commissione di Pianificazione della città. Aveva molto controllo sui permessi di costruzione e la zonizzazione. Stavano per sostituirlo con uno dei loro. Ce n'erano altri. Stiamo cercando di trovarli tutti. Ci vorranno mesi per dipanare tutto».

«Quanto è incazzata Marcella?» chiese Reggie.

«Penso che stia facendo una bella figura, ma in un certo senso, questo è buono per lei. Sarà in grado di consolidare più potere con Edwyn, e ora Bramwell, che se ne sono andati. Inizialmente pensavo che fosse vicina a Bramwell, ma sospetto che fosse più una situazione del tipo tieni-i-tuoi-nemici-più-vicini.

«Come buona notizia, ha portato uno dei suoi Fae per iniziare a mettere un geas su tutti, così non si ricorderanno che hai le visioni. Penso che Marcella sia desiderosa di tenerti dalla sua parte».

«Un geas?» ripeté Sophie.

«È un incantesimo che fa dimenticare qualcosa a una persona, o a volte impedisce semplicemente a una persona di parlare di qualcosa», spiegò Fitz.

«Possono fare la stessa cosa con la morte di Alphonse? Ho sentito alcuni poliziotti dire che pensavano fossi io ad averlo ucciso».

«Ci proveranno, ma sarà quasi impossibile. Pochissime persone hanno sentito quello che Marcella ha detto sulle tue visioni. L'ha detto a alcune persone del Conclave, ma oltre a quello, nessuno lo sa. Anche Antonio non sapeva delle visioni. Pensava solo che fossi una stalker che aveva ucciso Roger. Non penso che Alphonse si fidasse molto di suo fratello. Il problema che stiamo affrontando è che la morte di Alphonse è già notizia in tutta la città. La gente sta già parlando della donna umana che l'ha ucciso. Stiamo diffondendo storie contrastanti per creare confusione – che Antonio l'ha ucciso in una sfida, che Bramwell l'ha ucciso, che un branco rivale l'ha eliminato e cose del genere. La maggior parte dei Mitici potrebbe avere difficoltà a credere che due donne umane abbiano ucciso uno degli alfa più forti in una generazione. Sarebbe più facile credere che Antonio l'abbia ucciso piuttosto che una donna umana. I loro ego non si riprenderebbero mai».

«E Antonio? Non dirà a tutti quello che ha visto?»

«L'abbiamo convinto che è nel suo migliore interesse che tutti credano che abbia ucciso suo fratello in una sfida. Alphonse non era ben voluto, quindi non sarà difficile per Antonio convincere la gente che era stufo della leadership brutale di suo fratello».

«Che succede ora?» chiese Amira.

«Sparito. Deve aver visto come stavano andando le cose quando abbiamo iniziato a interrogare la gente di Alphonse. Larry ha cercato di rintracciarlo, ma è come se non fosse mai esistito. Bramwell ha una magia forte, quindi non sono sorpreso che possa bloccare l'incantesimo di Larry. Dunham ha emesso un APB su di lui, ma non ho molte speranze che funzioni. Tuttavia, Marcella getterà le sue considerevoli risorse nella ricerca di lui. È furiosa. Se lo prende, immagino che non avrà vita lunga».

Sophie rabbrividì un po'. L'idea di essere il focus dell'ira di Marcella era un pensiero orribile. «Pensi che Bramwell verrà a cercarmi?»

«Penso che tu sia l'ultimo dei suoi problemi. Tuttavia, mi piacerebbe che rimanessi alla casa sicura per un po' di più».

«Birdie può almeno tornare a casa? Il suo fidanzato sta iniziando a preoccuparsi».

«Penso che possiamo farla tornare a casa prima dell'ora di cena», promise Mac. «Se volete tornare a casa, ragazzi, non c'è molto altro che potete fare qui. Riporterò Sophie alla casa sicura».

«Vuoi prenderti la serata libera, Sophie?» offrì Reggie. «È stata una giornata difficile, e meriti un po' di tempo libero».

«Penso che preferirei essere al lavoro. Mi aiuterà a tenere la mente lontana dalla pazzia della giornata. Ho bisogno di una distrazione».

Tutti iniziarono a uscire, dando un abbraccio a Sophie – anche Ace. «Le cose non sono mai noiose quando ci sei tu», scherzò. Sophie gli fece la linguaccia facendolo ridacchiare.

Amira la abbracciò, poi le prese la mano ed esaminò le sue unghie. Annunciò che dovevano sistemarsi le unghie più avanti nella settimana con un tsk. «Oh, dovremmo portare anche Birdie».

«A Birdie piacerebbe. Scegliamo un giorno, e glielo farò sapere», promise Sophie.

Reggie si attardò più a lungo, la sua faccia rotonda preoccupata. «Soph, se ti avessi persa oggi... non so cosa avrei fatto. Non spaventarmi mai più così».

«Ha spaventato anche me», sussurrò Sophie, abbracciando Reggie un po' più forte.

Quando furono rimasti soli nella stanza, Mac la prese e si sedette con lei sulle ginocchia. Girandosi di lato, Sophie appoggiò la testa sulla sua spalla, con le braccia allentate intorno al suo collo.

Premendo un bacio sulla sua tempia, Mac sussurrò: «Mi hai spaventato circa dieci anni di vita oggi. Non farmelo mai più, spiritata ».

«Sì, non ho intenzione di cercare mai più di mettermi in una lotta con un alfa. È stata una merda».

Sophie si rannicchiò tra le braccia di Mac, felice di essere finalmente sola con il suo fidanzato. Infilò le mani sotto la giacca di Mac, appoggiando i palmi sui suoi fianchi. I suoi respiri costanti e la sua mano che le accarezzava la schiena avevano quasi cullato Sophie nel sonno quando un pensiero le balenò in testa.

«Ehi, ho una domanda. Alphonse ha detto che qualcuno di nome Frank mi ha vista al Kezar Stadium. Ovviamente, quella era

Ruby, ma chi è Frank, e come fa a sapere chi sono e che aspetto ho?»

«Deve essere Frank Russo. Fa parte del cerchio interno di Alphonse. Un vero stronzo. Guida una mustang bianca. È un maniaco del baseball».

«Ah. So chi è quel tizio... Tifoso Numero 1. Era il tizio che mi ha minacciata davanti all'ufficio del ME».

Si coccolarono in silenzio per diversi minuti, semplicemente crogiolarsi nella quiete e nel sollievo di essere sopravvissuti alla giornata. Il telefono di Mac che suonava interruppe il loro momento di pace. Controllandolo, Mac fece sapere a Sophie che Burg e Fergal avevano una macchina fuori per riportarla alla casa del clan.

«Prima di andare, sarebbe possibile per me parlare con Ruby per un minuto?»

«Sei sicura? Non hai mai bisogno di rivederla», la rassicurò Mac.

«Sì, sono sicura. Se è davvero mia sorella, voglio solo vederla faccia a faccia per un minuto, sai? Solo per rassicurarmi che tutto questo è reale. Sentire la sua voce e guardarla negli occhi».

«Larry può accompagnarci», suggerì Mac. Mandò un messaggio veloce e ricevette una risposta immediata. «Sta arrivando».

Un colpo alla porta arrivò un minuto dopo. Dall'altra parte della porta c'era Larry, che sembrava un po' scombussolato, il suo solito cappello a falda notevolmente assente dalla sua testa. I suoi capelli stavano dritti come se avesse passato le dita tra le ciocche ripetutamente.

«Non posso credere che tu possa rilevare le bugie così. Larry, sei una specie di duro», esclamò Sophie.

«Verità», scherzò, con un sorriso compiaciuto sul viso.

Larry e Mac scortarono Sophie attraverso una serie convoluta di corridoi. Passarono una scrivania presidiata dove l'agente dietro di essa diede un cenno a entrambi gli uomini e uno sguardo curioso a Sophie. Con un ronzio, l'agente li fece entrare in una porta di lato. Una volta attraversata la porta, una serie di celle si estendeva lungo un lungo corridoio. A metà strada lungo il corridoio, due agenti, uno su ogni lato di una cella, erano rivolti in avanti. Sophie si chiese brevemente dove fossero tenuti gli uomini di Alphonse ma decise rapidamente che era irrilevante mentre si avvicinavano alla cella.

Quando arrivarono in vista, Ruby balzò su dalla branda dove stava riposando.

«Sei qui!» strillò, correndo alle sbarre e premendo la faccia nello spazio tra i pali di metallo con un sorriso felice.

Ora che era lì, Sophie non era sicura di cosa volesse dire a questa donna. La guardò solo, dai suoi stivali alla caviglia eleganti ai suoi jeans skinny fino alla sua camicetta dall'aspetto costoso. L'esame silenzioso di Sophie non sembrò smorzare l'entusiasmo di Ruby. Poteva assomigliare a Sophie, ma non si comportava per niente come lei. L'opposto, infatti.

«Sono così contenta che tu sia qui! Questi ragazzi sono noiosi e non mi parlano», affermò Ruby, facendo un cenno ai due agenti di polizia.

«Potreste darci un minuto, ragazzi?» chiese Mac agli agenti di guardia. Con un cenno, entrambi gli uomini si allontanarono, dirigendosi verso la porta.

«Ho sempre voluto una sorella!» esclamò Ruby una volta che furono soli.

«Non penso che siamo sorelle. Penso che tu sia un'impostora».

Ruby infilò la mano attraverso le sbarre, allungandola verso Sophie. Per curiosità, Sophie iniziò a raggiungerla anche lei. Per qualche motivo, sentiva che Ruby non sarebbe stata reale finché non l'avesse toccata.

«Non toccarla! Manderai all'aria lo spazio-tempo o qualcosa del genere!» abbaiò Larry.

«Non viene dal futuro», disse Sophie. «Intendo, tu non... vero?»

Ruby ridacchiò. «No, sciocchina. Sono di questo tempo». Girandosi da Larry, fissò Sophie. «Siamo collegate, lo senti anche tu? Ho avuto sogni su di te. Sono stata super confusa per un po'. Non riuscivo a capire perché continuavo ad avere sogni su corpi morti e autopsie. Pensavo di impazzire. Ma quando ho guardato in giro nel tuo appartamento, ho trovato una busta paga, e tutto ha avuto senso. Stavo sognando di te».

«Hai bevuto un po' del mio whisky».

«So che non avrei dovuto. È l'unico vizio che ho».

«Il tuo unico vizio? Non pensi che uccidere persone sia un vizio?»

«Oh no, quella è una vocazione», spiegò Ruby, completamente seria. «Hai sogni su di me?»

Sophie non rispose, ma anche una non-risposta era eloquente.

«Li hai avuti! Lo sapevo! È così che mi hai trovata? Perché mi hai trovata per prima. Sarà fantastico. Saremo le amiche più inseparabili di tutte!»

Santo dio. Questa donna voleva che diventassero le migliori amiche. Mac emise un suono strozzato accanto a Sophie. Non riusciva a capire se fosse inorridito o stesse cercando di non ridere.

«Perché sei venuta al mio lavoro oggi?» chiese Sophie, ignorando l'espressione felice e speranzosa sul viso di Ruby.

«Dopo che Alphonse mi ha teso una trappola ieri, sapevo che dovevo lasciare la città. Ma non volevo andarmene senza incontrarti prima. Non mi aspettavo solo che Alphonse si presentasse e cercasse di ucciderti. È una buona cosa che fossi lì!»

Sophie fu mortificata ad ammettere che Ruby non aveva torto.

«Dobbiamo essere state separate alla nascita. Come una di quelle fiabe. Oh! O come quella principessa russa perduta da tempo. Come si chiamava?»

«Stai parlando di Anastasia?» chiarì Mac.

«Sì! Quella!»

«Odio essere il portatore di cattive notizie, ma hanno trovato le sue ossa tipo dieci anni fa. È stata uccisa con il resto della sua famiglia», rispose Mac con voce monotona.

«Mah. Be', allora non come lei, ma potremmo comunque essere principesse perdute da tempo!»

«È probabilmente meglio per la nostra salute a lungo termine se non siamo di sangue reale perduto da tempo», argomentò Sophie.

«Mamma mia, che negativa. Sembra che sarò io la sorella divertente!» disse Ruby con una risatina.

Sophie scambiò uno sguardo esasperato con Mac.

«Penso che possiamo andare ora», disse Sophie a Mac e Larry.

«Aspetta! Non andartene ancora. Abbiamo appena avuto la possibilità di conoscerci».

«Penso di aver visto abbastanza. Sono pronta ad andare», rispose Sophie.

«Tornerai a trovarmi? Voglio che siamo amiche», implorò Ruby.

«Non sono ancora sicura. Non so cosa succederà. E francamente, non so come mi sento riguardo a tutto questo. Ho bisogno di risposte sul mio passato prima di poter pensare a qualsiasi tipo di futuro con te».

«Be', immagino di poterlo capire».

«Andiamo, ragazzi».

Sophie e i ragazzi si girarono e si allontanarono.

«Sono divertente», si lamentò Sophie mentre si allontanavano.

«Certo che lo sei», la placò Mac.

«Chiamami!» gridò Ruby dalla sua cella proprio mentre uscivano dal corridoio.

«Pensa che io abbia il suo numero in qualche modo? È pazza», disse Sophie a Mac.

«Oh, è decisamente pazza, ma stranamente sto iniziando a pensare che non sia cattiva», rispose Mac.

«Sono d'accordo. Sembra avere un codice morale a cui aderisce. È un codice morale distorto, ma ne ha uno. Non ho avuto molto tempo per seguire le persone che ha fatto arrestare o che ha ucciso, ma quello che ho trovato finora conferma quello che ha detto. Erano tutti malvagi – ogni singolo di loro», disse Larry.

Lasciarono Larry alla sua scrivania e salirono sull'ascensore. Proprio mentre le porte si chiudevano, Mac disse: «Ecco», lasciando cadere la sua giacca sulle sue spalle e chiudendola con la cerniera, alzando il colletto.

«Che?» chiese Sophie.

«I tuoi vestiti sono coperti di sangue. Il tuo collo è di una bella tonalità blu-nera. Stiamo per entrare nel mondo reale dove quel tipo di cosa attira l'attenzione», scherzò Mac. «Non posso fare molto per quel livido che hai».

«Che schifo. La tua povera giacca. Finirà piena di sangue e roba», si lamentò Sophie, ma Mac fece spallucce come se non gliene fregasse niente.

«Posso portarti in ospedale ora per farti controllare?» chiese Mac.

«Reggie mi ha già controllata. E ad essere onesti, non mi sento così male. Il mio polso si sente già meglio, e anche se il mio collo è dolorante, non è così male».

«Be', che sia registrato che ho raccomandato di vedere un dottore».

«Debitamente notato».

Mentre l'ascensore annunciava il suo arrivo alla lobby, Mac diede a Sophie uno sguardo serio. «Quanto vuoi che sappiano Burg e Fergal? Posso far mettere il geas anche su di loro», offrì Mac.

«No. Entrambi si sono fatti in quattro per proteggermi. Mi fido di loro», rispose Sophie, trascinando Mac verso i suoi amici che aspettavano.

«Stai bene?» chiese Fergal quando salirono sul sedile posteriore.

«Sto bene. Solo stanca e un po' sopraffatta», rispose Sophie.

«Cosa è successo? Fergal ha detto che non poteva dirmi finché non aveva avuto l'approvazione da entrambi», chiese Burg.

«Digli tu», chiese Sophie, dando una gomitata a Mac nel fianco. «Sono troppo stanca».

Mac si rannicchiò nel sedile posteriore con Sophie, mettendoli al corrente su quello che avevano scoperto su Ruby, Alphonse, Bramwell e tutto il pasticcio della mattina.

«Ho detto ai ragazzi che non devono riferire nulla di quanto visto oggi. Mi hanno dato la loro parola», assicurò Fergal a Sophie e Mac.

Parcheggiando davanti alla casa del clan, il gruppo si trascinò su per i gradini d'ingresso. La prima cosa che Sophie vide fu Birdie e un paio delle sue amiche del bridge a metà delle scale.

«Sophie», acclamò Birdie. «Vuoi unirti a noi per una partita?»

Sophie stava aprendo la bocca per rifiutare quando Birdie diede un'occhiata migliore al viso di Sophie.

«Cosa è successo?» chiese Birdie. «Stai bene?»

«Sì, sto bene. Ho solo avuto una mattinata lunga e strana. Ti racconterò tutto dopo che avrò dormito un po'».

Birdie lasciò le sue amiche dietro e finì di scendere le scale per fermarsi davanti a Sophie con un'espressione preoccupata sul viso.

«È sangue?» gridò Birdie, allungando un dito verso l'attaccatura dei capelli di Sophie dove Amira non era riuscita a pulire il sangue di Alphonse.

«Sì, ma non è il mio», rispose Sophie, sperando di rassicurare la sua amica.

Birdie, interessante, non sembrò rassicurata.

«Parliamo nel mio ufficio», offrì Fergal. Li condusse attraverso il pub del secondo piano, poi attraverso la cucina fino a una porta accanto al frigorifero a vista.

«Riona, tesoro, puoi assicurarti che nessuno ci interrompa?» gridò Fergal a sua moglie, che era gomito-profonda in una ciotola di impasto. Riona agitò una mano coperta di impasto in assenso.

Fergal accompagnò tutti attraverso la porta. Sophie si guardò intorno confusa.

«Questo è il tuo ufficio?»

Metà dell'ufficio sembrava essere una dispensa di prodotti secchi. Scaffalature correvano dal pavimento al soffitto lungo un'intera parete. L'altra metà della stanza era un ufficio sofisticato con sedute in pelle trapuntata, una scrivania in mogano e librerie con libri rilegati in pelle. Era il tipo di posto dove uomini nei romanzi rosa Regency condividevano sigari e brandy.

«Sì, ho convertito metà della dispensa. Prima avevo un ufficio all'ultimo piano, ma non avevo abbastanza tempo con mia moglie con i miei lunghi orari di lavoro. Ho dovuto abbattere un muro per fare la stanza, ma ne è valsa la pena. Ogni volta che Riona ha bisogno di una spezia o più farina, posso vederla».

«È disgustosamente dolce. Anche, un po' pazzo, ma per lo più dolce», disse Sophie, solo parzialmente scherzando.

«Va bene, dimmi, cosa sta succedendo? Perché hai un occhio nero e sangue nei capelli?» chiese Birdie.

«Non hai nemmeno visto ancora il suo collo», gridò Mac.

«Grazie», ringhiò Sophie, dando a Mac un'occhiataccia.

«Il tuo collo?» gridò Birdie, afferrando la cerniera della giacca di Sophie e tirandola giù. «Oh mio dio! Sophie. Che diavolo ti è successo?»

«Un alfa lupo mutaforma ha cercato di uccidermi stamattina perché mi ha scambiata per la mia gemella identica perduta da tempo che è andata in giro per la città uccidendo serial killer come una specie di vigilante psicopatico».

«Hai una sorella?»

«È quello che ho detto anch'io!» gridò Sophie.

«Perché non inizi dall'inizio?» suggerì Mac.

Quindi questo è quello che fece Sophie.

Nonostante il suo shock iniziale, Birdie si riprese dalla storia più velocemente di quanto Sophie si aspettasse. Avrebbe dovuto saperlo meglio, però; Birdie era abituata a rotolare con i colpi che la vita a volte le tirava. «Dovete essere state separate alla nascita! Ho visto una storia molto simile su Dateline. Succede più spesso di quanto pensi. Allora, com'è?»

«Pazza. Anche, stranamente dolce? E troppo allegra», disse Sophie con una smorfia.

«Allegra?» ripeté Birdie, perplessa. «Sei sicura che sia tua sorella?»

«No, non sono per niente sicura. Attualmente spero che sia magia che la faccia sembrare esattamente come me».

«Quanto ti assomiglia? Potrebbe essere una sorella più giovane, non una gemella?» chiese Birdie.

«No, sono quasi perfettamente identiche – hanno capelli diversi. Niente tatuaggi. Ruby non ha questa cicatrice». Mac strofinò il pollice su una piccola cicatrice sul mento di Sophie. «Ma oltre a quello, sono immagini speculari l'una dell'altra».

«È inquietante», si lamentò Sophie.

«Che succede ora?» chiese Birdie.

«Potrai tornare alla Castagnaccia ora che Alphonse è morto e Ruby è dietro le sbarre», disse Mac. «Sophie resterà qui per un po' di più. Oltre a quello, non sappiamo. Dipenderà da quello che il capo della polizia vorrà fare con tutti i colpevoli. Dovremo solo aspettare e vedere».

«Sei proprio uno straccio,» disse Birdie.

«Hai fame?» chiese Fergal. Quell'uomo pensava a qualcos'altro oltre al cibo?

«No. Voglio solo una doccia e dormire ventiquattro ore filate».

«Andiamo, spiritata, facciamo che succeda», offrì Mac, richiudendo la cerniera della giacca, nascondendo il sangue e i lividi.

Come gruppo, si diressero fuori dall'ufficio-dispensa di Fergal, attraverso la cucina, e nel pub. Sophie e Mac lasciarono il resto del gruppo per dirigersi su per le scale e nella stanza di Sophie. Mac la guidò verso il suo bagno. Aiutandola a uscire dai suoi vestiti disgustosi che Sophie aveva tutte le intenzioni di bruciare, Mac aprì l'acqua nella doccia e guidò Sophie sotto il getto. Un momento dopo, si unì a lei. Versando un po' di shampoo nella sua mano, inclinò la sua testa sotto l'acqua e poi iniziò a strofinare. Guardando giù per un secondo, Sophie vide acqua rossa girare giù per lo scarico.

«Ho materia cerebrale nei capelli?» chiese Sophie mentre Mac strofinava un punto sulla sua tempia.

«Solo un po', rispose Mac, come se dovesse rassicurarla.

Sophie si lasciò guidare sotto la doccia mentre Mac le strofinò via tutto il sangue e lo sporco. Era troppo stanca per preoccuparsi e fin troppo felice di permettere a qualcun altro di comandare per un po'.

Dopo la sua doccia, Mac infilò Sophie nel suo letto.

«Puoi restare? Non voglio essere sola», chiese Sophie.

«Non posso restare tutto il giorno, ma resterò finché non ti addormenti. Va bene?»

«Sì, per favore. Ma devi essere il cucchiaio grande».

«Affare fatto!», rispose Mac, entrando nel letto e tirando Sophie tra le sue braccia.

Sophie cercò di rilassare i muscoli e schiarirsi la mente, ma la mattinata continuava a tornarle in mente.

«Sophie, lascia andare tutto. Dormi ora», brontolò Mac nel suo orecchio. Non avrebbe dovuto funzionare, ma in qualche modo Sophie si sentì scivolare nel sonno.

* * *

Annoiata. Sono così annoiata. Annoiata annoiata annoiata. Questo posto fa schifo. Non c'è nemmeno una TV qui dentro.

«Ehi, sai quando servono il pranzo qui? Ho fame. Qualcuno

potrebbe prendermi una scatola di Tabù?» chiede. «Dai, parlate con me!»

I due agenti di polizia che sorvegliano la sua cella di prigione la ignorano di nuovo, proprio come hanno fatto per le ultime ore.

«Potreste almeno prendermi un libro o qualcosa del genere?»

Il click della porta che si apre alla fine del corridoio la fa sedere dritta nel letto. Forse sua sorella è tornata. Invece di sua sorella, una donna alta e magra con capelli grigio acciaio si avvicina alla sua cella. Guarda la donna avvicinarsi con cautela. È magra come un osso come se la vita l'avesse scolpita, rendendola affilata. Ruby ha la sensazione di essere un insetto preso in una ragnatela dove il ragno si sta avvicinando velocemente.

La donna si ferma davanti alla cella e fissa Ruby per un minuto.

«Siete congedati», dice la donna alle guardie, che marciano rapidamente fuori dalla porta. Ruby le guarda andarsene, quasi sentendo la mancanza della loro presenza stoica.

«Sono Marcella Venturi. Tu sei Ruby Rivers, vero?»

Ruby annuisce lentamente, avendo perso la voce.

«Vorrei offrirti un lavoro», dice Marcella.

«Un lavoro?» Non avrebbe potuto essere più scioccata se Marcella l'avesse schiaffeggiata invece.

«Sì. Vedi, sono responsabile delle creature Mitiche nella città. È il mio lavoro proteggerle, mantenere la pace, fornire sicurezza per loro. Ma è anche il mio lavoro assicurarmi che la mia gente segua le regole della società. Ho bisogno che tu mi aiuti a tenere gli assassini lontano dalle strade».

«Non lo so. Voglio dire, non ti conosco nemmeno davvero».

«È comprensibile. Ma voglio darti una possibilità di usare i tuoi poteri per il bene. Per aiutare le persone. Non dovrai mai uccidere nessuno mai più. Mi assicurerò che le tue visioni vengano credute e che i malfattori paghino per i loro crimini».

È un discorso di vendita piuttosto buono, pensa.

«È tutto quello che ho sempre voluto fare», risponde Ruby. Guarda

questa donna per lungo tempo, cercando di determinare se è autentica. «Puoi tirarmi fuori da questa cella?»

«Sì, posso. Posso tirarti fuori proprio ora», offre Marcella.

«Okay, hai un accordo. Ma. Solo se puoi farmi avere una possibilità di passare del tempo con mia sorella».

Marcella dice: «Affare fatto! Stringerei la mano, ma be'... sarebbe meglio se ci astenessimo».

«Fai paura», risponde Ruby allegramente.

«Preferisco efficiente», dice Marcella con un sorriso, tirando fuori una chiave dalla sua tasca e dirigendosi verso la porta della cella.

* * *

SOPHIE SI SVEGLIÒ con un sussulto. Guardandosi intorno, si rese conto di essere sola nella sua stanza. Mac se n'era andato.

«Quella troia manovratrice—» Sophie interruppe le parole con un ringhio strozzato. Afferrando il telefono, chiamò Mac.

«Ehi, Soph, dovresti dormire», disse Mac, rispondendo dopo il secondo squillo.

«Marcella ha preso Ruby. L'ho appena sognato», ansimò Sophie, ancora cercando di scrollarsi di dosso la sensazione di essere nella testa di Ruby.

«Non è possibile», ringhiò Mac.

«Ha chiesto a Ruby di lavorare per lei».

«Figlia di—» gridò Mac. «Ovviamente l'ha fatto. Larry! Vieni qui. Dobbiamo controllare la cella di Ruby».

Sophie sentì al telefono mentre Mac e Larry si dirigevano alla cella di Ruby, Mac che spiegava la situazione a Larry per strada.

Sophie poté sentire fruscii, il suono di passi, seguito da una porta che si apriva. Ci fu un momento di silenzio prima che Mac gridasse: «Dannazione!»

«Se n'è andata?» chiese Sophie.

«Sì», confermò Mac. «Questa è una stronzata. Vado a parlare con Dunham».

Ma Sophie sapeva che era inutile. Dunham non aveva alcun potere di dire di no a Marcella o al Conclave.

«Va bene, vado ora. Ho bisogno di più sonno. Non c'è niente che possa fare per tutto questo comunque», disse Sophie con uno sbadiglio.

«Mi dispiace, Soph,» disse Mac, con voce desolata.

«Non hai motivo di dispiacertene. Non è colpa tua», lo assicurò Sophie.

Riattaccando, Sophie si rannicchiò di nuovo sotto il piumone e tornò a dormire.

EPILOGO

Sistemandosi le cuffie perché calzassero meglio sulle orecchie, Sophie seguì Mac lungo il corridoio, fiancheggiato da due piani di celle. Le pareti verdi, illuminate da una luce fioca, rendevano l'ambiente ancora più inquietante del solito. Mac si fermò davanti alla porta chiusa di una cella al piano terra. Si voltò verso Sophie, sorridendo, con gli occhi che brillavano. Nelle cuffie, una voce rassicurante spiegava che quella particolare cella era stata occupata da Frank Morris, uno dei tre uomini che riuscirono a fuggire da Alcatraz scavando attraverso le pareti con cucchiai affilati e costruendo una zattera con impermeabili rubati.

Sophie era felice di vedere Mac che si stava divertendo e finalmente si rilassava. Le ultime settimane lo avevano quasi fatto impazzire. Antonio – il nuovo alfa del branco del Sunset District – e i membri del suo branco avevano dato filo da torcere al Conclave e all'intero Dipartimento di Polizia dei Mitici. Sostenevano che il Conclave aveva incastrato Alphonse come capro espiatorio per i piani malvagi di Edwyn e Bramwell, che era stato ucciso per coprire lo scandalo. Mac sospettava che Antonio stesse facendo tutto quel baccano sperando che il Conclave gli desse più territorio solo per farlo tacere.

Con questi tipi, alla fine, si torna sempre a parlare di proprietà.

Non aveva aiutato la tranquillità mentale di Mac quando Marcella era riuscita in qualche modo a procurarsi il numero di telefono di Sophie e lo aveva dato a Ruby. Su richiesta di Marcella, Sophie aveva accettato di comunicare con Ruby, ma aveva precisato che lo avrebbe fatto solo tramite messaggi. Non era ancora pronta a parlarle al telefono.

Si era scoperto che scambiarsi messaggi con Ruby voleva dire usare molte emoji e punti esclamativi. Sophie temeva il giorno in cui Ruby avrebbe scoperto anche le gif. Lentamente, Sophie stava iniziando a sciogliersi con sua sorella. Era difficile tenere a distanza qualcuno così allegro.

Sì, proprio una sorella.

Entrambe avevano fatto analizzare il loro DNA, ed erano risultate una corrispondenza esatta. Ruby Rivers era la sorella gemella identica di Sophie. Sophie aveva sperato che Ruby fosse una changeling.

Dunham aveva delle persone che scavavano nel loro passato, cercando di capire da dove venissero. L'ipotesi attuale era che uno dei loro genitori fosse un Fae di alto rango. Poiché entrambe avevano un'affinità con la morte, si presumeva che avessero ereditato i loro doni da qualcuno dotato di magia della morte o comunque legato alla morte. Si era scoperto che esistevano molti esseri Mitici legati alla morte: banshee, il Dullahan, la donna in bianco e persino la stirpe del consorte della Regina Fae. Addirittura, il monarca fatato irlandese Finvara era il Re dei Morti.

Mentre il narratore continuava a raccontare la storia angosciante della fuga dei prigionieri, Sophie intrecciò la sua mano con quella di Mac. Lui le fece un altro sorriso e le diede un bacio rapido sulle labbra.

«Il miglior appuntamento di sempre», disse Mac.

Abbassandosi per osservare da vicino il fantoccio di cartapesta che Frank Morris aveva lasciato nel suo letto, i muscoli delle gambe di Sophie protestarono. Erano ancora così doloranti per la sessione di allenamento di quella mattina. Si stava trascinando per Alcatraz come una vecchietta. Sophie era contenta che Paddy non fosse mai indulgente con lei, anche se era umana, ma le facevano male muscoli che non sapeva neanche di avere. L'uomo faceva sembrare i sergenti istruttori dei veri teneroni.

Alla prima lezione dopo la morte di Alphonse, Paddy aveva guardato il collo di Sophie, che aveva assunto una vistosa tonalità di giallo malaticcio e verde, e le aveva promesso che non sarebbe mai più successo. Sophie cercò di fargli fare il giuramento col mignolo, ma Paddy si limitò a sbuffare e poi le fece lo sgambetto, facendola cadere.

Mac guidò Sophie su per alcune scale, aprendo una porta che portava al tetto. In cima ad Alcatraz, il panorama di San Francisco si stendeva davanti a loro – il Bay Bridge illuminava il cielo alla loro sinistra, e Oakland era alle loro spalle. Si voltarono verso San Francisco, appoggiandosi alla ringhiera e osservando il tramonto sulla città. Mentre l'oscurità calava sullo skyline, le luci si accendevano in tutti i grattacieli e nei lampioni, donando alla città un alone magico dorato.

La temperatura scese quando il cielo si fece scuro, ma Sophie restava al caldo tra le braccia di Mac.

ESTRATTO DA TEMPI STRANI PER SOPHIE FEEGLE

Continua a leggere per un'anteprima del prossimo emozionante romanzo della serie Sophie Feegle.

Tempi Strani per Sophie Feegle

Di Gwen DeMarco

CAPITOLO 1

La donna nel completo impeccabile osserva gli uomini e le donne seduti intorno al tavolo della conferenza. Il disprezzo è dipinto sul suo volto. Cliccando sul tablet, annota di licenziare Cortez. 'Inutile', scrive accanto al suo nome.

Alzandosi in piedi, appoggia le mani sul tavolo, incombendo su chi è seduto. La sua fronte si corruga in una smorfia di disappunto.

«Qualcuno ha guardato i numeri di questo trimestre?» chiede.

Tutti fissano il piano del tavolo, troppo spaventati per incrociare il suo sguardo.

«Hmm? Nessuno? Nessuno qui ha visto i numeri? O siete tutti dei cagasotto?» li provoca.

«Il mercato ha avuto una tendenza al ribasso. Credo che tutti i nostri concorrenti siano nella stessa—»

Alzando la mano per zittire lo sfigato, concentra la sua attenzione appena sopra le loro teste, sul lato opposto della stanza. Girandosi lentamente, sembra stia cercando qualcosa. Girando di scatto la testa verso destra, si blocca su ciò che stava cercando.

«Ehi...» dice, un sorriso lento che si apre sul volto. «Chi siete voi due?»

* * *

Strofinandosi gli occhi, Sophie allunga la mano verso il suo diario dei sogni.

«Che sogno strano,» mormora. Odia i sogni in cui si vede in terza persona. Le ricordano troppo i sogni che fa su sua sorella.

Mac le passa un braccio intorno alla vita, tirandola più vicino.

«Torna a dormire, Soph», borbotta, mezzo addormentato.

«Ci vado tra un secondo. Devo solo scriverlo prima che lo dimentichi», lo rassicura.

Aprendo il diario e afferrando la sua penna pelosa, il telefono vibra, avvisandola che è arrivato un messaggio. Chi potrebbe mandare messaggi a quest'ora? Riponendo la penna nel diario, Sophie afferra il telefono e guarda lo schermo.

Ruby: *Ho appena fatto il sogno più strano!*

Continua...

NOTE

Grazie per aver letto Presagi e Stranezze – il secondo libro della serie di Sophie Feegle. Devo ringraziare il mio fantastico marito e i miei figli. Vorrei anche ringraziare la mia editor Arundhati Subhedar e la designer della copertina Rebecacovers. Infine vorrei ringraziare i miei lettori beta: David, Jessica, Joanne, Karen, Paige, Pam e Tina!

Se avete letto il primo libro di Sophie Feegle (e spero proprio di sì, altrimenti questo libro vi sarà sembrato incomprensibile!), sapete che mi piace inserire fatti e storia su San Francisco all'interno della storia.

Mission Bean si ispira alla caffetteria del mio quartiere, The Beanery. Lì tostano davvero i chicchi sul posto e si sente il profumo per isolati. Sia Cal Surplus che Out of the Closet sono negozi dell'usato in città e sono luoghi divertenti per fare acquisti. A chi non piacciono gli affari? Il concorso Hunky Jesus è reale ed è divertente quanto immaginate. Il Brenda's French Soul Food è davvero fantastico. I beignet sono autentici e c'è davvero da aspettare. Andateci presto: ne vale la pena.

Il Three Pigs Bakery non esiste davvero. Era una battuta sulla fiaba del lupo e dei tre porcellini. Tuttavia, ci sono tantissime ottime panetterie a San Francisco. Ho sempre avuto un debole per La Boulange.

Infine, se In & Out Burger non è il ristorante ufficiale della California, dovrebbe esserlo. I locali ci tengono molto a In & Out Burger, sono molto gelosi. Il mio consiglio è di ordinare le patatine fritte "animal style": non sono sul menu, ma sono davvero squisite.

Se vi è piaciuto il libro, vi prego di lasciare una recensione su Amazon. Aiuta davvero noi scrittori indipendenti ad avere maggiore visibilità. Inoltre, leggo ogni singola recensione e mi fisso su ognuna.

Vi aspetto sul mio sito web www.gwendemarco.com o scrivetemi a gwen@gwendemarco.com.

L'AUTORE

Gwen DeMarco è un'avida lettrice, una snob del caffè, un'appassionata di vela e un'amante di tutto ciò che è nerd. Gwen adora scrivere romanzi paranormal romance incentrati sul bizzarro e il meraviglioso.

Gwen è felicemente sposata con il suo amore del liceo e ha due figli adolescenti. La si trova spesso con il naso immerso in un libro e un bicchiere di vino o una tazza di caffè in mano.

Iscriviti alla sua mailing list e ricevi una copia gratuita di due novelle: una dalla trilogia Il Regno di Erishum e un'altra dalla serie Sophie e gli Strani.

Per saperne di più, visita il sito www.GwenDeMarco.com e iscriviti alla mailing list per ricevere aggiornamenti.

www.ingramcontent.com/pod-product-compliance
Lightning Source LLC
LaVergne TN
LVHW041112080826
845145LV00007B/1777

* 9 7 8 1 9 6 3 9 0 6 4 9 3 *